ELLIE SPARROW

WÜSTEN PRINZESSIN
DES EWIGEN EISES

im.press

© privat

Ellie Sparrow lebt mit ihrem Mann und ihrem Sohn in Niedersachsen. Schon als Kind hat sie gern Geschichten gehört und selbst erzählt. Mit dem Schuleintritt kam dann auch die Liebe zum geschriebenen Wort. Seitdem trifft man sie meist an ihrem Arbeitsplatz an, wo sie in fantastische Welten eintaucht und Herr über ihren eigenen kleinen Kosmos ist. Außerhalb der schöpferischen Arbeit findet man sie mit der Nase tief in einem Buch vergraben, mit dem Controller vor der Konsole oder zusammen mit ihrer Familie in der Natur.

Für C.

Weil ohne dich das Leben nur halb so fantasievoll wäre.

Kapitel 1

Die Flamme verpuffte, bevor man sie mit bloßem Auge hätte erkennen können. Sie war nur ein flüchtiges Gefühl, ein Kribbeln in den Fingerspitzen, eine Welle in meinem Körper, die zu schnell verebbt war.

Frustriert sank ich an das Ufer der Oase und betrachtete die aufgewühlte Wasseroberfläche. Mira stand am anderen Ufer, das von hohen Palmen und ein wenig Buschwerk umgeben war, und warf Steine, die kunstvoll über den See hüpften und mit jedem Sprung kleine Wellen hinterließen. Dabei versuchte sie nicht allzu auffällig zu mir herüber zu starren. Sie war jedoch nicht sehr geschickt darin, ihre Neugierde zu verbergen und mit jedem gescheiterten Versuch meinerseits sanken ihre Schultern mehr in sich zusammen.

Ich war womöglich Iralias erste Kronprinzessin, die ihre Magie nicht einzusetzen wusste. Ich hatte Zugang zu ihr, spürte sie in jeder Faser meines Körpers, aber es gelang mir nicht sie freizusetzen. Ihre Energie zu kanalisieren, zu visualisieren.

Ich atmete tief durch. Spürte dem übernatürlichen Fluss in mir nach, der wie Blut durch mich hindurch pulsierte, im ständigen Einklang mit mir. Nahm das kribbelige Gefühl wahr, wenn ich mich auf diese Kraft konzentrierte. Sie war da, in mir, und ich fühlte sie. Sie erfüllte mich, war ein Teil von mir.

Dann öffnete ich die Hände, ließ den Fluss aus purer Energie in sie hineinfließen. Hitze durchströmte mich, vor meinen Augen loderte es Rot-Orange, bevor die Farbe in tausend kleine Funken zersprang. Das Kribbeln kehrte in meine Fingerspitzen zurück, wuchs zu einem heißen Brennen heran. Vor mir, als Trugbild in meinem Kopf, entstand ein Funke, wurde zu einer kleinen Flamme, die in meinen Gedanken an meinen Fingern leckte und sich um meine Hand herum zu einem flammenden Inferno entwickelte. Ich ließ die

Magie frei. Ein Lichtblitz, der sicher eine Flamme geworden wäre, wenn ich meine Kraft festhalten hätte können. Die Magie kollabierte und mit ihr beinahe auch ich.

Heiße Tränen sammelten sich in meinen Augen und ließen das Wasser und die Welt um mich herum verschwimmen, bis alles nur noch einem Gemisch aus ineinanderlaufenden Farbtupfen ähnelte. Meine Sicht bestand nur mehr lediglich aus Blau- und Beigetönen.

Trotzig wischte ich mir mit dem Ärmel meiner Tunika über die Augen, blinzelte die ersten Tränen mit aller Macht fort. Mein Atem kam stoßweise. Erneut hatte ich mich in der Hoffnung, endlich die Magie zu entfesseln, voll verausgabt. Stattdessen raste mein Herz in meiner Brust, ohne dass ich den Hauch einer Flamme zustande gebracht hätte.

»Es ist genug für heute, Prinzessin.« Mira war neben mir aufgetaucht. Ich hatte nicht einmal gemerkt, wie sie zu mir getreten war. Jetzt legte sich ihre zierliche, schlanke Hand auf meine Schulter und drückte aufmunternd zu. »Morgen ist ein neuer Tag.«

»Die Zeit spielt gegen mich«, fuhr ich sie an und ihre schmale Gestalt zuckte unter meinen harschen Worten zusammen. Etwas sanfter fuhr ich fort: »Wenn ich bis zur Verlobungszeremonie nicht meine Magie beherrsche, werde ich meines Amtes als rechtmäßige Thronfolgerin enthoben.«

»Bis dahin wirst du die Magie beherrschen«, versicherte sie mir, ließ ihre Hand von meiner Schulter zu meinem Oberarm rutschen und zerrte leicht daran. »Nun komm schon. Wir müssen dich für den Ball zurechtmachen.«

Ich schluckte schwer, nickte aber. Der Ball. Der Abend, an dem es mir vergönnt sein würde, mir einen Prinzen zum Verlobten zu nehmen, um bald mit ihm Iralia zu regieren. Meine baldige Krönung verkörperte all das, wofür ich geboren worden war, und mein fehlendes Feuer war in der Lage alles, wofür ich immer gearbeitet hatte, zunichtezumachen.

***

Die Zofen schwirrten emsig um mich herum wie Bienen um eine pollenreiche Blüte. Hier zupften sie an meinen Haaren, dort zerrten sie an dem Mieder des

Kleides. Schichten aus Tüll und Taft und Seide wurden drapiert, Bänder in Haarsträhnen geflochten, Wangen gepudert.

Am Ende starrte mir eine junge Prinzessin aus dem Spiegel entgegen, die ich kaum wiedererkannte. Anmutig und bereit, den ersten Teil ihres Erbes anzutreten. Alt genug, um sich zu verloben, zu heiraten.

»Aufgeregt?«, fragte Mira hinter mir und ihre Finger strichen nervös die orange-rote Seide meines Rocks glatt.

»Nicht so sehr wie du«, lächelte ich und drehte mich zu ihr um. Sie knetete ihre Finger und trat von einem Fuß auf den anderen, als wäre es an ihr, sich einen Gemahl zu suchen.

Ich selbst war mit dieser Tradition aufgewachsen. Bereits als kleines Mädchen hatte ich meinen Platz gekannt, meine Aufgabe und all die Verpflichtungen, die damit einhergingen. Mir kurz nach meinem sechzehnten Geburtstag einen Prinzen zu suchen gehörte dazu. Und immerhin hatte ich freie Wahl.

Mira atmete tief durch und lächelte. »Nun gut«, sagte sie und wandte sich ab. Kurz bevor sie die Tür erreichte, sah sie über die Schulter noch einmal zurück zu mir. »Euer Vater, König Mitras, wird Euch abholen, sobald es an der Zeit ist«, eröffnete sie mir, jetzt vollkommen in der Rolle der königlichen Zofe, nicht in der meiner besten Freundin. »Viel Glück, Prinzessin Avianna.« Mit einem kurzen Knicks rundete sie ihre förmlichen Worte ab und verschwand durch die Tür. Ich blieb zurück.

Langsam erfüllte mich die Aufregung. Die Gedanken kreisten um junge stattliche Prinzen, die um meine Gunst buhlten, deren Begehr es war, an meiner Seite einst über Iralia zu herrschen. Und es gab keinen Grund bescheiden zu sein, meine Auswahl war groß. Iralia war beliebt auf dem Kontinent. Derjenige, der meine Gunst gewann, würde eines der größten, wohlhabendsten und mächtigsten Königreiche erhalten.

Ein letztes Mal sah ich in den Spiegel und betrachtete das Mädchen, das ich bald nicht mehr sein würde. Heute Abend begann ein Leben, in dem kein Platz für Unbeschwertheit und Naivität mehr bliebe.

Sofern ich denn meine Magie entfesselte. Mein Blick wanderte hinunter zu meinen Händen, die ich beim bloßen Gedanken an das Feuer in die rot-orangene Seide gekrallt hatte. *Nutzlos, komplett nutzlos.*

Hinter mir öffnete sich die Tür mit einem leisen Kratzen über den Boden und ich erschrak kurz, ehe ich die Schultern straffte und mich umdrehte. Den Kopf hielt ich erhoben, das Kinn leicht vorgestreckt und den Rücken gerade.

»Du siehst hinreißend aus. Wie ein Sonnenstrahl im Sommer. Wie eine Blüte auf einer Frühlingswiese.« Mein Vater, der König, trat mit weiten Schritten auf mich zu. Seine bärengroßen Hände griffen nach mir und zogen mich in eine Umarmung. Überrascht atmete ich ein und legte die Arme um sein breites Kreuz. Ich genoss für einige Augenblicke diese Geste der Zuneigung, die er sonst nicht für mich oder meine Geschwister übrighatte.

Er ließ mich los und ich schluckte, sah ihm in die dunklen, beinahe schwarzen Augen, die ein wenig schräg standen und die ich von ihm geerbt hatte. Der Blick in seinen war jedoch wie üblich kalt und berechnend und mein Herz blieb stehen, als seine nächsten Worte zu mir durchdrangen.

»Wie sieht es mit deinem Feuer aus, Avianna?«

Ich schluckte. Mein Blick glitt sehnsüchtig über das Bett zur Tür. *Der Ball, wenn ich nur schon auf dem Ball wäre.*

Unauffällig wischte ich meine schweißnassen Hände an meinem Rock ab. Die Hände, die so nutzlos waren. Die Hände, die nicht in der Lage waren, die Magie zu bündeln und zu entfesseln. Die Hände, die nicht lichterloh brannten, um ganze Armeen auf dem Schlachtfeld in Brand zu stecken.

»Avianna?«, polterte mein Vater ungeduldig.

Ich vermied es, ihn bei meiner Antwort direkt anzusehen. Stattdessen starrte ich über seine Schulter hinweg an ihm vorbei. »Ich … ich habe es nicht geschafft«, flüsterte ich ermattet.

»Was gedenkst du aufgrund deiner Schwäche zu tun?« Seine Stimme war schneidend, durchbohrte mich wie ein Pfeil, pfählte mein Herz mit der mitschwingenden Enttäuschung.

»Vater, ich trainiere hart. Härter als jeder andere in diesen Mauern. Ich bin sicher-«

»Schweig!«, fuhr er mir über den Mund. Seine Worte kamen einer Ohrfeige gleich und ich taumelte zurück, weil die Wucht mich vollkommen unvorbereitet traf.

»Trainieren scheint nicht zu genügen, Avianna. Egal wie hart, egal wie ausdauernd. Niemand hat dich auch nur eine kleine Flamme zustande bringen sehen.« Er holte tief Luft, schritt auf mich zu. Sein Gesicht verwandelte sich mit jedem Atemzug weiter in eine groteske Maske aus Enttäuschung und Wut. Und der Grund dafür war ich.

»Bis zur Zeremonie sind es noch zwei Monde. Ich habe noch Zeit«, flehte ich verzweifelt. »Bis dahin werde ich die Magie entfesseln! Ich werde brennen, Vater, Ihr werdet sehen.« Wie zur Bestätigung rauschte die Magie durch meinen Körper, brodelte in mir wie kochendes Wasser.

Wenn es mir nur gelingen würde sie freizulassen.

»Elionora hat bereits mit zehn Jahren ihre erste Flamme erschaffen. Jetzt ist sie noch keine fünfzehn Jahre alt und beinahe mächtiger, als ich es bin. Auch dein Bruder beherrscht bereits das Feuer. Nur du bist nicht fähig genug.«

Nicht fähig! Die Worte hallten in meinem Kopf nach wie Trommelschläge. Laut, unnachgiebig und gewaltig. *Nicht fähig.* Niederschmetternd, wenngleich treffend.

»Vater …«, begann ich und wusste nicht, was ich noch sagen sollte. Wie ich ihn überzeugen konnte, mir eine Chance zu geben. Eine weitere, obwohl er mir bereits so viele gegeben und ich sie alle nicht genutzt hatte.

»Deine Schwester ist bereits auf dem Ball und sucht sich einen Prinzen aus. An ihrem sechzehnten Geburtstag wird die Zeremonie vollzogen und kurz darauf wird sie verheiratet.« Seine Stimme war ein kaltes Flüstern.

»Was ist mit mir?«, wisperte ich mit zitternden Knien und brennenden Augen, in denen sich erste Tränen sammelten. Alles, wofür ich gelebt hatte, alles, was in den letzten sechzehn Jahren von Bedeutung gewesen war, stürzte wie ein Kartenhaus über mir zusammen. Die Trümmer rissen meine Träume, meine Sehnsüchte mit sich in die Tiefe. Hinein in ein endloses Meer aus Tränen.

»Darüber reden wir, wenn ich mir darüber klar geworden bin. Als Herrscherin Iralias bist du jedoch nutzlos, Avianna. Es tut mir leid, du weißt, wir alle haben uns das anders gewünscht.« Seine Worte sollten mich trösten, doch die Art, wie er sie aussprach, machte unmissverständlich klar, wie wütend er war. Wie sehr ich ihn enttäuscht hatte.

Ohne einen weiteren Blick auf mich zu werfen, wandte er sich ab. Ab von mir. Ab von seiner ältesten Tochter, die einst Königin werden sollte, jedoch nur eine bittere Enttäuschung war.

»Aber der Ball!«, rief ich und wischte mir mit dem Unterarm grob über die tränennassen Augen.

»Wir werden deine Abwesenheit mit einer Unpässlichkeit entschuldigen. Deine Anwesenheit dort ist nicht länger vonnöten.«

Bevor ich in der Lage war etwas zu erwidern, verließ der König endgültig meine Gemächer, während ich zurückblieb.

In meiner Brust war in den letzten Minuten ein Loch entstanden. Die Vorfreude, die den ganzen Tag für ein warmes Kribbeln in meinem Bauch gesorgt hatte, war einer inneren Leere gewichen. Einer Einsamkeit, die ich in dieser Form noch nie im Leben empfunden hatte.

Letztendlich gaben meine zitternden Beine nach und ich sank zu Boden. Umgeben von einem orange-roten Traum aus Seide, Tüll und Taft. *Schön wie die Sommersonne, wie eine Blüte auf einer Frühlingswiese.* Ich lachte, obwohl mir die Tränen wieder in die Augen traten. Elionora sollte also irgendwann Königin werden. Meine selbstgerechte, egoistische kleine Halbschwester.

In meinen Venen rauschte erneut die Magie. Flehte darum endlich freigelassen zu werden. Sich in einen Sturm aus Macht zu entfesseln. Ich vibrierte innerlich, konnte sie flüstern hören, spürte, wie gigantisch und alles verzehrend sie war. Und doch fand ich ihr Ventil nicht. Es war, als verzehrte sie mich, fraß mein Innerstes auf und dehnte sich gleichzeitig so weit in mir aus, dass ich glaubte zu explodieren. Irgendwann würde das vielleicht auch geschehen, weil die Magie sich so mannigfaltig in mir ansammelte, sich so heftig in meinem Körper manifestierte, dass sie meine Knochen splittern, meine Haut sprengen und sich endlich Bahn brechen könnte. Obwohl diese Vorstellung grausame Bilder in meinem Kopf zeichnete, erschreckte mich dieses Szenario nicht, denn gleichzeitig wäre es eine Befreiung von all den Qualen, die ich momentan empfand. Eine Magiekundige, die nicht fähig war ihre Kraft zu nutzen. Ich war wertlos. So nutzlos wie das niedere Volk.

»Prinzessin?« Miras Stimme ließ mich aufsehen. Meine Zofe und beste Freundin kniete einige Meter von mir entfernt. Ihr Blick lag auf mir, abschätzend und besorgt. Als würde ich jeden Moment zusammenbrechen oder war ich das nicht längst? Immerhin hockte ich auf dem rauen Stein, dicke Tränen durchtränkten die Seide des Kleids und hatten auf ihrem Weg dunkles Puder von meinen Wangen gewaschen, das dunkelbraune Flecken auf dem edlen Stoff hinterließ.

Ich straffte die Schultern, auch wenn es mich unvorstellbare Kraft kostete, und erhob mich. Dabei stolperte ich beinahe über den Saum, fing mich aber, bevor Mira mir zur Hilfe eilen und mich stützen konnte.

»Prinzessin?«, fragte sie erneut, besorgter als zuvor.

»Es geht mir gut«, presste ich trotzig hervor. »Es ist alles in Ordnung. Ich muss nur aus dem Kleid raus.« Und das war keine Lüge. Mit jeder Sekunde mehr in diesem Traum aus Stoff, der eigens genäht worden war, um einen Prinzen um den Finger zu wickeln, glaubte ich weniger Luft atmen zu können. Als würde das Mieder sich immer enger um meine Taille schnüren.

»Es tut mir so leid«, flüsterte Mira, ehe sie still zu arbeiten anfing. Ihre flinken Finger lösten die Schleifen und Knoten, lockerten die Bänder. Sie arbeitete schneller als sonst, obgleich genauso sorgfältig.

Ich erwiderte nichts, sondern sah ihr im Spiegel dabei zu, wie sie den Stoff vorsichtig über meine Schultern zog, über meine Brust und über meine Hüften. Meine Unterröcke bestanden aus schlichtem Leinen. Leicht und luftig und geschaffen für ein Land, in dem die Kälte nur in der tiefsten Nacht Einzug hielt.

Unser Königreich war aus einem umherziehenden Wüstenvolk entstanden. Eines Tages hatten die Nomaden auf ihrem Weg durch die Wüste eine riesige Oase entdeckt. So groß, dass sie damit gerechnet hatten, im unendlichen Sand den Tod zu finden, weil ihnen ihr Verstand Streiche spielte. Aber das riesige Wasserbecken, das sich bis zum Horizont erstreckte, und die saftig grünen Bäume und Gräser waren keine Fata Morgana gewesen. So hatten sich die Nomaden entschlossen, hier sesshaft zu werden, es zu bleiben und in dieser bunten Welt mitten in der unwirtlichen Hitze ihr Königreich zu errichten. Die Geburtsstunde Iralias.

Nachdem Mira mir das Puder und die Farbe von Augen und Lippen gewaschen hatte, schlüpfte ich eigenständig in mein Nachtkleid und entfernte die letzten Spangen aus meinem Haar, das mir sofort bis auf die Hüften fiel. Dick und schwarz glänzte es im Licht der Öllampe und rahmte mein rundes, herzförmiges Gesicht ein. Das Gesicht meiner Mutter, die ich nie kennenlernen durfte, weil sie bei meiner Geburt gestorben war.

Statt zu meinem Bett, das Mira gerade aufschüttelte, trugen meine Füße mich automatisch über den kalten Steinboden zu den gläsernen Flügeltüren, die hinaus auf meinen Balkon führten. Wenn ich schon nicht den Ball besuchen konnte, so wollte ich wenigstens einen Blick in den Garten wagen. Nur einen Blick auf die Prinzen, die mir verwehrt blieben, riskieren. Vielleicht heiratete ich irgendwann doch einen von ihnen, aber es war mir nicht mehr gestattet, mir selbst einen Prinzen auszusuchen. Das Privileg war an Elionora übergegangen. Ich musste mich mit dem zufriedengeben, was mir die Kronprinzessinnen anderer Länder überließen und was mein Vater für geeignet hielt.

Der Wind fuhr durch mein Nachtkleid, küsste meine warme Haut und hinterließ ein sanftes Kribbeln. Meine Hände legte ich auf die Balustrade. Kurz schloss ich die Augen, lauschte den Stimmen unter mir nach. Es waren nur wenige. Die meisten Gäste hielten sich im Ballsaal und in dem Gartenstück nahe der Terrasse auf. Dennoch hatten sich einige Besucher weiter vorgewagt und ich hörte sie tuscheln und tratschen.

Voller Neugier umklammerte ich die Balustrade fester, öffnete die Augen und beugte mich weit hinüber. Die Tiefe unter mir ließ mich kurz schwindeln, ehe ich mich daran gewöhnte, und ich versuchte, um die Ecke zu spähen. Dort stand nur eine einzige Person in Sichtweite. Beschienen vom matten Licht einer einzelnen Laterne. Dennoch schien seine schwarze Kleidung den Lichtschein zu absorbieren, ja fast zu verschlingen. Er war von stattlicher Figur mit breiten Schultern und schmalen Hüften. Sein Haar war ebenso dunkel wie seine Kleidung. Mehr konnte ich von meinem Platz aus nicht sehen, weil er mir den Rücken zugewandt hatte. Ob er wohl einer der heiratsfähigen Prinzen war? Außerdem stellte ich mir die Frage, warum er dort alleine stand, ohne sich zu rühren.

Ehe ich meinen Blick abwenden und mich zurückziehen konnte, drehte er sich zu mir um. Ich wollte erschrocken zurückweichen, aber sein kalter Blick hielt mich gefangen. Der Lichtschein fiel auf sein blasses, kantiges Gesicht. Unter den eisblauen Augen lagen tiefe Schatten und seine Lippen waren zu einem schmalen Strich zusammengepresst.

Erschrocken drückte ich mich nach hinten, um schleunigst aus seinem Sichtfeld zu kommen. Dabei rutschte ich mit der Hand am Geländer ab, verlor für eine Sekunde das Gleichgewicht und drohte vornüber zu fallen. Im letzten Moment fanden meine Füße auf dem Boden wieder Halt und mein Schwerpunkt ließ mich zurück auf den Balkon sinken. Mit schwer klopfendem Herzen lehnte ich mich mit dem Rücken an die Wand. Das Blut rauschte in meinen Ohren, die Panik wegen meines Beinahesturzes ebbte langsam ab. Trotzdem meinte ich ein dunkles, unheimliches Lachen unter mir zu hören. Ich wollte es als Hirngespinst abtun und der aufwühlenden Situation zuschreiben, als eine Stimme sich erhob. Dunkel und samtig, gefährlich wie ein Raubtier. »Fallt nicht, Prinzessin. Mit gebrochenen Flügeln kann man nicht fliegen.«

Kapitel 2

Die letzte Nacht hatte ich kein Auge zugetan. Noch immer kreisten meine Gedanken um den König und darum, mit welcher Kälte er mir eröffnet hatte, dass es nicht mehr länger an mir war, seine Nachfolge anzutreten. Aus der Kronprinzessin war innerhalb eines Wimpernschlags ein Niemand geworden.

Mira stand wie jeden Morgen hinter mir und kleidete mich an. In Roben, mit denen ich aufgewachsen war, die einer Prinzessin würdig waren – und die sich jetzt falsch an mir anfühlten. Dessen ungeachtet hielt ich das Kinn oben, den Rücken gerade und den Blick geradeaus. Verließ meine Gemächer mit derselben Würde, demselben Stolz wie jeden Morgen und ignorierte dabei den besorgten Blick meiner besten Freundin, der mir in die Eingeweide schnitt. Das Geräusch meiner Absätze hallte von dem Marmor der Flure wider. Paukenschläge in meinem Kopf, der wegen der Übernächtigung ohnehin hämmerte, als würde man auf ihn einschlagen.

Als ich wenig später den Speisesaal betrat, saßen meine Geschwister bereits an der langen Tafel. Neben Elionora saß ein junger Mann von durchschnittlicher Größe mit strohblondem Haar und grünen Augen. Seinem Aussehen nach zu urteilen, stammte er aus Aguana, dem Land der Wassermagier. Ich kam nicht umhin, den Kontrast zu bemerken, den er zu meiner Schwester bot, die mit ihrer schwarzen Haut und ihren finsteren Augen wie das dunkle Gegenstück dieses Jünglings wirkte. Auf eine groteske Art ergänzten sie sich perfekt.

Elionora gegenüber saß mein kleiner Bruder Kamil, vollkommen konzentriert auf sein Frühstück. Während ich langsam den Raum durchschritt und sich nach und nach jeder Blick auf mich richtete, blieb er ungerührt und verspeiste weiter Unmengen an Brei und Käse.

Mein Vater hingegen ließ mich nicht aus den Augen. Am Kopf der Tafel sitzend, hielt er in seinem Gespräch inne und betrachtete mich aus immer schmaler werdenden Augen. Er war auf der Suche und ich konnte mir vorstellen, was er suchte. Beweise dafür, wie hart mich seine Entscheidung getroffen hatte, verräterische Spuren um meine Augen herum, die von zu vielen Tränen und zu wenig Schlaf erzählten, aber Mira hatte ganze Arbeit geleistet. Dergleichen würde er nicht finden.

Also hielt ich seinem Blick stand, hob das Kinn noch ein wenig weiter gen Himmel und schritt so majestätisch, wie es mir möglich war, zu meinem Platz an der Tafel. Erst kurz bevor ich den Stuhl erreichte, bemerkte ich, dass links neben Vater eine weitere Person an der Tafel speiste. Kohlrabenschwarzes Haar, das dem jungen Mann bis auf die Schultern reichte, ein kantiges, männliches Kinn, hohe Wangenknochen, eine spitze Nase, die aussah, als hätte sie bereits einige Schläge wegstecken müssen. Und unter einem paar dunkler Augenbrauen die kältesten blauen Augen, die mich je angesehen hatten.

Mir gefror das Blut in den Adern und in meinen Ohren hallte das Echo seines dunklen, samtigen Gelächters. Auch heute trug er wieder einen schwarzen Anzug, mit dem er jederzeit in den Kampf hätte ziehen können. Lediglich die Waffengürtel fehlten, trotz alledem bezweifelte ich, dass er gänzlich unbewaffnet war. Und wenn es nur die scharfen, giftigen Pfeile waren, die er mit seinem Blick immer wieder in Richtung der anderen Anwesenden verschoss.

Mit größtem Unbehagen ließ ich mich neben ihm auf meinen Stuhl fallen.

»Guten Morgen«, grüßte ich emotionslos, jedoch laut genug, um unmissverständlich klarzumachen, dass man mich nicht gebrochen hatte.

»Guten Morgen, Schwesterherz«, flötete Elionora und stützte kokett das Kinn in ihre Handflächen. Gleichzeitig warf sie einen glücklichen Blick auf den jungen Mann neben sich, ehe sie mir erneut in die Augen sah, diesmal ganz offensichtlich feindselig.

Lio und ich hatten schon immer einen Kampf ausgefochten. In ihren Augen hatte ich den Thron nicht verdient. Und jetzt stand er mir nicht mehr länger zu. Für sie lief es geradezu perfekt, trotzdem hasste sie mich weiter aus tiefster Seele, ohne dass ich jemals erfahren hatte warum.

»Guten Morgen, Avianna«, begrüßte mich mein Vater und sorgte mit der Präsenz von Macht in seiner Stimme dafür, dass ich mich zu ihm umdrehte und Elionora in ihrem Ruhm schwelgen ließ.

In mir brodelte es. Ich gierte danach, ihr an die Kehle zu springen, wollte sie von ihrem Stuhl reißen, mir meinen Platz zurückerobern. Auch wenn es kein Zurück für mich gab, weil ich die Magie in mir nicht beherrschte, mochte ich meinen Platz als Kronprinzessin nicht aufgeben. Ohne diese Zukunft war ich nichts. Was machte mich aus, wenn nicht meine Pflicht einst über Iralia zu herrschen? Wen sollte ich ehelichen, wenn nicht einen Prinzen, würdig genug, um an meiner Seite zu regieren?

In Gedanken sah ich mich bereits stickend neben irgendeinem Lord sitzen, mit anderen Damen Handarbeiten verrichtend und über die Erfolge unserer Männer tratschend. Eine Handvoll Kinder um mich herum, die erst Jahre später hätten geboren werden sollen, wenn der Thron mein gewesen wäre.

»Darf ich dir im Übrigen König Byron von Glacien vorstellen? Er leistet uns heute beim Frühstück Gesellschaft«, stellte mein Vater mit einer wohlwollenden Geste meinen Sitznachbarn vor.

König Byron also. Ich schluckte das aufkommende Unbehagen herunter und nickte ihm zu. Glacien war ein Land weit im Norden. Groß und unwirtlich. Viel zu kalt in den Sommern und mit Wintern so eisig, dass Menschen wie wir aus der tiefsten Wüste zu erfrieren drohten, wenn sie sich zu lange im Freien aufhielten.

Zumindest lauteten so die Erzählungen. Es gab seit etlichen Jahrzehnten keine diplomatischen Beziehungen mehr zu Glacien. Vor allem nicht, seitdem der schreckliche Herrscher König Yllias den Thron errungen hatte und mit ihm die Beziehungen zu Glacien so dramatisch wurden, dass man jederzeit kriegerische Handlungen zu befürchten hatte.

»Es freut mich, Eure Bekanntschaft zu machen, Prinzessin.« König Byron neigte neben mir sein Haupt, griff nach meiner Hand und hauchte einen Kuss auf ihren Rücken.

Ein Schauder jagte durch meinen Körper und ließ mir die Knie weich werden. Nicht wegen seiner Geste, nicht wegen seiner samtigen Stimme, die mir noch von gestern Abend im Gedächtnis geblieben war, sondern wegen der Art, wie er *Prinzessin* aussprach. Hart und unnachgiebig. Als wäre ich ihm ein Dorn im Auge, gleichzeitig hob er jedoch mit einem verschlagenen Lächeln, das tiefste Zufriedenheit signalisierte, den Kopf.

»Die Freude ist ganz auf meiner Seite«, erwiderte ich und schickte mich an vor ihm zu knicksen, bevor ich mich aber erheben konnte, schoss seine Hand vor und hielt mich auf dem Stuhl zurück.

»Ich lege keinen Wert auf solcherlei Etikette«, zischte er gefährlich leise und das kalte Blau seiner Augen blitzte mit einer Härte auf, die mir das Blut in den Adern gefrieren ließ.

Statt einer Antwort neigte ich ergeben den Kopf, was seine Hand dazu veranlasste mich ein weiteres Mal in den Stuhl zu drücken, ganz kurz nur, ohne dass jemand es merkte, ehe er sie endlich wegnahm und ich befreit durchatmete. Ich wagte nicht, ihm ein weiteres Mal in die Augen zu sehen.

»Avianna!« Die harsche Stimme meines Vaters riss mich aus meinen Gedanken. Mein Herz jagte in meiner Brust dahin und mir war elend, aber ich schluckte die Übelkeit und den Kloß herunter, kämpfte gegen meine Angst an, die Byron in mir ausgelöst hatte, und konzentrierte mich ganz auf das, was mein Vater zu sagen hatte.

»Nachdem gestern einige schwerwiegende Entscheidungen getroffen wurden, wünsche ich, dich nach dem Frühstück in meinen Räumen zu treffen. Es gibt Dinge, die es zu besprechen gilt.«

Ich nickte entkräftet. All die Kraft, die ich in mir gesammelt hatte, um das Frühstück zu überstehen, war in den letzten Minuten verpufft. Erst hatte Byron mich aus der Fassung gebracht und jetzt war es Vater, der sich immer nur dazu herabließ mit mir zu sprechen, wenn es meine Zukunft betraf. Eine Zukunft, die bisher strahlend und wichtig war, die sich allerdings gestern innerhalb von Sekunden zerschlagen hatte. Ich wollte nicht wissen, welche Pläne er für mich hatte, auch wenn ich nicht naiv war und mir denken konnte, in welche Richtung dieses Gespräch gehen sollte.

Verstohlen warf ich einen Blick auf den dunklen König neben mir und erschauerte. Noch bevor ich wieder auf meinen Teller sehen konnte, traf mich sein Blick und in diesem Moment durchzog kaltes Eis meine Adern und ließ mich erstarren. Byron hob abschätzig eine seiner dunklen Brauen, dann presste er die Lippen zu einem schmalen Strich zusammen. Seine Hand, die bisher neben seinem Teller gelegen hatte, ballte sich zur Faust und ich musste mir eingestehen, dass dieser König aus diesem fernen Land mir eine höllische Angst einjagte.

***

Die Räumlichkeiten meines Vaters waren so pompös, wie sie es mitten in der heißesten Wüste der uns bekannten Welt sein konnten. Unser Schloss war nicht so prächtig wie das anderer Königreiche, sondern bestand aus hellem Sandstein. Die Möbel waren aus Palmholz gefertigt, das wir eigens aus einem Nachbarkönigreich hatten kommen lassen, weil unsere Oase nicht genug hergab, um einen ganzen Palast und dessen Hof auszustatten. Es gab nur wenige Fenster hier unten in der Bibliothek meines Vaters, um die Bücher vor dem Sand zu schützen, den der heiße Wüstenwind vor sich hertrieb und der es schaffte in die kleinsten Poren zu dringen.

Mein Vater saß an seinem Schreibtisch und versiegelte ein wichtig aussehendes Schriftstück mit Wachs, in dessen Mitte er das Siegel seines Rings presste – das Wappen Iralias. Eine Wüstenrose, eingefasst von den stachelbewehrten Schwänzen zweier Skorpione.

»Du kommst reichlich spät«, waren die ersten Worte, die er an mich richtete. Anstatt mich anzusehen, befreite er seinen Ring von den Resten des erkalteten Wachses.

»Lyrica hat mich aufgehalten«, entschuldigte ich mich. Lyrica war meine Amme gewesen, die mein Überleben gesichert hatte, nachdem meine Mutter bei meiner Geburt ihr Leben verloren hatte. Allein diese Tatsache war der Grund, warum mein Vater sie niemals für meine Verspätung zurechtweisen würde. Sie hatte das Überleben seiner Erstgeborenen gesichert, seiner Lieblingstochter – bis gestern.

»Setz dich«, wies er mich an, ohne auf meine Entschuldigung einzugehen. Während ich ihm gegenüber am Schreibtisch Platz nahm, stand er auf und verschränkte die Hände hinter dem Rücken.

Eine erdrückende Stille breitete ihren Mantel über uns. Es war gewiss nicht so, dass Vater mich schonen wollte, aber es gab Dinge, die fielen selbst ihm schwer. Wenn er auch ein ganzes Wüstenkönigreich souverän regierte, war er nie begnadet darin gewesen, uns Kindern ein guter Vater zu sein. Er sah unsere Fehler, die Dinge, die es uns zu lehren galt, nicht jedoch die Menschen, nicht uns. Niemals uns.

»Du wirst morgen unseren Hof verlassen«, eröffnete er mir. Damit hatte ich bereits gerechnet. Nur nicht so schnell und nicht ganz so endgültig.

»Ich …«, begann ich, aber die aufsteigende Panik schnürte mir die Luft ab. Legte sich wie ein Ring aus Eisen um meine Brust und machte es mir unmöglich nach Luft zu schnappen. Die beinahe fensterlose Bibliothek war dem nicht zuträglich. Mein Kopf gaukelte mir vor, die hellen Wände bewegten sich auf mich zu.

Ich sprang auf und strich mein dünnes Leinenkleid glatt, nur um mich auf etwas zu konzentrieren, weil ich sonst durchzudrehen drohte.

»Es ist zu deinem Besten, Avianna. Du wurdest geboren, um zu regieren. Alles, was wir dich hier gelehrt haben, war darauf ausgerichtet dir einst ein Königreich zu unterstellen. König Byron ist jung und ohne Braut. Wir benötigen dringend Rohstoffe aus seinem Königreich und müssen einen drohenden Krieg um jeden Preis verhindern.«

»Ich werde aus rein diplomatischen Gründen verheiratet«, wisperte ich fassungslos. Dabei ergab das einen Sinn und ich konnte nicht einmal abstreiten, dass ich an seiner Stelle ähnlich gehandelt hätte. Machte mich das zu einer geeigneten Regentin oder zu einem miserablen Menschen?

»Nicht nur das, Avianna. Ich möchte, dass du mir berichtest, was in diesem Königreich vor sich geht. Dass du meine Augen und meine Ohren an einem potenziell bedrohlichen Ort bist. Sollte König Byron sich je dazu entschließen, Krieg gegen uns zu führen, sind wir verloren.«

Ich wusste, worauf er hinauswollte. Jeder kannte die Geschichten von

König Yllias. Alle Königreiche waren bisher gleichermaßen vor ihm erzittert, immer in der Hoffnung, er würde seine grausamen Armeen nicht gegen sie schicken. Denn in Glacien gab es mehr Magie als in jedem anderen Königreich. Beinahe jeder Mensch dort konnte auf das *Ewige Eis*, wie es genannt wurde, zurückgreifen. Selbst mit einem Bündnis und einer zahlenmäßigen Übermacht hätten wir keine Chance.

Mit einem Knicks akzeptierte ich ergeben mein Schicksal und als ich mich aufrichtete, war ich wieder die Avianna, die gestern am See verbissen an ihrer Magie gearbeitet hatte. Vielleicht hatte sich das Blatt gewendet und Elionora würde einst Ilaria regieren, aber auch ich hatte nun eine Aufgabe. Eine von höchster Wichtigkeit. Meine Existenz hatte wieder einen Sinn.

Wenn nur König Byron nicht mein zukünftiger Ehemann wäre. Ein Mann, der mit einem Blick aus seinen blassblauen Augen mein Blut zu Eis gefrieren lassen konnte. Der Sohn des grausamsten Herrschers, den unsere Welt je gesehen hatte. Die Frage war, wie viel Grausamkeit steckte in ihm, meinem zukünftigen Ehemann und König?

***

Am nächsten Morgen stand ich mit gemischten Gefühlen vor einer kleinen Karawane, die mein Vater jedem Besuch unseres Hofes zur Verfügung stellte, weil Pferde die heiße Wüste nicht überlebten, unsere Kamele hingegen schon. Den letzten Tieren schnallte man gerade Bündel auf den Rücken, die vorderen beiden Tiere trugen jeweils ein Holzgestell zwischen den Höckern, das mit Leinen ausgekleidet war und König Byron und mir während unserer Reise Schatten spenden sollte.

Mira reiste mit mir und wahrscheinlich war sie das Zünglein an der Waage, das mich davon abhielt auf der Stelle weinend zusammenzubrechen. Bisher hatte ich mich für zäh gehalten, aber die Aussicht auf ein fremdes Land, einen fremden Hof und auf einen zukünftigen Ehemann, der für seine Grausamkeit berüchtigt war, machte mir eine höllische Angst.

»Mylady.«

Erschrocken fuhr ich herum. Neben mir stand ein Mann wie ein Geist. Er war in einen schwarzen Mantel gehüllt, hatte die Kapuze tief ins Gesicht gezogen und trotzdem konnte ich seine weiße Haut sehen. Mein Blick wanderte automatisch zu seinen Händen, aber sie waren unter ebenso schwarzen Handschuhen verborgen.

»Mein Name ist Elric, ich bin königlicher Berater. Während Eurer Anfangszeit in Glacien werde ich Euch jederzeit mit Rat und Tat zur Seite stehen.« Er verbeugte sich tief vor mir. Als er wieder zu mir aufsah, schimmerten seine blauen Augen blassviolett und eine Strähne schlohweißen Haares fiel ihm in die Stirn.

»Äh ...« Ich straffte meine Schultern. Sein fremdartiges Aussehen hatte mich aus der Bahn geworfen. »Ich danke Euch, Elric«, brachte ich schnell hervor.

»Er wird Euch schon nicht fressen«, rumpelte eine samtige Stimme hinter mir und ich hörte die Erheiterung heraus. »Oder, Elric? Stehen junge Prinzessinnen noch auf deinem Speiseplan?«

»Nein, Hoheit«, antwortete Elric und ich glaubte ihn grinsen zu hören, auch wenn ich sein Gesicht unter der Kapuze nicht sehen konnte, weil er sich seinem Gesprächspartner zugewandt hatte. »Junge Prinzessinnen sind zugunsten draller Dirnen gestrichen worden.«

Mein Gesicht brannte, während ich ihren Witzeleien lauschte. Die Gepflogenheiten Glaciens waren mir nicht bekannt, aber hier in Iralia sprach man nicht über den Akt körperlicher Liebe und wenn, dann hinter vorgehaltener Hand. Das unbefangene Geplänkel zwischen Elric und König Byron beschämte mich daher zutiefst.

»Na los, Prinzessin, steigt auf Euer Kamel, wir wollen abreisen«, wurde ich lachend von Byron angewiesen. Statt mich zu ihm umzudrehen, nickte ich lediglich und ging auf eines der Tiere zu, ohne dem König einen Blick zu schenken. Ich würde ihm so lange wie möglich aus dem Weg gehen, nahm ich mir vor.

Mira zwang das Kamel auf die Knie und ich kletterte zwischen die Höcker in die Sänfte. Schaukelnd richtete sich mein Reittier wieder auf und ich wischte mir den Schweiß von der Stirn. In einem der Beutel neben mir steckte ein Wasserschlauch. Wasser war in den nächsten Tagen unser kostbarstes

Gut, wenn weit und breit nur Sand und sengende Hitze unsere Wegbegleiter waren.

Neben mir tauchten mein Vater und meine Geschwister auf, um mir eine gute Reise zu wünschen. Ich lächelte über ihre Worte hinweg, obwohl in mir kurzzeitig das Bedürfnis aufflackerte, ihnen einen Dolch zwischen die Rippen zu stoßen. Elionora, weil sie dort stand, stolz und mit einem überheblichen Lächeln auf den Lippen, nachdem sie ihre verhasste große Schwester endlich ausgestochen hatte. Egal mit welcher Engelszunge sie mir versicherte, mich zu vermissen, wir wussten es beide besser. Meinem Bruder Kamil, weil er einst der stärkste Feuermagier in Vaters Armee sein würde und mir nicht einmal eine kleine Flamme gelang. Weil ihm alles zufiel, während ich gezwungen war für jede Kleinigkeit zu kämpfen und am Ende doch verloren hatte.

Und meinem Vater, weil er mich fortschickte in die Hände eines Mannes, der über alle Grenzen als grausam und unbarmherzig bekannt war. Ich war ein Geschenk an die Diplomatie, eine Spionin im Namen des Friedens und tief in mir brach mein Herz, weil ich entbehrlich war. Sollte die Rolle, die mein Vater mir zugedacht hatte, jemals aufgedeckt werden, hätte ich mein Leben verwirkt. Spione lebten nicht lange, in keinem Königreich.

Nachdem meine Familie sich zurück in den Schatten begeben hatte, sah ich über meine Schulter zu Mira. Sie saß auf ihrem Kamel, eingehüllt in Leinen, einen Schal um Kopf und Gesicht geschlungen, um ihre Haut vor dem gnadenlosen Feuerball am Himmel zu schützen. Einzig ihre Augen schauten mich wachsam und besorgt an, aber ich hielt das Kinn hoch, hielt es immer hoch, weil ich keine andere Wahl hatte.

Ich atmete tief durch und sah mich zum letzten Mal nach meinem Zuhause um. Betrachtete die Palmen, die Wüstenrosen, das Gras und den großen Wasserlauf der Oase. Prägte mir unseren Palast ein. Heller Stein auf hellem Sandboden und direkt dahinter das Paradies inmitten der Wüste.

»Seid Ihr soweit, Prinzessin, oder wollt Ihr noch ein Bild malen, um auch ja kein Detail zu vergessen?« Byron stand neben mir im Sand und sah mit hartem Blick zu mir auf. Seine Aufmachung war der von Mira nicht unähnlich und ich wunderte mich, warum er nicht auf seinem Kamel saß.

Er folgte meinem Blick, ehe er ein schroffes »Ich laufe« von sich gab. Und dann setzte er seine Worte in die Tat um, ohne meine Antwort auf seine Frage abzuwarten. War ich soweit? War ich bereit? Würde ich das je sein?

Es machte keinen Unterschied, denn die Karawane setzte sich in Bewegung, ob ich wollte oder nicht. König Byron stampfte entschlossen neben mir durch den Sand. Sein Blick blieb unnachgiebig in die Ferne gerichtet. Vor mir führte Mesmut, unser Stallmeister, die Karawane an und ebnete uns einen sicheren Weg durch unwirtliches Land.

Ich wandte mich nach links zu dem anderen Kamel mit leinenem Baldachin und erstarrte. Der Platz zwischen den Höckern war nicht leer wie erwartet, sondern von Elric besetzt. Er ließ seinen König laufen, während er selbst auf dem Kamel ritt? Verwirrt schnappte ich nach Luft und sah mich erneut nach Mira um. Ihr Tier trampelte direkt hinter meinem durch die Wüste und dahinter ein weiteres, vollbepackt mit Gepäck und Proviant.

»Warum lasst Ihr Elric reiten, Eure Hoheit?«, wagte ich zu fragen.

An unserem Hof wurde stets Etikette gewahrt, Hierarchien wurden großgeschrieben. Verstöße wurden mit harten Strafen belegt und wehe, jemand widersetzte sich den strengen Regeln. Meine Freundschaft mit Mira wurde zähneknirschend geduldet, da meine Zofe sich nie etwas zu Schulden kommen ließ und ihre Arbeiten gewissenhaft und schnell erledigte.

»Das fragt Ihr besser Elric«, lautete die knappe Antwort, bei der er mich nicht einmal ansah, während er stur weiter Richtung Horizont blickte, als könnte er es nicht erwarten in sein Königreich zurückzukehren.

»Warum wart Ihr in Iralia? Ihr werdet wohl kaum um die Gunst der Kronprinzessin gebuhlt haben. Immerhin seid Ihr kein Prinz mehr und regiert Euer eigenes Land«, wagte ich weiter zu fragen.

»Warum fällt es Euch so schwer, Euer vorlautes Mundwerk zu halten?«, zischte er gefährlich und erinnerte mich dabei an die Wüstenkobra, die hier lebte.

»Ich weiß nicht.« Ich zuckte leichthin mit der Schulter. »Vielleicht deswegen, weil ich meinen zukünftigen König und Gemahl gerne kennenlernen würde, bevor ich ein Bett mit ihm teile.« Ich hatte keine Ahnung, woher der

Mut und die Unverfrorenheit mit einem Mal kamen, aber die Worte verließen meinen Mund, bevor ich sie zurückhalten konnte.

Sein Blick schoss augenblicklich zu mir. Kalte blaue Augen, die mich wie Eiszapfen durchbohrten und mir eine Gänsehaut über den ganzen Körper jagten. Wenn Blicke die Macht hätten zu töten, wäre ich augenblicklich leblos vom Kamel gefallen.

Neben mir unterdrückte Elric ein Glucksen, das allerdings nicht sonderlich geschickt, und nachdem er zum dritten Mal zitternd Luft geholt hatte, brach es aus ihm heraus.

Weder König Byron noch ich fanden weitere Worte, während Elric lachte und sich dabei Tränen aus den Augen wischte. Erst nach einer gefühlten Ewigkeit ebbte der Anfall ab und verlor sich in einem leisen Kichern, bis es vollkommen still wurde. Nur der heiße Wüstenwind strich uns sengend über Kleidung und Haut.

»Tut mir leid, Byron, aber du musst zugeben, du hattest dir das einfacher vorgestellt, oder?«

Byron warf seinem Berater einen Blick zu, der auch diesen locker in den Wüstensand geschickt hätte, hätte der König Glaciens über solche Fähigkeiten verfügt, und Elric hielt den Mund, schluckte alle Worte, die er vielleicht noch auf der Zunge liegen hatte, herunter.

Was hatte er sich einfacher vorgestellt? Warum klang das alles, als sei es von langer Hand geplant gewesen und warum beschlich mich das Gefühl, verraten worden zu sein? Ich sah hinaus zum Horizont. Vor mir, neben mir und hinter mir nur Sand und flimmernde Hitze unter einem blauen Himmel und einem orange-roten Feuerball. Ich fühlte mich einsam. Vor allem aber verloren – in mehr als einer Hinsicht.

KAPITEL 3

Die Reise durch Iralia führte mir vor Augen, wie wenig ich tatsächlich mit meinem Königreich vertraut war. Wie wenig die Bücher mir das Land hatten näherbringen können. Ich wusste, warum der umherziehende Wüstenstamm sich in der Oase niedergelassen hatte, wusste, dass es noch immer Karawanen gab, die zwischen einzelnen kleineren Oasen hin- und herzogen und Handel trieben. Und ich wusste von der großen Küstenstadt, die mittels Schiffen Handel mit anderen Königreichen trieb.

Aber ich hatte nicht gewusst, wie gefährlich meine Heimat war. Hatte nicht geahnt, wie heiß die Sonne auf den Sand brannte. Meine Zunge klebte seit Stunden trocken unter dem Gaumen und ich ermahnte mich immer wieder, nicht den letzten Schluck aus meiner Feldflasche zu trinken. Wasser war kostbar und solange ich es noch aushielt, würde ich es nicht anrühren.

Sehnsüchtig sah ich hinüber zu Mesmut, dem die Hitze in keiner Weise zuzusetzen schien. Seit zwei Tagen führte er unsere kleine Gruppe unermüdlich an. Stapfte Schritt um Schritt durch den unwegsamen Sand, überwand Dünen, als wären sie nicht mehr als ein befestigter Weg. Dabei trank er nicht mehr als Elric oder ich, die wir im Schatten der Leinentücher auf den Rücken der Kamele getragen wurden.

Viel mehr beeindruckte mich aber Byron, auch wenn ich das niemals vor ihm zugegeben hätte. Er hatte kein einziges Mal eine Pause gefordert oder gar Elric gebeten vom Kamel zu steigen, um selbst den Platz einzunehmen, der ihm zustand. In der Nacht, als Mira und ich in dicksten Tierfellen und eng aneinandergeschmiegt in der Kälte zitterten, hatte er keinen Ton von sich gegeben, sondern war noch aufgestanden und hatte eines seiner Felle vor Elric abgelegt, damit der sich wärmer einwickeln konnte.

Auch jetzt, am Ende von Tag zwei in der Wüste, ließ er sich nichts anmerken, obwohl unser aller Kräfte schwanden. Außer Mesmut war niemand an die Hitze in der offenen Wüste gewöhnt. Unsere Augen waren gerötet, die von Mira sogar entzündet, weil der Wind unaufhörlich Sandkörner hineintrieb und niemand von uns noch genug Tränenflüssigkeit besaß, um sie auszuspülen. Bis vor wenigen Tagen hätte ich es nicht für möglich gehalten, dass ich mein Land einst hassen könnte, aber die Unwirtlichkeit Iralias machte es mir gerade zumindest sehr schwer es zu lieben.

Ich war vollkommen in meinen Gedanken versunken, als Mesmut ankündigte, dass wir für die Nacht rasten würden. Erst jetzt fiel mir der violette Streif am Horizont auf. Innerhalb der nächsten Stunde würde die Nacht über uns hereinbrechen. Die Dunkelheit kam in der Wüste schnell und konnte einen überraschen, wenn man nicht wusste, mit welcher Schwärze man es aufnehmen musste.

Während Elric von seinem Kamel kletterte, griff ich nach meinem Trinkschlauch und genehmigte mir endlich den letzten Schluck der Tagesration. Das kühle Wasser rann meine Kehle hinab und erfrischte mich in einer Art, die ich bisher nicht für möglich gehalten hatte. Ich hatte im Palast nie Hunger oder Durst leiden müssen, nicht so, wie ich es hier tat.

Mesut wies die Kamele an, sich niederzulassen und überprüfte unsere Beutel und Taschen, teilte unsere Nachtrationen ein und kümmerte sich um Trockenfleisch und Früchte für das Abendessen.

»Wollt Ihr auf Eurem Kamel übernachten, Mylady?« Elric hielt mir seine Hand hin, die ich jedoch ausschlug. Wenn auch nicht sonderlich anmutig, konnte ich doch zumindest ohne fremde Hilfe von meinem Kamel klettern.

»Wir sind nicht Euer Feind, Prinzessin«, erklärte Elric ernst, als er meine trotzige Reaktion beobachtete.

»Sagt wer?«, spuckte ich ihm entgegen und schwang das zweite Bein über eine hölzerne Querstrebe, die das Tuch auf dem Kamel hielt. Dabei blieb ich mit meinem Fuß hängen, verlor das Gleichgewicht und stürzte. Aus dem Augenwinkel nahm ich noch wahr, wie Elric versuchte mich aufzufangen – jedoch vergeblich.

Aus vollem Schwung fiel ich in den Sand, der vom Tag erhitzt war. Viel grausamer war die Tatsache, dass ich Sand bisher immer als weich empfunden hatte. Nun war ich jedoch mit solcher Wucht aufgekommen, dass mir jeder Knochen im Körper schmerzte, vor allem der Steiß, auf den ich gestürzt war.

»Alles in Ordnung mit Euch?«, fragte Elric besorgt und reichte mir erneut seine Hand, um mir aufzuhelfen.

Gleichzeitig eilte Mira herbei. »Oh nein, Avianna!«, rief sie erschrocken aus.

»Alles gut«, ächzte ich und versuchte mich aufzurichten, was mir überraschenderweise gelang, ohne das Reißen und Stechen in meinem unteren Rücken zu offensichtlich zur Schau zu tragen. Als ich jetzt meine ersten Schritte machte, konnte ich ein schmerzvolles Aufstöhnen nicht vollständig unterdrücken.

»Wer das Kinn zu hoch trägt, der fällt auch tief.«

Ich hasste ihn allein dafür, dass der Samt in seiner Stimme fähig war, mir jedes Mal Schauer über den Rücken zu jagen. Ich hasste ihn dafür, dass es ihm gleichgültig schien, wer ich war und wen er heiraten würde. Hasste ihn dafür, wie er mit mir sprach.

»Stolz ist keine Eigenschaft, die es zu verachten gilt«, antwortete ich zwischen zusammengebissenen Zähnen. »Ganz im Gegensatz zu Hochmut.«

»Ihr wart hochmütig, Prinzessin, nicht stolz. Glaubt mir, ich kenne den Unterschied«, spottete er weiter und trat im selben Augenblick vor mich. Ehe ich protestieren konnte, schlang er die Arme unter meinen Armen und Knien durch und hob mich hoch. Kurz und knapp wies er Elric und Mira an, mir ein Lager zu errichten, auf das er mich schließlich bettete. Und obwohl ich wusste, ich sollte mich bedanken, blieben mir die Worte im Halse stecken.

»Es ist mir eine Ehre Euch zu Diensten zu sein, Mylady.« Vielleicht hätte ich ihm geglaubt, nach dem, was er gerade für mich getan hatte, aber seine Stimme triefte vor Missachtung und Sarkasmus. Wenn eines gewiss war, dann, dass er mich genauso sehr verachtete wie ich ihn.

***

Die Nacht hatte sich, wie prophezeit, viel zu schnell über uns gelegt. Wir hatten noch eine Weile um ein kleines Feuer gesessen, das Mesmut mit seiner kümmerlichen Magie entfacht hatte und uns an den Flammen gewärmt und gegessen, ehe wir uns alle in unseren Nachtlagern niedergelassen hatten. Die Tage in der Wüste erschöpften uns und niemandem war nach Unterhaltung zumute.

Um mich herum hörte ich das tiefe Atmen meiner Reisebegleiter. Elric schnarchte zwischenzeitlich laut auf, drehte sich dann auf die andere Seite und schlief ruhig weiter. Mira schmatzte einige Male vor sich hin und Mesmut sprach im Schlaf, allerdings so unverständlich, dass seine Worte keinerlei Sinn für mich ergaben. Lediglich Byron lag da wie ein Toter. Kein Schmatzen, kein Schnarchen, keine gemurmelten Worte, nicht mal ein Wälzen oder Drehen. Er legte sich nieder und bewegte sich einfach nicht mehr. Würde die Wüste nicht an unseren Kräften zehren, hätte ich geglaubt, er schliefe gar nicht.

Auch wenn ich müde war, machte ich in dieser Nacht kein Auge zu. Mein Steiß pochte immer noch hell und in regelmäßigen Abständen. Der Sturz hatte mir mehr ausgemacht als ich anfangs glauben wollte. Die Schmerzen hielten mich wach und langsam kroch auch die nächtliche Kälte in jede meiner Poren. Hin und wieder schlugen meine Zähne aufeinander, wenn mich ein besonders kalter Schauer durchlief, weil der kühle Wind über mich hinweg strich.

Ein wenig verzweifelt, weil die Müdigkeit bleischwer auf mir lag und mich meine Gedanken nicht zur Ruhe kommen ließen, schloss ich die Augen und drängte mich näher an Mira. Ihre Körperwärme beruhigte mich, vertrieb ein wenig die Kälte aus meinen Knochen und ich spürte langsam, wie der Schlaf mit barmherzigen Händen nach mir griff und ich hinüber driftete in diese leise Dunkelheit, diese beruhigende Stille

... und dann brach die Hölle los!

Noch bevor ich richtig eingeschlafen war, hörte ich laute Männerschreie. Dann Mesmut, der etwas von »Wüstenräubern« brüllte, und Mira, die neben mir kreischte, als sie von mir weggerissen wurde.

Mein Herz donnerte schmerzhaft gegen meine Brust. Meine Augen gewöhnten sich schnell an das Restlicht in der Wüste, das Mond und Sterne am klaren Himmel spendeten, und ich sah schemenhaft die Gestalten, die über unser Lager herfielen, Mira mit sich zerrten und Beutel und Säcke von unseren Kamelen schnitten.

Obwohl die Angst mich lähmen sollte, obwohl meine Hände zitterten und meine Knie beim Aufstehen unter mir nachzugeben drohten, kämpfte ich mich hoch. Ich ignorierte die Schmerzen in meinem Steiß und ging in die Hocke. Mir war schleierhaft, warum sie sich nicht auf mich gestürzt hatten. Eventuell hatten sie mich übersehen, weil ich so nah an Miras Rücken gelegen hatte, dass ich ihnen gar nicht aufgefallen war. Mesmut und Mira kämpften gegen die Männer, die sie festhielten, aber ihr Kampf schien aussichtslos. Mesmuts Feuer hatte keine Kraft, weil in Iralia schon lange das Gesetz galt, starke Magier nur unter Adeligen zu verheiraten und die Magie dem einfachen Volk vorzuenthalten. Nur wenige Menschen aus ärmeren Verhältnissen beherrschten noch einen Rest Magie.

Langsam hockte ich mich zwischen die Tierfelle und tastete nach irgendeinem Gegenstand, den ich als Waffe benutzen konnte. An die Kamele, die Brennholz mit sich trugen, kam ich nicht heran. Steine gab es hier weit und breit keine, wir waren schließlich in der Wüste. Eine Handvoll Sand direkt in die Augen konnte zumindest einen Mann für kurze Zeit aufhalten, ihn aber nicht ausschalten, und damit machte ich mich angreifbar für die anderen Räuber.

Ungeachtet dessen tasteten meine Hände vorsichtig in den Fellen herum, in der Hoffnung auf irgendetwas zu stoßen, das mein Kopf in seiner Panik vergessen hatte. Mein Atem ging flach, auch wenn meine Lungen zu platzen drohten, weil meine Furcht mir einreden wollte, schneller und lauter zu atmen. Ein Geräusch zu machen war etwas, das ich mir nicht leisten konnte. Meine Augen suchten die Umgebung ab und ich versuchte zu überschlagen, wie vielen Angreifern ich mich gegenübersah. Erst jetzt fiel mir auf, dass die Bettstätten von Elric und Byron leer waren. Hatten sie sich aus dem Staub gemacht oder steckten sie mit den Dieben gar unter einer Decke?

Die Zeit lief mir davon und ich hatte keine Idee, wie ich uns aus dieser Situation befreien sollte. Da, endlich stießen meine Hände auf kühles Metall in meinem Rücken. Verwirrt drehte ich mich um, weil ich mich an keinen Gegenstand erinnern konnte, der sich so anfühlte. Direkt hinter mir hockte Byron und ich hätte beinahe aufgeschrien, doch seine Augen mahnten stumm, mich zu kontrollieren, wenn ich nicht wollte, dass wir in den nächsten Sekunden aufflogen. Das kalte Metall gehörte zu einem Langdolch, den er mir entgegenhielt. Ich hatte nie eine Waffe in der Hand gehalten, aber jetzt war nicht der Moment für Zweifel, also griff ich zu.

Bevor ich mich über das Gewicht in meiner Hand wundern konnte, sprang Byron mit einem Brüllen auf und zog die gesamte Aufmerksamkeit auf den Fleck, an dem wir hockten. Hinter ihm tauchte Elric aus dem Schatten auf, ebenfalls zwei Dolche wie meinen in der Hand. Und dann konnte ich seinen Bewegungen kaum noch folgen. Elegante Drehungen wechselten sich mit kraftvollen Hieben ab und er streckte zwei der Wüstenräuber innerhalb von Sekunden nieder.

Byron kämpfte ähnlich anmutig und legte sein Hauptaugenmerk darauf, Mesmut und Mira zu befreien, ohne sie dabei in Gefahr zu bringen. Sein dunkler Schemen wirbelte durch die Nacht, das Schwert erhoben, und in dem Moment, in dem er einem Räuber den Kopf vom Rumpf trennte, musste ich wegsehen. Es dauerte jedoch nicht lange, bis der beißende metallische Geruch von Blut in meine Nase drang. Sie tränkten den Sand mit dem Blut der Räuber.

Ich kniff die Augen fester zusammen, würgte und schluckte gegen die Übelkeit an, die sich tief in mir bildete. Mein Herz, das sich kurzzeitig beruhigt hatte, hämmerte wieder mit seinem Stakkato gegen meinen Brustkorb. Hart, schmerzvoll. Kalter Schweiß rann mir über die Stirn und meine Hände umklammerten den Langdolch fester, als wäre er ein rettender Anker in all dem Blut und all dem Sterben.

Etwas prallte gegen mich und diesmal kreischte ich panisch auf. Jemand schlang seine Arme um meinen Nacken und kurz durchzuckte mich der Impuls, die Klinge in den dazugehörigen Körper zu stoßen, bis ich begriff, dass es sich um Mira handelte.

»Nein!«, rief sie schrill und ich riss die Augen auf, um zu sehen, was passierte. Und wünschte mir im gleichen Augenblick, ich hätte sie geschlossen gelassen. Vor mir brach Mesmut gurgelnd zusammen. Warmes, dunkelrotes Blut sprudelte aus seinem Bund und spritzte aus dem Schnitt in seiner Kehle.

Heiße, brennende Tropfen auf meinem Gesicht, meiner Kleidung, ehe sein Körper endgültig vor mir in den Sand stürzte. Hinter ihm ein Mann in schwarzem Leinen, der sich kaum von der Nacht abhob. Seine Klinge blitzte im fahlen Mondlicht, als er sich als Nächstes auf uns stürzte.

Mira wich kreischend zurück. Mir blieb nur der Bruchteil einer Sekunde, um mich für Flucht oder Angriff zu entscheiden. Nur wenige Millisekunden, ehe sein Messer mich durchbohren würde.

Dann hörte ich mich schreien, laut und entschlossen. Es war keine bewusste Entscheidung, kein Abwägen von Chancen, sondern purer Instinkt. Ich schoss vor, den Langdolch fest in beiden Händen, duckte mich unter dem blitzenden Messer meines Angreifers weg, spürte die scharfe Schneide an meiner Schulter, ehe mein Dolch in seinen Bauch glitt. Kurz spürte ich den Widerstand seines Fleisches, ehe die Klinge die Haut und die Muskeln durchdrang und in seinen Eingeweiden versank. Wie in Trance riss ich die Klinge zurück und stach erneut zu. Der Mann ließ sein Messer fallen, seine Augen erschrocken geweitet, dann sackte er vor mir zusammen.

Erstarrt sah ich auf seinen leblosen Körper vor mir, auf den Dolch in meiner Hand, von dem dunkelrotes Blut in den hellen Sand zu meinen Füßen tropfte. Mira hinter mir flüsterte wimmernd Mesmuts Namen, vor mir erledigten Byron und Elric die letzten Räuber mit einer Eleganz, die eher an einen Tanz erinnerte als an einen Kampf.

Byrons Blick traf für eine Sekunde meinen. Ich erkannte Erstaunen in seinen Augen, als er die Leiche zu meinen Füßen entdeckte. Für einen kurzen Augenblick flackerte eine Emotion in dem kalten Blau auf, nur einen Wimpernschlag lang, und bevor ich darüber nachdenken konnte, was es war, das ich zu sehen geglaubt hatte, erbrach ich mich in den Sand.

Keine Ahnung, wann ich mit dem Spucken aufhörte. Für mich fühlte sich das Krampfen meines Magens, das trockene Würgen, als ich bereits meinen kompletten Mageninhalt erbrochen hatte, wie eine Ewigkeit an. Schweiß stand mir auf der Stirn, rann in feinen Rinnsalen über meinen Rücken und zwischen meinen Brüsten hinunter. Zitternd brach ich auf dem Sand zusammen, noch immer geschüttelt von Übelkeit und zu erschöpft, um mich aufzurichten. In diesem Moment wäre es mir egal gewesen, wenn man mich einfach liegen gelassen hätte.

Wie durch Watte hörte ich Mira schluchzen, hörte Elric und Byron leise neben mir murmeln. Ansonsten Stille. Keine Kampfgeräusche mehr, keine lauten Schreie, kein letztes Gurgeln, wenn jemand an seinem eigenen Blut erstickte. Erneut würgte ich, richtete mich mit letzter Kraft auf und spuckte vor mich in den Sand. Bevor ich allerdings wieder zur Seite sackte, griffen warme Hände unter meine Arme und zogen mich hoch, drehten mich herum.

Byron.

»Wir sollten hier verschwinden«, sagte er kühl und stapfte mit mir durch den Sand, als wöge ich nicht mehr als ein Vogel, der sich den Flügel gebrochen hatte. Elric, der bereits bei den Kamelen stand und fachmännisch die auf dem Boden verstreut liegenden Beutel und Taschen kontrollierte, nickte. Ich versuchte, mich nach Mira umzusehen, aber Byron sorgte mit festem Griff dafür, dass mir keinerlei Bewegungsfreiraum blieb.

»Glaubt mir, Hoheit, kein Anblick für eine Prinzessin«, bemerkte er schlicht und hob mich auf mein Kamel, ehe er mir den Rücken zuwandte und davonging, nur um wenige Sekunden später mit Mira zurückzukehren, die sich verzweifelt an seinen Unterarm klammerte.

»Wir sollten weiterziehen und uns keinen weiteren Rastplatz suchen.« Elric trat neben Byron.

Mira kletterte währenddessen zu mir auf das Kamel und ich machte ihr Platz. Ihre Augen waren tränennass; salzige Spuren zeichneten einen deutlichen Weg auf ihrer staubigen Haut. Unruhig zuckten ihre Pupillen hin und her, als wäre es ihnen nicht möglich, etwas zu fokussieren oder als suchten sie nach weiteren Angreifern.

»Ohne einen Führer wird es kein Leichtes sein aus dieser Wüste zu entkommen. Genau das muss der Plan gewesen sein. Man hat uns zwar nicht überwältigen können, aber die Wüste wird möglicherweise den Rest erledigen.« Byron strich sich durch sein dunkles Haar, suchte den Horizont mit seinen Augen ab, als läge dort draußen die Antwort.

»Wir sind nur noch eine halbe Tagesreise von Ankras entfernt. Irgendwo hinter der nächsten Düne sollte die Stadt auftauchen.« Auch Elric sah sich suchend um.

»Ach, und kannst du mir auch sagen, hinter welcher dieser unzähligen Dünen?«, schmetterte Byron seinem Berater entgegen, offensichtlich versteckte er seine Verzweiflung hinter einer gehörigen Portion Wut.

Mira klammerte sich schluchzend an mich, während ich dem Gespräch folgte und verzweifelt überlegte, wie wir ohne Mesmut den Weg in die Hafenstadt finden sollten. Zwei Edelmänner aus einem fernen Land und eine behütete Prinzessin mit ihrer Zofe. Es war ein Jammer, denn um die Wüste zu durchqueren gaben wir ein erbärmliches Bild ab. Wenn wir nicht bis morgen Abend die Stadt erreichten, würden wir unweigerlich den Tod finden, weil uns die Wasservorräte ausgingen.

»Können wir das diskutieren, sobald wir dieses Schlachtfeld hinter uns gelassen haben?«, fragte Elric erschöpft und sah zu uns auf, wie wir zitternd auf unserem Kamel hockten und uns aneinanderklammerten.

»Ihr müsst euch an den fünf Sternen dort oben orientieren«, flüsterte plötzlich Mira matt hinter mir und deutete mit ihrem Arm in den Himmel. Mein Blick folgte ihrer Geste, aber für mich sahen alle Sterne gleich aus. Leuchtende Punkte in unendlich schwarzer Nacht.

Byron schien das anders zu sehen. »Ihr meint das Sternbild der Cear, richtig?«

Verwirrt suchte ich den Himmel weiter ab, fand allerdings keine fünf Sterne, die in irgendeiner Form anders aussahen oder hervorstachen, während Mira hinter mir eifrig nickte.

»Genau, die Cear. Mein Vater ist Nomade gewesen, bevor er meine Mutter am königlichen Palast kennengelernt hat und für sie das Umherziehen in der Wüste aufgab. Er hat mir alles über die Wüste erzählt, falls ich mich irgendwann einmal in ihr verlieren sollte«, erklärte sie.

Natürlich, ihr Vater! In meiner Angst war ich nicht darauf gekommen. Wir waren nicht komplett verloren. Mira würde uns nach Ankras führen!

»Na dann, Mädchen, weise uns den Weg«, forderte Elric sie auf und bestieg ebenfalls sein Kamel. Byron nahm seinen Platz neben uns ein. Er würde abermals zu Fuß laufen.

Hinter uns folgten uns drei weitere Tiere. Zwei hatten bei dem Angriff die Flucht ergriffen, eines lag im Sand und stand nicht mehr auf. Ich wollte nicht wissen, was man dem Tier angetan hatte, ansonsten hätte ich mich ein weiteres Mal in den Sand übergeben und für heute hatte ich genug. Ich lehnte mich erschöpft an Mira, die Elric und Byron die Richtung wies und schloss die Augen. Nur wenige Momente später war ich eingeschlafen.

KAPITEL 4

Blut! Da war überall Blut! Der metallische Geruch stach mir in die Nase, während dunkelrot und warnend das Blut um mich herum floss. Der Dolch in meiner Hand wog schwer, war besudelt mit der warmen Körperflüssigkeit meines Angreifers. Vor mir stand Mesmut mit weit aufgerissenen Augen, gurgelnd erstickte er an seinem eigenen Blut und sein Blick klagte mich an.

***

Schreiend erwachte ich. Mein Herz hämmerte gegen meine Brust, während mein ganzer Körper erschauerte.

»Prinzessin, alles ist gut. Es ist vorbei«, wisperte meine Freundin hinter mir, aber die Szenarien waren noch zu präsent vor meinen Augen, das Sterben noch zu allgegenwärtig. Mesmut war tot und ich hatte ein Leben genommen. Ich war eine Mörderin!

»Wo sind wir?«, wollte ich mit bebender Stimme wissen, um vom Thema abzulenken. »Wie lange habe ich geschlafen?«

»Einige Stunden und wir müssten uns ungefähr eine Stunde von Ankras entfernt befinden. Wenn alles reibungslos verläuft und Euer Vater uns nicht weitere stümperhafte Angreifer schickt, dürften wir in wenigen Stunden mit unserem Schiff abgelegt haben«, erklärte Byron emotionslos und sah mir dabei nicht einmal in die Augen.

»Mein Vater soll was? Was wollt Ihr damit andeuten, König Byron?«, fragte ich scharf, wütend, weil er es wagte so etwas auch nur zu denken.

»Dass Eurem Vater daran gelegen ist mich tot zu wissen. Und Euch, aus welchen Gründen auch immer, ebenfalls.« Er zuckte mit den Schultern, als würde das nichts bedeuten. Als wären seine Lügen eine unumstößliche Tatsache, die auch mir bekannt wäre.

»Euch ist bewusst, dass auf Hochverrat in Iralia der Tod steht?«, zischte ich.

Byron griff nach seinem Schwert, zog es aus der Scheide und fasste mit der anderen Hand nach dessen Klinge, bevor er mir mit einem verschlagenen Lächeln den Griff reichte. »Dann schlagt Ihr mir wohl besser den Kopf ab, Prinzessin, denn ich habe nicht vor, meine Worte zurückzunehmen.«

Verblüfft über seine Frechheit sog ich überrascht die Luft ein. Was würde er tun, wenn ich tatsächlich nach dem Schwert griff, um ihm den Kopf abzuschlagen?

»Ihr überlegt, Prinzessin. Muss ich mir Sorgen machen, dass gleich mein Kopf rollt? Dass ihr fähig seid zu töten, habt Ihr ja bereits eindrucksvoll bewiesen«, stichelte er weiter und streckte mir seinen Arm mit dem Schwert ein wenig näher entgegen, als arbeitete er absichtlich darauf hin sein Leben jetzt und hier zu lassen.

Mir war bewusst, dass er mich nur prüfte. Diese Prüfung konnte ich jedoch nur verlieren. Nahm ich das Schwert nicht, erwies ich mich als schwach und inkonsequent in der Wahrung der Gesetze meines Landes, sogar als untreu gegenüber meinem Vater und König. Griff ich hingegen nach der Klinge, erwies ich mich als untreu meinem zukünftigen König und Ehemann gegenüber. Wenn ich nicht gar in der nächsten Sekunde ebenfalls mein Leben ließe, weil Elric seinen König sicher jederzeit rächen würde.

Ich bewegte mich auf dem Kamel, setzte mich gerader auf, streckte das Kinn. Stolz war alles, was mir blieb. Stolz und die Einladung zu einem Spiel, das ich nicht verlieren wollte. Also streckte ich die Hand nach dem Griff aus, umschloss ihn so fest, dass meine Fingerknöchel weiß hervortraten, und ließ während dieser Geste Byron nicht aus den Augen.

Mira keuchte überrascht hinter mir auf. Ein Zittern durchlief meinen Körper, als ich zaghaft an der Klinge zog, woraufhin er losließ, damit sie nicht in seine Hand schnitt. »Byron?«, fragte Elric mit Besorgnis in der Stimme, aber sein König nahm den Blick nicht von mir. Das klare kalte Blau durchbohrte mich wie ein Pfeil, während sich seine Augen in vorsichtiger Überraschung langsam weiteten.

Ich zog sein Schwert komplett zu mir, ließ mir nicht anmerken, wie ungewohnt das Gewicht in meiner Hand lag und dann erhob ich den Arm. Mira sog scharf die Luft ein, Elric schrie auf und in Byrons Augen blitzte kurzzeitig blanke Angst um sein Leben auf. Eine tiefe innere Befriedigung ergriff von mir Besitz, als ich das Schwert fallen ließ. Byron sprang erschrocken einen Satz zurück, um seine Füße zu schützen, ehe er mit gerunzelter Stirn zu mir aufsah.

»Ein guter Rat für Euch, König Byron«, spuckte ich aus und hoffte, mein Blick war mindestens so furchteinflößend wie kurz zuvor das erhobene Schwert in meinen Händen, »spielt keine Spielchen mit mir, die ihr nicht gewinnen könnt. Und seid Euch einer Sache gewiss: Wenn Ihr mich das nächste Mal dazu auffordert Euch zu töten, werde ich keine Gnade kennen und Euer Kopf wird rollen.«

***

Nur kurze Zeit später ging die Wüste in karge Steppenlandschaft über, die sichtbar mit jedem Schritt fruchtbarer und grüner wurde. Erste Grasbüschel wurden bald durch Sträucher und noch ein wenig später durch kleine karge Bäume ersetzt. Hier und da sahen wir Tiere in der Ferne grasen.

Wir hatten kein Wort mehr gewechselt, nachdem Byron sein Schwert aus dem Sand aufgehoben und zurück in die Scheide gesteckt hatte. Stattdessen waren wir schweigend weitergezogen. Ab und zu warf er mir Blicke zu, unter denen ich am liebsten davongelaufen wäre. Für einen kurzen Moment hatte ich vergessen, wer er war. Welche Grausamkeit ihm nachgesagt wurde und ich hatte mich ihm entgegengestellt. Wie unklug das war, würde ich in nächster Zeit noch erfahren müssen. Zumindest jedoch hatte er mein Leben verschont.

Erneut fragte ich mich, inwieweit dieser Handel zwischen meinem Vater und ihm ebenso ihm zugutekam. Hätte er zugestimmt, wenn er keinerlei Vorteil aus einer Heirat mit mir zog? Wohl kaum.

»Ankras«, flüsterte Mira und ich sah zum Horizont, wo erste kleinere Lehmhütten zu erkennen waren. Vororte der größten Stadt Iralias, die sich in ihrem Zentrum in immer größeren, prachtvolleren Bauten verlor.

»Atemberaubend«, flüsterte ich, weil es eine Tatsache war. Bisher kannte ich nur die Oase, in der unser Palast stand, und einige Lehmhütten, die von Personal bewohnt waren. Das hier war so viel größer, so erheblich imposanter als ich es mir vorgestellt hatte.

»Ihr scheint noch nie eine Stadt gesehen zu haben«, mutmaßte Elric grinsend und kratzte sich am Kinn.

»Ich habe die Oase nie verlassen«, erwiderte ich kühl. »Es gab keinen Grund dazu.«

»Warum sollte auch eine Kronprinzessin ihr Königreich besuchen?«, spottete Byron verächtlich und Wut kochte in mir hoch.

Was verstand er schon von Iralia? Von meinem Vater oder unseren Gebräuchen? Und erst recht verstand er nichts von mir. Dennoch musste ich mir eingestehen, dass seine Stichelei mir mehr wehtat, als sie sollte. Dass ein Fünkchen Wahrheit in seinen Worten lag.

»Was wisst Ihr denn schon?«, schoss ich dennoch zurück und wischte mir mit dem Unterarm den Schweiß von der Stirn.

»Ich weiß, wie wichtig es ist, das Volk, das man regiert, auch zu kennen.« Seine Stimme war leise und scharf. Wie eine Klinge, bereit mir ins Fleisch zu schneiden, sollte ich ihn weiter reizen.

Offenkundig hatte ich in den letzten Stunden meine gesunde Vorsicht verloren. Meinen Respekt und meine Angst. Oder ich war wahrhaft lebensmüde geworden und reizte ihn, um dieser ganzen Scharade ein Ende zu bereiten.

»Seid nicht Ihr derjenige, der sein Volk sterben lässt?«

Mira und Elric zogen gleichzeitig die Luft zwischen die Zähne. Meine Freundin keuchte sogar kurz erschrocken auf, als sich eine gefährliche Stille über unseren Zug legte.

Byron starrte mich mit hasserfülltem Blick an. Ich konnte sehen, wie die Wut in ihm loderte, sah den Wunsch in seinen Augen, mich für meine Unverfrorenheit zu töten. Und Wut legte sich ebenso um mein Herz, ließ es in einem wilden Rhythmus pumpen und nahm mir die Luft. Zum ersten Mal auf dieser Reise spürte ich meine Magie. Sie formte sich in meinem Blut, brachte es mit ihrer Hitze zum Kochen. Wenn er es jetzt wagte mich anzugreifen, war ich mir sicher, ich würde die Flammen rufen können und gegen sein Eis kläglich versagen.

Aber statt mich anzugreifen, weiteten sich seine Augen überrascht. Kopfschüttelnd starrte er auf meine Hände, die ich zu Fäusten geballt hatte, und dann wieder auf mich, als würde mir ein dritter Kopf wachsen.

Und dann spürte ich es. Das Lecken der Flammen, den Funken in meiner Faust. Wild, ungestüm, mächtig. Alles in mir brannte.

»Das ist unmöglich«, wisperte Mira.

Ich wagte es nicht, den Blick zu senken. Dennoch wusste ich genau, was sie sahen, was sich vor ihren Augen abspielte, weil ich es fühlte. Mit jeder Pore, mit jeder Faser. Meine Magie war erwacht. Viel zu spät, um etwas zu ändern, viel zu spät, um mich zu retten.

Verwirrt schüttelte ich den Kopf, während die Wellen meiner Kraft durch mich hindurch wogten, immer und immer wieder. Vorsichtig öffnete ich die Hände und ließ mich in das Gefühl fallen.

»Avianna!«, kreischte Mira hinter mir auf und sprang von unserem Kamel, das im selben Moment einen schmerzvollen Laut von sich gab. Jedoch drang der Aufschrei meiner besten Freundin nur wie durch Watte zu mir durch. Ich spürte, wie das Tier sich vor Schmerzen wand und mich abzuwerfen versuchte, konnte aber nichts dagegen tun, weil dieses Gefühl von gleißendem Feuer mich überwältigte.

Bevor ich die Kontrolle darüber gewann, riss mich etwas von dem Tier und mit voller Wucht prallte ich in den Sand. Im selben Moment löste sich der Strom aus purer Macht auf.

Ich keuchte vor Schmerz und öffnete die Augen. Über mir lag Byron, um sich herum eine Barriere aus purem, glatten Eis, die er erst jetzt, als ich keine Gefahr mehr darstellte, in sich zurückzog.

»Bist du wahnsinnig?«, schrie er mich an, machte aber keine Anstalten mich loszulassen. Im Gegenteil, er drückte meine Handgelenke mit seinen Händen nur weiter in den Sand.

»Ich ... ich ...«, stotterte ich und wusste doch nicht, was ich sagen sollte. Jahrelang hatte ich dafür gekämpft, meine Magie erwecken zu können. Hatte

Tage und Nächte an dem kleinen See inmitten der Palmen verbracht und versucht die Flammen zu beschwören, die Magie in mir freizulassen. Verbissen hatte ich um meinen Anspruch auf den Thron gekämpft. Ich war die Kronprinzessin gewesen, Vaters Platz hatte mir zugestanden. Und nun? Mitten in diesem Albtraum war ich auf einmal fähig, meine Kräfte zu entfesseln. Jetzt, da es längst zu spät war.

Byrons Augen verengten sich, auf seiner Stirn zeichneten sich tiefe Furchen ab. Skeptisch musterte er mich, stützte sich ein wenig mehr ab, um mir besser ins Gesicht zu sehen, als suchte er darin nach einer Antwort. Nach der Wahrheit, weil er alles andere nicht glauben konnte.

»Du beherrschst es nicht«, sagte er schlicht, ehe er endlich aufstand und ich durchatmen konnte. Dabei hatte ich gar nicht gemerkt, dass ich die Luft angehalten hatte, während er mir so nahe war. Er schüttelte den Kopf, legte die Hand an den Griff seines Schwerts und sah mich immer noch an. Lange, eindringlich, intensiv.

Ich wand mich unter seinem Blick, rieb mir die Handgelenke, die er so fest umklammert hatte, und fasste mir dann an die Stirn. Mein Kopf hämmerte unter Schmerzen, von denen ich nicht wusste, ob sie wegen der allumfassenden Erschöpfung in mir entstanden waren oder als Folge des Sturzes.

Neben mir lag das Kamel im Sand. Der Baldachin, der mich die ganze Reise über geschützt hatte, war abgebrannt. Die Stoffbahnen hingen schwarz und zerfetzt von den verrußten Palmenhölzern, die alles zusammengehalten hatten. Das Fell des Tieres war an mehreren Stellen versengt, an einigen bis auf das blanke Fleisch. Feuerzauber. Meine Magie.

Ich kniete mich zu dem Tier, das offensichtlich große Schmerzen litt, legte den Kopf gegen seine Flanke und streichelte ihm das Fell. Tränen brannten in meinen Augen und ich war zu erschöpft, um sie zurückzuhalten, zu ermattet und nach all dem nicht mehr stark genug, meinen Kopf stolz zu erheben.

In den letzten Tagen waren mehr Dinge geschehen, als ich verarbeiten konnte. *Gewalt, Blut, Tod. Feuer, Eis, Magie.* Die Worte schwirrten durch meinen Kopf, rotierten darin immer schneller und ich war unfähig, das Kreisen der Gedanken aufzuhalten. Unkontrolliert schluchzte ich auf. Die Tränen rannen mir mittlerweile über die Wangen, hinunter zum Kinn und tropften in den Sand.

»Avianna?« Mira ließ sich neben mich sinken, legte mir ihre Hand sanft auf den Rücken, aber ich konnte nicht aufhören zu weinen. Ich betrauerte meine Unschuld, die ich unweigerlich in den letzten Tagen verloren hatte. Sechzehn Jahre lang war ich behütet aufgewachsen, fernab von jeglichem Übel und von all der Gewalt dieser Welt. Davon hatten lediglich die Geschichtsbücher berichtet, aber es war so weit weg von mir gewesen. Jetzt hatte die Realität mich eingeholt. Ich betrauerte Mesmut, betrauerte die Familie des Mannes, dem ich den Dolch in den Körper gerammt hatte. Ich weinte um mich, die ich einem Menschen das Leben geraubt hatte. Beweinte die verpassten Chancen und mein zukünftiges Leben an der Seite des grausamsten Königs, den die Welt je erblickt hatte.

»Es geht schon«, presste ich schließlich hervor und schüttelte trotzig den Kopf. Doch meine Tränen straften mich Lügen. Denn nichts ging, nichts war gut.

»König Byron?« Ich richtete mich auf, hob das Kinn und wischte mit dem Handrücken die Tränen von meinem Gesicht.

»Prinzessin«, erwiderte er höflich, dennoch war die aufmerksame Vorsicht nicht aus seinem Blick gewichen und ich verstand warum.

»Die Verletzungen des Kamels sind zu schwer«, es kostete mich mehr Kraft als ich hatte, diese Worte zu sprechen, ohne erneut in Tränen auszubrechen, »und da ihr das Schwert tragt, würde ich euch bitten …« Ich ließ den Satz unvollendet. Es brauchte keine Erklärung und mir würde die Stimme versagen, wenn ich mich zwang ein weiteres Wort zwischen meinen Lippen hervorzupressen.

»Wie Ihr wünscht, Mylady.« Er verbeugte sich vor mir und wies dann Elric an, mit Mira, mir und den verbliebenen Tieren schon vorauszugehen, aber ich schüttelte den Kopf.

»Ich werde bleiben«, sagte ich fest und ballte die Hände an den Seiten zu Fäusten.

»Das ist nichts, was ihr sehen solltet«, antwortete Byron ungerührt und zog sein Schwert. Wog es vorsichtig in der Hand und richtete den Blick dabei auf mich.

»Geht vor«, wies ich Mira an und wartete, bis sie und Elric mir den Rücken gekehrt hatten. Bis sie außer Hörweite waren. Dann sprach ich weiter: »Ihr entscheidet nicht, was ich sehen sollte und was nicht. Ihr entscheidet nicht, was ich vertrage und was nicht. Ich habe letzte Nacht ein Leben genommen, habe Mesmut vor meinen Augen sterben sehen und nun habe ich diesem Tier Verletzungen zugefügt, die es nicht überleben wird. Wenn ich eines tun kann, dann bis zum letzten Atemzug an seiner Seite zu sein«, erklärte ich resolut und kniete mich vor das Tier. Nahm seinen großen Kopf zwischen meine Hände und flüsterte ihm entschuldigende Worte zu.

»Prinzessin«, raunte Byron hinter mir und legte seine Hand auf meine Schulter. Eine stumme Aufforderung ihm und seinem Schwert Platz zu machen, damit er seine Aufgabe erledigen konnte.

Ich nickte nur, unfähig zu sprechen, und kniete mich erneut an die Flanke des Tieres. Strich mit meinen Händen über seine Seite, wollte bloß, dass es wusste, es würde nicht in Einsamkeit sterben müssen.

Byron stellte sich breitbeinig hin, tarierte das Schwert aus, hob es über den Kopf und in dem Moment, als seine schnelle Bewegung die Luft surrend teilte, sah ich weg und schickte eine letzte Entschuldigung an das Kamel, dessen Körper unter mir erschlaffte.

»Kommt, Prinzessin, wir können hier nichts mehr tun.« Eine Hand schob sich in mein Sichtfeld und ich ergriff sie. Ließ mich von Byron hochziehen, von ihm wegführen und sah nicht zurück.

Vermutlich war das mein Schicksal. Wahrscheinlich hatte ich meine Magie bis heute nicht wecken können, weil sie zerstörerisch war. Weil sie zu kraftvoll war und Leben nahm, wenn ich sie nicht kontrollierte. Und eventuell war ich deshalb bei Byron genau richtig. Eine grausame Macht in den Händen eines grausamen Königs.

Byron führte mich weiter weg von dem Kadaver, hin zu Elric und Mira, die in einiger Entfernung standen und auf uns warteten. Sein Arm war locker um mich gelegt. Ich hätte mich jederzeit aus seinem Griff befreien können. Trotzdem war die Umarmung fest genug, um auf leise, unaufdringliche Weise Trost zu spenden.

Verwirrt sah ich zu ihm auf. Er hatte den Blick nach vorn gerichtet. Seine Kiefer waren aufeinandergepresst, die Lippen zu einem schmalen Strich zusammengekniffen. Eine schwarze Strähne fiel ihm in die Augen und ließ ihn jünger wirken. Viel zu jung, um die Last des Throns allein zu tragen. Das helle Blau seiner Augen schimmerte in der Mittagssonne und wirkte gar nicht so kalt, wie ich bisher hatte glauben wollen. Stattdessen stand Schmerz darin, Trauer – Reue?

Zum ersten Mal fragte ich mich, ob Byron tatsächlich so grausam war wie alle behaupteten. Und wenn er es nicht war, warum machte er die Welt genau das glauben?

KAPITEL 5

Da ich das Meer nur aus Erzählungen kannte, war ich nicht darauf vorbereitet es schon zu spüren, bevor es in Sicht kam. Ich wusste nichts von dem feinen Salzfilm, der sich klebrig auf meine erhitzte Haut legte, ahnte nichts von der sanften Brise, die über die letzten Dünen getragen wurde und diesen einzigartigen Geruch mit sich brachte, der mich ein wenig in der Nase kitzelte.

Ich legte den Kopf zurück und nahm das alles in mich auf. Mira zappelte hinter mir aufgeregt hin und her. Niemand hier freute sich so auf das Meer wie sie. Niemand hier verspürte stärkeres Fernweh und mehr Abenteuerlust.

Auch die letzten Stunden, die schrecklichen Ereignisse, hatten ihr nicht die Lust auf diese Reise genommen. Insgeheim bewunderte ich sie dafür, weil ich selbst nur noch aus einem großen, festen Ball aus Angst bestand. Seitdem ich das Feuer in mir gespürt hatte, war die Furcht nur dunkler und bedrohlicher geworden und ich wünschte mir mich einzurollen und zu schlafen und so schnell nicht wieder aufzuwachen.

Schweigsam ließen wir die letzten Dünen hinter uns. Der Wind frischte immer weiter auf, trug mehr salzige Luft zu uns, und dann sah ich die Küstenstadt. Meine Augen erblickten Ankras zum ersten Mal aus der Nähe und es verschlug mir schier die Sprache. Hütten aus Lehm und Sandstein, eingefasst von einer beeindruckenden Mauer, und vor den Toren riesige Felder mit Früchten, von denen ich nicht einmal geahnt hatte, sie könnten hier wachsen. In der Ferne lag der Hafen und dahinter das Meer. Tiefes Blau glitzerte in der Sonne soweit das Auge reichte, bis sich Wasser und Himmel am Horizont berührten.

Meine Ehrfurcht vor diesen neuen Eindrücken nahm weiter zu, während wir uns langsam der Stadtmauer näherten und ich die ersten Stadtbewohner erblickte, die ihre Felder bewirtschafteten. Unter ihnen Wasser- und Erdmagier, die mit ihrer Magie wohl dafür sorgten, dass hier spezielle Feldfrüchte angebaut werden konnten.

Als wir die ersten Felder passierten, hörte ich einen lauten Knall, der mit solcher Macht in meinen Ohren donnerte, dass ich auf dem Kamel zusammenzuckte. Gleichzeitig ertönte ein markerschütternder Schrei und Byron schüttelte den Kopf. Dann trieb er unsere Tiere noch ein wenig mehr an, als wollte er so schnell wie möglich die Felder und die Schreie hinter sich lassen.

Ich hingegen sah mich suchend um, versuchte die gequälte Seele ausfindig zu machen – und erstarrte, als mein Blick sie fand. Hinter mir keuchte Mira ebenfalls erschrocken auf. Auch ihre Augen hatten die furchtbaren Bilder erblickt.

Auf dem Feld links von uns krümmte sich eine Gestalt zitternd vor Schmerz zusammen. Ihre Haut war nahezu so hell wie die von Byron, der Rücken aber von roten Striemen durchzogen. Einige verblassten schon, andere wiederum glänzten wässrig und blutrot in der Sonne. Hinter ihr stand ein Iralier, den Arm erhoben und in der Hand eine schwarze Peitsche. Mit einem Ruck senkte er den Arm und die Peitsche fuhr mit einem Sirren auf den Rücken der gekrümmten Gestalt nieder. Ein erneuter Knall durchbrach die angespannte Stille und ein abermaliger Schrei, als ein Zittern den gebrochenen Körper durchfuhr, der Kopf hochruckte und ich dem Magier direkt in die Augen sehen konnte. Ein Wasserkundiger, wie Elionoras Prinz. Sein Blick schien mich anzuklagen, während wir an ihm vorbeiritten.

Ich wandte den Blick ab, schloss die Augen und presste die Zähne zusammen. Was ich gesehen hatte, mochte ich nicht glauben, konnte ich nicht glauben. Als ein weiteres Knallen die Luft durchschnitt, blieb der Schrei aus und ich schluckte schwer, unfähig die Augen zu öffnen. Hinter mir klammerte sich Mira an mich. Sie sagte ebenfalls kein Wort, aber ich spürte ihre Hände, die vor meinem Bauch zitterten und sich tief in das Leinen meiner Kleidung krallten.

Kein Mucks war zu hören und es war nicht auszuschließen, dass mir Byrons Stimme deswegen seltsam laut erschien, als er sie an mich richtete:

»Wie wäre es, Prinzessin? Wollt Ihr euch von Euren goldenen Fesseln befreien und die wirkliche Welt kennenlernen oder wollt Ihr weiterhin die Augen vor dem Offensichtlichen verschließen?«

***

Es fiel mir schwer, die Schönheit Ankras in mich aufzunehmen, nachdem die letzten vierundzwanzig Stunden so viele Entbehrungen bereitgehalten hatten. Jetzt wünschte ich mir nur ein erfrischendes Bad, um den Dreck der Wüste abzuwaschen, und eine weiche Matratze, um meinen schmerzenden Knochen eine Pause zu gönnen. Mir fielen beinahe die Augen zu.

Elric hatte uns vor wenigen Minuten grinsend verkündet, dass wir das Schiff noch heute Nachmittag besteigen würden und die Überfahrt mehrere Wochen in Anspruch nahm.

Mira hatte man daraufhin das Funkeln in den Augen angesehen. Sie freute sich auf dieses Abenteuer – selbst wenn sie versuchte, es sich nicht anmerken zu lassen, war es ihr klar anzusehen. Auch ich erwartete die Überfahrt gespannt und konnte nicht ganz verhindern, mich auf das Meer und dessen Weite zu freuen, wenngleich mir die Enge auf dem Schiff und die daraus resultierende Nähe zu Byron Sorgen bereiteten.

Ich hatte das Meer noch nie aus der Nähe gesehen und noch nie auf einem Schiff gestanden. Damit zu reisen war ein Abenteuer, an dem ich durchaus Gefallen finden konnte. Vor allem aber war es eine willkommene Ablenkung von den Strapazen, um nicht über die vergangenen Ereignisse nachdenken zu müssen. Mir graute es davor, wenn sie mich einholen würden. Wenn sie sich nicht mehr wie ein fürchterlicher Traum anfühlten, sondern zur Realität wurden. Meiner Realität.

Menschen eilten durch die Straßen, geschäftig und eilig, manche auch langsam und entspannt. Kinder liefen durch die schmaleren Seitengassen, lachten und spielten. Babys schrien auf den Armen ihrer Mütter, die sie gelassen wiegten und leise beruhigten. Das Leben pulsierte zwischen den kleinen Lehmhäusern und den größeren Gebäuden aus Sandstein.

Kurz bevor wir den Hafen erreichten, führte uns die Straße zu einem breiten

Platz, auf dem die Farben zu explodieren schienen. Über den Bazar eilten Menschen aus den verschiedensten Ländern. Hellhäutige Wassermagier genauso wie kleine, schlanke Windkundige. Erdmagier mischten sich mit ihrer dunklen Haut unter die noch dunkleren Einheimischen. Sie trugen Gewänder so weiß wie die Kleider der Wüstennomaden. Daneben sah man Kleider, die so rot waren, dass sie an den Himmel bei Sonnenuntergang erinnerten. Grüne Tuniken, die an kräftiges, saftiges Gras erinnerten. Braune Hosen, gelbe Hemden. Es roch nach Gewürzen, die mir bekannt waren und nach Zutaten, die mir so fremd waren wie die Stadt selbst. Händler boten Früchte, Gemüse, Schmuck und Kleidung feil. Meine Augen huschten von einem Objekt zum nächsten, gar nicht in der Lage diese Vielfalt zu erfassen. Händler brüllten ihre Angebote in die Welt hinaus, versuchten sich gegenseitig zu unterbieten, um so mehr Kunden an ihre Stände zu locken. Im Hintergrund der Hafen, an dem riesige Schiffe an- und ablegten; beladen mit weiteren Waren schaukelten sie auf den Wellen hin und her.

All die unterschiedlichen Eindrücke überwältigten mich und meine Müdigkeit war wie weggeblasen. Ich hielt das Kamel an, in die Knie zu gehen und sprang von seinem Rücken. Dann griff ich nach Miras Handgelenk und zog auch sie vom Kamel hin zu einem Stand, an dem Kleider in allen Farben und Formen angeboten wurden. Der Händler führte Schnitte, die ich nie zuvor gesehen hatte. Sie wirkten fremdartig und exotisch auf mich mit ihren Perlenbesätzen und den glitzernden Steinchen am Kragen. Mit der Spitze, die durchsichtig genug war, um Haut an Stellen zu zeigen, die ich als unschicklich empfand.

»Sieh dir das an«, rief Mira aufgeregt und deutete auf ein gelbes Kleid. Statt züchtiger Ärmel besaß es breite Träger für die Schultern. Vorn war es hoch geschnitten, aber das Rückenteil verfügte über einen Ausschnitt, der sich bis zum Po zog. Der Rock selbst fiel in weiten Wellen bis zum Knie. Um die Taille war ein gelbes Band geschlungen, auf dem weiße Schmucksteine funkelten, die sich ebenso am Halsausschnitt wiederfanden.

»Und was ist mit den Unterröcken und Miedern? Die sieht man darunter doch«, bemerkte ich empört, betrachtete das Kleid aber dennoch fasziniert.

»Dort, wo man solche Kleider trägt, trägt man keine Unterröcke oder Mieder«, flüsterte mir eine nur allzu bekannte samtige Stimme ins Ohr. Sein warmer Atem streifte dabei mein Ohr.

»Und wo kleiden sich Damen derart unschicklich?«, verlangte ich zu wissen. Allein der Gedanke ließ mich vor Scham zusammenzucken.

»In Glacien«, hauchte er. »In der wärmsten Zeit des Jahres feiern wir ein Fest und huldigen der Sonne, dass sie uns genug Licht spendet, um in unserer Heimat leben zu können. Seht Euch gern noch weiter um, Prinzessin. Vielleicht gefällt euch ja etwas. Elric wird Euch begleiten, ich habe noch etwas zu erledigen. Wir sehen uns auf dem Schiff.« Mit diesen Worten drehte er sich um, während ich wie versteinert dastand und mein Blick zu dem Kleid zurückkehrte. Ich konnte mir nicht vorstellen, solch freizügige Mode zu tragen. Niemals!

Bevor ich vor Scham eine Dummheit von mir gab, wandte ich mich von dem Stand mit den exotischen Kleidern ab und ging hinüber zu einem kleinen Büdchen voller Ketten, Armbändern, Ohrringen und anderen Schmuckstücken. Ich hatte nie viel Schmuck getragen, ihn einzig besessen, und trotzdem sah ich mir die kostbaren Stücke gern an. Beobachtete die Lichtbrechungen in den aufpolierten, kunstvoll geschliffenen Edelsteinen und wie die Sonne sie erst richtig glänzen ließ. Bis ich nun die erste Kette meines Lebens sah, die mich vollkommen in ihren Bann zog. Das Weiß der Perlen war so rein, so klar, wie ich es noch nie gesehen hatte, und zwischen je zwei Perlen lagen kleine, runde Muscheln, die der edlen Kette etwas Unschuldiges und Bodenständiges gaben.

Ich wusste nicht, was genau mich faszinierte, aber ich konnte den Blick nicht davon abwenden, glitt vorsichtig mit den Fingerspitzen über das filigrane Schmuckstück. Spürte die glatte Oberfläche der Perlen und den rauen Kontrast der Muschelstücke. Aus irgendeinem Grund fühlte ich eine Verbundenheit mit dieser Kette, die ich mir nicht erklären konnte. Alles, was ich wusste, war: Ich musste sie berühren, sie besitzen, sie tragen.

»Gefällt sie Euch?« Der Händler, ein älterer Mann mit schütterem weißen Haar und wettergegerbter Haut beugte sich zu mir vor.

»Sie ist wunderschön«, antwortete ich ehrfürchtig und konnte mich von den glatten Perlen nicht lösen. Erst als der Händler seinen Preis für das Stück nannte, schluckte ich schwer und zog die Hand zurück.

Ich war die Prinzessin Iralias und auf einmal war ich bettelarm. Das Vermögen meines Vaters, über das ich relativ frei hatte verfügen können, lag in den Schatzkammern des Oasenpalasts. Eine Mitgift hatte es gegeben, aber die stand Byron zu, nicht mir. Ab jetzt war ich auf das Wohlwollen meines neuen Königs angewiesen und ich wusste nicht, ob ich damit umgehen konnte so abhängig zu sein. Nicht, dass ich verschwenderisch gewesen wäre. Aber bisher hatte ich nie fragen müssen, wenn mir etwas gefallen hatte.

»Na komm.« Mira griff nach meinem Handgelenk und zog mich von der Kette weg. Elric folgte uns schweigsam. Seine Kapuze hatte er tief in sein blasses Gesicht gezogen, dennoch schienen ihm Sonne und Hitze stärker zuzusetzen, als er zu zeigen bereit war. Immer wieder befühlte er mit seinen behandschuhten Händen sein Gesicht, tupfte sich den Schweiß von der Stirn und schirmte die Augen im nächsten Augenblick vor dem grellen Licht ab.

»Ich habe Hunger«, verkündete ich.

»Sollen wir in ein Gasthaus einkehren, Mylady?«, fragte Elric und für einen kurzen Moment leuchtete Erleichterung in seinen blau-violetten Augen auf.

»Gerne«, antwortete ich daher und war selbst ein wenig froh, den Trubel der Marktstände hinter mir lassen zu können.

Gemeinsam schoben wir uns durch die Straßen auf der Suche nach einem geeigneten Ort, um uns zu stärken. Die meisten Behausungen hier hatten Baldachine aus weißem Leinen vor ihren Eingängen, die den Bewohnern Schatten spendeten. Der Teil der Bevölkerung, der keiner Arbeit nachging oder zu alt dafür war, saß auf Stühlen im Schatten vor den Häusern und beobachtete das Treiben.

Je weiter wir vordrangen, desto mehr wandelte sich das Bild. Beim Eintreten in die Stadt waren wir der großen Hauptstraße gefolgt. Nun aber schlängelten wir uns durch weniger breite und belebte Gassen, weil Elric behauptete, die besten Gasthäuser würde man nicht dort finden, wo der allgemeine Trubel herrschte. Es war nicht so, dass Mira und ich ihm glaubten, aber uns war jeder Ort recht, an dem wir uns ausruhen und stärken konnten.

Indessen hatte ich nicht mit dem gerechnet, was ich hier in den Außenbezirken zu sehen bekam. Während auf dem Markt der Handel florierte, der Reichtum zur Schau gestellt wurde und Ankras sich von seiner schönsten Seite zeigte, fand man in den kleinen Gassen jenseits des Zentrums ein durchweg anderes Bild vor.

Zuerst hatte ich die stilleren Seitenstraßen noch genossen, aber je weiter wir in die Wohngebiete von Ankras vordrangen, desto bedrückender wurde die Atmosphäre. Aus den prächtigen Lehmhäusern mit gedeckten Dächern aus Stroh wurden kleine Bretterverschläge, die kaum einer ganzen Familie Platz boten. Auf der Straße liefen dürre Kinder herum, wühlten im Müll, der achtlos in den Ecken lag, und sahen uns aus trüben Augen hinterher.

Ich erschauderte bei diesem Anblick. Vater hatte uns unser Land immer als wohlhabend beschrieben, die Bevölkerung als dankbar und ehrfürchtig, weil wir ihnen Reichtum ermöglichten. Und stattdessen bot sich uns dieses Bild. Armut und Verfall herrschten außerhalb der prächtigen Hauptstraße und des Markts. Mich beschlich das Gefühl, Elric hatte unseren Weg nicht rein zufällig gewählt, gleichzeitig fürchtete ich jedoch, ihn darauf anzusprechen. Ich schämte mich vor mir selbst. Nach all den Veränderungen in meinem Leben wollte ich die Augen verschließen und wegsehen, weil ich schlicht nicht mehr ertragen konnte.

Wenige Augenblicke später führte Elric uns wieder in eine belebtere Gasse, an deren Ende ein Gasthaus stand. Das aus Lehm erbaute Gebäude zog sich über die komplette Ecke der Seitenstraße und beim Eintreten scholl mir gleich Stimmengewirr entgegen. Die Lautstärke war für Mira und mich, die wir an die Stille des Palastes gewöhnt waren, nahezu unerträglich. Einzig und allein unser Begleiter ließ die Schultern sinken, als fühlte er sich in diesem Raum wesentlich wohler als in der sengenden Hitze Iralias.

Wir fanden einen Platz in einer engen Nische und bestellten jeder einen Humpen Kaktuswein und eine Platte mit verschiedenen Früchten und

Schlangenfleisch. Eine Spezialität, die man nur hier in der kargen Wüstenlandschaft aß und die Besucher von außerhalb nur selten schätzten.

Neben mir spannte Elric sich erneut an, sein Blick huschte über die Männer und Frauen an den Tischen und nur langsam griff er nach seiner Kapuze. Ließ sie von seinem schlohweißen Haar gleiten und zog im nächsten Moment die Handschuhe von den blassen Fingern. Im schummrigen Licht leuchteten seine Augen rötlich, was ihm etwas Dämonisches verlieh.

Einige Gäste drehten sich zu uns um und wisperten dabei aufgeregt. Finger zeigten auf Elric, Köpfe wurden geschüttelt. Und ich erkannte den Schmerz in seinen Augen, erkannte, dass er mit solchen Reaktionen gerechnet hatte, weil sie für ihn nicht ungewöhnlich waren.

»Warum sind die Menschen so?«, fragte Mira mich leise und ich zuckte mit den Schultern. Ich konnte nicht abstreiten, dass Byrons Berater für mich ein ebenso ungewohntes Bild abgab.

»Elric, verzeiht mir meine unhöfliche Frage, aber was hat es damit auf sich, dass Ihr auf dem Kamel gereist seid, während König Byron gelaufen ist?«, fragte ich geradeheraus, jetzt, wo wir endlich ein wenig Zeit zum Verschnaufen hatten.

»Ihr seid neugierig.« Elric lachte offen, ehe er die Arme auf dem Tisch verschränkte und sich zu mir beugte. »Es hat damit zu tun, wie ich bin.«

»Mit Eurem Aussehen?«, wollte ich wissen.

Er nickte. »Ja, genau. Ich wurde so geboren.« Er deutete mit dem Finger auf sich, beschrieb dabei einen Kreis, der seine ganze Erscheinung erfasste. »Meine Haut war schon immer schneeweiß, mein Haar schon immer das eines alten Mannes.« Er zuckte mit den Achseln. »Meine Eltern legten mich vor die Palasttore. Mit so einer Missgeburt wollten sie nichts zu schaffen haben.«

Er sprach die Worte, als gingen sie ihn nichts an, als berichtete er nicht gerade von sich selbst.

»Eine Dienstmagd fand mich und nahm mich auf. In meinem ersten Sommer stellte sie fest, dass ich keine Sonne vertrug und von da an hüllte sie mich in Kleidung, die meine empfindliche Haut vor den Sonnenstrahlen verbarg. Ich wuchs heran und schloss irgendwie Freundschaft mit Byron. Das ist alles.«

Mira und ich starrten ihn verblüfft an, während er sich entspannt zurücklehnte und uns mit wachem Blick musterte, aber wir wussten nichts zu erwidern, mussten seine Geschichte erst einmal auf uns wirken lassen.

Ich begriff langsam, dass wir alle uns auf irgendeine Art voneinander unterschieden. Und doch war uns eine Sache gemein. Unser aller Blut war rot und wir alle waren sterblich. Ein Wimpernschlag in der Zeit, nicht mehr und nicht weniger.

Kapitel 6

Wir hatten nach den ersten Momenten dann doch ungestört unsere Mahlzeit einnehmen und den Kaktuswein trinken können, bevor wir aufgebrochen waren, um das Schiff zu besteigen. Der kühle Wein hatte meine Lebensgeister neu geweckt und dafür gesorgt, dass ich die nächsten Stunden ebenfalls überstehen würde, bis das Schiff ablegte und ich endlich schlafen konnte. Und wenn es zwischen Kisten und Fässern im Frachtraum war, momentan würde ich mit allem vorliebnehmen.

Dabei hatte ich offenbar das Schaukeln der Wellen unterschätzt. Als ich nämlich den Kahn betrat, hatte ich das Gefühl, mein Gleichgewicht im nächsten Augenblick schon zu verlieren. Ich schwankte leicht mit dem Seegang, ehe Elric meinen Oberarm fest umschloss und mich stützte.

»Vorsicht, Prinzessin. Es dauert eine Weile, bis man sich an den Wellengang gewöhnt hat. Aber wenn es erst einmal soweit ist, werdet ihr das Schaukeln vermissen, sobald ihr wieder an Land geht. Vor allem beim Einschlafen.« Er zwinkerte mir verschmitzt zu und ließ meinen Arm los.

Diesmal hatte ich mich besser im Griff. Zumindest konnte ich mich auf eigenen Beinen halten ohne gestützt zu werden. Ich sah mich um, während auch Mira Elrics Arm brauchte, um nicht auf die Planken zu schlagen.

Das Schiff hatte zwei große Masten, an denen aufgerollt riesige Stofftücher hingen. Die Segel, die heruntergelassen werden würden, sobald wir in See stachen. Das Deck war nicht besonders groß und die Besatzung war bereits eifrig damit beschäftigt, die Abreise vorzubereiten. Auch wenn ich nie ein Schiff aus der Nähe gesehen hatte, so waren mir zumindest die Grundbegriffe der Seefahrt aus Büchern bekannt. Dass die Realität ein Abenteuer werden würde, dessen war ich mir voll bewusst.

Mira kämpfte immer noch kichernd um ihr Gleichgewicht und ich tat die ersten vorsichtigen Schritte auf den glatten, frisch geschrubbten Planken hin zur Reling, um auf das offene Meer zu sehen. Die Weite und das Blau waren bezaubernd. Es war, als nähme die Welt kein Ende, als hätte sie keinen Anfang. Ich fühlte mich frei und gleichzeitig unheimlich verloren in dieser Unendlichkeit.

Neben mir lehnte sich jetzt auch Mira an die Reling, sah an der Schiffswand hinunter auf die Wellen, die sich brachen. Weiße Gischt tanzte auf der Oberfläche, spritzte das Holz empor und benetzte hin und wieder unsere Hände. Der Geruch von Salz lag in der Luft.

»Es ist wunderschön«, hauchte sie ehrfürchtig, ihre Augen glänzten abenteuerlustig.

»Jetzt kannst du endlich reisen«, sagte ich lächelnd und folgte ihrem Blick zum Horizont. »Zumindest für ein paar Wochen«, setzte ich hinzu.

»Das ist schon in Ordnung.« Sie lächelte aufmunternd. »Es ist mehr, als ich je zu hoffen gewagt habe.« Mit der Hand strich sie sich das schwarze Haar aus der Stirn, konnte aber über den gewollt unbekümmerten Ausdruck nicht die Wehmut und das Fernweh in ihren Augen verbergen.

Mira war mutig und abenteuerlustig. Schon als wir im Kindesalter durch die Oase getollt waren, war sie diejenige gewesen, die auf die höchsten Palmen geklettert war oder sich nah an den See gewagt hatte, ohne überhaupt schwimmen zu können. Sie hatte giftige Schlangen und Skorpione mit den Händen gefangen, um sie genau zu betrachten. Angst war für Mira nicht existent und wenn sie doch mal Unbehagen empfand, überwand sie es mühelos und setzte ihr Vorhaben in die Tat um.

»Ihr würdet also gern reisen?«, fragte Elric, der hinter uns getreten war und offenbar die letzten Fetzen unseres Gesprächs mit angehört hatte.

Erschrocken fuhr Mira auf und drehte sich um, sodass sie mit dem Rücken an der Reling lehnte, dann schüttelte sie den Kopf, nickte aber im gleichen Moment wieder.

»Nun, das war nicht ganz eindeutig. Ja oder nein?« Ein amüsiertes Grinsen umspielte seine Lippen und zum ersten Mal fiel mir auf, dass Elric ein gutaussehender Mann war, vor allem, wenn er so offen lächelte.

»Törichte Kindheitsträume. Mein Weg ist vorbestimmt. Ich bin Prinzessin Aviannas Zofe und ich bin dankbar dafür.«

Obwohl ich es besser wusste, verstand ich ihre Worte. Es war eine Sache, mir ihre tiefsten Wünsche als Freundin zu eröffnen, eine andere sich fremden Menschen anzuvertrauen. Besonders, wenn diese durchaus im Stande waren, ihr einen Strick aus ihren Worten zu drehen. Elric war königlicher Berater und Byron unser neuer König. Mira unterstand nicht länger meinem Vater und erst recht nicht mir, sondern meinem zukünftigen Ehegatten. Ihr stand es nicht zu, eigene Wünsche zu äußern, nicht mehr. Mira war durch die Entscheidungen meines Vaters viel unfreier geworden, als sie es ohnehin gewesen war.

Diese Erkenntnis versetzte mir einen Stich ins Herz. Ich empfand Mitgefühl in einem Maße, wie ich es vorher nie getan hatte. Sah die Situation meiner besten Freundin jäh aus einem vollkommen anderen Blickwinkel. Als hätten die letzten Tage mit all den neuen Erlebnissen etwas in mir angestoßen, das meine Welt in ihren Grundfesten erschütterte.

»Ihr seht müde aus, Mylady.« Erschrocken zuckte ich zusammen, weil Elric jetzt das Wort an mich richtete. »Vielleicht sollte ich Euch unter Deck Eure Räumlichkeiten zeigen. Sie sind nicht sonderlich luxuriös, aber für die Tage auf See sollte es genügen.« In seiner Stimme klang eine Entschuldigung mit, aber nach den Entbehrungen der letzten Tage in der Wüste war ich nur froh, endlich ein Dach über dem Kopf und ein festes Nachtlager zu haben. Meine Ansprüche hatten sich wahrlich drastisch verändert.

***

Ich wusste nicht, wie lange ich geschlafen hatte, als ich die Augen aufschlug und mich gehetzt aufrichtete. Der nebelgleiche Schleier des fürchterlichen Traums lag noch in der Luft, seine eiskalten, durchsichtigen Finger griffen noch nach mir, aber ich war seiner grausamen Umarmung entkommen. Da waren nur der dunkle Raum, das Schaukeln des Schiffs und mein schnell rasendes Herz.

Vorsichtig setzte ich meine nackten Füße auf die kalten Planken und schlich durch die Kajüte, um Mira nicht zu wecken, die endlich Ruhe gefunden hatte. Nachdem wir abgelegt und bald das offene Meer jenseits des Hafenbeckens erreicht hatten, war sie ganz blass geworden. Nur kurze Zeit später hatte sie sich aus unserer Kabine verabschiedet und ich wusste nicht, wann sie wiedergekommen war.

Leise lief ich weiter durch den Bauch des Schiffs, schaute mal links, mal rechts in die offenen Kajüten, fand sie aber alle verlassen vor. Deshalb erklomm ich die Treppe zum Deck.

Draußen umfing mich Dunkelheit, die nur hier und dort von Öllampen durchbrochen wurde, die es den Crewmitgliedern erleichterten, sich von einer Seite zur anderen zu bewegen. Ein kühler Wind strich durch den dünnen Stoff meines Nachtkleides und ich schlang die Arme um mich selbst, um mich zu wärmen.

Wegen der späten Stunde waren nur wenige Mitglieder der Besatzung über Deck und ich konnte unbemerkt hinter einigen Kisten verschwinden und mich an die Reling lehnen. In meinem Magen rumorte es. Seit ich aufgewacht war, fühlte es sich an, als würde jemand mit einem großen Kochlöffel darin herumrühren. Selbst wenn ich mich an den Traum nicht mehr erinnern konnte, so hatte ich die Gefühle darin nicht abschütteln können. Angst, Wut und Bedauern hielten mich noch immer in ihrem Griff. Zwischenzeitlich stieg mir der Geruch von Metall in die Nase und fachte das Unwohlsein nur weiter an.

Ich brauchte gar nicht genau zu wissen, wovon ich geträumt hatte. Die Eindrücke und Gefühle erzählten mir genug, sprachen ihre eigene Sprache.

Ich habe einen Menschen getötet, hämmerte es in meinem Kopf. Immer und immer wieder. Die Welt um mich herum drehte sich. Das schwarze Wasser unter mir, die weiße Gischt, das alles fühlte sich auf einmal bedrohlich an. Als würde es mich bestrafen wollen für das, was ich getan hatte.

Ich schaffte es im letzten Moment, mich über das Geländer zu lehnen und mich in die Schwärze unter mir zu erbrechen. Mein Bauch krampfte sich immer wieder zusammen, bis ich nur noch Flüssigkeit hochwürgte, weil mein Magen längst geleert war. Mein Hals schmerzte, denn schließlich konnte ich nur noch trocken würgen. Mit tränenden Augen und schmerzendem Bauch ließ ich mich entkräftet auf die Planken sinken.

»Das sah beängstigend aus«, bemerkte eine tiefe Stimme im Schatten hinter den Fässern.

»Was wollt Ihr?«, fragte ich kraftlos. Nicht einmal mehr Stolz war mir in diesem Zustand geblieben. Ich war müde und mir war elend zumute. Am liebsten wäre ich sofort auf allen vieren zurück in mein Lager gekrochen, hätte die Augen geschlossen und sie so bald nicht wieder geöffnet.

»Das war mein Ernst«, bemerkte Byron und trat aus dem Schatten heraus zu mir, kniete sich nieder und betrachtete meine jämmerliche Gestalt.

Beschämt sah ich zur Seite. Ich musste ein grauenvolles Bild abgeben, wie ich hier saß, vollkommen zusammengesunken, die Haare strähnig und verschwitzt, die Augen voller Tränen und mit diesem süßlichen Geruch nach Erbrochenem, der mir jetzt anhaftete.

Byron ließ sich neben mir nieder, sagte aber kein Wort. Als wartete er darauf, dass ich spräche. Als wartete er, dass ich meine Dämonen vor ihm ausbreitete und sie mit ihm teilte. Ich wusste nicht, ob ich das konnte oder gar wollte. Wir waren uns so unheimlich fern, so fremd. Unvorstellbar, dass wir den Rest unseres Lebens miteinander verbringen sollten und noch undenkbarer, dass ich jemals Vertrauen zu diesem Mann fassen sollte, der bisher nur in Rätseln gesprochen hatte. Der mich bewusst nicht sehen ließ, wer er war und was er selbst von diesem Handel mit meinem Vater hatte.

Ich seufzte, zog meine Beine an und schlang die Arme darum. Das Kinn legte ich müde auf den Knien ab und starrte in die dunkle Ecke mir gegenüber.

»Ich habe ein Leben genommen«, wisperte ich. Die Worte schlüpften über meine Lippen, bevor mir bewusst wurde, dass ich sie überhaupt laut ausgesprochen hatte. Erst der Schmerz darüber, dass ich zu einer Mörderin geworden war, weckte mich aus meiner Lethargie.

»Das erste Mal ist es am schlimmsten«, antwortete er. Der Samt in seiner Stimme war sanfter als üblich.

Ich schnaubte. »Ich habe sicher nicht vor, es zu wiederholen.« Allein bei dem Gedanken daran, noch einmal eine Waffe im Körper eines Menschen zu versenken, krampfte mein Magen erneut und ich musste die Übelkeit herunterschlucken, um mich nicht über die Reling gebeugt wiederzufinden.

»In Eurem neuen Königreich wird Euch vielleicht keine andere Wahl bleiben«, sagte er trocken und lehnte den Hinterkopf gegen das Holz. Gerade sah er genauso erschöpft und müde aus, wie ich mich fühlte.

»Es ist nicht mein Königreich.«

Er seufzte erneut und schloss die Augen, hing seinen eigenen Gedanken nach, was mir die Zeit verschaffte ihn zu mustern.

Für den so grausamen Charakter, den man ihm nachsagte, wirkte er zu sanft, zu nahbar und ich hatte nicht das Gefühl, er würde mir etwas vorspielen. Seine Gesichtszüge waren kantig und erwachsen, er war kein Junge mehr, aber irgendwie auch noch kein Mann, kein König. Er strahlte nicht die Autorität, nicht die Erhabenheit aus, die ich von meinem Vater kannte, oder von den anderen Regenten, wenn sie unseren Hof besucht hatten.

Vor allem wirkte er gerade so verletzlich, als könnte ihn die kleinste Berührung oder ein lautes Wort zerbrechen. Vielleicht aber war er längst zerbrochen.

»Hast du schon viele Menschen getötet?« Die Frage war heraus, bevor ich über sie hätte nachdenken können.

Byron öffnete die Augen, sein Blick schnellte zu mir, wachsam und vorsichtig. Seine Hände, die bis eben locker auf seinen Beinen gelegen hatten, ballten sich zu Fäusten. »Mehr, als mir lieb ist«, antwortete er schließlich mit so viel Verbitterung, dass ich am liebsten meine Hände auf seine Fäuste gelegt hätte, um seine Anspannung zu lösen.

»Das tut mir leid.«

»Das muss es nicht.« Er stand auf, klopfte sich den Staub von den Hosen, als würde er damit auch die üblen Gefühle verscheuchen, und sah mich dann an. Ein belustigtes Blitzen trat in seine Augen und er legte den Kopf in einer spielerischen Geste schief. »Ist Euch eigentlich aufgefallen, dass Ihr gerade alle Förmlichkeiten mir gegenüber fallengelassen habt?«

»Ich ...«, wollte ich protestieren, brach aber sofort ab. Er hatte recht. Ich hatte ihn vertraulich angesprochen. So, als würde ich ihn schon lange kennen, als wären wir miteinander vertraut. »Es tut mir leid. Ich hätte das nicht tun dürfen, Hoheit«, sagte ich schnell.

Byron warf den Kopf in den Nacken und lachte. Laut und befreit, was mich nach dem ernsten Thema ein wenig befremdete. »Nun«, sagte er vergnügt, »wenn wir bald ein Bett teilen werden, sollte eine vertrauliche Anrede doch unser geringstes Problem sein, nicht wahr, *Avianna*?«

Bei dem Gedanken an ein gemeinsames Bett und was man darin tat, sah ich verschämt in die andere Richtung, den Blick starr auf die dunkle See gerichtet. Er wollte mich aufziehen und ich wusste nicht, wen ich mehr hasste, weil es ihm gelungen war. Ihn oder mich?

»Derlei Gespräche sind nicht schicklich. Erst recht nicht gegenüber einer Prinzessin«, presste ich mit glühenden Wangen hervor.

»Hör mir mal zu«, begann er und fasste mich an den Schultern, drehte mich zu sich herum, aber ich weigerte mich ihn anzusehen und starrte weiter auf das Meer und in die Nacht. Jedoch konnte ich ihm nicht entkommen, weil er jetzt eine Hand an mein Kinn legte und mich mit sanftem Druck zwang ihn anzusehen. Das kalte Blau seiner Augen bohrte sich in mich und selbst wenn er losgelassen hätte, wäre es mir nicht möglich gewesen den Blick abzuwenden.

»Ich kümmere mich nicht darum, was in anderen Königreichen als schicklich und förmlich gilt. Es interessiert mich nicht, welche Gesetze es in Iralia zu befolgen gab und welche gesellschaftliche Etikette zu beachten war. Du bist meine Verlobte, Prinzessin von Glacien, nicht mehr Iralia. Ab jetzt lebst du nach unseren Gesetzen, nach unserer Etikette – und glaub mir, wenn du dich erst einmal eingelebt hast, wird es dir gefallen.«

Er ließ mich los und ich erschauerte, wusste aber nicht, ob unter seinem Blick oder wegen des frischen Windes, der durch mein Kleid strich. Byron jagte mir Angst ein, weil ich ihn nicht einzuschätzen vermochte. Weil ich die Gerüchte über ihn und sein Verhalten nur selten miteinander in Einklang bringen konnte. Natürlich, ich hatte ihn in dieser Nacht kämpfen gesehen und ich war mir sicher, nur wenige Krieger würden gegen ihn bestehen, aber das machte ihn nicht automatisch zu einem grausamen Menschen, nur zu einem exzellenten Krieger. Wer war Byron, König von Glacien, wirklich? Neben meiner Angst brannte ich förmlich darauf zu erfahren, welche Geschichten der Wahrheit entsprachen und welche ich Lügen strafen konnte.

***

Am nächsten Morgen wachte ich vollkommen erschlagen auf, wobei mein Zustand nichts im Gegensatz zu dem von Mira war. Statt des Abenteuers hatte sie die Seekrankheit ereilt. Einen Großteil der vergangenen Nacht hatte sie auf Deck verbracht, ähnlich über die Reling hängend wie ich. Sie war aschfahl im Gesicht und wälzte sich wimmernd von einer Seite auf die andere.

»Kann ich etwas für dich tun?«, fragte ich besorgt, aber sie schüttelte nur den Kopf, verbarg ihn tief im Kissen und stöhnte erneut gequält auf.

Mit flauem Gefühl im Magen stand ich auf. Mein Rücken schmerzte von der unbequemen Bettstatt und ich streckte mich ausgiebig, um meine protestierenden Muskeln zu dehnen. Jetzt, am Morgen, sah die Kajüte nicht einladender aus als am Vorabend. Der Raum war immer noch beengt, der kleine Schreibtisch zwischen unsere Betten gequetscht. Unsere Kleidung war in Truhen verstaut, die vor den Betten an der Wand standen. Es war gerade genug Platz hier, um sich einmal um sich selbst zu drehen. Am schlimmsten jedoch waren der muffige Gestank und die Feuchtigkeit. Der Gedanke war egoistisch, aber ohne Mira durch das Schiff zu wandern und zum Frühstück zu gehen, ängstigte mich. Ich wusste nicht, auf wen ich treffen würde, ob ich allein an einem Platz sitzen und wie eine Aussätzige behandelt werden würde.

Deswegen zog ich mir nur langsam mein Kleid über die Unterröcke, öffnete schwerfällig die Tür zu unserer kleinen Kajüte und zögerte, einen Schritt hinaus aus dieser temporären Sicherheit zu machen.

Der Bauch des Schiffs lag still vor mir, niemand von der Besatzung lief mir über den Weg, als ich zuerst die Treppen zum Deck ansteuerte, um mich oben über einem Eimer Wasser notdürftig zu waschen. Der Anblick, der sich mir draußen bot, war atemberaubend. Ein strahlend blauer, wolkenloser Himmel, an dem erbarmungslos die heiße Sonne brannte und sich auf den dunkelblauen Wellen spiegelte. Wohin man sah, nur die See und der Himmel und unser Segelschiff mitten in dieser Leere. Als wäre die Menschheit vergangen, von der Bildfläche getilgt, und übrig geblieben waren nur das Schiff und wir. So beängstigend dieser Gedanke war, faszinierte er mich gleichzeitig.

Die Stille hier draußen war nicht unangenehm, die Einsamkeit nicht drückend, sondern frei. Mein ganzes Leben lang war ich von anderen Menschen umgeben gewesen, die beobachteten, wie ich mich entwickelte, wie ich lernte, wie ich mich bewegte, mich benahm. Ständig war ich bewertet worden und es war mir gar nicht richtig bewusst gewesen. Jetzt fiel es mir zum ersten Mal auf, weil genau diese beobachtenden Augen fehlten. Die Besatzung kümmerte sich um den Kurs, die Segel und deren Vertäuung. Byron und Elric waren nirgends zu sehen und ich vermutete sie unter Deck, wo sie entweder frühstückten oder sich um Regierungsgeschäfte kümmerten. Mira lag im Bett, unfähig zwei Schritte weit zu gehen, ohne zusammenzubrechen.

Ich war tatsächlich allein. Nur ich und meine Gedanken und das Gefühl von grenzenloser Freiheit. Ich breitete die Arme aus, ließ den Wind durch mein Haar streichen und nahm all die Eindrücke in mich auf, damit ich sie niemals wieder vergessen würde. Mir war klar, es war nur gestohlene Zeit, nichts, das von Dauer sein würde. In Glacien würde ich erneut eine Gefangene sein, ständig unter Beobachtung. Vielleicht noch mehr als jemals zuvor, denn ich war mir sicher, niemand in meinem neuen Königreich würde mir als Eindringling und Exotin über den Weg trauen. Also gab ich mich diesem geliehenen Gefühl von Freiheit hin, spürte ihm nach und sperrte es in meinem Herzen ein, damit ich sehr lange davon würde zehren können.

»Habt Ihr keinen Hunger, Mylady?« Elric trat neben mich und legte seine behandschuhten Hände auf die Reling, den Blick ebenfalls auf den Horizont gerichtet. Er war noch immer in einen Umhang aus hellem Leinen gekleidet, dessen Kapuze sein Gesicht verhüllte.

Mit einem Schulterzucken wandte ich mich um, lehnte mich mit dem Rücken an das Holz und sah der Besatzung zu, die geschäftig über die Planken huschte. Mir war noch nicht danach, mich wieder anderen Menschen auszusetzen. Ich wollte noch nicht mit jemandem reden müssen.

»Ihr solltet etwas essen«, versuchte er es wieder.

»Ich habe keinen Hunger«, antwortete ich barsch. Jedoch strafte das Knurren meines Magens mich augenblicklich Lügen, und zwar so laut, dass selbst Elric es nicht überhörte.

Er lachte. »Das, Prinzessin, hört sich aber ganz anders an.«

»Na schön«, schnaubte ich trotzig und stieß mich von der Reling ab, »dann gehe ich etwas essen. Seid Ihr nun zufrieden?«

»Nein, das kann man so nicht sagen.« Sein Lachen grollte noch immer in seiner Stimme und der Schalk blitzte in seinen Augen auf. Ich konnte ihm ansehen, dass er mich aufziehen wollte, sich aber eines Besseren besann.

»Gehen wir«, sagte er lediglich und deutete zu der Treppe, die unter Deck führte. »Nach Euch.«

Ich ging voraus, stieg die steilen Stufen hinab und wanderte etwas unsicher durch den Bauch des Schiffs. Zwar hatte ich mir den Weg zur Kombüse eingeprägt, aber die ungewohnte Umgebung ließ mich dennoch immer wieder zögern. Allerdings war das Schiff nicht so groß, dass ich mich ernsthaft hätte verlaufen können, und so betraten wir nach einer kleinen Korrektur Elrics den Speiseraum. Neben uns waren nicht viele Besatzungsmitglieder anwesend.

An einem Ende der langen Tafel saß ein rattengesichtiger Junge, der die letzten Löffel brauner Pampe aus einer Schüssel kratzte. Am anderen Ende speiste Byron mit einem blonden Mann, der komplett in schwarzes Leder gekleidet war. Um seine Hüfte lag ein reichlich behangener Waffengürtel, dessen Herzstück eine Schwertscheide bildete.

»Ah, guten Morgen, Prinzessin«, begrüßte mich Byron und wies mit der Hand auf einen Stuhl neben sich.

»Guten Morgen, Hoheit«, erwiderte ich schmallippig und ignorierte dabei seine Einladung. Vielleicht hatten wir uns gestern einander angenähert, vielleicht hatte so etwas wie ein Waffenstillstand bestanden, aber das war gestern gewesen. Dort oben hatte ich vorhin den Geschmack der Freiheit auf der Zunge geschmeckt und ich war nicht bereit, ihn so schnell zu vergessen. Also ließ ich mich gegenüber des rattengesichtigen Jünglings nieder.

»Morgen!«, grüßte ich ihn laut genug, damit Elric, Byron und der Mann in schwarzem Leder es ebenfalls hörten, und schenkte dem Jungen ein breites Lächeln.

Statt einer Antwort sah dieser nur erschrocken auf, verschluckte sich an seinem Bissen, ließ den Löffel in die Schüssel fallen und beeilte sich aufzustehen. So behäbig er sich vorher bewegt hatte, so schnell war er jetzt verschwunden, ohne dass ich hätte sagen können, warum er auf einmal so in Eile war.

»Nun«, Elric trat neben mich und grinste, »das ist wohl nicht so gut gelaufen.«

»Was hatte er denn?«, wollte ich wissen.

»Angst vielleicht?« Seine Antwort formulierte er wie eine Frage, aber sie war dennoch unmissverständlich. Niemand redete mit der zukünftigen Königin, wenn er nicht den Zorn seines Königs auf sich ziehen wollte. Die Reaktion des armen Jungen zusammen mit Elrics Worten sprach eine eindeutige Sprache.

»Wollt Ihr Euch nun zu uns setzen?«

Ich verschränkte die Arme vor der Brust und musterte ihn lange. Danach unterzog ich auch Byron und seinen Tischnachbarn einer Musterung, ehe ich den Kopf schüttelte und den Blick auf die hölzerne Tischplatte senkte.

Natürlich benahm ich mich kindisch, aber mein Stolz stand mir im Weg. Was außer meinem Stolz hatte ich denn jetzt noch? Meine Heimat lag mittlerweile Tage hinter mir. Auf unserer kurzen Reise durch die Wüste hatte ich einen Menschen getötet, einen Freund sterben sehen und mein Feuer entfacht.

Von der anderen Seite des Tisches hörte ich, wie Stühle über die Holzplanken rückten. Ich hob den Kopf und streckte das Kinn vor. Byrons Blick traf sofort auf den meinen. Ich bemerkte das Brodeln meiner Magie in meinen Adern, wusste, das Feuer ist in mir, genauso wie ich wusste, man konnte es in diesem Moment in meinen Augen sehen. Es war nicht nur eine Warnung für Byron, es war ebenfalls ein Versprechen.

Möglicherweise konnte ich dem Schicksal nicht mehr entkommen, aber ich würde mich ihm nicht ohne Gegenwehr fügen.

Kapitel 7

Am zweiten Tag auf See konnte Mira endlich wieder Nahrung bei sich behalten und jetzt, an unserem fünften Tag, ging es ihr so gut, dass ich sie erstmals zu einem Ausflug über das Schiff mitnahm.

Seit dem Morgen im Speiseraum war ich Byron und Elric soweit wie möglich aus dem Weg gegangen, wenn das auf einem Schiff auch wesentlich schwieriger zu bewerkstelligen war, als ich es mir vorgestellt hatte. Jeden Tag setzte ich mich während der Mahlzeiten zwischen die Besatzungsmitglieder und versuchte nicht groß aufzufallen, was natürlich hoffnungslos war. Mira und ich waren die einzigen Frauen an Bord und meine pompösen Kleider waren alles andere als unauffällig.

Nun aber saß ich neben Mira beim Mittagessen und zum ersten Mal auf dieser Schiffsreise konnte ich eine Mahlzeit genießen. Wir unterhielten uns über das Meer, darüber, dass Mira weiterhin davon träumte zu reisen, obwohl die Seekrankheit sie so lange in ihren Fängen gehalten hatte, und wir sprachen ebenso über Elric und Byron. Über unsere Zukunft in einem Königreich, von dem wir noch immer nicht wussten, was uns dort erwarten würde und ob seine Bewohner uns gewogen waren.

Die Besatzung zumindest machte mittlerweile einen freundlichen Eindruck und selbst der rattengesichtige Junge nahm nicht mehr sofort Reißaus, wenn er mir begegnete. Sein Name war Pipp und er hatte zum ersten Mal auf einem Schiff angeheuert. Rolfes, der schnauzbärtige erste Maat, hatte mir erklärt, dass Pipp allein schon von der Tatsache eingeschüchtert war, auf dem Schiff des Königs zu arbeiten. Bevor ich jedoch weiter nachhaken konnte, war er still und nachdenklich geworden, hatte mich lange gemustert und sich dann ohne ein weiteres Wort von mir abgewandt. Als hätte er ohnehin schon zu viel gesagt.

Und so behandelten sie mich alle. Kaum hatte ich ein Gespräch mit jemandem angefangen, verstummten sie schon wieder, als wären sie bei etwas Verbotenem ertappt worden. Langsam fühlte ich mich wie eine Aussätzige, umso wichtiger war es für mich, endlich wieder Mira an meiner Seite zu haben. Andernfalls wäre ich sicherlich bald dem Wahnsinn verfallen.

»Irgendwie ist es ja schon aufregend, oder?«, sagte Mira kauend und beobachtete dabei die Männer um uns, die sich lautstark unterhielten und dabei Apfelwein tranken.

»Ich weiß nicht«, lustlos stocherte ich auf meinem Teller herum. »Du musst ja niemanden heiraten, den du nicht liebst.« Der Appetit war mir vergangen. Ich biss mir auf die Zunge, um ja nicht mehr zu sagen. Es wäre gemein, meinen Frust jetzt an meiner besten Freundin auszulassen. Sie konnte nichts dafür, dass mein Leben innerhalb eines Wimpernschlags zerstört worden war, während ihres sich für sie zum Besseren wandte. Zumindest ein wenig besser wurde.

»Vielleicht wird Glacien uns ja gefallen«, versuchte sie mich aufzumuntern und lächelte dabei. »Stell dir mal vor: Überall Schnee und Eis – wie sich das wohl anfühlen wird? Hast du jemals Schnee in den Händen gehalten?«

»Er ist härter, als man denken mag und kälter, als man sich vorstellen kann«, ertönte eine unbekannte, sonore Stimme hinter uns. »Ich darf mich doch setzen?«

Der junge Mann mit der schwarzen Lederrüstung und dem Waffengürtel grinste und deutete auf den Stuhl neben Mira.

»Und Ihr seid?«, fragte meine Zofe forsch und musterte den Mann von oben bis unten.

»Oh, wie unhöflich von mir. Ich bin Jared, erster Offizier der glacienischen Armee und auf Reisen Leibwache von König Byron.« Er verbeugte sich so tief vor uns, dass ich kurz dachte, er wollte den Boden küssen.

»Oh mein Gott, Jared, lass das, bevor noch irgendjemand sieht, wie du dich hier lächerlich machst.« Elric schlug dem jungen Krieger im Vorbeigehen auf den Rücken und brachte ihn damit tatsächlich zu Fall, was den kompletten Saal in Gelächter ausbrechen ließ. Auch ich konnte mir ein amüsiertes Kichern nicht verkneifen.

»Das war nicht nett von Euch«, tadelte Mira Elric, aber auch in ihren Augen blitzte der Schalk. Gleichzeitig betrachtete sie den königlichen Berater mit so viel Wohlwollen und Bewunderung, dass ich nicht umhinkam mich zu fragen, ob sie an ihm Gefallen gefunden hatte.

Zumindest eine von uns würde in Glacien vielleicht glücklich werden und was wäre ich für eine Freundin, wenn ich ihr die Erfüllung ihrer Träume nicht gönnte, nur weil meine eigenen zerfallen waren?

***

Je näher wir Glacien kamen, umso kälter wurde es. Der Wind frischte mit jedem Tag mehr auf, die Sonne verlor merklich an Kraft, wenn sie überhaupt schien. Die meiste Zeit war es nun dunkel und das Schiff schaukelte in tiefster Nacht über das Meer. In den wenigen hellen Stunden war die Sonne von grauen, schweren Wolken verhangen. Elric und Jared hatten uns bereits erklärt, dass es den ganzen Winter über so dunkel sein würde und die Tage so weit im Norden zu dieser Jahreszeit kurz waren.

Mira und ich hatten unsere Kleider aus Iralia mittlerweile gegen wärmere Stoffe aus Glacien getauscht und froren dennoch erbärmlich in der rauen Seeluft. Um nicht gänzlich den Verstand zu verlieren, machten wir uns auf dem Schiff nützlich. Meiner Freundin fiel das als Zofe wesentlich leichter als mir, weil ich mich ständig versichern musste, dass der Küchenjunge seinen Mund hielt, wenn ich mich wieder einmal in die Kombüse geschlichen und Kartoffeln geschält hatte. In Situationen schierer Langeweile kam mir überraschenderweise Pipp zu Hilfe, der mich manchmal für einige Minuten, im Schatten der Fässer und Kisten über Deck, die Planken schrubben ließ. Das eiskalte Wasser im Eimer stach wie tausend Nadeln in meine Finger und wenn ich ihm den Lappen zurückreichte, waren die Kuppen bereits blau gefärbt. Und es tat gut. Es zeigte mir, dass ich noch lebte und nicht nur auf diesem Schiff vor mich hinvegetierte. Nach all diesen endlos ermüdenden Tagen zweifelte ich schon die Existenz Glaciens an, weil wir scheinbar niemals ankamen.

Auch jetzt hatte ich mir wieder einen Moment auf Deck gestohlen. Pipp saß mit geschlossenen Augen neben mir, ließ den eiskalten Wind durch sein Haar streichen und genoss die kurze Pause, die ich ihm gönnte. Er sprach nie mit mir und dennoch war mir seine Gegenwart nicht unangenehm, im Gegenteil. Wir hatten diese stille Übereinkunft, in der ich Zerstreuung fand und er eine Erholung von all der harten Arbeit.

Und dann war dieser Moment vorbei.

Innerhalb eines Wimpernschlags stand Byron vor mir. Seine Augenbrauen hatte er in die Höhe gezogen, während er mit einem verschlagenen Lächeln auf mich herabsah, wie ich auf allen vieren auf den Planken kniete und schrubbte. Einzelne Haarsträhnen hatten sich aus ihrem Knoten gelöst und klebten in meinem von Schweiß benetzten Gesicht. Mir war bewusst, wie desolat ich aussah.

Schnell sprang ich auf, neigte unterwürfig den Kopf und setzte dazu an mich zu rechtfertigen, selbst wenn es für solch unschickliches Verhalten keine Erklärung geben konnte.

»Schweigt!«, fuhr er mir über den Mund, bevor ich überhaupt ein einziges Wort gesagt hatte. »Folgt mir«, wies er mich an. »Und Pipp: Du machst weiter!«

Der Junge griff augenblicklich nach dem Lappen und schrubbte, als würde er vom Teufel gejagt werden.

Byron wandte sich ab und schritt voran. Mir blieb nichts anderes übrig und so folgte ich ihm mit gesenktem Kopf und hängenden Schultern. Selbst mein Stolz half mir hier nicht weiter. Immerhin hatte er mich in einer Situation erwischt, in der ich mich nicht weniger stolz hätte präsentieren können. Auf den Knien mit einem Lappen in der Hand wie die niederen Dienstmädchen im Schloss, und ich ahnte, wie mein Vater über mich urteilen würde, hätte er mich so vorgefunden.

Ein Schauer jagte mir über den Rücken. Ich erwartete bestraft zu werden, denn genau das war Byrons Recht als mein König, wenn ich mich ungehorsam oder unschicklich benahm.

Unter Deck angekommen öffnete er schließlich eine Tür nur wenige Schritte von meiner Schlafkammer entfernt. Dieser Raum hier war jedoch kleiner. Ein winziger Tisch stand direkt neben dem Schlaflager. Hinter dem

Bett eine Kiste, in der man Kleidung oder Waffen aufbewahrte. Die Wände waren kahl und nur eine Öllampe stand auf dem Tisch und tauchte den Raum in flackerndes Licht.

»Setzt Euch doch«, wies Byron mich an und deutete auf den Stuhl, während er selbst daneben auf der Lagerstätte Platz nahm.

Zittrig leistete ich seiner Anweisung Folge und versuchte meine Röcke über dem kleinen Stuhl zu drapieren, strich mir fahrig die wirren Strähnen aus dem Gesicht und wagte es nicht, ihm dabei in die Augen zu sehen. Ich hatte einen Fehler begangen und würde dafür büßen müssen.

»Warum habt Ihr die Planken geschrubbt?«, fragte er geradeheraus.

Mein Herz hämmerte in der Brust und ich suchte fieberhaft nach Worten, die mich nicht vollkommen der Lächerlichkeit preisgaben. Aber diese Worte gab es nicht. »Es tut mir leid«, presste ich beschämt hervor. »Ich weiß, ich habe mich ungebührlich und einer Prinzessin nicht angemessen verhalten.«

»Ich habe nicht gefragt, ob Euer Tun angemessen war, sondern, was Euch dazu veranlasst hat die Planken zu schrubben.«

Verwirrt sah ich auf. Sein Gesicht lag im Schatten, nur ab und an warf der Schein der Öllampe einen hellen Fleck auf seine Wange. Mit offenem Blick sah er mich an. Selbst die eisigen Pfeile aus seinen Augen trafen mich nicht. Byron war vollkommen reglos und wartete auf meine Antwort.

»Die Langeweile, Eure Hoheit. Ich habe mich gelangweilt«, wisperte ich.

»Und warum seid Ihr nicht an mich herangetreten, um mit mir darüber zu sprechen?«

»Was?«, rief ich verblüfft und schlug mir die Hände vor den Mund.

»Warum Ihr nicht zu mir gekommen seid und Euch lieber heimlich eine Aufgabe gesucht habt, habe ich gefragt.« Noch immer verriet sein Ausdruck nicht, ob er mich im nächsten Moment bestrafen oder mich davonkommen lassen würde. Indessen wuchs meine Anspannung ins Unermessliche. »Weil es sich für eine Prinzessin nicht geziemt, solcherlei Arbeiten zu verrichten«, erklärte ich und spielte dabei fahrig mit dem Stoff meines Kleides.

»Welche Arbeiten geziemen sich Eurer Ansicht nach?« Er ließ nicht locker.

Ich rätselte, worauf er überhaupt hinauswollte, während ich meine Worte mit jeder Frage genauer abwog, um ja nicht in eine Falle zu tappen, auch wenn ich das Gefühl hatte, dafür wäre es längst zu spät.

»Ich weiß es nicht«, gab ich geschlagen zu und ließ die Schultern hängen.

»Avianna«, sagte er leise und beugte sich zu mir vor, sodass ich mitsamt dem Stuhl von ihm abrückte, um den Abstand zwischen uns zu vergrößern.

Er stand auf und machte zwei große Schritte zur Tür und wieder zurück. Der Raum war eindeutig zu klein, um darin auf und ab zu wandern, aber er versuchte es dennoch. Mit seinen Händen fuhr er sich dabei durch das schulterlange Haar, als müsste nun er überlegen, wie er die nächsten Worte am besten formulierte.

»Wo ist die Avianna, die ich kennengelernt habe? Wo ist die stolze Prinzessin, die sich von mir nichts sagen ließ und mir die Stirn bot, sobald ich ihr Gelegenheit dazu gab? Wo ist diese Prinzessin nun?«

Seine Worte machten mich sprachlos. Wenn ich daran dachte, wie ich mich in den ersten Tagen ihm gegenüber benommen hatte, erschauerte ich selbst. Ich war all das gewesen, was ich niemals hätte sein dürfen. Eine Prinzessin benahm sich ihrem König gegenüber nicht aufbegehrend oder gar ungehorsam. Das war eine der ersten Regeln gewesen, die Vater mich als Kind gelehrt hatte und ich hatte sie vergessen, weil alles in diesen vergangenen Tagen zerfallen war.

Byron schüttelte den Kopf. »Hört zu, Prinzessin. Ich bin nicht auf der Suche nach einer Marionette und Euer Vater hat gewiss versucht eine solche aus Euch zu machen. Ich suche nicht nach einer Königin, die mir zu Gehorsam verpflichtet ist und die demütig die Augen senkt, sobald ich mit ihr spreche.« Abrupt blieb er stehen, ging vor mir auf die Knie und sah mir direkt ins Gesicht. Das kalte Blau seiner Augen brannte sich in mich und ich wünschte, ich hätte behaupten können, es wäre mir unangenehm gewesen.

»Wenn Ihr Euch nützlich machen wollt, tut es. Wenn Ihr Euch mit der Besatzung anfreunden wollt, bitte, nur zu. Ihr gehört mir nicht, Prinzessin Avianna. Ihr seid Euer eigener Herr und ich hoffe, es kommt der Tag, an dem Ihr verstehen werdet. Mich, Euch und warum alles so kommen musste. Bis dahin bitte ich Euch lediglich, Ihr selbst zu sein, ohne Angst davor, dass ich Euren Kopf rollen lasse.«

Bevor ich etwas erwidern konnte, erhob er sich und verließ den Raum. Ich blieb zurück, allein im schummrigen Licht der Öllampe und begriff einfach nicht, was eben geschehen war.

Kapitel 8

»Land in Sicht!«

Der Ruf schallte über uns hinweg und jeder, der sich an Deck befand, stürmte zur Reling, den Blick in die Ferne gerichtet. Auch ich hatte die Hände auf das eiskalte Holz gelegt, die Finger feuerrot und durchgefroren, und suchte den Horizont ab. Wenn man die Augen zusammenkniff und von der tief stehenden Wintersonne abschirmte, erkannte man dort hinten einen kleinen Streifen Land.

»Die südliche Spitze Glaciens«, erklärte Elric, der neben mir stand und lächelte. »Endlich zurück.«

Die Erleichterung in seiner Stimme war greifbar. Bis heute hatte ich nicht gewusst, unter welcher Anspannung Elric gestanden haben musste, denn alles an seinen Zügen wirkte jetzt glatter, freundlicher und gelöster.

»Endlich zu Hause«, stimmte Jared ein, den die frohe Botschaft wohl unter Deck hervorgetrieben hatte. »Wir waren viel zu lange fort.«

»Keine Sorge, Krieger, dein Mädchen wird dich schon nicht vergessen haben«, scherzte Elric und schlug Jared in einer freundschaftlichen Geste auf den Rücken, der sich unter dieser Berührung wand, gleichzeitig färbte sich sein Gesicht jedoch tiefrot.

Amüsiert betrachtete ich das Geschehen. Die letzten Wochen auf dem Schiff hatten mir eines deutlich gezeigt: Alles, was ich bisher geglaubt hatte über Glacien zu wissen, vermochte ich nicht mit dem zu vereinbaren, was man mich sehen ließ.

Ich hatte harte Krieger erwartet, Menschen, die von Hass zerfressen waren und die vor Gewalt und Brutalität nur so strotzten. Meine Vorurteile waren zerstreut worden, zumindest, soweit es ihre Ausstrahlung betraf. Sie waren Krieger, aber sie waren nicht von Hass zerfressene, brutale Monster.

Immerhin wusste ich nur zu gut, dass die meisten von ihnen unheimlich machtvolle Eismagier waren, und dass sie nicht zögern würden, unsere Armeen zu vernichten.

Der Stich im Herzen ließ mich zusammenzucken, weil *unsere Armeen* schon lange nicht mehr auch meine waren, sondern die meines Vaters. Meine Zugehörigkeit zu Iralia war Vergangenheit und dort vorn, als kleiner dunkler Streifen am Horizont, begann meine Zukunft.

Als hätte er meine Gedanken gelesen, spürte ich Byrons Blick in meinem Rücken, aber mir fehlte der Mut mich umzuwenden, ihn sehen zu lassen, dass mich die große Ungewissheit ängstigte. Ich wollte ihm ja die Stirn bieten, ihm zeigen, dass ich nicht so leicht zu brechen war, nicht von ihm, nicht von meinem Vater – von niemandem. Aber die Wahrheit war: Die Angst war durchaus in der Lage mich zu brechen.

Selbst wenn Glaciens Bewohner keine rauen, brutalen Eismagier waren, wie ich sie mir vorgestellt hatte, erwartete ich dennoch ein Land voller Feindseligkeit und Hass. Eine Nation, die nur darauf wartete, den Kontinent zu überrennen und alles an sich zu reißen. Nur weil sie freundlich zueinander waren, bewies das nicht, dass es sie nicht nach mehr Macht dürstete.

Mein Herz hämmerte in der Brust und ich wünschte mir sofort umzukehren. Weg von Glacien und zurück nach Iralia. Wünschte mir endlich aus diesem Albtraum zu erwachen, all diese ambivalenten Gefühle loszuwerden und mein altes Leben zurückzuerhalten.

Stattdessen bewegten wir uns immer weiter auf die Insel zu und meine Gedanken hörten nicht auf, sich im Kreis zu drehen. Ich war gefangen zwischen Stolz, Trotz und dem Vorhaben Byron die Stirn zu bieten. Gefangen zwischen der Pflicht, meinem Vater jede Information zukommen zu lassen, die mir in die Hände fiel, und meiner Angst vor dem Ungewissen. Und in den seltenen Momenten, in denen all diese verwirrenden Gedanken schwiegen, schlich sich noch etwas anderes dazwischen. Neugierde, die jede Faser meines Körpers unter Spannung setzte. Ich konnte nicht leugnen, neugierig auf das Land zu sein, das ich von jetzt an mein Zuhause nennen musste.

***

»Willkommen in Glacien, Prinzessin«, wisperte Byron sanft und lief an meiner Seite, als ich die ersten zaghaften Schritte auf dem verschneiten Kai des Hafens von Deighe machte. Um mich herum schien alles zu schwanken und ich fühlte mich, als wäre ich immer noch auf See.

Vergeblich versuchte ich all die neuen, unbekannten Eindrücke zu verarbeiten und gleichzeitig nicht zu erfrieren. Es war tatsächlich bitterkalt und der dicke Pelz um meinen Hals änderte nichts daran. Jedes Mal, wenn ich ausatmete, hinterließ ich kleine weiße Wölkchen in der Luft und bei jedem Einatmen sorgte ich mich darum, ob es möglich war von innen heraus zu erfrieren.

Der Schnee knirschte unter meinen derben Lederstiefeln und war gar nicht so glatt, wie ich befürchtet hatte. Eigentlich fand ich sogar guten Halt und wurde mutiger. Unbeholfen watete ich durch das wadenhohe Weiß und musste ein Kichern in meiner Brust mit aller Macht unterdrücken.

Byron beobachtete mich interessiert von der Seite, während ich einen Schritt vor den anderen tat und dabei meinen Blick über die ersten Häuserreihen der Stadt wandern ließ. Die Sonne war längst wieder untergegangen und aus den Fenstern leuchtete das sanfte Licht von Kerzen oder Öllampen. Der Mond tauchte die Stadt in seinen matten Schein und der Schnee reflektierte sein Licht. Trotz tiefster Nacht war es eine vollkommen andere Dunkelheit, als ich sie von der Wüste her kannte. Weniger schwarz, weniger beängstigend.

»Oh Avianna, sieh dir das an! Das ist atemberaubend!« Mira lief an mir vorbei, kam einige Meter vor mir zum Stehen und strahlte über das ganze Gesicht. In diesem Moment wünschte ich mir, ich könnte ebenso gelöst sein wie sie, anstatt mir immerzu den Kopf zu zerbrechen.

Kaum hatte ich den Gedanken gedacht, traf mich etwas mit voller Wucht im Rücken und ich drehte mich erschrocken um, auf einen Angriff gefasst, den es abzuwehren galt. Stattdessen stand Byron einige Meter von mir entfernt und lachte schallend. In den Händen hielt er eine runde, weiße Kugel, die er jetzt nach mir warf. Nur mit Mühe konnte ich mich darunter wegducken, sodass sie hinter mir im Schnee landete. Die nächste Kugel kam von Elric, flog direkt an mir vorbei und traf Mira an der Schulter, die daraufhin lachend in die Knie ging. Dann nahm sie ihrerseits eine Handvoll Schnee auf und versuchte sie, zu einem Ball zu formen, um sich für diese Attacke zu rächen.

Argwöhnisch betrachtete ich das Treiben um mich herum, an dem sich nach und nach immer mehr Besatzungsmitglieder beteiligten und bei dem es jeder gegen jeden zu heißen schien. Gleichzeitig war das die einzig erkennbare Regel.

Immer mehr eiskalte Schneebälle flogen an mir vorbei, einigen davon wich ich nur in letzter Sekunde aus. Gelächter und ausgelassenes Rufen wurden stetig lauter, verbanden sich zu einer Eufonie, der ich ewig hätte lauschen können.

»Wollt Ihr Euch uns nicht anschließen?« Byron war neben mich getreten. Auf seinen Zügen lag ein zufriedenes Grinsen, eine entspannte Gelöstheit, durch die er wesentlich jünger wirkte.

Mein Blick wanderte über die Besatzung. Über all die erwachsenen Männer, die sich aufführten wie kleine Kinder. Ein aufgeregtes Kribbeln ergriff mich und setzte meinen Körper unter eine seltsame Spannung. Es war lange her, dass ich mich zuletzt so gefühlt hatte. Ein letztes Mal sah ich argwöhnisch auf meine Hände, verscheuchte dann aber die Angst vor der Kälte und kniete nieder, um selbst eine Handvoll Schnee aufzunehmen und eine Kugel daraus zu formen.

Das Gefühl war seltsam. Die Kälte schnitt wie Scherben in meine Haut. Der Schnee war glatt und krümelig zugleich, weich in der Hand, aber hart, sobald man ihn zusammenpresste.

»Und?« Byron warf seine eigene Kugel von einer Hand in die andere.

»Es ist seltsam«, gestand ich und wog meinen Schneeball, der ein wenig verunglückt aussah, abschätzend in den Händen.

»Ihr werdet Euch schnell daran gewöhnen«, antwortete er und ließ seinen Blick über all das Weiß in der Dunkelheit wandern.

Ich nutzte den kurzen Augenblick seiner Ablenkung und warf meinen Schneeball mit aller Kraft auf ihn. Byron zuckte zusammen, als ihn die Kugel direkt an der Wange traf und dort einen roten Fleck hinterließ.

»Seltsam, ja? Mir scheint, Ihr habt Euch schneller eingewöhnt, als ich zu hoffen gewagt habe.« Seine Überraschung wich einem breiten Grinsen. Dann machte er einen langen Satz auf mich zu und bevor ich mich ihm entziehen konnte, griff er nach meinem Handgelenk und zog mich nah an sich heran.

Als unsere Körper sich berührten, hielt ich instinktiv die Luft an. Sein Atem kitzelte mich im Nacken. Seine Hand lag locker um mein Handgelenk und er beugte sich ein Stück zu mir, seine Lippen dicht an meinem Ohr.

»Euch ist doch klar, dass dieser Angriff nicht ungesühnt bleibt, Prinzessin?«, wisperte er und im nächsten Moment spürte ich die eisige Kälte im Nacken. Fühlte den Schnee unter dem Pelzkragen, wie er langsam schmolz, zu Wasser wurde und eiskalt meine Wirbelsäule hinunter rann.

Kreischend sprang ich einen Meter zurück, versuchte mit den Armen unter den Kragen zu kommen und den Rest Schnee herauszufischen, aber Byron hatte ganze Arbeit geleistet.

»Wenn ich jetzt erfriere, seid Ihr schuld!«, rief ich und hüpfte ein wenig auf der Stelle hin und her, weil es mit jeder Sekunde kälter und kälter wurde.

»Jetzt übertreibt mal nicht«, lachte er und trat ein paar Schritte auf mich zu, aber ich machte gleichzeitig ein paar eigene zurück.

»Ihr glaubt doch nicht, dass ich Euch jetzt noch vertraue«, zischte ich.

»Als ob Ihr mir überhaupt schon jemals vertraut hättet.« Er zuckte mit den Schultern, als wäre es ihm ohnehin gleichgültig. »Aber gut, wenn Ihr den ganzen Schneeball in Eurem Rücken schmelzen lassen wollt, nur zu.«

»Ich benötige Eure großzügige Hilfe sicher nicht.« Ich sah mich nach Mira um, die allerdings immer noch Teil der großen Schneeballschlacht war und sich gerade kreischend und lachend in Elrics Armen wand. Auch sonst nahm niemand von uns Notiz, alle waren vollkommen in das Spiel vertieft.

»Na kommt, Prinzessin. Was ist so schlimm daran, Euch hierauf einzulassen? Warum versucht Ihr nicht einfach Glacien und mich kennenzulernen, bevor ihr Euch verschließt?«

»Ich wüsste nicht, wo ich da anfangen sollte«, spuckte ich wütend aus, merkte jedoch gleichzeitig, wie meine Stimmung sofort kippte. Der Stachel saß noch immer viel zu tief und Tränen brannten in meinen Augen.

Byron streckte die Hand nach mir aus. Mehr tat er nicht. Er wartete ab, darauf, dass ich ihm meine Hand reichte, aber es war mir unmöglich. Die ganze Welt erzitterte vor dem Mann, der hier vor mir stand, vor seiner Grausamkeit, und gleichzeitig hatte er mir keinen einzigen Grund gegeben Angst vor ihm zu haben. Trotzdem konnte ich ihm nicht vertrauen, konnte all die Geschichten, die mir Vater über Glacien erzählt hatte, nicht abschütteln.

»Wer seid Ihr wirklich, König Byron?«, fragte ich leise.

Er zog einen Mundwinkel zu einem kleinen Halblächeln hoch. »Nein, Prinzessin, das wäre zu einfach. Was ist, habt Ihr den Mut es selbst herauszufinden?« Vorsichtig machte er einen Schritt auf mich zu, streckte mir seine offene Hand noch ein wenig weiter entgegen.

Alles in mir sträubte sich, klammerte sich an die Dinge, die ich zu wissen glaubte, die man mir mein Leben lang erzählt hatte. Gleichzeitig war ich neugierig auf den Mann vor mir, der sich bis jetzt so widersprüchlich verhalten hatte, der mich nicht hatte sehen lassen, welche Ziele er tatsächlich verfolgte. Und spätestens, wenn ich meinem Vater eine gute Spionin sein wollte, hätte ich gar keine andere Wahl.

Ich schluckte meine Angst herunter und versuchte mutig zu sein, versuchte eine gute Tochter zu sein und erinnerte mich an das, was ich Vater versprochen hatte.

»Nun gut, Eure Hoheit«, sagte ich und bemühte mich das Zittern in mir zu unterdrücken, als ich die Hand nach seiner ausstreckte, »zeigt mir, wer Ihr seid und dass Ihr mein Vertrauen verdient habt.«

***

Wenn ich in der Vergangenheit an Glaciens Palast gedacht hatte, dann war er in meiner Vorstellung ein Gebilde aus Eis gewesen, das hoch auf einer Klippe über dem donnernden Meer thronte. Die Wirklichkeit hingegen hätte nicht weiter davon abweichen können.

Mitten im Herzen von Deighe umschloss eine massive Steinmauer den Schlossgarten und sein Herzstück, das Schloss. Ich wusste nicht, woraus es gebaut worden war, aber es bestand aus unzähligen Türmen, die in der

Dunkelheit so weiß strahlten wie der Schnee, der alles unter sich begrub. Unzählige Lichter erhellten die vielen Fenster und ließen den Schnee im Garten davor noch viel stärker glitzern.

»Willkommen in Eurem neuen Zuhause, Prinzessin«, sagte Byron feierlich und schritt vor mir die Treppen zum Tor hinauf. Elric, Jared und Mira folgten ihm und ich sah meiner Freundin dabei zu, wie sie über etwas lachte, das Elric ihr zuflüsterte und sich dann im nächsten Moment bei ihm einhakte. Ich blieb allein auf der untersten Stufe zurück und erstickte nahezu an dem Gefühl, dass selbst meine beste Freundin mir langsam entglitt. War ich denn tatsächlich zu starrsinnig? War ich zu misstrauisch?

Obwohl ich vorhin einen brüchigen Frieden mit Byron geschlossen hatte, konnte ich kaum aus meiner Haut. Mein Leben lang war ich auf etwas anderes vorbereitet worden, war dazu erzogen worden, Glacien als den undurchsichtigen Feind zu betrachten. Hatte Angst gehabt vor dem Unbekannten, das im hohen Norden lauerte.

Jetzt, da genau dieses Land meine Heimat sein sollte, konnte ich nicht loslassen. Ich war die Person, die Vater aus mir geformt hatte. Seine Tochter, die in seinem Sinne handelte und ihm jedes Wort glaubte, weil es niemanden gegeben hatte, der ihm widersprechen und seine Worte Lügen strafen konnte.

»Prinzessin?« Jared steckte den Kopf aus dem Tor. »Kommt Ihr?«

»Natürlich«, beeilte ich mich zu sagen und stürmte die Treppen empor. Den Kopf noch immer schwer von den Gedanken. Mit jedem Tag, den ich in der Gesellschaft von Byron und den Glacianern verbrachte, nahm meine Verwirrung zu.

In der Eingangshalle des Palasts angekommen hielt ich schließlich inne. Das Bild, das sich mir bot, verschlug mir den Atem. Ich hatte stets geglaubt, es gäbe keinen schöneren Platz auf dieser Welt als unsere Oase und den dazugehörigen Wüstenpalast. Nun musste ich zugeben, ich hatte nicht genügend Orte besucht, um das beurteilen zu können. Vaters Palast verblasste in Anbetracht dieser Pracht. Ölleuchten hingen von der Decke, so kunstvoll gearbeitet und aus so vollkommenem Kristall, dass sich das Licht der Flammen mannigfaltig darin brach und selbst die letzte Ecke der riesigen Halle erleuchtete. Der Boden war aus tiefschwarzem Stein und glänzte seinerseits im Licht, als hätte man abertausend klitzekleine Sternchen in ihm eingeschlossen. Die Schönheit dieser Empfangshalle allein blendete mich.

»Mylady, darf ich Euch zu Eurem Zimmer geleiten?«, fragte Elric, deutete mit dem Kopf die ebenfalls aus schwarzem Stein bestehende und mit einem geschwungenen weißen Geländer verzierte Treppe empor und reichte mir seinen Arm.

Nur widerwillig löste ich mich von dem Anblick und ließ mich von Elric nach oben führen. Jared und Mira schlossen sich uns an, während von Byron auf einmal jede Spur fehlte. Ich hatte nicht einmal bemerkt, dass er sich davongestohlen hatte.

Mein Zimmer befand sich am Ende eines langen Flures und war ähnlich überwältigend wie die Empfangshalle. Ein Kristallleuchter an der Decke und mehrere Kandelaber mit Kerzen erhellten den Raum, in dem ein riesiges Bett mit Himmel den Blick einfing. Hinter dem Bett verdeckten dicke schwere Vorhänge die Aussicht aus der gewaltigen Fensterfront. Am Ende des Raumes führte eine Tür in ein angrenzendes Bad, das ich von meinem Platz aus nicht ganz einsehen konnte. Neben der Tür stand ein Schrank aus dunkelbraunem Holz, groß genug, um Roben für drei Prinzessinnen zu beherbergen und gleich daneben ein riesiger, ovaler Standspiegel mit goldenem Rahmen.

»Ich hoffe, es gefällt Euch.« Elric machte einige Schritte und öffnete die Vorhänge, die eine Tür zu einem Balkon verborgen hatten. »Von hier aus habt Ihr einen wundervollen Blick auf den verschneiten Schlossgarten«, setzte er heiter hinzu.

»Falls ich ihn so schnell zu Gesicht bekomme«, höhnte ich bitter und dachte an die Dunkelheit, die Glacien umgab. Daran, dass es im Winter kaum hell werden würde.

Mein Blick musste für sich selbst gesprochen haben, denn er lachte im nächsten Moment und sagte: »Keine Angst, Prinzessin Avianna, es ist nicht so schlimm, wie es klingt. Man neigt dazu sich an die widrigsten Gegebenheiten zu gewöhnen und sofern die Nächte klar sind, sorgt der Schnee dafür, dass sie nicht zu dunkel ausfallen.«

»Das klingt dennoch nicht sonderlich einladend«, gab ich zu bedenken und starrte in den dunklen Garten, der unter der weißen Decke begraben lag.

»Dafür lohnen sich die Sommer umso mehr.« Elric zwinkerte mir kryptisch zu. »Nun denn, Prinzessin. Die Zofen sind bereits dabei, Euch ein heißes Bad einzulassen. Wenn Ihr etwas braucht, scheut Euch nicht danach zu verlangen. Ich ziehe mich nun auch zurück. Gute Nacht.«

Bevor ich die Möglichkeit hatte, ihm ebenfalls eine gute Nacht und meinen Dank auszusprechen, zog er bereits die Tür zu meiner Kammer hinter sich zu und ließ mich allein zurück.

Langsam machte ich ein paar Schritte in den Raum und setzte mich auf das weiche, einladende Bett. Ich war so unheimlich müde und erschöpft. Erst jetzt spürte ich die Reise in jedem einzelnen Knochen meines Körpers. Mein Nacken schmerzte unter der Last meines eigenen Kopfs, der seinerseits fast zersprang.

Es war, als würde von einer Sekunde auf die andere jegliche Kraft aus meinem Körper entweichen und eine leere, ausgesaugte Hülle zurücklassen, die nicht einmal mehr fähig war wieder aufzustehen.

Irgendwann kamen die Zofen herein, führten mich in das angrenzende Zimmer und entkleideten mich. Wie durch dicke Nebelschwaden nahm ich das warme Wasser wahr, das meine müden Knochen umspülte. Fühlte, wie die Mädchen um mich herum den Dreck und die Strapazen der Reise herunter wuschen, mich in Handtücher wickelten und trockneten, ehe sie mich erneut in warme, saubere Roben kleideten.

Zurück auf meinem Bett wollte ich auf das Abendessen warten, aber ich war endgültig zu erschöpft. Die Ränder meines Blickfeldes verschwammen immer mehr, der Nebel in meinem Kopf wurde dichter und ich ließ mich hineinfallen in die geöffneten Arme des Schlafes.

KAPITEL 9

Als ich aufwachte, war es noch immer dunkel und ich erinnerte mich an Elrics Worte, dass die Sonne nur wenige Stunden am Tag schien. Meine Glieder schmerzten, dennoch schwang ich die Beine über den Rand des Bettes und kämpfte mich hoch. Die schweren Roben erleichterten mir dieses Vorhaben nicht, aber schließlich stand ich. Augenblicklich machte sich mein Magen bemerkbar, indem er ein lautes Knurren von sich gab.

Ich hatte das Abendessen sicher verschlafen. Verärgert über mich selbst trat ich auf die Tür zu und öffnete sie. Im Gang herrschte gespenstische Stille und ich sah mich lange nach rechts und links um, unschlüssig darüber, in welcher Richtung ich zuerst nach einem Menschen suchen sollte.

Schließlich entschloss ich mich dazu den Weg zur Eingangshalle zurückzugehen, in der Hoffnung dort auf geschäftigeres Treiben zu treffen, aber mit jedem weiteren Schritt schwand mein Glaube daran. Wahrscheinlicher war es, dass ich doch mitten in der Nacht erwacht war und nun einsam und allein durch den Palast irrte.

In der Eingangshalle angekommen traf ich dann wirklich auf keine Menschenseele. Natürlich konnte ich zurückkehren in mein Zimmer, in der Hoffnung trotz des Hungers erneut einzuschlafen, aber kaum hatte ich den Gedanken zu Ende gedacht, protestierte mein Magen lautstark.

Mir blieb nur die Möglichkeit, mich allein auf die Suche nach der Palastküche zu machen und ich betete sie, genau wie im Wüstenpalast, im Untergeschoss zu finden. Ich musste lediglich die Treppe finden, die hinunterführte.

Also begann meine Suche mit dem Korridor auf der linken Seite. Tür um Tür ließ ich hinter mir, ohne dass sich Stiegen aufgetan hätten. Abgesehen davon sah dieser Teil des Schlosses nicht so aus, als würde er die Dienstboten beherbergen, so wie es bei uns in Küchennähe üblich gewesen war. Aber warum sollte das Schloss auch genauso aussehen wie bei uns?

Seufzend lehnte ich mich an die Wand und atmete ein paar Mal tief durch. Es war eine törichte Idee gewesen, in einem so großen Gebäude auf eigene Faust umherzuziehen. Am Ende würde ich mich nur verlaufen. Vielleicht kehrte ich doch besser zurück und mimte nicht weiter die verwöhnte Prinzessin, die schon nach wenigen Stunden ohne Nahrung zu verhungern drohte.

Gerade als ich mich umdrehen wollte, ertönte ein Räuspern hinter mir, das mich vor Schreck zusammenfahren ließ.

Byron lachte leise auf. »Es scheint, ich habe ein Talent dafür Euch nachts beim Herumschleichen zu ertappen.«

»Ich schleiche nicht«, antwortete ich und drehte mich zu ihm um.

»Was tut Ihr dann?« Er verschränkte die Arme vor der Brust und zog erwartungsvoll die Augenbrauen in die Höhe.

»Ich war nur ... eigentlich ist es egal.« Ich ließ die Schultern sinken und gab mich geschlagen. Alles an mir war zu erschöpft, um einen weiteren Schlagabtausch mit ihm einzugehen.

»Wahrscheinlich weiß ich nur zu genau, was der Grund für Euer nächtliches Erkunden meines Palasts ist.« Er zwinkerte mir zu und wandte sich dann von mir ab. »Folgt mir, wenn Ihr Euch traut.« Seine Stimme jagte mir eine Gänsehaut über die Arme, aber ich hob den Kopf und schloss mich ihm an. Ich würde nicht feige sein, keine Angst zeigen. Er wollte, dass ich war, wie ich bin, ohne mich vor ihm zu fürchten. Das konnte er haben!

Byron passte seine Geschwindigkeit nicht an meine an, als er vor mir mit sicheren und schnellen Schritten durch den Palast lief. Immer wieder bogen wir in neue Korridore ein und ich glaubte mich in einem Labyrinth aus zu vielen Gängen, aus denen ich nie allein herausfinden würde. Vielleicht lockte er mich ja doch in seine Verliese, wo er mich elend sterben lassen würde. Eventuell hatte er herausgefunden, dass mein Vater mich ihm nur für Informationen versprochen hatte.

Nur wenige Augenblicke später hielt Byron vor einer Treppe an, die nach unten führte. Als er bereits die Hälfte der Stufen hinter sich gebracht hatte, blieb er stehen. »Worauf wartet Ihr?«

»Woher weiß ich, dass Ihr mich nicht in einen Kerker führt, um mich loszuwerden?«, fragte ich argwöhnisch, nicht geneigt ihm bedenkenlos in die Tiefen seines Palasts zu folgen.

»Glaubt mir, Prinzessin, wenn ich Euch hätte loswerden wollen, hätte ich Euch über Bord geschickt und den Haien zum Fraß überlassen.« Er zuckte unbekümmert mit den Schultern. In dem Moment knurrte mein Magen erneut laut auf. »Aber Ihr habt mehr als offensichtlich Hunger und ich wollte Euch die Küche zeigen.«

Viel zu hochmütig, um meine wiederholte Fehleinschätzung seines Charakters zuzugeben, folgte ich ihm stumm die Treppen hinab, zwei weitere dämmrige Korridore mit Wänden aus dunklem Stein entlang, bis wir letztlich vor einer massiven Tür aus dunklem Holz standen. Byron klopfte kurzerhand dreimal mit der Faust an, ehe er die Tür öffnete und den Raum dahinter betrat.

»Hey, Daron, gibt es noch was zu essen für die Prinzessin?«, rief Byron locker in den Raum hinein und hinter einem großen Fass lugte ein hochroter runder Kopf hervor, auf dem nahezu genauso rotes Haar wuchs. »Sicher, Byron, du selbst hast mir doch aufgetragen, etwas für sie zurückzulegen«, antwortete der Koch polternd.

»Ebenso, wie ich dir aufgetragen hatte darüber Stillschweigen zu bewahren«, sagte Byron scharf, grinste dabei aber von einem Ohr zum anderen. Dann drehte er sich zu mir und zuckte jungenhaft mit den Schultern. »Gutes Personal ist nur schwer zu bekommen.«

»Pass auf, was du sagst, sonst gibt's mit dem Löffel was hinter die Ohren, Junge!«, drohte Daron spielerisch und erhob seinen wuchtigen Körper von dem kleinen Schemel, auf dem er gesessen hatte. Pausbäckig, mit winzigen Augen und einer knolligen Kartoffelnase, war er von stattlicher Gestalt, rund und füllig, was bei der beachtlichen Größe ein wenig einschüchternd wirkte. Auf seiner Wange und am Kinn standen vereinzelte Bartstoppeln, die genauso karottenrot waren wie sein Haar.

»Darf er so mit Euch reden?«, fragte ich Byron und runzelte verwirrt die

Stirn. Hätte unser Koch jemals so mit Vater gesprochen, wäre sein Kopf gerollt.

»Der Rotzlöffel hat da gar nicht mitzureden«, lachte Daron. »Der Hosenscheißer ist schon vor achtzehn Jahren auf wackeligen Beinen durch meine Küche gelaufen und hat Kuchen stibitzt.«

Byron grinste mich spitzbübisch an. »Ihr werdet sehen, nur wenig Personal im Palast spricht mich mit meinem Titel an. Es ist auch einfach nicht nötig, weil die meisten von ihnen mich seit meiner Geburt kennen.« Er zuckte die Schultern, als wäre das nichts Ungewöhnliches.

»Aber wie können sie Respekt vor Euch haben, wenn Ihr so lasch mit ihnen umgeht?«, fragte ich und warf Daron dabei einen entschuldigenden Blick zu.

»Schon okay, Prinzessin«, wiegelte dieser ab und wandte sich dann wieder seinen Kochtöpfen zu. »Ich mache Euch erstmal Euer Essen warm.«

Byron seufzte. »Ich weiß, dass die meisten Könige sich ihren Respekt durch Grausamkeiten, harte Strafen und ihre Titel zu verschaffen versuchen. Das scheint in den meisten Königreichen eine abartige Tradition zu sein, die jeweils von der nächsten Generation übernommen wird, ohne sie in Frage zu stellen.« Er stockte, seufzte erneut und strich sich mit den Händen durch das Haar. »Ich will nicht so sein«, fuhr er nach einer längeren Pause fort. »Ich will nicht, dass mein Volk mich fürchtet. Das hat nichts mit Respekt zu tun. Ich will diese Ehrfurcht vor meinen Titeln nicht, denn auch sie sind kein Grund für Respekt.« Er schüttelte den Kopf, während ich versuchte seinen Ausführungen zu folgen. Mir war nie in den Sinn gekommen diese Formen von Anerkennung infrage zu stellen. Tatsächlich hatte ich nie darüber nachgedacht, dass Angst nichts mit Respekt zu tun hatte. »Wie verschafft Ihr Euch dann Ehrerbietung?«

»Durch meine Taten, durch meine Worte. Dadurch, meinem Volk ein guter Herrscher zu sein und in seinem Sinne zu handeln, nicht in meinem. Respekt kann man nicht erzwingen, Avianna, man muss ihn sich verdienen.« Der intensive Blick, mit dem er mich jetzt bedachte, machte mir für einen kurzen Augenblick die Knie weich, aber ich schluckte meine Emotion schnell herunter und straffte die Schultern.

»Seltsam, dass man von Euch behauptet, Ihr wäret grausam. Sagt mir, König Byron, wer lügt? Die anderen Könige oder Ihr?«

Er grinste gefährlich. »Findet es doch einfach heraus, Prinzessin. Ich wette, Ihr wäret überrascht, wie schlecht die Welt und die Menschen sich in Schwarz und Weiß einteilen lassen.« Das Grinsen verschwand von seinem Gesicht und ein Schatten jagte über seine Augen. »Wenn Ihr mich jetzt entschuldigt. Ihr findet sicher selbst in Euer Zimmer zurück.«

Bevor ich mich dafür bedanken konnte, dass er mir Essen hatte zurücklegen lassen, war er schon aus der Küche verschwunden. Ich seufzte und sah auf die Tür, durch die er getreten war. König Byron von Glacien – ich wurde aus ihm einfach nicht schlau.

»Hier.« Daron schob mir einen Teller rüber, der gefüllt war mit allerlei Köstlichkeiten, die ich noch nie zu Gesicht bekommen hatte. Bis viele Lebensmittel aus den anderen Königreichen von Ankras aus zu unserem Oasenpalast geschafft wurden, waren viele bereits verdorben. Deshalb hatte ich vor allem traditionelle glacienische Gerichte bisher nie kosten können. Vorsichtig schnupperte ich an den unbekannten Speisen und konnte nicht verhindern, dass mir sofort das Wasser im Munde zusammenlief. Also nahm ich den Teller und das Besteck, bedankte mich ehrerbietig bei Daron und trat an einen kleinen Tisch, der in der Ecke der Küche stand und sonst wohl den Küchengehilfen als Esstisch diente.

Das Essen schmeckte vorzüglich, aber nach wenigen Bissen war mir der Hunger bereits wieder vergangen. Ich wusste nicht warum, aber Byron hatte mich zum Nachdenken angeregt. Vielleicht war es in der Tat nicht so leicht, die Menschen in Gut und Böse zu unterteilen, wie ich bisher geglaubt hatte. Und vielleicht musste ich selbst herausfinden, was es mit Byron und Glacien auf sich hatte, ohne mich zu sehr von meinen vorgefassten Urteilen leiten zu lassen.

»Schmeckt es nicht?«, fragte Daron und zog sich einen Stuhl zu mir heran. Mit wachem Blick musterte er mich.

»Es ist köstlich«, sagte ich schnell und sah hinunter auf meine Hände, die mit dem Essbesteck das Gemüse von einer Seite zur anderen schoben.

»Natürlich ist mein Essen köstlich, Mädchen. Ich weiß um meine

Qualitäten.« Er lachte, wobei seine Augen fast komplett hinter seinen Pausbacken verschwanden. Dann wurde er jedoch ernst. »Aber ein alter Mann wie ich weiß auch, dass es Momente im Leben gibt, in denen der Appetit leidet. Ihr macht viel durch, Euer ganzes Leben hat sich verändert.« Daron hielt inne, kratzte sich am Bart und atmete tief durch, während er mich weiter betrachtete. Das Grün seiner Augen schimmerte so dunkel wie Moos. Dann legte er sachte eine Hand auf meinen Unterarm und drückte in einer aufmunternden Geste zu. »Es wird besser werden, versprochen. Und glaubt mir, Byron ist nicht die schlechteste Partie.«

Seine Geste rührte mich so an, dass ich nicht einmal einen Dank über die Lippen brachte, weil der Kloß in meinem Hals monströse Ausmaße annahm. Stattdessen nickte ich ihm nur stumm mit zusammengekniffenen Augen zu, um die Tränen zu verbergen, die sich darin sammelten, und stand auf.

»Gute Nacht, Prinzessin«, hörte ich ihn noch sagen, aber ich ließ die Küche hinter mir und stürmte durch die verworrenen Gänge, in denen ich mich mehrmals verlief, zurück in mein Zimmer. Darons Worte hätten mich beruhigen sollen, mein Los erträglicher machen, aber das taten sie nicht und ich fragte mich, ob ich jemals wieder glücklich sein würde.

***

»Ihr lernt kämpfen!«

Verwirrt sah ich Byron an, der unvermittelt in der Tür zu meinen Räumen aufgetaucht war, die Fäuste in die Hüften gestemmt.

»Entschuldigung«, sagte ich gedehnt, »ich glaube, ich habe Euch falsch verstanden.«

»Ihr habt mich richtig verstanden«, bestätigte er seine Worte. »Ihr lernt kämpfen. Wir erwarten Euch in einer halben Stunde auf dem Übungsplatz. Eure Zofen werden euch einkleiden und Euch hinuntergeleiten. Seid pünktlich.«

Noch bevor ich etwas erwidern konnte, war er verschwunden und ließ mich ratlos auf dem Bett sitzend zurück. Stattdessen eilten zwei Zofen und Mira herbei. Meine Freundin trug eine lederne Montur in ihren Armen.

»Das soll ich anziehen?«, fragte ich verwirrt und deutete auf Mieder und Hose in ihren Händen.

»König Byron hat es so angeordnet, Avianna.«

»Das ist Kleidung für einen Krieger. Für einen Mann!«, rief ich fassungslos und sprang vom Bett auf. »Das werde ich nicht tragen!«

Erbost wanderte ich durch den Raum, mein Blick huschte dabei immer wieder zu Mira, die in ihren schlichten Kleidern vor mir stand, aber immerhin waren es Kleider.

»Versuch es doch wenigstens«, beschwor sie mich jetzt, legte die Kluft auf dem Bett ab und trat zu mir ans Fenster. Ihre Hand umschloss meine und ihr Daumen fuhr beruhigend über meinen Handrücken.

»Aber warum sollte ich kämpfen lernen?« Mit Schrecken dachte ich an den Dolch, mit dem ich in der Wüste ein Menschenleben genommen hatte. Im selben Augenblick kehrten die Bilder zurück und ich würgte trocken, konnte aber verhindern, mich auf den steinernen Boden meiner Gemächer zu übergeben. »Ich will niemals mehr eine Waffe führen«, fuhr ich mit zittriger Stimme fort.

»Wartet doch erst einmal ab, was König Byron zu sagen hat«, bat eine der Zofen in meinem Rücken leise. Bevor ich mich umdrehen und sie zurechtweisen konnte, dass man mit einer Prinzessin nicht so vertraulich sprach, hielt Mira mich sanft zurück und schüttelte den Kopf. Stattdessen ließ sie meine Hand los und öffnete mein Mieder, die Knöpfe an meiner Robe und all die Bänder und Haken, die dafür sorgten, dass ich nicht fror. Die festen, warmen Stoffe fielen schwer von meinen Schultern. Die beiden anderen Zofen beeilten sich die Kleidung aufzusammeln und Mira die Lederrüstung zu reichen.

Nur widerwillig zwängte ich mich in die engen Hosen und das körperbetonte Hemd, über das Mira noch eine Korsage aus Leder legte, die sie kräftig im Rücken verschnürte. Auch an den Schultern und Handgelenken wurde ein entsprechender Lederschutz befestigt. Das Haar band meine Freundin mir stramm nach hinten und steckte einzelne Strähnen mit Spangen fest. Schlussendlich legte sie mir einen leeren Waffengurt um und ließ mich in derbe Stiefel schlüpfen.

»Du siehst vollkommen anders aus«, hauchte sie, als sie ihr fertiges Werk betrachtete.

»So fühle ich mich auch«, zischte ich und wusste nicht, was ich mehr hasste. Dass ich diese Kleidung tragen und am Kampftraining teilnehmen sollte oder dass sie sich angenehm auf der Haut anfühlte. Natürlich waren Schulter- und Armschutz zusätzliches Gewicht an ungewohnten Stellen, aber insgesamt war die Lederrüstung wesentlich leichter als all meine Unterröcke und festen Roben.

»Ist es so schlecht?«, fragte Mira und musterte mich weiterhin von oben bis unten. Mit dem Blick folgte sie jeder meiner Bewegungen und ich meinte Sehnsucht in ihren Augen zu erkennen. Ich wünschte, ich könnte mit ihr tauschen. Sie wäre so viel besser für all das hier geeignet.

»Nein, eigentlich gar nicht«, gab ich unwillig zu. Langsam trat ich vor den Spiegel. Die neugewonnene Beinfreiheit in diesen Hosen überraschte mich. Ich verabscheute, wie sehr ich es mochte. Und noch mehr hasste ich, was ich im Spiegel sah. Das Mädchen in der Lederkluft war eindeutig ich, aber gleichzeitig war ich es nicht.

Mein Leben lang war ich die brave Prinzessin gewesen. Vaters kleine Thronfolgerin. Doch jetzt sah mir eine andere Avianna entgegen. Kein Mädchen mehr, sondern eine Frau, und auch wenn ich meine neue Erscheinung ablehnte, weil ich Byron verachtete, liebte ich es zugleich, weil ich so zäh, so unbezwingbar aussah. Aus der kleinen Prinzessin war eine starke Kriegerin geworden.

***

Der Übungsplatz war nahezu menschenleer und wirkte in der Dunkelheit gespenstisch. Der Halbmond am Himmel spendete nur fahles Licht und trotzdem glitzerte der Schnee, als bestünde er aus abertausenden kleinen Edelsteinen. Auf der anderen Seite des Platzes, im tiefen Schatten eines Holzverschlags, stand Jared neben Byron und beide starrten mich unverhohlen an, als ich mich ihnen festen Schrittes näherte.

Statt mich in dieser Aufmachung zu verstecken oder wie erwartet mit mir zu hadern, verspürte ich ein Selbstvertrauen, das ich vorher nicht besessen hatte. Ich sah in der Lederrüstung nicht nur stark und kriegerisch aus, ich fühlte mich auch so.

»Nicht übel, Prinzessin.« Jared pfiff anerkennend durch die Zähne, was ihm einen Seitenhieb von Byrons Ellenbogen einhandelte.

»Ihr seht hinreißend aus«, komplementierte Byron und reichte mir seine Hand. Diesmal schlug ich sie nicht aus, sondern nahm sie direkt an. Kurz sah er mich erstaunt an und ich freute mich innerlich, ihn aus dem Gleichgewicht gebracht zu haben, aber er fing sich schnell wieder und führte mich zu einem Waffenständer, an dem verschiedene Schwerter, Dolche und Bögen hingen.

»Darf ich mir eine Waffe aussuchen?«, fragte ich hoffnungsvoll und beäugte einen Langbogen aus dunklem, glattem Holz.

Jared lachte. »Nein, Mylady, dafür seid Ihr nicht versiert genug im Umgang mit diesen Waffen. Ihr werdet sie alle probieren.«

»Alle?« Ungläubig starrte ich ihn an.

»Ja, alle. Nahkampf werde ich Euch lehren, für den Fernkampf ist Katara zuständig.«

»Eine Frau?« Verwirrt sah ich Byron und Jared an. Hatte es mich schon gewundert, dass ich die Kampfkunst erlernen sollte, so machte es mich fast sprachlos, dass eine Frau mich den Umgang mit Pfeil und Bogen lehren würde. In Iralia kämpften nur Männer in der Armee meines Vaters.

»Gibt es ein Problem, Prinzessin?«, fragte Byron scharf.

»Nein, gar nicht«, beeilte ich mich zu sagen. »Es ist nur ungewohnt für mich.« Und das war die Wahrheit.

»Das ist gut zu hören. Andernfalls hätten wir sicher keine gute Basis gehabt, Eure Hoheit«, erklang eine glockenhelle Stimme hinter mir und ich drehte mich zu ihr um.

In diesem Moment verschlug es mir endgültig die Sprache. Vor mir stand eine Frau in voller Lederkluft, deren weißblondes Haar zu einem kunstvollen Zopf geflochten war, der ihr bis zu den Knien reichte. Ihre Lederrüstung war passgenau und mit dicken Lederbändern verziert, die sich an verschiedenen Stellen um ihren Körper legten. Ihre blassblauen Augen bohrten sich in mich, beobachteten mich. Sie lächelte, offensichtlich war sie bereits an das Erstaunen bei ihrem Anblick gewöhnt.

»Das ist unglaublich«, wisperte ich, unfähig meine Worte für mich zu behalten. Mein Blick klebte an den glitzernden kristallenen Eisflügeln auf ihrem Rücken, die im matten Mondlicht schimmerten.

»Das ist Katara«, stellte Jared nüchtern fest.

»Ihr dürft Euren Mund wieder schließen«, sagte sie lächelnd und klappte die majestätischen Flügel auf ihrem Rücken zusammen.

Innerlich erwartete ich ein Knacken des Eises, aber die kristallenen Gliedmaßen bewegten sich fließend und leise, als wären sie kein hartes, zerbrechliches Konstrukt.

»Jetzt, wo wir uns vorgestellt haben, können wir ja mit der ersten Lektion beginnen.« Byron klatschte in die Hände und lenkte unsere Aufmerksamkeit wieder auf den Waffenständer.

Bevor ich einen weiteren klaren Gedanken fassen konnte, drückte Katara mir einen Bogen samt Köcher mit Pfeilen in die Hände und ihr Blick machte unmissverständlich klar, dass ich diese Sachen sofort anzulegen hatte. Ich zweifelte keine Sekunde daran, dass sie in der Lage war, mich in Sekundenschnelle auseinanderzunehmen. Allerdings hatte ich noch nie solche Waffen in den Händen gehalten, dementsprechend ungelenk stellte ich mich dabei an, mir den Köcher umzulegen.

»Byron, das kann nicht dein Ernst sein«, seufzte Katara tief und warf dabei theatralisch die Hände in die Luft. »Damit kann ich doch nicht arbeiten.«

»Doch, das ist mein Ernst«, antwortete Byron gelassen.

Zu gelassen für meinen Geschmack.

In Kataras Haltung änderte sich etwas. Obwohl sie so selbstverständlich und vertraut miteinander umgingen, verstand sie genau, wann Byron einen Befehl erteilte. Wann er aus der Rolle des legeren Königs in die Rolle des Gebieters schlüpfte. Gleichzeitig wirkte er dabei gequält, als würde es ihm selbst nicht gefallen so auftreten zu müssen.

»Aber sie hat doch recht«, mischte ich mich ein und hob den Kopf. Der Rest von mir war immer noch verfangen in den Gurten des Köchers.

»Schön zu sehen, dass Euer Stolz vollends zurückgekehrt ist und Ihr es wieder wagt, mir die Stirn zu bieten, Prinzessin. Dennoch werdet Ihr lernen, Euch zu verteidigen und im Notfall auch Angriffe ausführen zu können.« Sein Ton duldete keinen Widerspruch.

Ich machte einige Schritte auf ihn zu, stellte mich ihm mutig entgegen. Er hatte auf dem Schiff die wahre Avianna zurückgewollt, die Prinzessin, die den Mut hatte ihm zu widersprechen. Nun, diesen Wunsch konnte ich ihm tatsächlich erfüllen. »Wozu soll das gut sein? Es ist nicht so, als würde ich mich auf ein Schlachtfeld stürzen wollen.«

»Nein, das wollt Ihr nicht. Aber vielleicht werdet Ihr es irgendwann müssen.« Ohne Vorwarnung griff er nach den Gurten, in denen ich mich mittlerweile hoffnungslos verheddert hatte und entwirrte sie sanft. »Und selbst wenn es nie so weit kommen wird, werde ich Euch nicht im Palast einsperren, wie Euer Vater es Euer Leben lang mit Euch getan hat.« Seine Finger streiften behutsam über meinen Oberarm, dann löste er den Köcher von mir und legte ihn mir im nächsten Moment vorsichtig und ohne größere Schwierigkeiten über die Schultern.

»Danke«, wisperte ich und fragte mich gleichzeitig, wofür ich mich genau bedankte. Dafür, dass er mir gezeigt hatte, wie ich den Köcher umlegte, oder dafür, dass er mich nicht einsperren würde? Dafür, dass er die Stäbe meines goldenen Käfigs gesprengt hatte?

»Gern geschehen.« Sein Atem streifte meine Wange und ich spürte die Hitze, die meinen Hals emporkroch und mir ins Gesicht schoss.

»Genug, Byron. Wir wollen trainieren und so, wie ich das sehe, lenkst du mir unsere Hoheit gerade ein wenig ab.« Katara trat zwischen uns und drückte Byron mit der Hand von mir fort.

Der hob die Hände, als würde er sich ergeben wollen, und grinste über das gesamte Gesicht. »Ich bin sicher, wenn sie ihre Stimme wiederfindet, wird unsere Prinzessin deine Worte nur zu gern abstreiten, und bis dahin möchte ich ganz sicher nicht mehr anwesend sein.«

Am liebsten hätte ich den ersten Pfeil tatsächlich auf ihn abgeschossen, aber zum einen wusste ich nicht einmal, wie ich den Bogen zu halten oder gar zu spannen hatte, und zum anderen war Byron tatsächlich so schnell vom Übungsplatz verschwunden wie er angekündigt hatte.

»Nun gut, Prinzessin, dann wollen wir Euch das Bogenschießen beibringen.« Katara straffte ihre Schultern und ihre Flügel klirrten leicht auf ihrem Rücken. Dann trat sie auf mich zu und zupfte an meiner Haltung herum. »Für eine Prinzessin habt Ihr keine besonders gerade Haltung. Zieht Eure Schultern ein wenig zurück.« Sie zog mit ihrer Hand an mir und brachte mich in eine äußerst unkomfortable Position. »Ja, genau so. Jetzt hebt Ihr den Bogen.«

Erneut zerrte und zog sie an mir. Jede noch so kleine Abweichung von ihrem Idealbild wurde kommentiert und gerügt und ich machte unzählige Fehler, von denen ich nicht wusste, ob es tatsächlich nur an meiner Unfähigkeit lag oder ob sie lediglich ihrem Perfektionismus geschuldet waren. Katara war eine strenge Lehrerin, die keinerlei Nachlässigkeit duldete. Selbst Pausen gestand sie mir kaum zu.

Am Ende unserer ersten Trainingseinheit war ich so erschöpft, dass ich mich nach einem heißen Bad und meinem Bett sehnte, obwohl es noch früher Nachmittag war. Bis zum Abendessen hatte ich einige Stunden zu überbrücken und ich wusste nicht, wie ich diese überstehen sollte.

Irgendwie hatte ich mir meine Zeit in Glacien nicht so anstrengend vorgestellt.

KAPITEL 10

Verehrter Vater,
ich wünschte, ich könnte Euch in meinem ersten Brief mehr von Glacien und seinen Armeen berichten, aber König Byron vertraut mir nicht und hält sich noch bedeckt.
Bisher habe ich lediglich den Palast kennengelernt, der mitten in der Hauptstadt liegt und von massiven Mauern geschützt wird. Über den Hafen durch die Stadt zu kommen ist schier unmöglich, ohne vorher eine große Anzahl an Männern zu verlieren. Zu allem Überfluss befindet sich Deighe auf einer Halbinsel und ist zu drei Seiten von Wasser umgeben.
Bisher konnte ich in Erfahrung bringen, dass in der Armee Glaciens Frauen kämpfen. Die Truppen bestehen aus Eismagiern, wobei mir noch niemand begegnet ist, der seine magischen Fähigkeiten offen zur Schau trägt. Ich verlasse mich dabei lediglich auf Gespräche, die ich mitangehört habe.
Ich hoffe sehr, Ihr gebt mir noch etwas Zeit, Byrons Vertrauen zu gewinnen, um Euch weitere Informationen zu liefern, die Euch nützlich sein können.
Vater, ich gebe mein Bestes. Es tut mir leid, dass ich Euch enttäuscht habe.
Eure Avianna

Immer und immer wieder las ich die Zeilen und kämpfte die Tränen zurück. Eigentlich begann ich mich in Glacien wohlzufühlen und ich vermisste Iralia bei Weitem nicht so sehr, wie ich sollte, denn die Freiheiten, die Byron mir gewährte, fingen an mir zu gefallen.

Selbst Mira war hier längst keine einfache Zofe mehr. Zwar kam sie weiterhin regelmäßig in meine Räume und half mir dabei mich anzukleiden, tat dies aber eher aus tiefer Freundschaft heraus, als dass sie wirklich dazu angehalten war mir weiterhin zu dienen. Byron hatte mir zwei Zofen aus seinem Königreich zur Seite gestellt und Mira in Räumen untergebracht, die so pompös wie meine waren.

»Ich kann immer noch nicht glauben, dass ich frei bin«, sagte Mira beinahe jeden Vormittag, wenn wir zusammen bei Daron in der Küche waren und ihm dabei halfen, das Mittagessen zuzubereiten.

»Findest du nicht, dass irgendwas an der ganzen Sache faul ist?«, fragte ich diesmal.

»Warum? Weil du nicht mehr als Einzige gewisse Privilegien genießt? Bist du eifersüchtig?«

»Oh nein! Mira, nein! Ich freue mich für dich, wirklich, aber ich habe noch immer Angst, dass König Byron uns damit in eine Falle lockt, die wir nicht durchschauen«, gab ich zu bedenken.

Mira zog die Stirn kraus und legte ihre frisch geschälte Kartoffel in den Topf. Dann huschte ihr Blick hinüber zu dem Brief, den ich auf meinem Schoß hielt.

»Bist du dir sicher, dass du ihn weitergeben willst?«, fragte sie.

Ich faltete das Dokument zusammen und verbarg es in einer Tasche meiner Lederkluft. Seitdem ich zum ersten Mal die Lederrüstung getragen hatte, verzichtete ich ganz auf Roben und Kleider. Ich war nicht mehr bereit die Beinfreiheit, die mir die Hosen boten, wieder gegen die unbequemen, schweren Roben einzutauschen. Byron verbot es mir nicht, also nahm ich an, auch in dieser Hinsicht selbst entscheiden zu dürfen.

»Warum sollte ich nicht? Nur dafür hat Vater mich an Byron versprochen. Es ist meine Aufgabe«, verteidigte ich mein Tun, obwohl Mira einen wunden Punkt traf.

»Du weißt, Byron würde dich jederzeit gegen deinen Vater verteidigen. Du stehst nicht länger in seinem Dienst, wenn du das nicht willst.« Der Blick aus ihren braunen Augen war eindringlich. Mit ihrer freien Hand griff sie über den Tisch nach meiner. »Nicht nur ich habe es hier besser, Avi«, beschwor sie mich.

Bevor ich zu einer Antwort ansetzen konnte, schwang die Tür hinter uns auf und Daron kam herein. Mit einem blonden zierlichen Mädchen, dem ein weißer kleiner Fellball hinterherlief.

»Meine Mädchen, was sitzt ihr da so trübsinnig herum? Ihr solltet eure Zeit nicht so häufig beim alten Daron verbringen. Darf ich euch meine Tochter vorstellen? Brianna!«

Das junge Mädchen trat hinter ihrem beleibten Vater hervor und lächelte zaghaft. Zwischen ihren Fußknöcheln hockte der weiße Fellball, dem ich noch immer kein Tier zuzuordnen vermochte.

»Hallo, ich bin Mira und das ist Prinzessin Avianna. Freut mich«, stellte Mira uns vor. »Und das ist?« Sie deutete fasziniert auf das Haustier.

»Oh, das ist Filis, mein Seelentier. Er ist ein Polarfuchswelpe.« Während Brianna uns von Filis berichtete, verflog ihre Unsicherheit und ihre Brust schwoll vor Stolz förmlich an. »Ihr müsst wissen, nicht jeder Eismagier hat die Ehre von einem Seelentier auserwählt zu werden. Es ist eine große Würde«, fuhr sie fort und bückte sich nach Filis, um ihm über den Kopf zu streichen.

»Wofür genau sind sie gut?«, fragte ich und erntete ein Augenrollen von Mira, das mir mitteilte, dass ich mich nicht sonderlich höflich verhielt.

»Sie unterstützen uns. Hauptsächlich natürlich im Kampf. Die meisten Seelentierführer sind mächtige Krieger. Deswegen bin ich auch hier, Prinzessin. Ich soll Euch zum Magietraining abholen«, verkündete sie unbekümmert.

»Magietraining?«, fragte ich hingegen verständnislos und erhob mich von meinem Stuhl.

»Katara hat angeordnet, dass ich dich-«, sie errötete ob ihres Fehlers, »Euch holen soll.«

Katara. Ich seufzte tief und lächelte Mira gequält zu, die mich mitleidig ansah. Wenn Katara zum Training rief, ließ man sie nicht warten. Ich hatte noch nie eine so harsche Persönlichkeit kennengelernt wie meine Fernkampflehrerin. Die meiste Zeit des Tages war sie mies gelaunt, scheuchte mich über den Platz und kannte keinerlei Gnade, egal wie erschöpft ich war.

Demnach eilte ich Brianna durch die Gänge hinterher und folgte ihr durch den Schlossgarten, bis wir endlich den Trainingsplatz am nördlichen Ende der Palastmauer erreichten.

»Was hat so lange gedauert?«, fuhr Katara uns an, öffnete die Handfläche, in der ein beeindruckender Eiszapfen Gestalt annahm, den sie mit Wucht auf uns losließ und der mein Ohr nur knapp verfehlte. »Beim nächsten Mal lasst ihr mich besser nicht warten.«

»Verstanden, Katara«, hörte ich Brianna unbekümmert sagen, während mein eigenes Herz so laut pochte, dass ich glaubte, selbst Katara müsste es von ihrem Platz aus hören.

Trotzdem fasste ich den Mut gegen diese Übungsstunde zu protestieren: »Ich glaube nicht, dass ich hier richtig bin, Katara. Ich kann meine Magie nicht steuern«, erklärte ich ein wenig beschämt und froh darüber, dass nur Brianna zusätzlich von dieser Schmach erfuhr.

»Deswegen bist du hier. Brianna ist selbst noch nicht lange magiekundig. Wir beginnen hier mit den Grundlagen«, erklärte meine Lehrerin gelassen und bückte sich zu einer Kiste, in der sie nach etwas suchte.

»Ihr versteht nicht richtig«, versuchte ich es erneut. »Ich bringe nichts zustande. Nicht mal einen Funken.«

Katara fuhr herum. Ihre Augen blitzten mich wild an, als sie sich mit einem kräftigen Flügelschlag in die Luft erhob und im nächsten Moment nur Zentimeter vor mir landete.

»Jetzt hör mir mal zu, kleine Prinzessin. Dein Befinden interessiert mich nicht. Byron hat angeordnet mit dir zu trainieren, damit du deine Magie irgendwann beherrschst, und da Byron mein König ist, werde ich seinem Wunsch folgen. Glaub mir, ich bin über diesen Umstand genauso unglücklich wie du!« Sie spuckte mir die Worte förmlich ins Gesicht und traf mich damit so hart, dass es schmerzte.

Ihr Verhalten der letzten Tage hatte mir schon öfter gezeigt, dass ich ihr nicht willkommen war, und es so unumwunden von ihr zu hören war eine andere Sache. Ich war ein Eindringling, jemand, der nicht hierher gehörte. Jemand, dem man misstraute, und es widerstrebte ihr deutlich, mich in die Geheimnisse ihrer Kampfkunst einzuweihen. Genauso konnte ich ihr mit jedem missglückten Schuss meinerseits ansehen, wie erleichtert sie war, dass ich keinerlei Talent für Pfeil und Bogen mitbrachte. Die gleiche fehlende Begabung würde ich nun auch hier beweisen.

»Aufstellung!«, befahl sie scharf und ich folgte den Bewegungen, die Brianna machte. Stellte mich an eine imaginäre Linie, straffte die Schultern, richtete den Blick geradeaus.

»Wie lautet die erste Regel im magischen Kampf?«

»Sei stets ruhig und konzentriert«, antwortete Brianna sofort, ohne nur eine Sekunde zu zögern.

»Sehr gut«, lobte Katara.

Erstaunt beobachtete ich meine Fernkampflehrerin, über deren Lippen in meiner Gegenwart nie ein Wort des Lobs gekommen war. Sie hatte noch niemals ein Wort an mich gerichtet, das nicht in einem harschen Ton gesprochen worden war.

»Die zweite Regel?«

Brianna hob das Kinn noch ein wenig höher, ihre grünen Augen glänzten aufgeregt. »Richte deine Magie niemals gegen Unschuldige.«

»Sehr gut.« Katara nickte aufmunternd. »Und die dritte Regel?«

»Die Magie wird nur zur Verteidigung eingesetzt, niemals zum Angriff.«

»Sehr schön! Ich hoffe, du hast gut aufgepasst, Prinzessin. Immerhin hält man diese Dinge in Iralia für weniger wichtig.«

Erschrocken keuchte ich auf. Auf diesen verbalen Angriff war ich nicht gefasst gewesen. Neben mir versteifte sich Brianna ein wenig, versuchte aber sich nicht anmerken zu lassen, dass der plötzliche Stimmungsumschwung sie ebenfalls erschreckte.

»Was wisst Ihr schon über Iralia?«, fauchte ich und ballte die Hände zu Fäusten. Die Wut in mir brannte heiß.

»Glaubt mir, kleine Avianna, ich weiß mehr über dein Land, als du jemals wissen wirst. Ich kenne seine dunkelsten Geheimnisse, seine tiefsten Abgründe und seine schlimmsten Grausamkeiten.« Kataras Stimme war leise und beherrscht, aber ich war eine exzellente Beobachterin und das leichte Zittern ihrer Finger blieb mir nicht verborgen. Genauso wenig wie ihre Lippen, die sie jetzt mit aller Macht aufeinanderpresste, sodass der zarte rosa Ton einem blutleeren Weiß wich.

Mein erster Impuls war es, mich ihr entgegenzustellen. Mich auf sie zu stürzen, ihre Worte Lügen zu strafen, mich gegen diese Behauptungen zu wehren – das zu tun, was eine folgsame Tochter Iralias getan hätte. Aber ich schüttelte nur den Kopf, öffnete die Hände, die ich immer noch zu Fäusten geballt hatte, und atmete mehrmals tief durch.

Die brennende Hitze, die sich von meinem Bauch aus im ganzen Körper ausgebreitet hatte, flaute ab. Mit jedem Atemzug wurde ich ruhiger, selbst wenn es mich unvorstellbare Kraft kostete, meinen aufbrausenden Charakter in Zaum zu halten. Das war es nicht wert. Und es war auch nicht länger meine Aufgabe. Ich gehörte jetzt hierher oder musste zumindest glaubwürdig wirken.

»Na also«, grinste Katara überheblich, »es scheint so, als seiest du zumindest schlau genug, um die erste Regel verinnerlicht zu haben.«

Verständnislos starrte ich sie an. Brianna neben mir kicherte verhalten, was ihren Polarfuchs dazu veranlasste, verspielt zwischen ihren Knöcheln auf und ab zu hüpfen.

»Das war ein Test?«, fragte ich fassungslos.

»Vielleicht doch nicht so schlau.« Meine Lehrerin zuckte mit den Schultern, wodurch ihre Flügel leise klirrten.

Bevor ich mich doch dazu hinreißen ließ, ihr an die Gurgel zu springen, drehte ich mich um und rannte los.

»Der Unterricht ist noch nicht beendet!«, rief sie mir hinterher, aber durch den dicken Schleier aus Wut nahm ich ihre Worte kaum wahr.

Ohne ein einziges Mal zu ihr und Brianna zurückzusehen, stürmte ich über den Übungsplatz und hinein in den Schlossgarten. Ich hatte mich noch immer nicht vollends an die Dunkelheit in diesem Land gewöhnt und erst recht nicht an den Schnee, der mich langsamer machte und das Rennen schwerer und anstrengender.

Schließlich sank ich auf eine Bank am Rande eines verschneiten Beets und schluchzte auf. Die Tränen, die sich aus meinen Augen lösten, gefroren fast augenblicklich auf meinen Wangen. Mein Herz hämmerte in der Brust und schmerzte so sehr, dass ich glaubte, es würde entzweigerissen.

Ich hatte mir etwas vorgemacht. Hatte geglaubt, ich wäre widerstandsfähig genug für all das hier. Wäre stark genug, mich in Glacien zurechtzufinden und zu vergessen, wie grausam ich meiner Wurzeln entrissen worden war. Aber das Gefühl heimatlos zu sein fraß sich durch all die Mauern und all die Schutzwälle, die ich versucht hatte aufzubauen.

***

»Eigentlich wollte ich Eurem Training beiwohnen, aber wie es aussieht, habt Ihr es bereits für beendet erklärt.«

Erschrocken fuhr ich zusammen. Ich hatte keine Ahnung, wie Byron es anstellte mich immer in den ungünstigsten Momenten zu ertappen. Jetzt aber war ich zu ermattet, ihn von mir zu weisen, ihm zu sagen, was ich von all dem hielt. Und ich hasste mich für diese Schwäche, die ich ihm so offenbarte. Damit gewährte ich ihm einen Vorteil in unserem Machtkampf.

»Ist Katara sehr hart zu Euch?«, fragte er sanft und ließ sich neben mir auf dem eiskalten Stein nieder. Während ich durchgefroren war, schien ihm das alles nicht das Geringste auszumachen.

Statt einer Erwiderung zuckte ich mit den Schultern, aber der Strom aus Tränen, der nicht abriss, war ihm ohnehin Antwort genug.

»Ich hatte das befürchtet.« Byron seufzte tief und fuhr sich mit beiden Händen durch das Haar. Dann beugte er sich vor, stützte sich mit den Ellenbogen auf den Knien ab und legte den Kopf in seine Handflächen. Den Blick richtete er in die Ferne. Wir schwiegen einige Minuten und hingen beide unseren eigenen Gedanken nach. Merkwürdigerweise war es nicht unangenehm. Byron strahlte neben mir eine Ruhe aus, die auf mich abfärbte und mit jedem weiteren Moment beruhigte sich mein Herzschlag. Die Tränen versiegten und aus dem Schluchzen wurde ein leiser Schluckauf, der Byron ein samtiges Lachen entlockte.

»Geht es Euch besser?«, fragte er.

»Ein wenig«, gab ich zu und wischte mir mit dem Ärmel meiner Bluse über die Wangen, die von der Kälte und den Tränen bereits taub waren.

»Ihr seid stark.« Er sah mich eindringlich an. Das Blau seiner Augen entwickelte einen Sog, der mich daran hinderte meinen Blick abzuwenden. »An Eurer Stelle wäre ich sicher viel früher zusammengebrochen.«

»Wohl kaum«, presste ich hervor, konnte aber das verächtliche Schnauben nicht ganz unterdrücken.

»Das ist mein Ernst, Avianna«, beschwor er mich. »An Eurer Stelle hätte ich sicher viel mehr mit der Situation gehadert. Ihr habt wirklich viel durchgemacht seitdem wir aufgebrochen sind. Es ist nicht so, als wäre ich mir dessen nicht bewusst.« Byron knetete seine Hände in seinem Schoß, als wäre ihm dieses Thema unangenehm.

»Ich hatte ja keine Wahl«, sagte ich leise und schluckte den Kloß in meinem Hals herunter, der sich beim bloßen Gedanken an die zurückliegende Reise bildete. »Iralia braucht keine Kronprinzessin, die das Feuer nicht rufen kann. Ich war nutzlos. Mich Euch zu versprechen, um Beziehungen zu Glacien aufzubauen, war ein logischer Schritt.« Meine Worte waren nüchtern, aber die Tränen brannten dennoch erneut hinter meinen Augen.

»Es ist nicht schön, wenn man erfährt, dass man der eigenen Familie nicht wichtig ist, dass man entbehrlich ist.« Seine Stimme klang belegt. Als kämpfte auch er gerade mit Dämonen, denen er sonst keinen Raum zugestand.

Er stand auf, stemmte die Hände in die Seiten und sah mich lange an. Offenbar überlegte er, wie er die nächsten Worte wählen sollte. »Vertraut Ihr mir?«

»Nein!«

Er seufzte, aber dann lächelte er breit. »Gut, Prinzessin, ich kann Euch das nicht übelnehmen, weil ich an Eurer Stelle ebenso misstrauisch wäre. Aber vielleicht könnt Ihr es versuchen. Nur für einen kurzen Moment.«

»Warum?«, fragte ich argwöhnisch und erhob mich ebenfalls von der Bank. Meine Knochen waren steif und durchgefroren. Jede Bewegung schmerzte.

»Weil wir einen Ausflug hinaus aus der Stadt machen werden. Ich möchte Euch etwas zeigen.«

Verwirrt musterte ich ihn. Dabei ging es gar nicht so sehr darum, dass er mir etwas zeigen wollte oder Zeit mit mir verbrachte, sondern dass er mir erneut eine Seite offenbarte, die ich ihm nicht zugetraut hätte.

König Byron von Glacien war aufgeregt. Wie ein kleines Kind trat er ungeduldig von einem Fuß auf den anderen, das Blau seiner Augen leuchtete übermütig auf.

»Ich kann nicht reiten«, gestand ich, in der Hoffnung, diese Tatsache wäre Grund genug, ihn von seinem Vorhaben abzuhalten. Immerhin hatte ich die Ställe mit den imposanten Eispferden gesehen und der schiere Gedanke mich auf den Rücken eines solchen Ungetüms zu setzen, löste Panik in mir aus.

»Ihr werdet auch nicht reiten, nicht, solange es Euch niemand beigebracht hat. Ich reite.« Als wäre das genug der Erklärung, setzte er sich in Bewegung und spazierte in Richtung Palast davon. Nach wenigen Schritten hielt er noch einmal an und drehte sich zurück zu mir. »Kommt, Prinzessin Avianna. Ich verspreche auch, ich werde nicht beißen.«

»Habe ich eine Wahl?«, fragte ich genervt und versuchte mit ihm Schritt zu halten, während ich ihm folgte.

»Ihr habt immer eine Wahl«, antwortete er. Es klang aufrichtig. Und ich wusste nicht warum, aber diese Worte sorgten dafür, dass ich tatsächlich begann ihm zu vertrauen.

Kapitel 11

Der Hengst flog nur so über die Eissteppe und ich klammerte mich mit aller Macht an Byron fest. Hätte ich vorher erahnt, mit welcher körperlichen Nähe dieser Ausritt verbunden war, hätte ich das Angebot rigoros ausgeschlagen.

Jetzt war es dafür zu spät und ich presste meine Wange an Byrons Mantel, die Augen zusammengekniffen. Mir war ein wenig übel und ich hoffte, nicht mehr ewig auf dem Rücken dieses Ungetüms ausharren zu müssen. Fest stand, ich zog Kamele diesen Pferden um ein Vielfaches vor. Die bewegten sich zumindest nicht so schnell und hart. Abgesehen davon waren Eispferde wesentlich anmutiger als Kamele oder herkömmliche Pferde. Kräftige Muskeln zeichneten sich unter ihrem grauen oder weißen Fell und der Haut ab. Muskeln, die dafür geschaffen waren, weite Strecken zu überwinden.

Hinter uns ritten Jared und Elric, die uns nicht aus den Augen ließen. Das war der Preis, den man bezahlte, wenn man aus einer Königsfamilie stammte. Man ging nirgends hin, ohne auf Schritt und Tritt verfolgt zu werden. In dieser einen Sache unterschied Byron sich nicht von meinem Vater.

»Brrrt«, zischte Byron und zog an den Zügeln. Der Hengst verfiel in einen langsamen Trab, der mir wesentlich angenehmer war.

Vorsichtig öffnete ich die Augen, aber um mich herum war es stockdunkel. Nur ab und an erkannte ich kleinere Felsen aus purem Eis im Boden, die in dem wenigen Licht, das die Sterne spendeten, glänzten.

»Was tun wir hier?«, fragte ich nervös. »Hier ist doch nichts.« Ich konnte nicht abstreiten, ein wenig besorgt zu sein. Auch wenn Byron mir versichert hatte, dass mich auf hoher See über die Planken zu schicken die bessere Alternative gewesen wäre, befürchtete ich, er könnte seine Meinung geändert haben. War ihm zu vertrauen doch die falsche Entscheidung gewesen?

»Das, Prinzessin, sind die Schneeblinden Weiten.« Er löste meine Finger von seinem Körper und sprang von seinem Hengst.

»Die Schneeblinden Weiten?«, flüsterte ich verständnislos und ließ mir von ihm helfen, den Rücken des Ungetüms zu verlassen.

»Der Sage nach haben sich hier die Eisgeister niedergelassen.« Er ließ den Satz wirken, indem er ein paar Mal tief ein- und ausatmete. »Und wenn ein Wanderer sich hierher verirrte und die Geister ihm nicht wohlgesonnen waren, führten sie ihn in die Irre. Man sagt, man würde dann verrückt, sähe überall nur noch Schnee und Eis und verendete elendig«, erklärte er und ließ seinen Blick über das Feld aus Schnee und Eis schweifen.

Ich erschauerte und kaute nervös auf der Innenseite meiner Wange. »Das ist beängstigend.«

Byron nickte. »Das ist es. Aber die Legenden besagen auch, dass diejenigen, denen die Geister wohlgesonnen sind, weil sie ein reines Herz besitzen, in eine Welt aus wunderschönen Farben entführt werden. Ein Schauspiel, das sie niemals mehr vergessen werden und das sie daran erinnern soll, ihr reines Herz wie einen Schatz zu bewahren.«

Die Gänsehaut, die seine Worte hinterließ, zog sich von den Handgelenken über meine Schulterblätter und rieselte meinen Rücken hinab.

»Aber hier ist nichts«, sagte ich und ließ meinen Blick erneut über die karge Eislandschaft wandern. Sie erinnerte mich entfernt an die Wüste Iralias. Wohin man auch sah, erwartete einen nichts außer dürres Land aus purem Eis und Schnee. Ich drehte mich um, auf der Suche nach irgendeinem Anhaltspunkt, aus welcher Richtung wir nur wenige Momente zuvor gekommen waren. Aber für mich sah alles gleich aus. Die Welt um uns herum war weiß und hätte man mich hier allein zurückgelassen, ich wäre hoffnungslos verloren gewesen. »Warum habt Ihr mich hierhergeführt?«, fragte ich nervös und rang um Fassung.

»Weil ich sehen wollte, was die Geister zu Eurem Herzen zu sagen haben, Prinzessin«, antwortete er schlicht, den Blick auf den Horizont gerichtet. »Wartet einfach ab.«

»Was soll ich abwarten?«, brauste ich auf und warf dabei die Arme in die Luft.

»Dass Eure Geister mich um den Verstand bringen? Dass Eure kleine Legende mich um den Verstand bringt?« Meine Füße trugen mich automatisch näher, sodass ich direkt vor ihm anhielt. Erbost sah ich zu ihm auf, aber er begegnete meinem Blick diesmal nicht wie sonst mit eiskalten Pfeilen. Sein Ausdruck war friedlich wie das Meer bei klarem Wetter und mindestens genauso ruhig.

»Nein.« Er schüttelte lächelnd den Kopf. Mein Ausbruch ließ ihn komplett kalt. »Ich schätze Euer Temperament sehr, aber Ihr seid mit mir gekommen, so habt auch Geduld und wartet ab.«

Und dann sah ich es. Zunächst als Schimmer in seinen Augen, während er mit einem triumphierenden Lächeln den Blick zum Himmel richtete. Ich wandte mich ebenfalls um, schaute hinauf in den dunklen, mondlosen Himmel, der gar nicht mehr so dunkel war. Zwischen all den Sternen tanzten grün-rote Schlieren.

Mein Mund öffnete sich, ich spürte, wie ich etwas sagen wollte, aber in Anbetracht dieses ehrfurchtgebietenden Schauspiels kein Wort über die Lippen brachte. Es *wunderschön* oder *atemberaubend* zu nennen, war für diese Lichter reine Untertreibung.

»Scheint, als wären die Geister Euch wohlgesonnen«, scherzte Byron.

»König Byron ...«, hauchte ich, immer noch unfähig in ganzen Sätzen zu sprechen.

»Es ist überwältigend, nicht wahr?«, nahm er mir die Worte aus dem Mund, die ich nicht fähig war auszusprechen.

»Ja ... ja, das ist es.«

Er trat hinter mir hervor, griff nach meinem Handgelenk und zog leicht daran, brachte mich dazu, dem Lichtspiel den Rücken zu kehren. Nur widerwillig folgte ich ihm. Doch als ich in seine Augen sah, war die Enttäuschung vergessen. Hätte ich ein Herz aus Eis besessen, so hätte es sein Blick zum Schmelzen gebracht. Ich hatte nicht geahnt, dass so kalte Augen so sanft wirken konnten. Hatte nicht gewusst, dass Byron nur einen kurzen Moment brauchen würde, um meinen Blick auf ihn gänzlich zu verändern. Ich wollte mich dagegen wehren, wollte mein Herz verschließen, aber diese neuen Gefühle ließen mich nicht los, selbst dann nicht, als seine kühlen Finger sich von meinem Handgelenk lösten, er mich freigab und wieder Abstand von mir nahm.

»Ich freue mich, dass es dir gefällt«, flüsterte er. »Ich hatte gedacht, es würde dir leichter fallen, wenn du siehst, dass auch deine neue Heimat schöne Seiten für dich bereithält.«

»Eure Hoheit-«, begann ich, aber er schüttelte den Kopf, bevor ich fortfahren konnte.

»Avianna, können wir damit aufhören? Nenn mich bitte einfach Byron.«

»Aber-«, protestierte ich erneut.

»Nichts aber!«, brauste er auf und schnitt mir das Wort ab. »Wir wissen doch beide, warum du weiterhin auf diese unnötigen Förmlichkeiten bestehen willst. Sie schaffen Distanz zwischen uns.« Er atmete schwer und schnell, als er den räumlichen Abstand zwischen uns schloss.

Erneut standen wir einander viel zu nah gegenüber. Sein Blick war wild und aufgewühlt. Ich straffte die Schultern, drückte den Rücken durch und war nicht bereit, mich ihm zu beugen.

»Ich möchte diese Distanz nicht mehr«, gab er leise zu. Sein Arm zuckte leicht in meine Richtung, als wollte er nach meiner Hand greifen. »Vor allem, weil sie sich nicht länger richtig anfühlt. Hier in Glacien legen wir, wie ich bereits erklärte, ohnehin weniger wert auf Etikette. Gerade innerhalb der Palastmauern wirst du fast niemanden finden, der sich vor mir verbeugt oder mich mit Hoheit anspricht. Es grenzt fast an Hohn, dass ausgerechnet meine zukünftige Braut es tut.«

Schnaubend sah ich ihn an. Ich wusste, er machte einen Schritt auf mich zu und ich musste sein Angebot nur annehmen. Gleichzeitig erinnerte er mich jedoch an all die Dinge, die ich nie gewollt hatte.

»Ich habe nicht darum gebeten, Eure Gemahlin zu werden, König Byron. Ich bin nicht hier, um Eure Erwartungen zu erfüllen oder Euch vor Eurem Volk besser dastehen zu lassen. Ich täusche kein Lächeln vor, wenn mir nach Schreien ist.«

»Nein, du bist hier, um deinem Vater zu gefallen«, stellte er nüchtern fest.

Seine Worte befeuerten meine Wut und ich spürte das beängstigende

Lodern in meinen Adern, das jederzeit so gewaltig werden konnte, dass es mich verzehrte. Er musste es in meinen Augen gesehen haben, denn er machte einige Schritte zurück, ließ mich nicht aus den Augen.

Trotzdem stichelte er weiter, legte den Finger direkt in die Wunde, die er geschlagen hatte. »Du bist noch immer das kleine Mädchen, das gehorcht, das folgt und das unfähig ist selbst zu denken.«

Das Brennen wurde heißer. Glut vernebelte die Ränder meines Blickfelds und blanker Hass vermischte sich mit den Flammen, die ich jetzt direkt unter meiner Haut fühlte.

»Wut wird dir nicht weiterhelfen, Avianna.«

Ich hielt mir die Ohren zu, schüttelte den Kopf. Es war nicht so, dass ich seine Worte nicht hören wollte, ich konnte es nur nicht. Sie waren wahr und genau das machte sie so unerträglich. Es war eine Sache, die eigenen Fehler zu kennen und sie zu ignorieren, doch eine vollkommen andere, jede Unzulänglichkeit so eiskalt entgegengeschmettert zu bekommen. Man musste sich zwangsweise mit sich auseinandersetzen und das war schmerzhaft. Daher war es so viel leichter, Byron mit dieser grenzenlosen Wut in meinem Bauch zu begegnen, anstatt an mir selbst zu arbeiten. Ich war nicht bereit dafür.

»Weißt du, was traurig ist, Avianna?« Er seufzte und zog eine Eisbarriere um sich hoch. »Ich hatte heute Abend nicht vor dich wütend zu machen, aber ich werde mich auch nicht dafür entschuldigen die Wahrheit ausgesprochen zu haben. Ich sehe die Neugier hinter deinen Augen brennen, ich sehe das Feuer mit all seiner Kraft in dir lodern und gleichzeitig verbietest du dir mit aller Macht du selbst zu sein. Du gestattest dir nicht dir selbst zu vertrauen, weil dein Vater dich dein Leben lang unterdrückt hat. Er hatte Macht über dich, Avianna. Gestatte ihm diese Macht nicht auch noch hier.« Er atmete tief durch. Seine Hände zitterten, während das Eis um ihn herum dicker und fester wurde. »Hör auf Angst zu haben! Du bist frei!«

Ich explodierte.

Das Feuer umschloss mich in einem gigantischen Strudel aus Flammen und Glut. Der Schnee zischte, als er schmolz und mich in einer Pfütze Wasser zurückließ. In jeder Faser meines Körpers glomm und loderte es, verbrannte mich aber nicht. Byron hingegen hatte Mühe seine Barriere immer wieder an den Stellen zu verstärken, die meine Flammen angriffen. All mein Zorn richtete sich gegen ihn, also tat es auch mein Feuer.

»Sehr gut!«, keuchte er dennoch und trotz all der Anstrengung stahl sich ein Lächeln auf seine Lippen. »Du kannst es. Jetzt musst du es nur kontrollieren.«

Ich atmete tief durch, aber die Wut auf ihn war zu verschlingend, loderte weiterhin in jedem Winkel meines Seins. Ich hasste ihn für die Worte, die er ausgesprochen hatte, selbst wenn ich wusste, dass ich ihm damit unrecht tat.

Byron runzelte die Stirn, zog mehr Schnee und Eis aus der Umgebung zu sich heran. Übrig blieb ein verschwommener Schemen hinter einer massiven glitzernden Eismauer. Dann machte er ein paar Schritte auf mich zu. Er kämpfte gegen die Flammen an, kam immer näher.

»Byron! Verdammt, lass den Scheiß!«, brüllte Jared aus der Ferne, dann hörte ich Hufe donnern, aber auch sie konnten nicht weit genug an mich heran, ohne Eisbarrieren zu schaffen.

»Byron!«, rief Elric. »Komm schon, das ist es nicht wert!«

»Hör mir zu, Avianna!«, hörte ich jetzt Byron. Seine Stimme klang angestrengt. Es kostete ihn unwahrscheinlich viel Mühe, die Worte hervorzupressen und gleichzeitig den Schutz um sich herum aufrechtzuerhalten. »Du musst ... ruhig atmen. Wir machen es zusammen, okay?«

Ich schüttelte den Kopf. So berauschend das Gefühl von Macht war, überwog nun langsam die Panik. Mein Herz raste und ich konnte nicht sagen, ob aus Angst oder Erschöpfung. Mit jedem weiteren Augenblick entzog das Feuer mir mehr und mehr Energie. Mein Mund war ausgetrocknet, meine Knie waren weich, aber der Strom meiner Magie riss nicht ab.

»Ich kann nicht!«, schluchzte ich. Ich hatte nicht einmal gemerkt, dass ich weinte.

»Und ob du kannst. Du bist stark. Na komm. Durch den Mund einatmen. Einundzwanzig – zweiundzwanzig – dreiundzwanzig. Und aus der Nase wieder aus.«

Zittrig folgte ich seinen Anweisungen, konzentrierte mich auf seine Stimme, auf das Gefühl, wie die Luft meine Lungen flutete und wieder aus ihnen entwich. Byron begleitete mich mit seiner Stimme, seinen Worten – damit, dass er mich nicht allein ließ, obwohl ich in der Lage war ihn zu töten, wenn er nur kurz unachtsam wurde. Nach einer gefühlten Ewigkeit ebbte das Feuer ab, zog sich in den hintersten Winkel meines Seins zurück und pulsierte nur noch als blasser magischer Funke. Die Wut verrauchte und ich sank augenblicklich auf die Knie, zu abgekämpft, um mich auf den Beinen zu halten. Das Wasser zu meinen Füßen durchnässte meine Hosen und bevor ich endgültig zur Seite kippte, fingen seine Arme mich auf.

»Hey«, wisperte er. »Alles okay?«

»Tu das nie wieder«, keuchte ich mit rauer Stimme.

»Ich kann nicht versprechen dich nie wieder wütend zu machen«, sagte er bedauernd. »Aber ich kann versprechen alles dafür zu tun, dass du es kontrollieren kannst. Dass du deiner Magie nicht ausgeliefert bist. Aber dafür musst du auch etwas tun, sonst geht es nicht.«

»Was?«, fragte ich. Ich würde alles tun, um mich nie wieder so hilflos, so fremdbestimmt fühlen zu müssen. Die Energie meines Feuers war berauschend, die Macht verführerisch, aber nur, solange es mich nicht überwältigte. Aber ich war ihr vollkommen ausgeliefert, war meinen eigenen Launen unterworfen und nicht in der Lage mich allein daraus zu befreien.

»Du musst aufhören in mir das Monster zu sehen, das ich nicht bin. Ich tue sicher nicht immer die richtigen Dinge, vielleicht habe ich auch nicht immer die besten Absichten, aber ich verletze Menschen nicht aus purem Vergnügen. Ich versklave sie nicht, um meine Macht, meinen Einfluss zu mehren. Diese Rolle fällt anderen zu.«

Der Schmerz, der in seine Augen trat, nahm mir zusätzlich die Luft. Dennoch fiel mir der Sprung über meinen eigenen Schatten nicht leichter. Ihm zu vertrauen hieß alles zu vergessen, was ich war. Alles zu vergessen, was man mich gelehrt hatte, vielleicht sogar mich selbst zu vergessen.

»Ich will mich einfach nicht mehr so ausgeliefert fühlen«, sagte ich zittrig. Es war das, was einer Zustimmung am nächsten kam. Mehr konnte ich im Moment nicht geben und ich hoffte, dieses Angebot würde genügen.

Er lächelte breit und jungenhaft. »Das genügt mir vorerst. Und das Beste habe ich dir sogar verschwiegen.« Sein Grinsen wurde breiter, ein wenig verschlagener.

»Das wäre?«

»Du darfst noch viel mehr Zeit mit mir verbringen.«

Hätte ich die Kraft besessen, hätte ich nach ihm geschlagen, aber mein Körper kapitulierte. Ich schloss erschöpft die Augen und protestierte auch nicht, als Byron die Arme unter mich schob und mich hochhob.

»Ist alles in Ordnung bei euch?«, fragte Jared außer Atem.

»Das war wirklich verdammt leichtsinnig, Byron. Du hättest draufgehen können, verdammt!«, stimmte Elric ein, den ich bisher immer als ruhig und besonnen kennengelernt hatte.

»Es ist vorbei«, beschwichtigte Byron. »Wir hatten nur eine kleine Auseinandersetzung, aber jetzt wird alles gut.«

Und ich fragte mich, ob er recht hatte. Würde jetzt alles gut werden oder fing es gerade erst an wirklich kompliziert zu werden?

Kapitel 12

»Wahnsinn!« Mira starrte mich mit großen Augen an, nachdem ich ihr die Geschichte von Byrons und meinem Ausflug erzählt hatte. Wir saßen warm gekleidet auf einer Bank im Schlossgarten, umgeben von eingeschneiten Bäumen und Sträuchern. Die Mittagssonne versuchte vergeblich uns zu wärmen. »Du hast also noch stärker gebrannt als auf dem Kamel?«

Ich seufzte. Allein die Erinnerung an den Ausbruch ließ mich wieder in Panik ausbrechen. Das ganze Erlebnis lag zwei Tage zurück und ich spürte die Erschöpfung noch immer in jedem einzelnen Muskel, meine Knochen fühlten sich schwerer an als sonst. Gestern hatte ich es nicht einmal aus dem Bett geschafft.

»Nicht nur stärker, sondern auch viel länger. Es war, als würde meine eigene Magie mich aussaugen wollen.« Mit einem Schütteln meiner Hände versuchte ich die aufkeimenden Bilder zu verscheuchen. Die folgenden Worte kamen mir nur schwer über die Lippen. »Ich dachte, ich müsse sterben.«

»Wie gut, dass Byron dir das Leben gerettet hat.« Sie schlang die Arme um mich und ich legte erschöpft den Kopf an ihre Schulter.

»Ich weiß, du liebst Abenteuer, aber mir ist das alles ein bisschen zu viel. Ein wenig mehr Ruhe täte mir ganz gut«, nuschelte ich und schloss die Augen. Am liebsten hätte ich mich in das große bequeme Bett in meiner Kammer gelegt, aber mein Trainingsplan sah das nicht vor.

»Sicher, dass du deine Nahkampflektion heute durchstehst?«, fragte Mia fürsorglich und schob mich ein Stück von sich. Mit der linken Hand strich sie mir eine Strähne aus der Stirn. Ihr banger Blick machte mich betroffen. Sie sollte sich nicht sorgen.

»Ja, das geht schon«, sagte ich daher leichthin, obwohl mein geschundener Körper eine andere Geschichte erzählte. Zum Glück konnte niemand unter das Leder sehen. Meine Haut war trocken, gerötet und rissig. Jede Bewegung fühlte sich an, als würde mein Körper mit Sandstein bearbeitet werden. Als hätte das Feuer mir jede Feuchtigkeit entzogen. Ich sah aus wie ein getrocknetes Stück Obst, das in der Sonne verdorrt war. Um von meinem Zustand abzulenken und Mira nicht weiter zu beunruhigen, lenkte ich das Gespräch auf sie. Denn wir hatten seit unserer Ankunft zu wenig Zeit miteinander verbracht und es war mir wichtig zu wissen, wie sie sich in Glacien einlebte.

»Klingt es sehr undankbar, wenn ich mich großartig fühle?« Verunsichert kaute sie an ihrem Daumennagel und mied den Augenkontakt. Als müsste sie sich für ihre Gefühle schämen.

»Nein, überhaupt nicht!« Ich sprang von der Bank auf und unterdrückte ein Stöhnen. Das war definitiv keine gute Idee gewesen. Meine Haut fühlte sich an, als würde sie zerreißen wollen.

»Bist du dir sicher? Dir fällt das hier alles so schwer, du haderst so sehr mit deiner Situation und dann sitze ich hier und finde alles spannend und aufregend.« Sie sah mit wässrigem Blick zu mir auf. Das schlechte Gewissen stand ihr ins Gesicht geschrieben.

»Es ist in Ordnung«, versicherte ich ihr. »Warum solltest du dich mies fühlen müssen, nur weil ich Schwierigkeiten habe?« Dabei war *Schwierigkeiten* maßlos untertrieben. Jeder einzelne Tag war eine Qual für mich. Die dunklen Tage machten mich mürbe, das wenige Sonnenlicht, das ein Frühlingstag hier mit sich brachte, saugte ich auf wie eine Ertrinkende. Mir fehlten die Farben, die die Natur lebendig machten. Alles hier war weiß oder grau. Der Schnee war aufregend gewesen, solange er neu war, aber nach den ersten Tagen war die Faszination erloschen. Übrig blieb das Gefühl, die Welt um mich herum wäre gedämpft. Es war, als würde die Natur sich der Stille übergeben und einen kleinen Tod sterben. Ich sehnte den Tag herbei, an dem sie wieder auferstand.

Mira zuckte mit den Schultern, nicht davon überzeugt, dass ich die Wahrheit sprach.

»Wie ist es jetzt eigentlich zwischen dir und Byron?«

»Was soll schon sein? Wir können uns nicht leiden.« Kaum hatten die Worte meine Lippen verlassen, stellte ich sie infrage. Konnten wir uns tatsächlich nicht leiden oder hatten wir das hinter uns gelassen?

Das Erlebnis vor zwei Tagen war intensiv gewesen, einschneidend. Bereits vorher hatte sich etwas zwischen uns verändert oder zumindest hatte ich meine Meinung über ihn infrage gestellt. Seit dem Vorfall auf der Schneeblinden Weite fühlte unsere Beziehung sich auch anders an.

Mira zuckte mit den Schultern und schüttelte grinsend den Kopf. »Ich glaube nicht, dass das auf ihn zutrifft, Avi.«

»Wie bitte?«

»Versteh mich nicht falsch«, begann sie behutsam, schätzte meine Reaktion ab, »aber ich glaube, er hat dich nicht eine Sekunde verabscheut. Damit will ich nicht sagen, dass er Gefühle für dich hegt, aber er ist dir gegenüber bei Weitem nicht so abgeneigt wie du ihm.«

»Hmmm …«, machte ich, unschlüssig, was ich zu ihren Worten sagen sollte. Ob Mira recht hatte?

Sicher, Byron trieb mich zur Weißglut. Er war in der Lage mich derart zu triezen, dass meine Magie vor Wut aus mir herausbrach. Er legte Finger in Wunden, streute Salz in sie. Und trotzdem sagte er nichts weiter als die Wahrheit. Sein größter Fehler war seine Fähigkeit, mir einen Spiegel vorzuhalten. Das sagte jedoch wenig darüber aus, ob er mich leiden konnte oder nicht. Ehrlich gesagt warf es eher ein missliches Licht auf mich, weil ich mich trotzig und kindisch benommen hatte, statt über seine Worte nachzudenken.

Ich ließ mich zurück auf die Bank fallen, zischte innerlich auf, als der Schmerz wie ein Blitz durch meinen ganzen Körper schoss. Anstatt mir etwas anmerken zu lassen, biss ich mir auf die Zunge, bis ich mein eigenes Blut schmeckte. Keine weitere Schwäche mehr.

»Avianna?« Mira holte mich zurück in die Realität. »Ist alles in Ordnung?«

»Nein«, gab ich unumwunden zu. »Ich weiß nicht länger, wo ich stehe.« Mit den Fingern zupfte ich an dem ledernen Band, das meinen Handgelenkschutz zusammenhielt.

»Wo solltest du denn stehen?«

»Auf der Seite meines Vaters.« Ich blickte mich um, wollte ausschließen, dass es ungebetene Zuhörer in unserer Nähe gab. Die nächsten Worte in den falschen Ohren konnten meinen Tod bedeuten. »Du weißt genau, wofür ich hergeschickt wurde. Aber sieh dich um, Mira. Dir gefällt es hier nicht umsonst.«

Sie nickte stumm, während ich Luft holte und meinen Mut für die nächsten Worte zusammennahm. »Ich weiß noch nicht, welchen Vorteil Byron aus unserer Verlobung schlägt, aber bisher gibt es nichts Schlechtes über ihn oder die Menschen hier zu sagen. All die Geschichten, mit denen wir aufgewachsen sind, klingen in Anbetracht dessen wie Lügen.«

Es schmerzte das zuzugeben. Vater hatte uns Kinder nie liebevoll behandelt, hatte jedem von uns einen Platz zugewiesen und alles dafür getan, dass wir diesen annahmen, uns ihm fügten. Aber er war mein Vater und Iralia war meine Heimat. Genau deshalb tat es weh. Weil ich mit meinem Bekenntnis alle vermeintlichen Gewissheiten hinter mir ließ. Ich musste die Welt von Neuem kennenlernen und dieser Gedanke war beängstigend.

»Was ist mit deinem Auftrag?«, fragte Mira gedämpft und legte ihre Hand auf meine. Wenigstens meine beste Freundin hatte ich nie verloren.

»Heute Morgen ist der Falke meines Vaters auf meinem Sims gelandet. Ich habe ihm den Brief mitgegeben.« Die Worte kamen stockend. Bereits bei der Übergabe des Dokuments hatte ich mich schuldig gefühlt und dieses Gefühl den ganzen Tag mit mir herumgetragen. Aber jetzt war mir nur noch elend zumute. Ich wollte diese Menschen hier nicht verraten. Wollte nicht der Spielball für meinen Vater sein, an dessen Motiven ich mit jedem Tag mehr zweifelte. Dennoch blieb mir keine Wahl. Ich war seine Tochter und meine Loyalität ihm gegenüber war viel zu tief in mir verwurzelt.

»Was willst du jetzt tun?«

»Weitermachen«, sagte ich stur. »Irgendwie wird es schon gehen.«

Mira sah mich mit großen Augen an. »Du willst deinem Vater also weiterhin all diese Informationen geben und ihm einen Vorteil verschaffen?«

»Nein.« Meine Stimme klang schärfer, als ich beabsichtigt hatte. »Ich will ihm so wenig Vorteil wie möglich verschaffen, ohne mein eigenes Leben zu riskieren. Ich muss so weitermachen, bis mir ein besserer Plan einfällt.«

Mit einem verstehenden Nicken drückte Mira meine Hand. Dennoch unternahm sie einen erneuten Versuch: »Und wenn du Byron von alldem berichtest?«

Ich entzog ihr entrüstet meine Hand. »Dann riskiere ich, dass mein Kopf rollt. Nein, mir fällt schon was ein.« Mit einem entschiedenen Ruck stand ich auf, ignorierte das erneute Reißen und Ziehen meiner Haut. »Ich muss zum Übungsplatz, Jared wird sicher schon warten. Entschuldige mich.«

Ohne ein weiteres Wort ging ich davon, schob die Schmerzen beiseite und ließ Mira zurück.

Vor wenigen Wochen noch hatte ich mich auf den Ball gefreut, darauf, mir einen Prinzen zu suchen und Iralia zu regieren. Heute kämpfte ich mit Dämonen, denen ich am liebsten nie begegnet wäre, in einem Land, das so dunkel war wie der Abgrund, in den ich blickte. Und ich war verlobt mit einem Mann, der mich, obwohl ich ihn hassen wollte, faszinierte.

***

Als ich auf dem Übungsplatz eintraf, wartete Jared bereits auf mich. In der Hand hielt er ein Kurzschwert aus Holz, das er mir entgegenstreckte.

»Bereit für deine erste Lektion im Schwertkampf?«, fragte er gut gelaunt und ich war erleichtert, heute mit ihm üben zu können und von Katara und ihrer spitzen Zunge verschont zu bleiben. In meinem Zustand wäre Katara, deren Methoden hart und unerbittlich waren, heute eine Qual.

»Nein, aber mir bleibt ja keine Wahl«, antwortete ich wahrheitsgemäß und nahm die Waffe entgegen.

Meine Schulter sackte augenblicklich ein Stück herunter, riss dabei an meiner Haut und meinem Fleisch, aber ich lächelte den Schmerz tapfer weg, entschlossen, mir nichts anmerken zu lassen. Ich war stark.

»Sagt einem vorher aber auch niemand, wie schwer diese verdammten Holzschwerter sind«, witzelte ich, obwohl der Schmerz mittlerweile so stark war, dass er mir die Tränen in die Augen trieb.

»Ich dachte, du wärest darauf vorbereitet. Immerhin habe ich von deinem Versuch gehört, Byron zu enthaupten. Und das war immerhin ein Schwert aus Stahl.« Sein Grinsen war so breit, dass ich befürchtete, er würde einen Krampf in den Wangen bekommen.

»Elric?«, fragte ich gepresst.

»Natürlich Elric. Du wirst im ganzen Palast keine größere Klatschbase finden als ihn. Wobei ich zugeben muss, du hast Schneid, Byron so die Stirn zu bieten.« Er holte sich ebenfalls ein Holzschwert und begab sich in die Mitte des Platzes. Mit dem Kopf wies er mich an ihm zu folgen.

»Schneid? Ist das deine Umschreibung für dumm? Oder für lebensmüde?« Meine Schritte wurden stetig schwerfälliger, meine Bewegungen mühseliger. Ich hatte keine Ahnung, wie ich den Tag überstehen sollte. Jede Faser in mir ächzte nach Erholung, bettelte darum Ruhe zu finden und die Grenzen nicht weiter auszureizen, aber ich ignorierte meinen Körper und meine innere Stimme. In den letzten Wochen hatte ich zu oft schwächlich gewirkt, mich zu oft wie ein trotziges Kind verhalten. Damit würde ab heute Schluss sein.

»So kannst du es auch nennen.« Jared lachte und begab sich in Kampfposition.

»Du willst aber jetzt nicht sofort einen Übungskampf mit mir machen?«, fragte ich besorgt.

»Natürlich«, antwortete er unbekümmert. »Ich werfe meine Schüler lieber ins kalte Wasser. Du sollst ein Gefühl für den Kampf bekommen, ein Gefühl für das Schwert. Alle Technik der Welt nützt dir nichts, wenn du deine Waffe nicht als natürliche Verlängerung deines Arms wahrnimmst«, erklärte er und zwinkerte mir zu.

Natürliche Verlängerung meines Arms? Momentan fühlte sich nicht einmal mein Arm natürlich an mir an, wie sich demnach das Schwert als Teil meines eigenen Körpers anfühlen sollte, blieb mir schleierhaft. Dennoch spiegelte ich seine Position, unsicher, ob ich es richtig machte.

Jared beobachtete mich stumm, während ich meine müden Knochen antrieb, mir zu folgen. Ich konzentrierte mich noch immer auf die Stellung meiner Füße, als er aus dem Nichts heraus auf mich zustürmte. Instinktiv riss ich das Schwert mit beiden Händen in die Höhe und parierte seinen Schlag tatsächlich.

Holz schlug mit aller Macht auf Holz. Das Geräusch war ohrenbetäubend.

Die Kraft, die in dem Aufprall lag, drückte mich nach hinten. Meine Schultern protestierten. Ich taumelte mehrere Schritte zurück, bemüht, das Gleichgewicht zu halten und den Schmerz zu ignorieren, der nun so heftig in mir peitschte, dass die Ränder meiner Augen schwarz wurden. Nein, ich würde nicht aufgeben.

Bevor ich allerdings zurück in eine günstigere Ausgangsposition treten konnte, schlug Jared ein zweites Mal zu. Diesmal war ich zu langsam und er traf mich auf Höhe der Rippen.

Ich kreischte auf. Der Schmerz explodierte und das Schwert fiel mir aus der Hand. Ich hielt mir die Seite, befürchtete einen Bruch davongetragen zu haben.

»Heb das Schwert auf«, forderte Jared. »Ich habe dich kaum berührt.«

»Dafür tut es aber verflucht weh«, presste ich hervor und nahm meine Hände zögerlich von der verletzten Stelle. Trotzdem kam ich seiner Aufforderung nach und hob das Schwert auf. Ein paar blaue Flecken und Prellungen würden mich nicht aufhalten. Ich würde ihm beweisen, was in mir steckte. Ihm und Byron. Und Katara.

Bevor ich es mir anders überlegte, stürmte ich selbst auf Jared zu, erhob meine Arme und ließ das Schwert mit aller Kraft, die ich aufbringen konnte, auf ihn niedersausen. Die Luft sirrte, als ich sie zerschnitt und im nächsten Moment krachte Holz auf Holz. Meine Arme krampften unter der Wucht und den Qualen. Mir war bewusst, dass ich meinen Körper peinigte, aber mein übertriebener Ehrgeiz ließ nichts anderes zu. Ich wollte nicht mehr die kleine, verwöhnte Prinzessin aus Iralia sein, die niemand ernst nahm. Ich wollte genau den gleichen Respekt, den alle anderen auch bekamen und Byron hatte mir bereits erklärt, wie man sich Anerkennung verschaffte. Nicht mit Worten, nicht mit Titeln oder Grausamkeiten, sondern mit Taten. Hier waren meine!

Erneut führte ich das Schwert gegen Jared. Diesmal von der Seite, aber er parierte ohne größere Mühe, während jeder Angriff mich mehr und mehr Kraft kostete. Der schwarze Nebel an den Rändern meines Sichtfelds breitete sich aus, deshalb kniff ich die Augen zu und biss die Zähne zusammen.

»Stopp!«, rief Jared und ich ließ erleichtert das Schwert sinken. »Avianna, du blutest!«

»Was?«, fragte ich erschrocken und schaute an mir herab, entdeckte aber keine Wunde und mein Körper schmerzte ohnehin überall.

»Da!« Er deutete auf meine Bluse und ich sah an mir herab und erkannte, dass sich der weiße Stoff langsam rot färbte.

»Da hast du mich aber gar nicht getroffen«, murmelte ich verwundert. Mittlerweile war mir auch noch übel und es fiel mir schwer mich weiter zu konzentrieren. Oberhalb des ersten blutigen Flecks bildete sich ein zweiter und meine rissige Haut brannte wie Feuer.

»Beweg dich nicht! Ich schau mir das an.«

Obwohl ich kurz vor der Ohnmacht stand, blieb mir die Panik in Jareds Stimme nicht verborgen. Ich fragte mich noch, wie schlecht es um mich bestellt war, wenn ich einen gestandenen Krieger so aus der Fassung brachte. Ehe ich ihn jedoch bitten konnte, mich in den Palast zu bringen, schwand die Energie aus meinem Körper. Ich spürte, wie ich zusammensackte, bevor meine Sicht sich endgültig schwärzte.

***

Dämonische Fratzen. Feuer, das alles verschlang. Eis, so bitterkalt, dass es mein Herz stoppte. Blaue Augen, die sich wie Eiszapfen in mich bohrten, auf den Grund meiner Seele sahen. Lichter, die am Himmel tanzten. Menschen, die gurgelnd Blut spuckten und im Wüstensand zusammenbrachen.

***

Eine Endlosschleife aus grausamen Bildern und dazwischen immer wieder diese blauen Augen. Wie ein Anker in der Dunkelheit.

Zwischen all dem Terror hörte ich hin und wieder Gemurmel, zu weit weg, um Worte auszumachen. Ich suchte verzweifelt die Oberfläche, den Ausweg aus diesen Träumen, versuchte den Stimmen zu folgen und verlor sie wieder.

Kühles Wasser rann ohne mein Zutun meine Kehle hinab. Der Schleier lichtete sich ein wenig. Orange-rote Punkte tanzten in dem Schwarz meiner geschlossenen Lider. Etwas streichelte über meine Hand und ich hielt mich mit aller Kraft daran fest. Nahm die Wärme in mich auf, ließ sie durch meinen Körper fließen und die Kälte vertreiben.

»Ihr Puls ist stark. Sie wird bald aufwachen«, hörte ich eine fremde Stimme. Sie war jetzt viel näher. Die Bilder verschwammen, verschwanden. Die Panik ebbte ab. Ich öffnete die Augen.

Der Raum, in dem ich mich befand, war dämmrig, lediglich ein spärliches Flackern erhellte ihn ein wenig, sodass man zumindest Schemen ausmachen konnte. Mein Kopf explodierte dennoch und ich schloss die Augen wieder. Blinzelte ein paar Mal behutsam, aber der Schmerz blieb.

»Mein Kopf«, hauchte ich kraftlos mit einer Stimme, die mir fremd war.

»Ah, Mädchen, du bist wieder da, wie schön«, freute sich die unbekannte Person und eine ältere Frau beugte sich über mich. Ihr schwarzes, lockiges Haar war von ersten grauen Strähnen durchzogen und um die Augen hatte sie tiefe Lachfalten. Ansonsten war ihre dunkle Haut makellos.

»Ihr seid die Erste hier, die mir ähnlich ist«, krächzte ich und fühlte mich sofort mit der fremden Frau verbunden. Ich wusste nichts über sie, aber diese Gemeinsamkeit half mir augenblicklich, mich weniger allein, weniger hilflos zu fühlen.

Die Frau legte mir ihre Hand auf die Stirn. Ihre kühle Haut linderte den Schmerz ein bisschen.

»Fieber hast du keines mehr«, sagte sie nüchtern und lächelte ein wenig breiter. »Mein Name ist übrigens Maleah.«

»Ich bin …«

»Avianna, ich weiß. Byron hat in den letzten Tagen viel von dir erzählt, wenn er an deinem Bett saß.«

Mein Blick musste all meine Verwirrung ausdrücken, denn erneut lachte Maleah leise in sich hinein, ehe sie weitersprach: »Du warst die letzten vier Tage nicht bei Bewusstsein. Byron hat immer wieder nach dir gesehen und sich nach deinem Zustand erkundigt. Und mir natürlich auch erzählt, wie eure gemeinsame Reise nach Glacien verlaufen ist. Du bist sehr tapfer, Mädchen.« Ihre letzten Worte waren eindringlich, klangen fast wie ein Lob.

Maleah entzündete eine weitere Kerze, anschließend wanderte sie geschäftig durch den Raum, gab Kräuter und Öle in ein Gefäß und zerstieß sie mit einem Stößel zu einer Paste.

»Es wird Zeit, deine Verbände zu wechseln. Fühlst du dich stark genug oder soll ich warten, bis du wieder schläfst?« Sie setzte sich zu mir und schlug sanft die Decke zurück. Ich folgte ihrer Bewegung mit den Augen, ignorierte den Kopfschmerz und sah neugierig an mir herab. Mein Herz setzte einen Schlag aus, bevor es panisch einen viel zu schnellen Rhythmus anschlug.

Mein ganzer Körper war über und über von Bandagen bedeckt und die wenige Haut, die noch zu sehen war, wirkte gerötet, geschwollen und aufgeplatzt. Ich schnappte nach Luft, abgestoßen von meinem eigenen Anblick.

»Deine Feuermagie hätte dich fast getötet«, erklärte Maleah und musterte mich, schätzte ab, ob sie mich mit der grausamen Realität konfrontieren konnte. Ich nickte, selbst wenn alles in mir schrie, kein weiteres Wort hören zu wollen. »Sie hat dir beinahe alle Lebensenergie entzogen. Das passiert selten und nur den stärksten Magiern, und denen wiederum auch nur, wenn sie ihre Kraft nicht beherrschen.«

»Aber ich fühlte mich gar nicht so erschöpft«, keuchte ich, weil Maleah in diesem Moment den ersten Verband löste und die sich schälende rote Haut darunter enthüllte. Mein Körper glich einem Schlachtfeld.

»Tückisch, nicht wahr? Wenn man sich nach so einem Ausbruch wie deinem nicht genug Ruhe gönnt, riskiert man sein Leben. Es gab in der Vergangenheit schon den einen oder anderen größenwahnsinnigen Magier, der mit ebenjenem bezahlt hat.« Sie atmete tief durch und schloss die Augen. »Ich bin froh, dass du dich nicht unter sie eingereiht hast.«

Maleah arbeitete geschickt und behutsam. Jeder ihrer Handgriffe wirkte routiniert, darauf bedacht mir nicht mehr Schmerzen als nötig zuzufügen. Mit konzentriert gerunzelter Stirn trug sie die Paste auf, wickelte neue Verbände um meine Glieder und löste dann den nächsten Verband.

Ich biss die ganze Zeit die Zähne zusammen, versuchte den Schmerz zu ignorieren und bemühte mich, die Tränen wegzublinzeln. Nur ab und an entwich ein Zischen meinen Lippen. Zumeist dann, wenn sich ein Hautfetzen mit dem Verband löste und rot schimmerndes Fleisch freigab.

»Es ist ein bisschen so, als hättest du zu lange in der Sonne gelegen. Deine Erschöpfung hat mir mehr Sorgen bereitet«, sagte Maleah mit beruhigender Stimme. »Es sieht schlimmer aus, als es ist.«

»Es fühlt sich schlimmer an, als es aussieht«, presste ich zwischen den Zähnen hervor und kniff die Augen zusammen, als sich ein besonders großes Stück von meiner Haut löste.

Zärtlich legte Maleah ihre Hand auf meinen Kopf, strich mir einige Strähnen meines wirren Haares aus der Stirn und sah mich lange und eindringlich an. »Du bist stark, Mädchen«, beschwor sie mich. »Glaub mir, ich erkenne einen starken Charakter, wenn er mir begegnet.«

Ich nickte lediglich, verbiss mir weiterhin die Schmerzensschreie und ließ sie ihre Arbeit tun. Auch wenn ich ihr gern glauben wollte, gerade fühlte ich mich alles andere als stark.

Kapitel 13

Eine Woche war seit meinem Zusammenbruch vergangen. Eine volle Woche, die ich im Bett lag und mich kaum bewegte. Mittlerweile setzte mir die Langeweile zu, denn die meiste Zeit war ich allein in diesem Zimmer.

Zwischendurch schaute Maleah vorbei, erkundigte sich nach meinem Zustand, wechselte die Laken und Verbände und gelegentlich setzte sie sich für einige Momente an mein Bett und unterhielt sich mit mir.

Die Zofen brachten mir die Mahlzeiten auf das Zimmer. Brianna und Daron hatten mir einen kurzen Besuch abgestattet und auch Jared und Elric. Mira saß an meinem Bett, wann immer sie konnte, aber ich hatte sie schließlich davongescheucht, damit sie ihre Tage nicht ausschließlich bei mir verbrachte.

Nur Byron hatte sich bisher kein einziges Mal sehen lassen. Laut Maleah hatte er während der ersten Tage meiner Bewusstlosigkeit lange Stunden an meiner Seite gesessen, doch seitdem ich erwacht war, besuchte er mich nicht mehr.

Ich fragte mich, ob ich etwas falsch gemacht hatte. Ob ihm bewusst geworden war, wen er sich da in sein Schloss geholt hatte und nun darüber nachgrübelte, wie er mich am besten wieder loswürde. Immerhin stellte ich nicht nur für mich eine Gefahr dar, sondern auch für jeden anderen, der mir zu nahekam. Nicht auszudenken, würde ich in Briannas Nähe in Flammen aufgehen. Darons Tochter war ungeübt in ihrer Magie und sicher nicht mächtig genug, um eine Barriere zu errichten, die jener von Byron ebenbürtig war.

Und trotz all dieser Gedanken, trotz allem was geschehen war, starrte ich einen nicht unbeträchtlichen Teil meines Tages auf die Tür. Es war nicht nur töricht zu hoffen, Byron würde mich besuchen, es war auch falsch. Unser Waffenstillstand hieß nicht, dass wir einander nahe waren oder uns etwas bedeuteten. Er war ein Zeichen dafür, dass wir uns miteinander arrangierten, uns wie zwei Erwachsene verhielten.

Ich fragte mich, warum Byron mich erwählt hatte. Immerhin hätte er den Vertrag mit meinem Vater nicht schließen müssen. Ihm hatte es freigestanden, sich keine solche Katastrophe wie mich in sein Schloss zu holen. Dennoch hatte er es getan. Vorsätzlich.

Ich seufzte tief. Die Untätigkeit machte mich rasend. In mir rumorte es und ich wollte etwas tun. Irgendetwas. Meine Heilung beanspruchte jedoch viel Zeit. Ich hatte meinen Körper so geschunden, mein Feuer hatte mich so aufgezehrt, dass die Wunden nur langsam verheilten. Die Rötung hatte nachgelassen. Haut schälte sich von meinem Körper und offenbarte empfindliches, rosa Gewebe. Allerdings ließen meine Kräfte auf sich warten. Die wenigen Schritte zum Waschzuber, um mich am Morgen zu waschen, reichten aus, um mich zu erschöpfen. Nach dieser Prozedur lag ich regelmäßig schwer atmend auf der Matratze und kämpfte gegen den Schwindel. Erst wenn sich meine Atmung beruhigte, hörte der Raum auf sich zu drehen.

Gerade fielen mir die Augen zu – etwas, das mir viel zu häufig passierte und gleichzeitig ein Segen war, brachte ich schlafend immerhin Zeit rum – da klopfte es an der Tür. Ich erwartete Maleah, die sich um die letzten Verbände kümmern wollte, als Byron eintrat.

Ich hielt den Atem an. Mein Herz preschte los, klopfte in einem wilden Takt gegen meine Brust, während mein Magen Kapriolen schlug. Beinahe erwartete ich gleich tot umzufallen, weil mein Körper verrücktspielte vor Angst.

Die ganze Zeit hatte ich auf seinen Besuch gewartet, war enttäuscht gewesen, dass er sich nach meinem Erwachen nicht hatte sehen lassen. Und jetzt, als er in diesem Zimmer stand, wurde mir erst klar, dass wir seit dem dramatischen Zwischenfall auf den Schneeblinden Weiten nicht mehr miteinander gesprochen hatten. Jetzt fürchtete ich, es könnte seltsam werden oder er könnte böse auf mich sein, weil ich uns fast mit meinem Ausbruch getötet hatte.

»Dir geht es besser«, stellte er nüchtern fest und verschränkte die Hände hinter dem Rücken. Dabei flackerte sein Blick durch den spärlich eingerichteten

Raum und offenbarte ein wenig von seiner Unsicherheit. Entweder hatte er sich nicht im Griff oder es gelang mir jetzt häufiger, hinter seine Maske zu sehen, die er als König trug.

»Offensichtlich«, gab ich kühl zurück. Ich würde es ihm nicht leichtmachen. Niemals.

»Hör zu, Avianna, es tut mir leid«, sagte er verhalten. Meinen Blick mied er weiterhin.

»Was genau? Dass du mich mit voller Absicht provoziert hast oder dass du mich die letzten Tage, nachdem ich aufgewacht bin, nicht einmal hier besucht hast? Ich dachte, du wolltest mir zeigen, dass du anders bist. Dass man dir vertrauen kann.« Mein Herz hämmerte weiterhin in meiner Brust, galoppierte noch ein wenig mehr. Ich war wieder wütend und ich konnte nichts gegen meine Emotionen tun. Byron war in der Lage, so heftige Empfindungen in mir zu wecken, dass ich mich kaum unter Kontrolle hatte – und das machte mir gehörig Angst.

»Beides«, gestand er kleinlaut, griff sich den kleinen Hocker von der Wand und setzte sich direkt vor mein Bett. Seine Arme verschränkte er auf den Laken, ehe er sein Kinn auf die Unterarme stützte. »Hör zu«, fuhr er fort, »ich hätte es nicht so weit kommen lassen dürfen. Mir war schon in der Wüste klar, dass Wut dein Antrieb ist. Dass dein Zorn in der Lage ist deine Magie zu entfachen. Es sollte eine Lektion sein, aber-« Er brach ab, holte tief Luft und endlich wagte er es mir in die Augen zu sehen.

Sein Ausdruck war reumütig. Er sah von unten zu mir auf, die eisblauen Augen unter diesen langen, schwarzen Wimpern verborgen. Eine Strähne seines Haares war ihm in die Stirn gefallen und machte aus dem ehrwürdigen König einen verletzlichen jungen Mann.

Meine Hand zuckte kurz in Richtung seiner Hand, ehe ich mich wieder im Griff hatte und mir diese Berührung verbot. Er hatte falsch gehandelt, hatte nicht nur sich selbst, sondern auch Jared, Elric und mich in Gefahr gebracht. Es war nicht an mir, ihm tröstend die Hand zu halten.

»Es tut mir wirklich leid«, wiederholte er beinahe verzweifelt. »Mir war nicht klar, dass du so stark sein würdest. Ich habe die ganze Situation komplett falsch eingeschätzt und dich damit beinahe umgebracht.« Schnell wandte er den Kopf zur Seite, den Blick zum Fußende meines Bettes gerichtet, doch es war zu spät. Ich hatte den verräterischen Glanz in seinem Augenwinkel gesehen, hatte gehört, wie seine Stimme zum Ende hin gebrochen war.

Auch wenn ich es nicht wollte, mich heftig dagegen wehrte, ergriff mich Mitgefühl. Er hatte einen Fehler gemacht. Zugegeben, es war ein schwerwiegender Fehler gewesen, dennoch ... Niemand von uns war tadellos, niemand unfehlbar und ich am allerwenigsten. Seit der Verlobung mit Byron unterliefen mir ständig Fehler. Ich war zerstreut und fahrig und stellte meine Loyalitäten sekündlich infrage. Es blieb nicht aus, dass ich in diesem Zustand Irrtümer beging. Inwiefern ich später dafür würde bezahlen müssen, stand in den Sternen.

Endlose Momente vergingen, in denen wir uns weiter anschwiegen und Byron meinen Blick mied. Nun war es an mir, seine Entschuldigung zu akzeptieren. Er hatte alles gesagt. Aber bevor ich meine Worte mit Bedacht wählen konnte, um seine Gewissensbisse nicht zu verschlimmern, erhob er erneut das Wort: »Und es tut mir leid, dass ich nicht hier war.«

Erst glaubte ich mich verhört zu haben. Natürlich hatte ich ihm sein Fernbleiben zum Vorwurf gemacht. Alle hatten sie mich besucht, nur er nicht. Egal was ich von dieser Verlobung hielt, er war mein zukünftiger Gemahl und es kam einer Zurückweisung gleich, dass er als Einziger nicht an meinem Bett gesessen hatte. Besonders hart hatte mich das deshalb getroffen, da sein Verhalten mir gegenüber seit dem Schiff darauf hatte schließen lassen, dass Byron ein guter Mann war – und Maleah hatte das mit ihren Worten nur bestätigt. Schließlich war er während meiner Bewusstlosigkeit nicht von meiner Seite gewichen.

»Warum?«, fragte ich tonlos. Am liebsten hätte ich ihm die Leviten gelesen. Ich spürte die Wut durch meine Adern pulsieren, spürte das Brennen in meinem Körper und wusste, ich würde dem Gefühl nie wieder nachgeben wollen. Mit allen Mitteln würde ich zu verhindern wissen, jemals wieder eine Gefahr für irgendjemanden zu sein.

»Ich konnte nicht. Ich fühlte mich schuldig.« Er hielt inne, stand von seinem Schemel auf und ging mit verschränkten Armen durch den Raum. Neben dem Tisch voller Kräuter, Tuben und Tiegeln kam er zum Stehen. Seine Finger wanderten gedankenversunken über den Stößel, sein Blick war auf mich gerichtet und ging doch durch mich hindurch. Er schien etwas ganz anderes zu sehen und ich hütete mich etwas zu sagen. Es wäre der falsche Moment gewesen. Er war noch nicht fertig.

»Kannst du dich noch an unser Gespräch erinnern? Auf dem Schiff?« Seine Worte waren so leise, dass ich sie nur mit Mühe verstand. Langsam nickte ich. Ich wusste, welches Gespräch er meinte. Ich würde es niemals vergessen können. Es hatte sich, ebenso wie die Ereignisse, die ihm vorangegangen waren, in mein Gedächtnis gebrannt.

»Ich habe dir damals gesagt, ich hätte schon mehr Menschen getötet, als mir lieb wäre. Und das stimmt. Wenn ich eine Wahl gehabt hätte, dann hätte ich kein einziges Menschenleben genommen, aber oft bleibt einem diese Wahl nicht. Zumindest mir ging es so.« Er stockte kurz, atmete tief durch. »Ich habe stets getan, was nötig war, um mein Königreich zu einem besseren Ort zu machen.« Er kniff die Augen zusammen. Seine Kiefermuskulatur spannte sich an und man sah ihm an, wie schwer ihm dieses Gespräch fiel.

»Byron, du musst dich nicht erklären«, wisperte ich. Nicht, um ihn zu beruhigen, sondern weil er es tatsächlich nicht musste. Ich glaubte ihm. Hätten seine Morde ihn kaltgelassen, würde es ihm nicht so schwerfallen darüber zu sprechen. Er war kein schlechter Mensch, das hatte ich mittlerweile erkannt und konnte es mir auch langsam eingestehen.

Er lachte bitter und riss ein Blatt von einem Kräuterstängel, rieb es zwischen den Fingern und inhalierte den Duft anschließend tief. Seine Schultern entspannten sich ein wenig.

»Nein, das muss ich nicht, aber ich möchte. Als ich dich in Gefahr gebracht habe, hätte ich beinahe erneut ein Leben auf dem Gewissen gehabt. Dein Leben.« Er schluckte und schlug die Hände vors Gesicht, verbarg sich vor mir. »Das Leben, das von allen am schützenswertesten ist. Dessen Schutz ich mich mit Leib und Seele verschrieben habe.«

Ich hörte seine Worte, jedoch drangen sie nicht zu mir durch. Sie ergaben keinen Sinn. Nichts von dem, was er gesagt hatte.

»Warum gerade ich?«

Er kam zurück zu meinem Bett, setzte sich erneut auf den Hocker und sank kraftlos in sich zusammen. Meine Frage aber beantwortete er nicht.

Dieses Mal konnte ich mich nicht zurückhalten. Aus einem Impuls heraus griff ich nach seiner Hand und hielt sie. Mit großen Augen sah er mich an, zuckte aber nicht zurück, sondern ließ es geschehen.

Es war seltsam. Ich hatte mir geschworen ihn zu hassen, ihn nicht an mich heranzulassen, und jetzt saßen wir hier. Mein Körper war zerschunden von seinem Versuch, meine Magie zu wecken, aber auf eigentümliche Weise waren wir einander nie so vertraut gewesen. Byron war ein anständiger, offener Mensch, ganz anders als ich erwartet hatte, doch jetzt ließ er mich wirklich tief in sich hineinschauen.

Er zeigte mir seine verletzliche Seite, ließ mich sehen, wie viel Angst er hatte. Vor einem Krieg, davor sein Königreich zu verlieren, nicht allem gerecht zu werden. Dafür musste er die Worte nicht einmal aussprechen, sie standen ihm deutlich ins Gesicht geschrieben.

Schließlich räusperte er sich, sein Blick klärte sich und allmählich kehrte die königliche Maske zurück auf seine Züge. Der verletzliche junge Mann verblasste vor meinen Augen, während der Herrscher zurückkehrte, der mir gleichzeitig seine Hand entzog.

»Nun, es ist schön zu sehen, dass es dir bessergeht«, sagte er unverbindlich und stieß mich damit vor den Kopf.

»Ja«, antwortete ich tonlos. Sein plötzlicher Wandel warf uns zurück. Das zarte Vertrauen, das ich ihm geschenkt hatte, beruhte darauf, dass er mich genauso offen und herzlich behandelte, wie er es mit allen anderen Menschen in seiner Umgebung tat. Jetzt stand mir der Byron aus Iralia gegenüber. Der Repräsentant seines Königreichs, der unergründliche König, über den niemand Genaueres wusste und der die Gerüchte um ihn anheizte, anstatt sie zu zerstreuen. Ein Mann, der sich nicht in die Karten sehen ließ.

»Ich wünsche dir eine baldige Genesung.« Er stand auf, sein Blick war auf die Wand hinter mir gerichtet. Er vermied es erneut, mir in die Augen zu schauen und ehe ich in der Lage war zu erfassen, was hier geschah, hatte er mein Krankenzimmer fluchtartig verlassen. Die Tür fiel hinter ihm lautstark in ihr Schloss.

***

»Raus aus den Federn, Mädchen! So langsam hast du genug gefaulenzt!« Maleah wirbelte wie ein Orkan durch das Zimmer, riss die Vorhänge auf und entzündete die Lampen.

Die Gedanken noch voller Nebel, blinzelte ich ein paar Mal gegen den hellen Kerzenschein an. Der Blick aus dem Fenster offenbarte mir die ersten Vorboten eines baldigen Sonnenaufgangs. Der Himmel am Horizont färbte sich allmählich blassblau, hier und da von rötlichen Wolkenschlieren durchbrochen.

»Wie lange habe ich geschlafen?«

»Wenn du mich fragst, viel zu lange, Prinzessin«, antwortete Maleah und schnalzte mit der Zunge. »Du hast die letzten zwei Wochen beinahe nichts anderes getan.«

Der leichte Tadel in ihrer Stimme ging mir gehörig gegen den Strich. Es war nicht so, als hätte ich mir das hier ausgesucht. Lieber hätte ich mit Katara trainiert, als mir die Haut vom Körper schälen zu lassen.

»Na, du musst gar nicht so sauertöpfisch dreinschauen«, schmunzelte Maleah. »Es ist nicht so, als würde ich dir nicht schon seit einigen Tagen erzählen, dass es Zeit wird endlich aufzustehen.«

Ich vermied es den Kopf schuldbewusst zu senken. Tatsächlich hatte sie öfter angedeutet, dass ich das Krankenzimmer langsam verlassen und zurück in meine Gemächer ziehen könnte. Sie hatte mir sogar ausdrücklich gestattet aufzustehen und kleinere Spaziergänge im Schlossgarten zu machen, um Muskeln und Kreislauf wieder an Bewegung zu gewöhnen. Ich war es gewesen, die sich standhaft geweigert hatte, die so tat, als würde sie all die Ratschläge, all die gut gemeinten Ermunterungen nicht hören.

Dabei wollte ich raus. Mittlerweile fehlte mir selbst die eisige Kälte auf der Haut, das Prickeln, das sie hinterließ und das Stechen in der Lunge, wenn man zu tief einatmete. Ich vermisste das Gefühl lebendig zu sein. Jedoch fürchtete ich mich davor, Byron zu begegnen. Seit seinem ersten und letzten Besuch hier war er nicht mehr gekommen. Ich hatte unser Gespräch seitdem tausendfach in Gedanken gewälzt, war es wieder und wieder durchgegangen, aber ich fand den Grund nicht, weshalb es so katastrophal geendet hatte.

»Hör auf darüber nachzudenken. Es wird schon alles wieder gut werden.« Maleah setzte sich auf die Bettkante und griff mit ihrer schwieligen Hand nach meiner.

»Ich weiß einfach nicht mehr weiter«, wisperte ich und schlug mir die Hand vor den Mund, um ein Schluchzen zu unterdrücken. Meine Brust zog sich bei dem Gedanken daran zusammen, dass es von jetzt an so weitergehen würde. Gerade hatte ich angefangen, mich mit Glacien als neue Heimat anzufreunden und zumindest nicht mehr schreiend vor meinem zukünftigen Ehemann davonlaufen zu wollen, als erneut alles zusammenbrach.

»Byron ist nicht die schlechteste Partie«, fuhr Maleah fort. Der Ausdruck in ihrem Gesicht wurde ganz weich, als sie seinen Namen aussprach.

»Du bist nicht die Erste hier, die das behauptet.« Daron hatte seine Worte ähnlich gewählt, als ich in seiner Küche gesessen und Trübsal geblasen hatte.

»Weil es die Wahrheit ist. Manchmal ist er ein Hitzkopf und er neigt sicher dazu, viel zu viel mit sich selbst auszumachen. Er tut sich schwer damit zu vertrauen. Aber das macht keinen schlechten Menschen aus ihm.« Ihre Augen verfinsterten sich und ein grimmiges Lächeln umspielte ihre sonst gütigen Züge. »Da gibt es ganz andere, glaub mir.«

Ich zuckte angesichts der Verbitterung ihrer Worte zusammen. Maleah hatte bisher auf mich fröhlich und glücklich gewirkt. In meinen Augen hatte sich das Bild einer begnadeten Heilerin geformt, die sich durch nichts aus der Fassung bringen ließ. Sie war eine Frau, die in sich ruhte. Bis zu diesem Moment.

Sie sprach kein Wort mehr, hielt weiter meine Hand und drückte ein bisschen zu fest zu. Der Sturm tobte in ihr. Man konnte ihn nicht sehen, aber ihn spüren. Die Luft im Raum schien sich elektrisch aufzuladen und wurde dicker. Es fiel mir schwerer zu atmen, während ich den Blick nicht von der Frau an meinem Bett abwenden konnte. Sie saß bewegungslos wie eine Statue und starrte durch die gegenüberliegende Wand hindurch. Ich wusste nicht, was in ihr vorging, aber ich spürte die Spannung, die ihren Körper ergriffen hatte, sah das Flimmern in ihren Augen und die Angst darin.

Nach schier endlosen Momenten blinzelte sie ein paar Mal, schüttelte den Kopf und zwang ihr übliches Lächeln zurück in ihre Züge. Der Griff ihrer Hand lockerte sich, stattdessen drückte sie einmal aufmunternd zu, ehe sie mich losließ.

»Jetzt aber raus aus dem Bett. Mach dich frisch, zieh dich an und dann will ich dich hier nur noch alle zwei Tage zu den Verbandwechseln sehen.« Ruckartig zog sie mir die Decke von den Beinen. Ihre Stimme klang gewollt heiter, doch ich hütete mich nachzuhaken.

Also leistete ich ihren Anweisungen Folge, wusch mich am Badezuber, kleidete mich in dicke Lederhosen, derbe Stiefel, Bluse und Weste. Maleah reichte mir einen dicken, mit Fell gefütterten Langmantel.

»Du kannst ihm nicht für immer aus dem Weg gehen. Und er dir auch nicht.«

»Aber wenigstens noch ein paar Tage?«, fragte ich hoffnungsvoll und mein Blick wanderte durch den Raum, der die letzten Wochen alles gewesen war, was ich zu Gesicht bekommen hatte.

»Lass dir etwas von einer alten weisen Frau sagen: Je mehr Zeit vergeht, umso schwieriger wird die Sache. Solche Dinge schafft man am besten so bald wie möglich aus der Welt.«

Mit diesen Worten öffnete sie die Tür und machte mit ihren Händen eine Geste, die unmissverständlich klarmachte, dass sie mich nicht länger in ihrem Krankenzimmer duldete.

Seufzend senkte ich den Kopf, schlang den Mantel ein wenig enger um mich und machte einen Schritt hinaus in den Korridor. Ich warf einen Blick über die Schulter und sah wie Maleah die Tür hinter sich abschloss.

»Na komm, Mädchen. Ich bringe dich in den Schlossgarten.«

»Ich finde den Weg sicher auch allein. Bloß keine Umstände«, sagte ich trotzig und biss mir im nächsten Moment auf die Lippen.

Nur weil ich wütend auf Byron war und Angst vor unserer nächsten Begegnung hatte, musste ich das nicht an Maleah auslassen. Und wenn ich ehrlich war, würde ich den Weg ganz sicher nicht finden. Immerhin hatte man mich bewusstlos in diesen Flügel des Schlosses gebracht und seitdem war ich nicht ein einziges Mal mehr aus diesem Zimmer herausgekommen.

Maleah neben mir lachte leise in sich hinein und ging voraus. Ich folgte ihr, zu stolz, um mich für mein trotziges Verhalten zu entschuldigen.

Erst als wir die großen Flügeltüren erreichten, die direkt in den Garten führten, sprang ich über meinen Schatten.

»Es tut mir leid, dass ich mich so ungehörig verhalten habe«, sagte ich gepresst. Mich zu entschuldigen hatte nie zu meinen Stärken gehört.

»Ist schon gut«, kicherte sie und schüttelte dann ungläubig den Kopf.

»Was?«, fragte ich perplex und verbiss mir erneut eine trotzige Reaktion. Das Gefühl ausgelacht zu werden blieb allerdings.

»Ach, es wäre nur so viel einfacher, wenn ihr sehen könntet, wie ähnlich ihr euch eigentlich seid.«

Perplex sah ich sie an, aber bevor ich etwas erwidern konnte, nahm sie mich kurz in ihre Arme, wünschte mir alles Gute und verschwand gleich darauf in einem anderen Korridor.

Meine Hände zitterten, als ich nach der Tür griff und in den Garten hinaustrat. Die Sonne hatte es mittlerweile über den Horizont geschafft und der Schnee im Garten glitzerte wie Diamanten. Byron stand wenige Meter von mir entfernt vor einem Beet. Seine dunkle Kleidung und das dunkle Haar bildeten einen grotesken Kontrast zu der gleißenden Helligkeit seines eingeschneiten Königreichs.

Vorsichtig setzte ich einen Fuß nach draußen. Die kalte Luft umfing mich sofort, aber auf das schmerzhafte Stechen wartete ich umsonst.

»Es ist Frühling geworden«, sagte Byron tonlos und hielt es nicht einmal für nötig sich zu mir umzudrehen.

»Wie Frühling fühlt es sich aber nicht an.«

»Du hast das Fischerfest versäumt«, fuhr er fort, ohne auf meine Worte einzugehen.

»Falls es dir noch nicht aufgefallen ist, ich bin fast gegrillt worden!« Mit meiner Beherrschung war es schlagartig vorbei. Es brodelte in mir und ich kämpfte die Hitze mit purer Willenskraft nieder.

»Dein aufbrausendes Wesen hat mir wirklich gefehlt.« Schlagartig drehte er sich um, ein breites Grinsen im Gesicht.

»Willst du mich nochmal in Flammen aufgehen lassen?«, fragte ich erbost und ging dabei weitere Schritte auf ihn zu, bis ich direkt vor ihm stand.

»Nein.« Sein Lächeln verschwand. Mit ernster Miene legte er mir eine Hand auf die Schulter, mit der anderen strich er über meine Wange, auf der jetzt eine kleine Narbe von der sich schälenden Haut prangte. »Nein, Avianna, das tue ich dir nicht noch einmal an«, beschwor er mich aufrichtig.

»Warum provozierst du mich dann?«, wollte ich wissen und wand mich unter seinen Händen. Er war mir eindeutig zu nah.

»Weil es Spaß macht, mit dir zu streiten«, gab er unumwunden zu. »Und jetzt genug von mir. Du solltest dich noch ein wenig ausruhen. Ich habe beschlossen, dass es Zeit für dich wird dein neues Königreich kennenzulernen, sobald du vollständig bei Kräften bist. Derweil könnten wir allerdings einen kleinen Ausflug in die Stadt wagen, was meinst du?«

»Wir verlassen die Palastmauern?«

»Ich habe dir schon einmal gesagt, dass du keine Gefangene bist. Hier sperrt dich niemand in einen goldenen Käfig.« Seine Hände drückten sanft meine Schultern, dann ließ er mich los. »Also, was ist? Bist du soweit?«

»Ich weiß nicht«, sagte ich verhalten. »Ich komme gerade erst aus dem Krankenflügel und bin noch ein wenig schwach.« Es missfiel mir, meine Schwäche so offen einzugestehen. Ich wollte meinen Kopf weiter stolz erhoben tragen, das Kinn mutig vorgestreckt, aber mein Körper limitierte meine Kräfte und sabotierte dieses Vorhaben. Allein unser Wortwechsel hatte mich angestrengt.

»Wie gut, dass ich an alles gedacht habe.« Ein spitzbübisches Lächeln umspielte seine Lippen und ließ ihn wieder wesentlich jünger wirken. »Die Kutsche steht bereit, Mylady. Was ist? Du musst nur ja sagen.«

Was hatte ich zu verlieren? Er hatte mich schon so oft aufgefordert zu springen und bisher hatte er mich jedes Mal aufgefangen. Es gab kein Zaudern. Ich würde auch dieses Mal springen.

»In Ordnung«, sagte ich.

Kapitel 14

Es gab keinen Kutscher, der vorne auf dem Bock hockte, während die Fahrgäste hinten in der überdachten Kutsche saßen, blickdichte Vorhänge vor den Fenstern, so wie ich es von Zeichnungen her kannte. Auch hier überraschte mich Glacien mit seinen Gepflogenheiten: Byron selbst hielt die Zügel der zwei Eispferde in der Hand. Ich saß neben ihm, eine wärmende Decke über die Beine gelegt. Die Bank war schmal, dafür aber gut gepolstert. Es war nicht unbequem, nur ein wenig enger, als ich erwartet hatte.

Jared und einige seiner Männer flankierten uns zu Ross. Darunter ein Soldat, dessen Pferd von einem schneeweißen Wolf begleitet wurde.

Langsam setzte sich unser Trupp in Gang. Die Hufe klapperten auf dem Hauptweg, der vom Schloss zum Tor führte und aufgrund seiner häufigen Nutzung frei von Schnee war. Rumpelnd bewegten wir uns auf die eisernen Gitter zu, die eigens für uns geöffnet wurden. Die Wachen nickten uns zu, als wir sie passierten und hinter uns wurde das Tor quietschend geschlossen.

Auf dem Kutschbock herrschte eine angespannte Stimmung. Wir hatten gemeinsam im heißen Wüstensand übernachtet, waren bald König und Königin, und dennoch waren wir uns noch selten körperlich so nah gewesen.

Schließlich lag das Schloss hinter uns und wir befanden uns im Kern von Deighe. Die Stadt erstreckte sich vor uns und Menschen eilten durch die Straßen. Als sie uns kommen sahen, machten sie uns Platz. Viele nickten uns wohlwollend zu, andere verrenkten sich neugierig die Hälse und einige starrten uns nahezu hasserfüllt hinterher.

Zuerst zeigte Byron mir den Markt. Wir fuhren außen herum, weil im Zentrum kein Kutschverkehr gestattet war und Byron es für keine gute Idee hielt, mich in meinem Zustand zu Fuß zwischen den Ständen flanieren zu lassen. Auch wenn ich mir das bunte Treiben dort gern genauer angesehen hätte. Wenn dieser Markt annähernd dem in Ankras glich, wäre er einen Besuch wert gewesen.

Aber ich bat ihn nicht darum anzuhalten. Seine ernste Miene verriet mir, dass es ihm bei unserem Ausflug um eine gänzlich andere Sache ging. Er presste seinen Kiefer mittlerweile so kräftig aufeinander, dass die Muskeln unter der Anspannung zuckten. Den Blick hielt er stur geradeaus auf die Straße gerichtet und obwohl er gemeint hatte, dass ich Deighe bei dieser Kutschfahrt besser kennenlernen sollte, schwieg er beharrlich.

Jared ritt voraus und seine Männer folgten uns in einem geringen Abstand. Ihre Blicke waren wachsam. Immer wieder scherte ein Reiter aus, überholte die Kutsche, erkundete eine der schmalen Gassen vor uns und kehrte dann zum Trupp zurück.

Je weiter wir uns vom Stadtkern mit seinen beeindruckenden Bauten entfernten, desto mehr veränderte sich das Bild von Deighe. In den Außenbezirken waren große Teile zerstört und die Häuser zu Schutt und Asche zerfallen. Der pompöse Markt wenige Straßen weiter wirkte beinahe makaber gegenüber den Ruinen und der Zerstörung, die wir hier vorfanden. »Was ist hier passiert?«, fragte ich schließlich, als die Ruinen immer zahlreicher wurden. Einigen davon sah man an, dass sie verlassen worden waren, andere wiederum schienen trotz ihres Zustands bewohnt zu sein. Zumindest konnte man hinter den Gesteinsbrocken und dem zersplitterten Holz Bewegungen ausmachen. Aus einigen der zerfallenen Bauten stieg Rauch auf.

Ich schluckte einen Kloß in meinem Hals herunter. Das Unbehagen ließ sich jedoch nicht mehr vertreiben.

»Bürgerkrieg.« Byrons Antwort fiel karg aus und seine Miene blieb unverändert starr. Wieder eine dieser tausend Masken, zwischen denen er passend für fast jede Gegebenheit wählen konnte.

Statt weiter auf die zerstörte Stadt zu achten, heftete sich mein Blick auf Byron, in der Hoffnung, dass seine Fassade diese winzigen Risse bekäme, die hin und wieder erahnen ließen, wie er wirklich fühlte. Ich wollte nicht ständig mit seiner Gleichgültigkeit konfrontiert sein, wenn ich wusste, dass es in ihm anders aussah. Immerhin hatte er mir schon einige Male Einblicke in den echten Byron gestattet.

»Warum?«, bohrte ich weiter.

»Warum was?«

»Byron, ich bin nicht einfältig. Es wäre ganz nett, wenn du mich auch nicht so behandeln würdest.« Ich bemühte mich, meiner Stimme einen ruhigen Klang zu geben, selbst wenn ich ihn im Augenblick für sein Spielchen verabscheute. Er wusste genau, was ich von ihm zu wissen verlangte.

»Wegen meines Vaters«, sagte er emotionslos. »Anscheinend ist das etwas, das wir gemeinsam haben, Prinzessin: Väter, die sicherlich keinen Preis für ihre Liebe und Fürsorge gewinnen würden. Weder ihrem Land noch ihren Kindern gegenüber.«

Die Verbitterung in seiner Stimme schnitt mir direkt ins Herz und mein Brustkorb zog sich schmerzhaft zusammen. In meinem Kopf formte sich ein Bild von einem kleinen Jungen mit betrübtem Blick, umgeben von tiefster Schwärze.

»Was hat dein Vater getan?«

Eigentlich war es offensichtlich. Der tatsächliche grausame Herrscher war sein Vater gewesen und die Welt ging nun davon aus, Byron würde ihm nacheifern, schließlich fiele der Apfel ja oft nicht weit vom Stamm. Wie falsch die Menschen mit dieser Überzeugung lagen.

Byron antwortete nicht. Sein Blick lag ebenfalls auf den eingestürzten Bauten, auf den verrußten Holzbalken. Die Leere in diesem Stadtteil war körperlich spürbar, genauso wie Byrons Schmerz, der sich mit jedem weiteren Moment auf mich übertrug.

Er blieb mir eine Antwort schuldig. Stattdessen kaute er auf seiner Unterlippe. Deutlich sichtbar rang er mit sich, wägte ab, wie viel von seiner Vergangenheit, von Glaciens Vergangenheit er mit mir teilen wollte. Ob er mir vertraute oder misstraute.

»Du musst es mir nicht sagen. Es tut mir leid, wenn ich dir zu nahegetreten bin.«

Innerlich wand ich mich. Nicht nur, weil die Stille zwischen uns unangenehme Ausmaße annahm, sondern auch, weil seine Miene mit jedem weiteren Moment verschlossener wurde. Die Dämonen, mit denen er im Augenblick rang, nahmen ihn vollkommen in Beschlag und ich war mir nicht sicher, ob er diesen Kampf gewinnen würde.

Endlich erklang ein zittriges Seufzen, ehe er ein paar Mal blinzelte und mich dann ansah. Hätte ich nicht bereits gesessen, fest in meine wärmende Decke gewickelt, hätte mich der Schmerz in seinen Augen von den Füßen gerissen, hätte mich die Qual in seinem Blick vor Kälte erzittern lassen.

Diesmal griff ich nach seiner Hand, die die Zügel so fest umklammert hielt, dass seine Fingerknöchel schneeweiß hervortraten. Sie war eiskalt. Sachte drückte ich zu, gab ihm zu verstehen, dass er nicht allein war, und beobachtete, wie seine Miene unter meiner Berührung weicher wurde, wie die Spannung sich löste, wenn auch nur ein wenig.

»Nein, Avianna, dieses Mal liegst du falsch. Ich muss darüber sprechen. Nicht, weil ich will, sondern weil du verdienst zu wissen, in was für einem Land du lebst und wem du wirklich versprochen wurdest.« Bei seinen letzten Worten war seine Stimme von Hass und Abscheu durchzogen. Hass auf sich selbst.

»Byron ...«

»Nein, hör zu. Wenn ich jetzt nicht darüber spreche, werde ich es vielleicht nie wieder tun.« Er entzog mir seine Hand, wickelte die Zügel um sein Handgelenk und lenkte die Kutsche in eine Seitengasse, wo wir anhielten. Jared und die Wachen positionierten sich in gebührendem Abstand und außer Hörweite.

»Mein Vater hat das Land tief gespalten, musst du wissen«, begann er, sein Blick war starr geradeaus gerichtet. Er vermied es, mir in die Augen zu sehen.

»Im Gegensatz zu allen anderen Königreichen verfügen wir über viel mehr Magie. Nicht nur unsere Adeligen beherrschen das Eis, sondern auch die meisten normalen Bürger innerhalb der Stadtmauern und sogar einige Bauern in den Dörfern. Vielleicht liegt es in unserem Blut, weil selbst wir kaum die Winter in diesem Land überleben könnten, wenn wir nicht Eis in unseren Adern hätten.« Er lachte bitter und betrachtete seine Hände, die fähig waren so gewaltige Eiszauber zu wirken.

»Unser Land ist nicht reich, Avianna. Das war es nie. Das Festland hatte unsere Insel hier oben im Norden weitestgehend vergessen. Der Handel war am Ende fast zum Erliegen gekommen, aber wir konnten uns selbst versorgen, es ging uns gut.«

Es entstand eine Pause, in der ich die Decke ein wenig enger um mich zog. Ich war mir nicht sicher, ob der Wind tatsächlich aufgefrischt hatte, oder ob mir so kalt war wegen dem, was ich erwartete zu hören.

»Aber Vater wollte nicht, dass wir vergessen wurden. Jeder sollte wissen, über welche Macht wir verfügten. Er wollte gefürchtet werden. Das Festland sollte vor Glacien erzittern.« Byron schnaubte verächtlich, aber er sprach nicht weiter. Sein Blick war in die Ferne gerichtet, starrte durch Jared und die Wachen hindurch, die am anderen Ende der Gasse Posten bezogen hatten. Der Mann neben mir war vollkommen in seinen Gedanken gefangen.

»Was ist dann passiert?«, fragte ich, um ihn zu ermuntern weiterzusprechen.

Zum ersten Mal während seiner Erklärungen sah er mich direkt an und ich glaubte, der Schmerz in seinen Augen wäre fähig mein Herz in Stücke zu reißen.

»Vater tat alles dafür, diese Vision in die Tat umzusetzen. Und er tat es auf Kosten seiner Bevölkerung. In den folgenden Jahren erschuf er eine Armee aus beinahe allen wehrfähigen Männern, die unser Land zu bieten hatte. Als ihm auch das noch nicht genügte, zwang er Frauen und Mädchen in die Armee. Die Folgen seines rücksichtslosen Verhaltens sind offensichtlich: Kaum einer bestellte die Felder, kümmerte sich um das Vieh und um das Handwerk. Wir litten Hunger und Glacien spaltete sich in zwei Lager. Diejenigen, die an Vater glaubten und daran, dass ein Sieg Glaciens über das Festland all unsere Sorgen mit einem Schlag beenden würde, und diejenigen, die daran glaubten, dass Glacien es auch anders schaffen konnte. Dass es keinen Krieg brauchte, keine übermächtige Armee.«

Byron sank in sich zusammen und atmete schwer. Die Worte hatten ihn Kraft gekostet. Er wirkte zerbrechlicher denn je, gleichzeitig nahm er den Blick aber nicht von mir. Intensiv musterte er mich, erwartete meine Reaktion, doch ich war nicht fähig all diese Worte zu verdauen. Ich konnte mir nicht vorstellen, so sehr nach Macht zu streben, dass ich mein eigenes Volk dafür hungern ließ. Dass ich seine Bedürfnisse meinen unterordnete. Zumindest konnte ich das nicht mehr. Nicht, nachdem ich gesehen hatte, was für ein Mensch und König Byron war.

Mein Herz raste, als ich endlich begriff. Er tat das alles, um wiedergutzumachen, was sein Vater angerichtet hatte.

»Du bist nicht wie er«, flüsterte ich. »Du wirst nie sein wie er.«

»Aber ich bin auch nicht besser.« Die Kälte in seiner Stimme ließ mich erschauern. Seine Antwort war so bestimmt, als wäre er felsenfest davon überzeugt.

»Wofür hasst du dich so sehr?« Meine Hand wanderte automatisch zu seinem Gesicht, legte sich sanft an seine Wange. Für einen kurzen Moment wurde das Eisblau seiner Augen weich, für einen Augenblick entspannte er sich unter meiner Berührung, schmiegte sich in meine Hand, aber dann wandte er den Kopf abrupt ab. Ich zuckte zurück, als hätte ich mich an seiner Haut verbrannt.

»Ich habe ihn getötet. Ich habe meinen Vater ermordet!«

Ich wusste nicht, was mich mehr entsetzte. War es sein Geständnis oder die Tatsache, wie viel Verzweiflung, wie viel Schuld in seinen Worten lag? Allein der Gedanke an einen jüngeren Byron, der sich und Glacien nicht anders zu helfen wusste, als diese Schuld auf sich zu laden, zerriss mich innerlich.

Ja, er hatte recht, ich war in einem goldenen Käfig aufgewachsen. Ich war mein Leben lang eingesperrt gewesen, aber zumindest hatten die Gitterstäbe mich gleichzeitig genauso vor der Welt beschützt.

»Das macht dich doch nicht zu einem schlechten Menschen.« Mein Versuch ihn zu trösten war lächerlich. Dessen war ich mir bewusst, dennoch wollte ich ihn wissen lassen, dass ich ihn nicht verabscheute, ihm keine Schuld gab. Das tat er selbst zur Genüge.

Er lachte bitter und schlang dabei die Zügel so fest um sein rechtes Handgelenk, dass ich fürchtete, er könnte seine Hand auf diese Art verlieren, wenn er die Schlinge nicht bald lockerte.

»Jeder meiner Morde macht mich zu einem noch schlechteren Menschen. Wäre ich einer von den Guten, hätte ich einen anderen Weg gefunden.«

»Du bist gut, Byron. Du bist nicht dein Vater. Sieh dir an, wie die Menschen dir begegnen. Sie haben keine Angst vor dir, sie fürchten dich nicht.«

Er fuhr herum. Seine Augen schimmerten mitternachtsblaue, während Wut und Furcht in ihnen lag, aber ich wusste, diese Gefühle galten nicht mir, sondern sich selbst. Vielleicht ertrug ich sie deswegen noch schwerer.

»Aber ich fürchte mich vor mir selbst. Davor, wozu ich fähig sein kann. Ich bin immer noch der Sohn meines Vaters. Etwas von ihm steckt in mir. Und ich habe Angst davor zu erfahren, welcher Teil von mir sein Vermächtnis an mich ist.«

Seine Verzweiflung wurde mit jedem Wort greifbarer und schnürte mir die Luft ab. Als hätte jemand einen Felsbrocken auf meine Brust gelegt, dessen Gewicht mich in die Knie zwang. Gleichzeitig war ich unglaublich zornig. Nicht auf Byron und nicht auf mich, obwohl ich tatsächlich begann, mich ihm näher zu fühlen als ich wollte, sondern auf seinen Vater. Darauf, was er seinem Sohn angetan hatte.

»Aber in dir steckt nicht nur er. Wir sind mehr als das, was unsere Eltern sind«, beschwor ich ihn und mittlerweile hoffte ich auch für mich, meine Worte wären wahr.

Er schnaubte. »Ja, weil ich Glück hatte. Wäre Maleah nicht an unseren Hof gekommen und hätte sich als mein Kindermädchen angeboten, wüsste ich nicht, was für ein Mensch ich heute wäre.« Mit aller Macht presste er die Lippen aufeinander und mied meinen Blick.

»Maleah war dein Kindermädchen?«, fragte ich verwirrt und stellte mir gleichzeitig vor, wie diese besonnene, intelligente Frau sich um den kleinen Prinzen gekümmert, wie sie ihre Weisheiten, ihre Ruhe an ihn weitergegeben hatte. Und je länger ich darüber nachdachte, desto mehr Sinn machte das. »Sie hat einen großartigen Mann aus dir gemacht, der ein sehr viel besserer König ist als sein Vater.«

Byron sah mich mit einem Ausdruck voller Bedauern an, dann endlich erhellte sich seine Miene ein wenig und ein schiefes Lächeln zupfte an seinen Mundwinkeln. »Hast du mich gerade *großartig* genannt, Avianna?«, fragte er. Man sah ihm förmlich an, dass der Schelm ihm wieder im Nacken saß, bereit mich aufzuziehen.

»Bilde dir nicht zu viel darauf ein«, zischte ich und wandte beschämt den Blick ab, sah erstmals zurück auf die zerstörten Häuser dieser Gasse.

Ich hatte ihn großartig genannt, weil ich ihn aus seinem Selbsthass reißen wollte, weil ich ihm zeigen wollte, dass er besser war als sein Vater. Eine Wahrheit, die nicht einmal ich leugnen konnte, selbst wenn ich gewollt hätte. So gern ich ihn bisweilen auch hassen wollte, wie sollte man jemanden hassen, der innerlich ähnlich zertrümmert wie die Häuser am Straßenrand war. Und der gleichzeitig so furchtlos über all dem stand und sich um sein Königreich sorgte. Byron kümmerte sich um seine Freunde, sein Personal und um sein Volk. Selbst um mich bemühte er sich, obwohl ich bisher wenig dafür getan hatte, um seine Fürsorge zu verdienen.

»Ich bin müde«, murmelte ich. Jetzt mied ich seinen Blick.

Tatsächlich war ich müde. Müde, weil mir meine Verletzung in den Knochen steckte, müde, Gründe zu suchen, um weiter gegen Glacien und Byron anzukämpfen, nur weil ich mir das bei Vaters Handel geschworen hatte. Ich hatte das alles so satt.

»Tut mir leid, ich hätte eher daran denken müssen, wie anstrengend das alles für dich ist«, murmelte er betreten und seine Hand zuckte kurz. Er schien zu überlegen, mit sich zu ringen, und dann bewegte er den Arm erneut, doch diesmal verbot er sich die Geste nicht, sondern legte seine Hand auf meine, verwob seine Finger mit meinen. »Egal, was du über mich denkst, egal, was du von unserer Verbindung hältst, ich will nur, dass du weißt, dass ich mich um dich kümmern werde. Das ist mein voller Ernst.«

Es wäre ein Leichtes für mich gewesen, ihm meine Hand zu entziehen, seine Worte als Lügen abzutun. Ihm vorzuwerfen, mich weiter nur für diplomatische Zwecke zu brauchen, aber nach dem heutigen Tag konnte ich weder das eine noch das andere.

***

Der Falke saß seit dem Morgen im Erker des Fensters und beobachtete mich, wartete darauf, dass ich einen Brief in das silberne Gefäß an seinem Bein steckte. Vater hatte sich in seinem Schreiben darüber beklagt, dass ich die letzten Wochen beharrlich geschwiegen hatte, statt weiter pflichtschuldig Bericht zu erstatten.

Demzufolge versuchte ich seit Stunden ein Schreiben zu verfassen. Eines, das ich nicht sofort ins Feuer warf. Ich traf mit meinen Worten einfach nicht den richtigen Ton.

In Iralia war ich mit dem Bestreben gestartet, Vater alles über Glacien zu berichten. Ihm jede Information, die ihm zum Vorteil gereichen konnte, anzuvertrauen, aber die letzten Wochen mit ihren Ereignissen hatten meine Pläne durchkreuzt.

Jetzt wusste ich nichts mehr. In mir schlummerte weiterhin die Kronprinzessin, die Iralia zu Treue verpflichtet war. Deren Herz an ihrem eigenen Königreich hing und die sich an vielen Tagen zurück in den Wüstenpalast wünschte. Selbstverständlich vermisste ich meine Heimat, meinen Vater, mein Leben, das ich vor Byron geführt hatte.

Aber in mir existierte nun auch eine andere Avianna. Die Prinzessin, die ich hier in Glacien sein durfte. Ich lernte mich selbst kennen, ohne dass unzählige Etiketten mir mein Verhalten vorschrieben. Ich lernte zu kämpfen und ich hatte erfahren, wie viel Wut in mir brodelte. So viel Wut, dass sie fähig war meine Magie zu entfesseln.

Meine Feder kratzte erneut über das Papier, die Tinte hinterließ geschwungene Buchstaben. Wort an Wort reihte sich aneinander. Worte, die mich erklärten, die Glacien erklärten und die meine Loyalitäten infrage stellten. Erbost zerknüllte ich das Papier zu einem Ball und warf auch diesen Brief in den Kamin, beobachtete, wie die Flammen an meinen Worten leckten und sie schließlich verschlangen.

Ich wollte Glacien nicht mehr verraten, wollte Byron und seine Politik nicht an meinen Vater ausliefern. Seitdem der Falke vor meinem Fenster gelandet war, drängten immer wieder Bilder in meinen Kopf, die ich versucht hatte zu vergessen. Felder, die von Wasserkundigen bewässert und von Erdkundigen gepflügt wurden. Rotgestriemte Rücken und verkrustete Wunden hatten sich auf ewig in meinen Kopf gebrannt.

Damals hatte ich nicht wahrhaben wollen, was dort passierte. Hatte nicht glauben können, was nicht sein durfte, aber jetzt, nachdem ich all diese Erfahrungen mit Byron und den anderen Glacianern gemacht hatte, ließen die Bilder sich nicht mehr verdrängen. Magier anderer Elemente wurden in Ankras als Sklaven gehalten, um unfruchtbaren Wüstensand in fruchtbare Erde zu verwandeln.

Früher hatte ich mich nie gewundert, warum unsere Tafel reich gefüllt war und wir trotz der unwirtlichen Bedingungen der Wüste so exquisit speisten. Warum einige Gerichte und Früchte den Weg auf unsere Teller fanden, die niemals über so weite Strecken hätten transportiert werden können, ohne zu verderben. Ich hatte wie selbstverständlich zugelangt, mich satt gegessen und nichts davon infrage gestellt.

Nicht einmal, als ich hier im Palast das Gegenteil erfahren hatte. Byron und die anderen Bewohner des Palasts saßen selten zusammen an der langen Tafel und auch wenn sie es taten, konnte man das Angebot kaum als üppig bezeichnen. Völlerei war hier kein Begriff, von dem man Gebrauch machte. Jeder nahm nur gerade genug, um satt zu werden, labte sich aber nicht am Überfluss.

Seufzend tauchte ich meine Feder erneut in die Tinte, adressierte auch dieses Papier an meinen Vater und hielt dann inne. Suchte nach einem Thema, mit dem ich Byron nicht verriet, ihm den Dolch nicht noch weiter in den Rücken trieb.

Selbst wenn wir uns annäherten, uns arrangierten und zumindest Freunde wurden, würde das Wissen um meine Briefe das alles zerstören. In Iralia wurden Verräter gehängt. Der Krone gegenüber wurde vollste Loyalität gefordert und ich glaubte nicht, dass es hier anders war. Nicht nach allem, was Byron mir über die politische Lage in Glacien verraten hatte, nicht nach all unseren Gesprächen über die Menschen, die er getötet hatte. Byron war bereit, sein Land zu verteidigen, wie es ein guter König tat und ich war mir sicher, sollte er in mir eine Gefahr sehen, würde er selbst mein Leben nicht verschonen.

Meine Gedanken wanderten zu all den anderen Menschen, die ich hier kennengelernt hatte. Zu Katara, die mich bei unserem ersten Treffen am liebsten vom Erdboden getilgt hätte und die nicht müde wurde, ihre Abneigung mir gegenüber zu zeigen. Jared, der alles tat, um Byron zu beschützen und gleichzeitig geduldig mit mir war, wenn ich wiederholt das Übungsschwert falsch hielt oder über meine eigenen Schritte stolperte. Elric, der stets ein Lächeln für mich übrighatte, wenn er mir im Palast begegnete. Daron, der mir, jedes Mal wenn ich mich in seiner Küche herumtrieb, einen Apfel zusteckte und dabei raunte: »Weil du doch so dünn bist, Mädchen.« Brianna, die außerhalb des Trainings fröhlich mit ihrem Fuchs im Schlossgarten tollte. Und schließlich Maleah, die mir in den letzten Tagen und Wochen eine Freundin und Vertraute geworden war. Der ich mich als Einzige wirklich verbunden und nah fühlte und die aus Byron diesen verantwortungsvollen, großartigen Mann gemacht hatte.

Ein wenig neidete ich ihnen ihre Beziehung. Genau wie Byron war ich ohne leibliche Mutter aufgewachsen und in die Hände eines Kindermädchens gegeben worden. Allerdings sprach Lyrica in meiner Abwesenheit sicher nicht so über mich, wie Maleah es über Byron tat. Für Lyrica war ich Arbeit gewesen, ein Auftrag des Königs, den sie, wenn auch sorgfältig, ausgeführt hatte. Doch Maleah und Byron waren so viel mehr füreinander. Wenn sie übereinander sprachen, konnte man spüren, wie sehr sie sich liebten und vertrauten.

Alles in mir sträubte sich, die Feder erneut auf das Papier zu setzen. Ich wollte das Kratzen nicht hören, wollte nicht sehen, wie die Tinte sich in die Fasern fraß und Worte bildete. Worte, die alles verrieten, was ich in den letzten Wochen liebgewonnen hatte, auch wenn ein Teil von mir stetig versuchte es vor mir selbst zu leugnen.

Und trotzdem schrieb ich die Worte. Erzählte Vater von den Seelentieren, erzählte davon, wie sehr ihre Zähmer mit ihnen verbunden waren, berichtete darüber, dass der Tod eines Tieres den Besitzer wahnsinnig werden ließ. Dabei fühlte ich mich unheimlich schändlich. In dem Moment, in dem ich den Entschluss getroffen hatte dies zu schreiben, wusste ich bereits, dass ich einen Fehler machte und befürchtete, dass dieser Fehler Leben kosten konnte. Ich hoffte allerdings, es würde nie so weit kommen.

Der naive Teil von mir, der in einem goldenen Käfig gesessen und seinem Vater vertraut hatte, glaubte daran, dass es lediglich darum ging, eine bessere Verhandlungsposition zu erhalten. Dass meinem Vater tatsächlich daran gelegen war Beziehungen zu Glacien aufzubauen. Ein anderer Teil von mir, der realistische, den Byron zutage gebracht hatte, wusste, ich wollte mein Gewissen beruhigen und meinen eigenen Kopf so lange wie möglich aus der Schlinge halten.

Schlussendlich beendete ich mein Schreiben, legte die Feder ab und blies sachte über das Papier, damit die Tinte rasch trocknete. Mein Bauch bestand derweil aus einem festen Ball voller Abscheu mir selbst gegenüber und dieses Gefühl verschlimmerte sich, als ich den Brief einrollte und auf das Fenster zuschritt.

Der Falke meines Vaters wartete beharrlich und bewegte sich auch dann nicht, als ich das Fenster öffnete, das Papier in die silberne Phiole steckte und sie verschloss. Kaum war ich damit fertig, erhob sich das Tier und schwebte in die grauen Wolken empor, bis ich ihn aus den Augen verlor. Ein Zurück gab es nicht mehr. Der Brief würde sein Ziel sicher erreichen.

»Avianna!«

Erschrocken fuhr ich zusammen und drehte mich um. Mira war in meine Gemächer gestürmt und stand nun keuchend und außer Atem vor mir.

»Mira, du hast mich erschreckt!« Ich legte meine Hand auf meine Brust, um mein Herz zu beruhigen, das vor Schreck aus dem Takt geraten war.

»Es tut mir leid, aber es ist wichtig. König Byron hat angeordnet mit den Hochzeitsvorbereitungen zu beginnen.«

Verwirrt starrte ich meine beste Freundin an. Er konnte doch nicht einfach über meinen Kopf hinweg anordnen ... Aber ja, er konnte, natürlich konnte er, ich hatte es ihm, nach allem, was geschehen war, nur nicht zugetraut.

Hinter Mira betrat Elric meine Räumlichkeiten. Auch er wirkte gehetzt, gleichzeitig lag Bewunderung in seinem Blick, die eindeutig Mira galt.

»Du bist schnell«, presste er atemlos hervor.

»Avianna hätte mich umgebracht, wenn sie es nicht von mir erfahren hätte« antwortete Mira ungerührt und sah Elric dabei nicht einmal an.

»Ich nehme an, die Nachricht hat ihre Wirkung nicht verfehlt.« Elrics Grinsen war breit und herausfordernd. Es erheiterte ihn offensichtlich, dass mich die Neuigkeit so überraschte.

»Oh, Ihr könnt sicher sein, ich bin vollkommen verzückt. Immerhin war es von Anfang an mein Begehr, Euren König zu ehelichen«, säuselte ich affektiert. »Abgesehen davon solltet Ihr nicht allzu enttäuscht sein, Elric, immerhin bevorzugt Ihr doch ohnehin dralle Dirnen und keine Prinzessinnen.«

Elric sah mich erschrocken an, während Miras Blick zu ihm schoss. Hätte sie mit ihren Augen Pfeile schießen können, würde sich Byrons Berater jetzt in einer Blutlache auf dem Boden meiner Gemächer befinden. Sein Glück, dass sie das nicht konnte.

»Nicht schlecht, Prinzessin, gar nicht schlecht. Ihr habt schnell gelernt.« Der Schock war aus seinem Gesicht gewichen und hatte wieder Erheiterung Platz gemacht.

»Keine Sorge, Avianna.« Mira legte mir ihre Hand auf den Unterarm und strich beruhigend darüber. »Bis zu deiner Vermählung ist noch Zeit. Wir beginnen lediglich mit den Vorbereitungen.«

»Wann?«, fragte ich emotionslos.

»Nach dem Sommer. Sobald der erste Schnee gefallen ist«, antwortete Elric an Miras Stelle.

»Nun denn.« Ich schluckte meine Emotionen herunter, vergrub die Wut, die in mir brodelte, unter Gleichgültigkeit. »Dann wollen wir sehen, dass ich zumindest den Sommer genieße.«

Kapitel 15

Die Tage waren länger und wärmer geworden. Hier in Glacien wurde aus dem Frühling langsam Sommer. Auch wenn Mira und ich niemals von *Sommer* sprechen würden, taten es die meisten Schlossbewohner.

Ich hatte mich mittlerweile vollständig von meinen Verletzungen erholt und war wieder so leistungsfähig wie zuvor. Das handelte mir zu meinem Leidwesen hartes Training mit Jared ein, wobei er nach wie vor ein ausgezeichneter Lehrer war und ich unumstritten Fortschritte machte. Die Übungswaffe fühlte sich mittlerweile nicht mehr ganz so schwer in meinen Händen an und sogar das Parieren und Austeilen der Schläge riss nicht mehr so heftig an meinen Muskeln. Nach unserem letzten Training fühlte ich mich ein wenig wie eine mutige und starke Kriegerin und nicht mehr wie eine naive, hilflose Prinzessin.

Mit meiner Magie war ich indes nicht weitergekommen. Nachdem Byron beschlossen hatte mich selbst zu unterrichten, war es zu keiner einzigen Stunde mit ihm gekommen. Stets hatte er dringende Regierungsgeschäfte zu erledigen und nie nahm er sich Zeit für mich. Abgesehen davon ging er mir auch sonst konsequent aus dem Weg. Seitdem er beschlossen hatte, dass die Hochzeitsvorbereitungen beginnen sollten, mied er mich. Wahrscheinlich war ihm klar, welche Emotionen sein Verhalten in mir wachrief und er hoffte darauf, dass sich die Wogen mit der Zeit glätteten. Doch so einfach würde ich ihn nicht davonkommen lassen.

Die meiste Zeit verbrachte ich mittlerweile in der Bibliothek, wo ich die Geschichte des Landes studierte und über Glaciens Besonderheiten las. Dabei überraschte mich am meisten, dass tatsächlich fast jeder Bewohner Glaciens Magie beherrschte, dafür aber kaum jemand ein Seelentier besaß. Brianna wurde also tatsächlich eine große Ehre zuteil, denn laut den Überlieferungen suchten sich die Tiere ihre Zähmer aus und niemand wusste genau, wie es dazu kam, nur, dass es häufig – jedoch nicht immer – mächtige Krieger waren. Eine Eigenart dieses Landes, die nicht einmal seine eigenen Bewohner vollends begriffen. Und eine Erklärung dafür, warum man diese Tiere so selten erblickte.

Ansonsten verbrachte ich meine Zeit in der Küche, wo ich Daron zur Hand ging, mit dem Personal scherzte und meine Zeit am liebsten mit Mira zusammen beim Kartoffelschälen vertrödelte.

***

»Bist du bereit?« Jared fuchtelte mit seiner Hand vor meinen Augen herum.

»Bereit wozu?«, fragte ich überrumpelt.

»Für einen Ausflug«, sagte er leichthin und nahm mir das Holzschwert ab.

»Was für ein Ausflug? Jared?« Argwöhnisch beäugte ich ihn, aber seine Miene und seine Bewegungen verrieten nichts. War das seine Idee oder war der Ausflug wieder einer von Byrons grandiosen Einfällen?

»Raus aus der Stadt in ein kleines Dorf westlich von hier. Byron möchte dir dort etwas zeigen«, erklärte er ungerührt, als würde der Name seines Königs in der letzten Zeit nicht kleinere Wutausbrüche in mir auslösen.

»Schön, dass Byron sich dazu herablässt mir solche Dinge so kurzfristig mitzuteilen. Und dann hält er es nicht einmal für nötig es selbst zu tun. So ein elender Feigling!«, zeterte ich aufgebracht und verschränkte die Arme vor der Brust. Was bildete sich Byron ein? »Du kannst ihm gern von mir ausrichten, dass er seinen Ausflug allein machen kann!«

»Das wäre aber schade«, erklang Byrons tiefe Stimme hinter mir. »Ich bin mir sicher, unser Ziel hält auch für dich angenehme Überraschungen bereit.«

Ich drehte mich erbost um und fiel dabei beinahe gegen seine Brust, weil er sich so dicht an mich herangeschlichen hatte. »Wie großzügig von dir, dass du dich mal wieder dazu herablässt, Zeit mit mir zu verbringen, nachdem du mir so nonchalant hast mitteilen lassen, dass unsere Vermählung nach dem ersten Schneefall stattfinden wird.«

»Avianna«, sagte er gequält. »Warum muss alles, was wir tun, immer ein Kampf gegeneinander sein?«

»Ach, ist das jetzt meine Schuld?«, keifte ich. »Du sagst mir, hier könne ich frei sein und dann entscheidest du doch wieder über meinen Kopf hinweg. Du gibst mir Flügel und dann stutzt du sie!«

»Es tut mir leid.« Reumütig sah er auf mich herab.

Ich spürte, wie ein Teil meiner Wut verrauchte.

»Ich hatte so viele Geschäfte zu erledigen, so viele Regierungsangelegenheiten waren liegengeblieben, die ich aufarbeiten musste.«

»In Ordnung.« Meine Stimme klang noch ein wenig schnippisch und es würde dauern, ehe ich ihm ganz verzieh, mich übergangen zu haben, aber für den Moment wollte ich es auf sich beruhen lassen. Denn er hatte Recht: Wir kämpften viel zu oft gegeneinander – ich kämpfte zu oft gegen ihn an. »Also, wohin soll der Ausflug gehen?«, fragte ich und bemühte mich diesmal darum, unbekümmerter zu klingen. Es gelang mir nicht.

»Das wirst du sehen, wenn wir dort sind.« Byron zwinkerte mir zu. »Na komm.«

Er drehte sich um und machte sich mit Jared auf den Weg in Richtung der Ställe. Ich folgte ihnen, gar nicht davon angetan, wieder auf einem der Ungetüme reiten zu müssen. Ich glaubte kaum, dass man mir eine weitere Kutschfahrt zugestehen würde.

Byrons Hengst wartete gezäumt und gesattelt und auch Jareds Stute war bereit für den Ritt. Auf einem dritten Eispferd thronte Maleah, ihre Röcke hatte sie für den Ritt gegen Lederhosen getauscht. Das dunkle Haar war zu einem langen Zopf geflochten.

»Du kommst auch mit?«, fragte ich verwundert.

»Meine Hilfe wird dort dringend gebraucht.« Sie klopfte mit der Hand auf die gefüllten Satteltaschen, während ich fieberhaft überlegte, wohin wir wohl reiten würden.

»Bei wem möchtest du aufsitzen?«, fragte Byron und ich drehte mich verwirrt zu ihm um.

»Reite ich denn nicht bei dir mit?«

»Du kannst wählen«, sagte er sanft. »Ich dachte, es wäre dir vielleicht lieber bei Maleah mitzureiten.«

Mein Blick wanderte zu der Heilerin und dann zurück zu ihm. »Ich reite bei dir mit.«

Zu sehen, wie sich seine Augen bei meinen Worten vor Überraschung weiteten, entlockte mir ein winziges Kichern. Mit dieser Antwort hatte er nicht gerechnet, denn ich gab ihm selten Anlass zu dem Glauben, dass ich ihm langsam vertrauen würde. Aber ich vertraute ihm mittlerweile tatsächlich und es war an der Zeit, ihn das spüren zu lassen.

»Dann wollen wir mal.« Er hatte sich gefangen und reichte mir seine Hand, die ich annahm. Mit einem gekonnten Griff umfasste er meine Taille und hob mich auf den Hengst, als würde mein Gewicht ihn nicht die geringste Anstrengung kosten.

Geschmeidig schwang er sich vor mich in den Sattel und ich umfasste zögerlich seine Taille. Auch wenn ich mich für diesen Ritt mit ihm entschieden hatte, war die Nähe zwischen uns nicht selbstverständlich. Dieses Mal jedoch fühlte es sich nicht fremd an. Mich nah an ihn zu pressen war nicht mehr ganz so beschämend für mich. Um ehrlich zu sein genoss ich seine Wärme sogar und atmete tief durch. Byron roch weiterhin nach Schnee und Winter, obwohl der Frühling längst Einzug gehalten hatte und schon bald vom Sommer abgelöst werden würde.

Die Pferde setzten sich in Bewegung. Diesmal trieben Jared und Byron sie nicht an, als wären Dämonen persönlich hinter uns her, sondern wir trabten gemütlich über das Schlossgelände auf das Tor zu. Dort warteten berittene Wachen auf uns, die uns ebenfalls begleiteten. Ich hatte noch immer keine Ahnung, was unser Ziel war. Trotzdem schloss ich die Augen, drückte meine Wange gegen Byrons Rücken und schwor mir diesmal, den Ritt auf dem majestätischen Hengst möglichst zu genießen.

***

Ich hatte die Reise wirklich bewusst genießen wollen, aber im Gegensatz zu dem Ritt in die Schneeblinden Weiten dauerte dieser hier wesentlich länger. Schon seit einigen Stunden rutschte ich unbehaglich im Sattel hin und her. Mein Hintern schmerzte und war wund gescheuert. Allein der Gedanke, den

Weg noch einmal zurückzureisen, lehrte mich das Fürchten. Es fühlte sich jetzt bereits an, als würde ich auf meinen blanken Knochen sitzen.

»Wir sind bald da«, raunte Byron zum ungefähr hundertsten Mal und ich wusste, er tat es, um mich zu beruhigen.

»Bis dahin werde ich nicht mehr sitzen können – nie wieder«, erklärte ich zwischen zusammengebissenen Zähnen.

Ich spürte Byrons leises Lachen, das in seinem Brustkorb vibrierte, an meiner Wange. »Glaub mir, Prinzessin, so schnell geht das nicht, aber ja, es wird weh tun. Noch eine ganze Weile.«

»Und das erheitert dich, ja?«, fragte ich.

»Nein, aber mein Mitleid hält sich dennoch in Grenzen. Da mussten wir alle durch und keiner von uns ist daran gestorben.« Er machte eine kurze Pause, atmete tief durch, ehe er sehr leise und behutsam fortfuhr. »Glaub mir, du hast erst vor Kurzem wesentlich Schlimmeres durchgestanden.«

Seine Hand legte sich auf meine und drückte aufmunternd zu. Ich biss mir von innen auf die Wange. Zum einen, weil ich nicht daran erinnert werden wollte, welche Schmerzen ich durchlitt, als sich meine Haut vom Körper geschält hatte, zum anderen, weil mein Herz bei seiner kurzen Berührung für einen Schlag aussetzte.

»Wir sind wirklich gleich da«, fügte er hinzu, als spürte er die seltsame Stimmung, die von mir Besitz ergriff.

Ich versuchte an seinem breiten Kreuz vorbei zu sehen, einen Blick auf unser Ziel zu erhaschen. In einiger Entfernung machte ich eine Siedlung aus, vor der geschäftiges Treiben herrschte. Menschen arbeiteten auf den Feldern und je näher wir kamen, desto besser konnte ich erkennen, dass die wenigsten von ihnen Eismagier waren. Ich erkannte die dunkle Haut unseres Volkes ebenso wie die gebräunte Haut der Erdmagier. Einige klein gewachsene, schlanke Windmagier sorgten für eine erquickliche Brise, die über die Felder fegte. Alle hatten sie die charakteristischen hohen Wangen und das blonde Haar ihres Volkes.

»Wo sind wir hier?«, fragte ich erstaunt. In Iralia hatte ich nie so viele verschiedene Völker auf einem Fleck gesehen. Ich konnte sie einzig und allein voneinander unterscheiden, weil ihre Vertreter und Herrscher Geschäfte mit meinem Vater machten und das ein oder andere Mal in unserem Palast zu Gast gewesen waren.

»Das ist eine unserer Flüchtlingssiedlungen.«

»Flüchtlinge?« Ungläubig sah ich ihn an. »Wovor sind sie geflüchtet?«

»Vor dem, was dein Vater den Magiern antut«, sagte er knapp, als würde mir damit alles klarwerden, aber ich hatte keine Ahnung, wusste nicht, worauf er hinauswollte.

Bevor ich weiter nachbohren konnte, ritten wir an den ersten Feldern vorbei. Die Menschen winkten uns zu und lächelten. Weit und breit waren keine Aufseher zu sehen, keine Peitschen, die auf bloße Rücken niederjagten und blutige Striemen hinterließen.

In der Siedlung selbst war das Leben einfach. Lehmhütten reihten sich aneinander, aus denen Rauch von den Feuerstätten aufstieg und davor lagen unbefestigte Straßen, über die Handkarren gezogen wurden. An winzigen Ständen, direkt vor den Behausungen, lagen wenige Lebensmittel aus. Kinder jagten sich durch die Gassen, gekleidet in Lumpen, die gemessen an den frischen Frühlingstemperaturen sicher nicht ausreichend wärmten.

»Warum führst du mich hierher?«, fragte ich, nachdem wir das Zentrum des Dorfes erreicht und Byron seinen Hengst zum Stehen gebracht hatte.

Er stieg ab, streckte die Arme nach mir aus und hob mich ebenfalls langsam vom Pferd. Dabei sah er mir tief in die Augen, vergewisserte sich, dass ich ihm all meine Aufmerksamkeit schenkte. Erneut setzte mein Herz einen Takt aus.

»Weil ich will, dass du es verstehst. Dass du mich verstehst«, flüsterte er und stellte mich auf die Füße. Seine Hände lösten sich von meiner Taille und hinterließen ein seltsames Kribbeln an der Stelle, auf der sie gelegen hatten.

»Jared!«

»Ja, Hoheit!« Jared eilte neben Byron, nahm ihm die Zügel seines Pferdes aus der Hand und deutete dabei eine kurze Verbeugung an.

Es war seltsam den beiden dabei zuzuschauen, wie sie so offiziell miteinander umgingen, wenn man wusste, wie eng sie befreundet waren.

»Kümmert Euch mit Maleah um die Menschen, die medizinische Versorgung brauchen. Und nehmt Prinzessin Avianna mit. Ich habe einige Dinge mit dem Dorfvorsteher zu besprechen.«

»Sehr wohl, Hoheit.« Erneut verbeugte sich Jared, dann deutete er Maleah, die einen prall gefüllten Beutel in der Hand hielt, und mir mit einem Kopfnicken ihm zu folgen.

Aus irgendeinem Grund drehte ich mich noch einmal zu Byron um, ein wenig wehmütig dieses Dorf nicht mit ihm gemeinsam kennenlernen zu dürfen. Er schenkte mir ein liebevolles Lächeln, wischte sich einige Strähnen aus der Stirn und ging in die entgegengesetzte Richtung davon.

Da mir nichts anderes übrigblieb als Jared und Maleah zu folgen, fügte ich mich und trottete ihnen hinterher. Dabei schmerzten meine Schenkel und mein Po weiterhin bei jedem Schritt und machten mich langsamer.

Maleah ließ sich zu mir zurückfallen. »Im Schloss habe ich eine Salbe für deine Beschwerden. Ich werde sie dir geben, sobald wir zurückgekehrt sind«, erklärte sie sanft und betrachtete mich mit einem mitleidigen Blick.

»Niemand hat mir gesagt, wie weh es tun kann länger als einige Augenblicke auf einem Pferd zu sitzen.« Ich stampfte ein wenig fester mit den Füßen auf, wurde für meinen Trotz jedoch gleich mit Schmerzen abgestraft.

»Wärest du dann auf das Pferd gestiegen?«, fragte sie und sah mich forschend an. Es wäre zwecklos gewesen sie anzulügen.

»Natürlich nicht«, sagte ich deshalb wahrheitsgemäß.

»Aber genau das war ihm wichtig.« Sie presste die Lippen zu einem schmalen Strich zusammen. »Er wollte unbedingt, dass du mit hierherkommst.«

Wir blieben vor einer Hütte stehen und Jared klopfte an die Tür. »Hauptmann Jared, Königliche Wache, ich bringe die Heilerin«, rief er.

»Warum wollte er das, Maleah?«, fragte ich hastig, bevor uns Einlass gewährt wurde und die Möglichkeit auf dieses Gespräch damit vertan war.

»Weil er nicht will, dass du weiterhin ein Monster in ihm siehst, das er nicht ist, das er nie war.«

»Aber ich sehe kein Monster in ihm!«, verteidigte ich mich harsch.

Auf Maleahs Lippen legte sich ein wehmütiges Lächeln. »Das weiß ich,

Mädchen. Und vielleicht weiß er das auch. Die Frage aber ist: Lässt du ihn das auch spüren?«

Bevor ich etwas erwidern konnte, öffnete sich die Tür der Hütte. Ein junges Mädchen streckte den Kopf heraus, musterte uns argwöhnisch, ließ uns jedoch eintreten.

Ich folgte Jared und Maleah in die Behausung, den Blick auf den Rücken der Heilerin gerichtet und mit dem Gefühl, als hätte sich eine Faust um mein Herz gelegt.

***

Die Zeit kroch dahin. Keine Ahnung, wie lange wir schon in dieser Hütte saßen, bei dem schummrigen Licht von einigen Öllampen und ohne Gespräche. Nur Maleah und das Mädchen flüsterten miteinander, während sie sich um die Verletzungen und Krankheiten der Dorfbewohner kümmerten.

Die junge Frau war eine Heilerin in Ausbildung und hieß Daria. Mehr hatte ich nicht über sie erfahren und diese Worte waren auch mehr an Maleah gerichtet worden. Jared und mich ignorierte sie hartnäckig.

Also sah ich weiter ihren Handgriffen zu und unterdrückte den Drang, meine Augen zu schließen und an Ort und Stelle einzuschlafen. Maleah war die ruhigere der beiden Heilerinnen. Sicher, sie war erfahrener, aber ihre Ausstrahlung war ebenfalls anders. Es wirkte nicht so, als kümmerte sie sich nur um das Handwerk an sich, sondern auch um die Menschen. Als fragte sie nicht nur nach ihrem Befinden, weil sie das für die Behandlung benötigte, sondern auch, weil sie sich dafür interessierte. Sie baute eine Bindung zu ihren Patienten auf, witzelte mit ihnen, um sie abzulenken, hörte ihnen zu, wenn sie von ihrem Leid erzählten, von den Entbehrungen auf der Flucht.

Daria hingegen tat ihre Pflicht. Ihre Fragen waren präzise und knapp, ihr Ton geschäftig und ich hoffte für sie und für ihre zukünftigen Patienten, dass sie sich ein bisschen was von Maleah abschaute. Ich hatte nämlich keine Zweifel, dass ich nur so gut und zügig genesen war, weil Maleah alles Menschenmögliche dafür getan hatte, nicht nur mit ihren Pasten und Tinkturen, sondern vor allem mit ihrer Fürsorge und ihrer Herzlichkeit.

»Ist dir auch so langweilig?«, raunte Jared zwischen zusammengebissenen Zähnen.

»Sterbenslangweilig«, flüsterte ich zurück.

»Maleah, kommst du allein zurecht? Ich würde Avianna gern das Dorf zeigen.«

»Bin ich jemals nicht allein zurechtgekommen?«, kam die resolute Antwort, dabei schenkte sie uns ein herzliches Lächeln.

»Na dann, Prinzessin, gehen wir.« Jared grinste mich breit an, öffnete die Tür für mich und folgte mir hinaus.

Er zeigte in eine Richtung und schritt los, also trottete ich neben ihm her und beobachtete die Menschen um mich herum. Einige von ihnen hatten die Ärmel ihrer Hemden hochgekrempelt, weil die harte Arbeit draußen auf den Feldern ihnen den Schweiß auf die Stirn getrieben hatte. Allein bei dem Anblick fröstelte ich.

Während alle um mich herum in Hemden und Lederwesten herumliefen und die Frauen lediglich in ihren baumwollenen Kleidern, fror ich noch immer erbärmlich und hatte meinen Mantel nicht abgelegt. Ob ich mich je daran gewöhnen und aufhören würde die Hitze Iralias zu vermissen?

Irgendwann hielt Jared an und setzte sich auf eine Bank vor eine der Hütten. Wir befanden uns wieder am Ende der Siedlung und hatten einen nahezu freien Blick auf die Felder. Auf einigen von ihnen durchstießen erste grüne Pflanzen die braune Erde.

»Wie übersteht ihr hier eigentlich den Winter?«, fragte ich. »Immerhin wächst bei dieser Kälte ja nichts.«

»Wie übersteht ihr das Jahr? In der Wüste gibt es keine fruchtbare Erde«, konterte Jared, verschränkte die Arme hinter dem Kopf und lehnte sich gegen die Hauswand. Er schloss die Augen, genoss die Frühlingssonne im Gesicht.

»Iralia betreibt Handel mit den anderen Völkern«, erklärte ich bereitwillig. »Gerade die Erdmagier verfügen über viel fruchtbare Erde und gute Wetterbedingungen. Wir leben von ihrem Überfluss.«

Jared lachte verhalten in sich hinein. »Ich kann dir nicht einmal einen

Vorwurf machen, dass du die Märchen deines Vaters glaubst.« Er seufzte tief. »Du denkst also wirklich, eure reich gedeckten Tafeln sind das Ergebnis inniger Handelsbeziehungen?«

Wie in letzter Zeit häufiger, schossen mir wieder die Bilder von blutüberströmten Rücken und Peitschen in den Kopf.

»Ich habe es mal gedacht«, sagte ich düster und scharrte mit meinen Stiefeln in der Erde unter mir.

»Und was denkst du jetzt?«

Ich zuckte mit den Schultern. »Manchmal weiß ich nicht mehr, was ich denken soll. Was wahr ist. Es fällt schwer zu akzeptieren, dass mein ganzes Leben, alles, woran ich glaubte, auf Lügen beruht.«

Jared seufzte. »Eigentlich wollte ich dich damals hassen. Ich hatte es mir fest geschworen. Du bist die Tochter deines Vaters und es gibt keinen Menschen auf der Welt, den ich mehr hasse als ihn.« Er hielt inne und ich wandte den Blick von meinen Stiefelspitzen ab, sah ihn an.

In seinem Gesicht waren Wut und Schmerz zu sehen. Immer wieder schüttelte er den Kopf, als wollte er die Gefühle vertreiben, die ihn zu übermannen drohten. Auch wenn Jared so etwas wie ein Freund geworden war, wusste ich nichts über ihn.

»Nun«, er hob den Kopf und sah mir direkt in die Augen, zwang ein Lächeln auf seine Lippen, das ein wenig verzerrt wirkte, »ich kann dich nicht hassen. Du bist nicht dein Vater, genauso wenig, wie Byron sein Vater ist.« Sein Blick verfinsterte sich wieder. »Wenn Katara das nur auch sehen könnte.«

Ich schwieg. Irgendetwas an seiner Haltung verriet mir, dass er noch nicht fertig war. Dass er seine Geschichte weiterführen würde und ich zuhören sollte. Auch wenn ich Angst hatte vor den Dingen, die ich erfahren würde. Weil sie erneut mein Weltbild auf den Kopf stellen konnten.

»Du musst wissen, Avianna, eigentlich ist sie nicht so. Nicht so, wie du sie kennst. Katara ist vielleicht nicht der sanfteste, feinfühligste Mensch, aber auch nicht so hart und verletzend, wie sie dir gegenüber auftritt.«

Mein Herz schmerzte bei seinen Worten, weil in ihnen so viel eigener Schmerz und gleichzeitig so viel Liebe lag. Bisher hatte ich es nicht gewusst, nichts hatte darauf hingedeutet, aber Jared liebte Katara. Sein Mädchen, auf das er sich bei unserer Reise so sehr gefreut hatte, war Katara.

Jared stand auf und bedeutete mir, es ihm gleich zu tun. Langsam schlenderten wir über die Wege zwischen den Feldern, sahen den verschiedensten Magiern bei der Arbeit zu.

»Katara ist eine Waffe«, flüsterte er plötzlich. »Niemand ist wie sie.«

»Das habe ich auch schon festgestellt.« Schuldbewusst schlug ich mir die Hände vor den Mund. Meine schnippische Bemerkung war mir herausgerutscht.

Jared gluckste, wurde dann aber wieder ernst. »Katara ist eine Hybridin. Ihre Flügel entstehen, indem sie sowohl ihre Eismagie als auch ihre Wassermagie einsetzt. Ihre Elemente gehen eine Symbiose ein und verbinden sich zu diesen wunderschönen Eisflügeln. Das Wasser hält sie weich und formbar, das Eis macht sie hart und unnachgiebig. Katara ist wie ihre Elemente oder ihre Elemente sind wie Katara, wie du willst.« Er lachte.

»Zwei Elemente?«, fragte ich erstaunt. Davon hatte ich noch nie gehört.

»Es ist selten. Bis wir Katara kennenlernten, haben wir solche Existenzen für Märchen und Gerüchte gehalten. Nun, es gibt Hybriden – offensichtlich – aber wir wissen nichts darüber. Nicht, warum die Magie ihrer Eltern auf sie übertragen wird und warum das bei anderen Magiern mit zwei unterschiedlich begabten Eltern nicht der Fall ist.«

»Hm.« Ich nickte, doch in meinem Kopf herrschte Chaos. Wie so oft, seitdem ich mich in Glacien befand. Wie so oft, seitdem mein Weltbild auf den Prüfstand gestellt wurde und ich für mich entscheiden musste, wem ich glaubte, was ich für wahr hielt. »Warum gibt es überhaupt so viele Magiekundige unter euch Eismagiern?«, fragte ich.

Jared seufzte, drehte sich einmal im Kreis und überblickte die Ländereien. »Ich habe keine Ahnung, aber eine Vermutung«, gestand er.

Ich sah zu ihm auf und erinnerte mich an Byrons Worte zwischen den Ruinen von Deighe. »Weil ihr euch an euer Land angepasst habt. Weil ihr nur überleben könnt, wenn ihr euch das Eis zu eigen macht«, sagte ich.

Mit einem Ruck warf Jared seinen Kopf in den Nacken und lachte dröhnend.

»Ja, das ist Byrons Theorie«, presste er zwischen seinem Lachanfall hervor und hielt sich den Bauch. »Verstehe mich nicht falsch, ich kann Byrons Gedanken verstehen, aber im Endeffekt sind es die Gedanken eines romantischen Träumers. Wäre dem so, dann hätten du und Mira und all die anderen Kundigen aus anderen Ländern gar keine Chance unsere Winter zu überleben. Nun, sieh dich um, ihr seid noch hier.«

Ich sah mich tatsächlich um, sah all die Magier aus anderen Ländern, betrachtete ihre Besonderheiten, ihre Magie, die sie bei der Arbeit wirkten. Glacien war in den Wintern unwirtlich und im Frühling zu frisch für meinen Geschmack, aber es tötete nicht, niemanden von uns.

»Was ist dann deine Vermutung?«

»Es liegt daran, wie Glacien schon seit Generationen geführt wird. An einer Sache, die nicht einmal Byrons Vater, König Ronald, verboten hat, weil er höchstwahrscheinlich wusste, dass sie für die Macht Glaciens verantwortlich ist: Wir geben nichts auf Standesdünkel. Wir verheiraten nicht nur starke Magier mit unseren Adeligen und schwache Magier untereinander. Wir sorgen nicht dafür, dass die Magie beim einfachen Volk verblasst.«

Erstaunt sah ich ihn an, erst dann dachte ich darüber nach und schließlich ergaben seine Worte Sinn, auch wenn sie für mich unvorstellbar klangen. Ich war an den Gedanken gewöhnt, nur Prinzen und Edelmänner heiraten zu dürfen, dass nur diese mit ihrer starken Magie für mich infrage kamen. Selbst meine Freundschaft zu Mira war Vater ein Dorn im Auge gewesen.

»Ihr könnt hier also ehelichen, wen ihr wollt?«, fragte ich verwirrt von dem Gedanken.

»Wir heiraten hier normalerweise aus Liebe, ja.«

Jared grinste über das ganze Gesicht, als Byrons Stimme hinter mir erklang.

Ich schluckte den Kloß herunter, der sich bei seinen Worten in meinem Hals gebildet hatte und drehte mich mutig zu ihm um. »Willst du mir damit sagen, dass ich zwischen dir und deiner wahren Liebe stehe?«, fragte ich unwirsch. Ohne den Grund nennen zu können, hatten mich seine Worte verletzt.

»Wäre das so unerträglich für dich, Avianna? Zu wissen, da wäre eine andere?« Byron sah mich angestrengt an, aber ich sah das Grinsen, das an seinen Mundwinkeln zupfte. Er zog mich schon wieder auf und ich konnte nichts dagegen tun, außer zuzugeben, dass es ihm erneut gelang.

»Ich bin nicht erpicht darauf, keine tragende Rolle im Leben meines Gemahles zu spielen«, sagte ich pikiert.

Byron lachte und auch Jared hinter mir gluckste leise vor sich hin. Dann legte Byron seine Hände auf meine Schultern, zwang mich mit dieser Geste sanft, ihm in die Augen zu sehen. Sein Blick lag fest auf mir, so fest, dass es mir unmöglich war mich abzuwenden. Als hielte das stechende Blau mich gefangen.

»Ist dir schon einmal aufgefallen, dass du dich äußerst gewählt ausdrückst, sobald du versuchst deine wahren Gefühle zu verbergen?«

Ich schnaubte verächtlich. »Welche Gefühle sollte ich denn verbergen wollen?«

»Du bist eifersüchtig, Avianna.«

Seine Worte kamen einem Schlag in meinen Magen gleich. Nicht, weil sie so unverfroren waren, sondern weil er recht hatte. Ich war eifersüchtig. Dieses Stechen im Herzen, dieser Schmerz, wenn ich darüber nachdachte, dass er neben mir eine Geliebte haben könnte, das war echt. Gleichzeitig war nichts falsch daran. Es hieß noch lange nicht, dass Byron mir mehr bedeutete, sondern nur, dass ich meinen Ehemann nicht teilen wollte. Es würde kein gutes Licht auf mich als Königin von Glacien werfen und meine Reputation war mir nach wie vor wichtig.

Trotzdem straffte ich meine Schultern, schüttelte seine Hände ab und legte so viel Härte in meinen Blick, wie mir möglich war. Nur weil ich ihm vertraute, würde ich mich gewiss nicht von ihm vorführen lassen. Das stand niemandem zu, nicht einmal ihm.

»Vergiss es, Byron«, sagte ich mit eisiger Stimme. »Mir geht es nur darum, vor deinem Volk nicht wie eine komplette Versagerin dazustehen. Dass das zwischen uns keine Liebe ist, ist immerhin offensichtlich und es tut mir leid, dass das Geschäft mit meinem Vater dir die Chance auf eine Liebeshochzeit genommen hat.«

»Das muss dir nicht leidtun«, flüsterte er so leise, dass ich es kaum verstand. »Immerhin heirate ich trotzdem aus Liebe.«

Mein Herz setzte einen Schlag aus, ehe es so rasant und heftig in meiner Brust weiterschlug, dass ich kaum atmen konnte. Gleichzeitig ballte ich die Hände zu Fäusten, damit niemand sah, wie sehr sie zitterten. Sollte das bedeuten ...

»Das hier ist das einzig Richtige für mein Volk, für mein Land«, erklärte er weiter und die Anspannung ließ von mir ab. »Ich liebe Glacien und wenn ich dich zur Frau nehmen muss, um es zu retten, ja, dann ist es eine Heirat aus Liebe.«

Er sah mir fest in die Augen und ich wagte es nicht mich abzuwenden. Tränen stiegen in mir auf, doch ich hielt sie zurück. Ich war zäh und ich war dem hier gewachsen. Schließlich wusste ich ja selbst nicht, warum seine Worte so schmerzten, als hätte er einen Pfeilregen auf mich niedergeschossen und damit mein Herz durchbohrt. Deshalb schluckte ich den Schmerz hinunter und nickte verstehend.

»Du musst als Herrscher tun, was für dein Land am besten ist. Glaub mir, Byron, niemand versteht das so gut wie ich.«

Damit wandte ich mich ab, unfähig ihn weiter anzusehen, den Schmerz noch weiter zu ertragen. »Wenn du nichts dagegen hast, sehe ich mich noch ein wenig im Dorf um.« Aber ich wartete seine Antwort nicht ab, weil ich wusste, er würde es mir gestatten. Weil er mich frei sein ließ.

Mit eiligen Schritten entfernte ich mich von ihm, hörte, wie Jared ihm versprach in meiner Nähe zu bleiben, aber ich drehte mich nicht mehr um. Die Tränen hatten sich Bahn gebrochen und ich würde sie niemanden sehen lassen. Ich wusste ja selbst nicht, woher dieses Gefühl kam, aber etwas in mir war gestorben. Die Frage war nur, was?

Kapitel 16

»Du musst nicht helfen, Mädchen«, brummte Daron und scheuchte mich von der Kochstelle weg, um die Suppe zu begutachten, die seit Stunden vor sich hin köchelte.

Die Küche war gefüllt mit Leben. Sonst traf man lediglich Daron und einige Mägde und Dienstmädchen an, heute jedoch schien sich das ganze Schloss in der Küche versammelt zu haben.

Mittlerweile war es viel länger hell, die Temperaturen höher und Mira und ich hatten an einigen Tagen sogar unsere Mäntel ablegen und die ersten wärmenden Strahlen der Sonne genießen können. Und nun bereitete sich ganz Glacien, allen voran Deighe und das Schloss, auf das Sommerfest vor.

Ich fühlte mich wie berauscht von diesen neuen Eindrücken und von der Planung. Feste gab es in Iralia kaum und ihnen wurde keine große Bedeutung beigemessen. Hier dagegen sprach man seit Tagen über nichts anderes mehr, obwohl die Feierlichkeiten noch einige Tage auf sich warten lassen würden.

Mittlerweile hatte Brianna mir fünf Mal erklären müssen, wie das Sommerfest genau ablaufen würde und auch wenn ich es verstanden hatte, wollte ich es wieder und wieder hören. Es war nicht nur das Fest, das mich vor freudiger Erwartung gut gelaunt durch das Schloss taumeln ließ, sondern auch die Aussicht auf ein paar wenige wirklich warme Tage in Glacien.

Der Sommer wäre kurz und nicht einmal annähernd so heiß wie in Iralia, aber Brianna versprach mir, dass ich in den kurzen Kleidern, die während des Sommerfestes hier Tradition waren, nicht frieren würde. Auch die Männer trugen während des Festes ärmellose Westen oder gingen gar mit nacktem Oberkörper.

Für mich war das unvorstellbar. In Iralia brannte die Sonne im Sommer derart heiß, dass an kurze Kleidung nicht zu denken war, wenn man sich seine Haut nicht verbrennen wollte. Traditionell trugen wir weite helle Kleidung, die unsere Haut bedeckte und uns vor der Hitze schützte. Hier hingegen pries man die Sonne und genoss sie, indem man sich ihr hingab und die Strahlen auf seiner Haut spürte.

»Meinst du nicht auch?«, fragte Brianna und ich schüttelte den Kopf, um mich wieder zu konzentrieren.

»Entschuldige, ich habe nicht zugehört«, gestand ich kleinlaut und fühlte die Hitze in meinen Wangen.

»Dein Geschenk für Byron. Du solltest dir langsam Gedanken darüber machen«, erklärte sie und grinste dabei breit.

»Selbst, wenn ich mir Gedanken darüber machen würde, fiele mir ja doch nichts ein. Ich kenne ihn ja kaum.«

Bei all der Euphorie um das Sommerfest verdrängte ich den ersten Tag der siebentägigen Feierlichkeiten nur zu gern. Das Fest begann mit dem *Sommertag*, an dem man sich mit einer Aufmerksamkeit bei seinen Liebsten dafür bedankte, dass man die langen kalten Wintertage im Schoße der Familie hatte verbringen dürfen. Dafür, dass man in der frostigen, unwirtlichen Jahreszeit nicht hatte allein sein müssen.

Von mir wurde erwartet, dass ich Byron etwas schenkte. Ich war seine Verlobte, unsere Hochzeit würde nach dem Sommer abgehalten werden. Die Hofschneiderin hatte bereits Maß genommen und mir Vorschläge für mein Kleid dargeboten. Sollte ich Byron keine Aufmerksamkeit am Sommertag überreichen, wäre das nicht nur unangemessen von mir, sondern auch ein Affront ihm gegenüber. Und selbst wenn sich alles in mir gegen die Vermählung mit ihm sträubte, wollte ich ihn nicht kränken. Sogar ich musste mir eingestehen, dass ich mich ohne ihn und seine Bemühungen weniger mühelos in Glacien eingewöhnt hätte. Vor allem aber war Byron ein guter Mensch, jemand, dem mehr zustand als eine Frau, die ihn nicht liebte. Wenn Byron eines in seinem Leben brauchte, gar verdiente, dann Liebe.

»Du hängst schon wieder mit dem Kopf in den Wolken«, stellte Brianna nüchtern fest. »Das passiert dir ziemlich häufig in letzter Zeit.«

»Ich weiß«, seufzte ich und strich mir eine Strähne aus dem Gesicht. »Na komm, lass uns sehen, ob noch Arbeit für uns übrig ist.«

Brianna betrachtete mich argwöhnisch, nickte jedoch und folgte mir durch die Küche zu einem Tisch, um den Maleah, Elric und Mira standen und mit einigen anderen vom Schlosspersonal heftig diskutierten.

»Alles in Ordnung?«, fragte Brianna.

Die hitzige Diskussion verstummte kurz und alle wandten sich dem zierlichen Mädchen zu.

»Wir sind uns uneinig über den Blumenschmuck«, erklärte Maleah.

Verwirrt sah ich zwischen den Personen, die sich um den Tisch versammelt hatten, hin und her. Es war nicht die erste Auseinandersetzung über die Dekoration, der ich beiwohnte, doch mich erstaunte immer wieder, wie man über solcherlei Kleinigkeiten in Streit geraten konnte.

»Und wenn wir einfach alle vorgeschlagenen Blumen verwenden?«, fragte ich unbedarft und erntete empörte Blicke.

»Wir verwenden immer nur eine Blume und ernennen sie zur Blüte des jeweiligen Sommers«, erklärte Elric mir bereitwillig.

»Abgesehen davon würden alle vorgeschlagenen Blumen nebeneinander zu bunt und unruhig wirken«, sagte Maleah und erntete Zustimmung.

»Also ich mag es bunt«, warf Mira ein und ich schenkte ihr einen dankbaren Blick. Ich kam mir unendlich ahnungslos vor. Überall war ich überflüssig. Alle um mich herum planten und organisierten und ich wanderte von Grüppchen zu Grüppchen und hörte mir begeistert die Vorschläge an, ließ mich von der Euphorie anstecken. Sobald ich aber helfen wollte, verpuffte meine Aufregung und ich fühlte mich nutzlos und fehl am Platz. So sehr ich es versuchte, ich gehörte noch immer nicht hierher und ich fragte mich, ob ich das jemals tun würde.

***

»Nein, niemals, nein!« Ich verschränkte die Arme trotzig vor der Brust und funkelte Byron herausfordernd an. »Du kannst dich auch gern auf den Kopf stellen, aber ich werde ganz sicher nicht auf dieses Ungetüm steigen.«

»Dieses Ungetüm heißt Sia und ist vermutlich die sanfteste Stute, die wir im ganzen Stall finden konnten. Außerdem kannst du dich dem Reitunterricht nicht entziehen«, schmunzelte Byron und tätschelte dem monströsen Eispferd den Hals. Das darauffolgende Schnauben, das mehr mit einem Donner gemein hatte als mit einem Tier, ließ mich zusammenzucken.

»Sanftmütig, sicher. Ein Ungeheuer bleibt ein Ungeheuer und ich werde mich nicht auf den Rücken dieses Tieres setzen«, beharrte ich trotzig und versuchte mir meine Angst nicht anmerken zu lassen.

Byron lächelte nachsichtig. »Avianna«, seufzte er, als spräche er mit einem kleinen Kind. »Du hast bereits zwei Mal auf dem Rücken eines Pferdes gesessen und es überlebt. Warum sträubst du dich jetzt?«

Ein irres Kichern entrang sich meiner Kehle. Wusste er das wirklich nicht? War es nicht offensichtlich? »Ich habe nie allein reiten müssen.«

»Na komm.« Er streckte mir seine Hand entgegen. Eine Geste, die mir mittlerweile bekannt war und der ich vertraute. Dennoch reichte ich ihm meine Hand nur sehr zögerlich. Ich vertraute ihm, aber die Angst, die dieses Tier mir einflößte, überwog. Mein Herz flatterte hektisch in meiner Brust und mein Magen schlug Kapriolen, als Byron meine Finger sanft auf die Stirn des Tieres legte. Die Stute wandte ein wenig den Kopf und sah mich an, als schätzte sie ihrerseits ab, mit wem sie es zu tun hatte.

»Du musst eine Bindung zu ihr aufbauen. Ihr müsst einander vertrauen können«, wisperte Byron sanft und ließ meine Hand los. Am liebsten hätte ich sie zurückgezogen, aber ich verbot es mir. Ich wollte kein Angsthase sein, wollte mich nicht von dem Gefühl beherrschen lassen. In Iralia war ich auf Kamelen geritten, ohne mich zu fürchten. Allerdings waren die auch harmlos gewesen im Vergleich zu diesen Monstern.

Sia schnaubte, als spürte sie meine Gedanken. Ihr Kopf ruckte von meiner Hand fort und sie trippelte mehrere Schritte rückwärts, weg von mir.

»Du musst lernen zu vertrauen«, sagte Byron und griff nach den Zügeln der Stute, um sie wieder zu mir zu führen.

Trotzig wandte ich den Blick ab und starrte sehnsüchtig zum Ende der Stallungen. Die Sonne schien heute warm vom Himmel, im Schloss herrschte weiterhin reges Treiben wegen der Festlichkeiten und ich hatte noch immer kein Geschenk für Byron. Mir lief die Zeit davon und ohnehin wollte ich viel lieber beim Binden des Blumenschmucks helfen, als mich mit Reitstunden und Magieübungen herumzuschlagen.

»Man sieht dir förmlich an, dass du nicht hier sein möchtest.« Seine Stimme klang hohl und resigniert.

Ich wandte mich wieder ihm zu. »So ist es nicht«, sagte ich. »Sie macht mir nur Angst.« Mit einem kurzen Nicken deutete ich auf die Stute.

»Das meinte ich nicht. Ich meinte *hier*. In Glacien.«

Verwirrt sah ich ihn an. Wir hatten nie darüber gesprochen, wie ich mich fühlte und ob ich mich einlebte. Es war nie Thema gewesen, denn irgendwie war klar, dass ich nicht hierhergehörte. Mein Vater hatte mich der Diplomatie zuliebe verkauft und Byron hatte der Verbindung aus ganz ähnlichen Gründen zugestimmt. Ich war als Kronprinzessin zum Gegenstand eines politischen Handels geworden und hatte nicht selbst entscheiden können.

»Byron, hör zu-«, begann ich, aber die Worte blieben mir im Halse stecken. Eigentlich hatte ich mich entschuldigen wollen. Dafür, dass ich mich nicht einleben konnte, dafür, dass ich niemals die Königin sein würde, die er sich für Glacien wünschte, aber gleichzeitig wären auch diese Worte eine Lüge gewesen. Vielleicht gehörte ich nicht hierher, ich spürte es ja selbst deutlich, wenn ich wiederholt über Gepflogenheiten belehrt wurde, die mir nicht bekannt waren, aber ich wollte es. Ich gehörte noch nicht hierher, aber ich würde es eines Tages tun.

Entschlossen sah ich zu Byron, der an Sias Sattel zurrte, als gäbe es gerade nichts Wichtigeres auf der Welt. Erneut legte ich meine Hand auf Sias Stirn, spürte ihr dickes warmes Fell unter mir und versuchte trotz meiner Angst zu atmen. Ich würde mich nicht von der törichten Angst leiten lassen, würde lernen, diesem Tier zu vertrauen und es zu reiten. Sachte griff ich mit der anderen Hand nach den Zügeln, drückte mich seitlich an dem Pferdekopf vorbei und wanderte mit meiner Hand über den muskulösen Hals der Stute. Aus dem Augenwinkel sah ich, dass Byron den Sattel losließ und mir Platz machte, während ich die Bewegungen nachahmte, die ich oft bei Jared und den Wachen verfolgt hatte, wenn sie ihre Rösser bestiegen.

Mit beiden Händen umklammerte ich schließlich den Knauf vorne am Sattel, achtete darauf, die Zügel dabei locker zu lassen, und stellte den rechten Fuß in den Bügel.

»Warte, ich helfe dir«, hörte ich Byron hinter mir sagen und ehe ich seine Hilfe zurückweisen konnte, lagen seine Hände um meine Taille und ich zuckte kurz unter der Berührung zusammen.

Er hatte mich schon einmal so berührt, aber diesmal prickelte meine Haut noch stärker unter seinen Fingern und ich war mir seiner Nähe wesentlich bewusster als jemals zuvor. Sein Atem kitzelte in meinem Nacken und ein kurzer Schauer jagte mir über den Rücken. Ich schluckte, versuchte mich wieder auf Sia zu konzentrieren und darauf gleich zum ersten Mal in meinem Leben allein zu reiten.

Mit Schwung hob Byron mich hoch und ich schlang das linke Bein über den Rücken der Stute, suchte mit dem Fuß den anderen Bügel. Sia blieb stehen und rührte sich nicht.

»Gut, das sollte für heute reichen, oder?«, fragte ich hoffnungsvoll. Mein Mut verließ mich wieder. Allein hier oben, ohne einen Rücken, an den ich mich mit geschlossenen Augen klammern konnte, war mir ganz bange.

»Du willst jetzt aufgeben?« Byron sah mich verständnislos an.

»Ich finde, ich habe Fortschritte gemacht«, erklärte ich im Brustton der Überzeugung, aber er schüttelte belustigt den Kopf.

»Jetzt treibst du sie ganz langsam an. Wenn wir jetzt aufhören, hast du beim nächsten Mal genauso viel Angst wie jetzt. Du musst aufhören solche Angst zu haben«, beschwor er mich mit sanfter, samtiger Stimme, aber leider konnte selbst sein beruhigender Tonfall mir nicht helfen.

»Ich habe aber Angst!«, keifte ich.

Genau in dem Moment trippelte Sia nach vorn an die Tränke. Ein spitzer Schrei entrang sich meiner Kehle, während ich mich verzweifelt an den Sattelknauf klammerte. »Höllische Angst«, fügte ich erbost hinzu, nachdem ich mich wieder gefangen hatte.

»Wovor, Avianna? Du bist so frei wie noch nie.«

Verwirrt sah ich mich zu Byron um. »Sprechen wir noch über das Reiten?«

»Sag du es mir«, forderte er mich auf und verschränkte die Arme vor der Brust. »Rede überhaupt mit mir.« Der Vorwurf in seinen Worten war unverkennbar.

»Was erwartest du von mir, Byron? Ich sitze auf diesem Ungetüm und soll dir mein Herz ausschütten?«

»Meinetwegen tu es erst, wenn der Unterricht vorbei ist, aber ja, ich erwarte, dass du mit mir redest.«

Statt einer Antwort umgriff ich Sias Zügel ein wenig fester. »Dann unterrichte mich«, sagte ich steif, ohne auf den Rest seines Satzes einzugehen. Ich würde nicht mit ihm sprechen, schließlich wusste ich nicht einmal worüber.

***

Nach dem Unterricht war eines offenkundig: Aus mir würde nie eine begnadete Reiterin werden und ich würde weiterem Reitunterricht, der laut Byron auch Satteln und Pflegen der Tiere beinhaltete, nicht aus dem Weg gehen können. Immerhin war ich nicht vollends talentfrei und hatte die Grundlagen umsetzen können, wenngleich Byron sich bei meinen ersten Trabversuchen vor Lachen an seinem eigenen Speichel verschluckt hatte. Statt mich geschmeidig im Rhythmus des Pferdes aus dem Sattel zu heben, hatte ich mir beim ersten Versuch zumindest meinen Steiß gestaucht.

Trotzdem hatte zum Ende hin die Angst nachgelassen und war in Stolz übergegangen. Ich war geritten, allein auf einem dieser muskulösen, angsteinflößenden Ungeheuer.

»Mach's gut, Ungeheuer«, flüsterte ich und tätschelte Sias Hals, die zufrieden in ihrer Box stand und das frische Heu verspeiste, das einer der Stallburschen für sie gebracht hatte.

Erleichtert darüber, Byron für den Rest des Tages aus dem Weg gehen zu können, schlenderte ich zum Ende der Stallungen. Ich hatte mir vorgenommen, weiterhin bei den Vorbereitungen für das Sommerfest zu helfen und mich nicht ausschließen zu lassen. Ich wollte so viel wie möglich über das Land und seine Feste lernen und das konnte ich nicht, wenn ich mich wegschicken ließ.

Kaum hatte ich die Stallungen hinter mir gelassen, trat Byron hinter einer Ecke hervor. Die Hände hatte er in den Hosentaschen vergraben und der Blick aus seinen Augen durchdrang mich wie ein spitzer Pfeil. Alles an seiner Haltung verriet mir, dass ich ihm unter keinen Umständen entkommen konnte.

»Lass uns spazieren gehen«, sagte er schlicht und ging voraus. Er vergewisserte sich nicht einmal, ob ich ihm folgte. Auch wenn er es nicht hart formuliert hatte, war seine Aufforderung mehr einem Befehl als einer Bitte gleichgekommen. Und egal, wie wir zueinander standen, egal, wie vertraulich wir miteinander sprachen, war Byron weiterhin mein König, dem ich zu folgen hatte.

Eine Zeit lang schlenderten wir durch die Gärten. Niemand von uns sagte ein Wort. Auch weil das Treiben um uns herum nicht so rasch verstummte. Überall pflückten Angestellte gelbe Blumen für die Schmuckkränze und Gebinde; Gärtner kümmerten sich um die Beete und Büsche, entfernten verwelkte Blüten und Unkraut. Ein kleiner Schneehase buddelte zu den Füßen seines Zähmers in der Erde.

Sehnsüchtig sah ich zurück zum Schloss, das über all dem Gewimmel thronte und in dessen Mauern ebenfalls Unmengen an Vorbereitungen getroffen wurden. Genau dort wollte ich sein. Ich wollte mich in das Getümmel stürzen, wollte die ausgelassene Stimmung in mich aufsaugen und für wenige Tage vergessen, wer ich war und was von mir erwartet wurde. Das Sommerfest gab mir die Möglichkeit für wenige Tage unbeschwert zu sein und nicht über meine Verpflichtungen nachzudenken. Ich konnte und wollte nicht an den Herbst denken, nicht an den einsetzenden Schnee, nicht daran, bald Königin dieses Landes zu sein und es gleichzeitig zu verraten.

»Woran denkst du?« Byron war stehengeblieben und musterte mich aufmerksam.

Um uns herum war es still geworden. Die letzten Gärtner arbeiteten außer Hörweite und der Übungsplatz, der sich direkt vor uns befand, war menschenleer. Alle verfügbaren Kräfte kümmerten sich um das Fest. Alle Übungseinheiten fielen für die nächsten zwei Wochen aus – alle, außer meine mit Byron.

»An nichts.« Ich biss mir von innen auf die Wange, bemüht nicht zu seufzen. In letzter Zeit dachte ich an viel zu viel, aber darunter war nichts, was ich mit ihm teilen konnte oder wollte. Entweder lieferte ich mich mit meinen Gedanken selbst ans Messer, weil ich über die Briefe an meinen Vater nachdachte und darüber, wie viel ich bereits verraten hatte, oder aber ich war nicht fähig ihm mitzuteilen, wie es in mir aussah. Die meiste Zeit des Tages wusste ich nämlich selbst nicht mehr, wer ich war und wohin ich gehörte.

Byron lachte leise in sich hinein. »Du verlangst hoffentlich nicht, dass ich deinen Worten Glauben schenke.«

Seufzend wandte ich mich ab, verschränkte die Arme vor der Brust und schüttelte den Kopf. »Was soll ich sagen, Byron? Was willst du hören, wenn ich doch selbst nicht weiß, was in mir vorgeht.«

Diese Worte waren das Beste, was ich ihm anbieten konnte. Sie kamen der Wahrheit am nächsten und allein sie auszusprechen war schmerzhaft.

»Ich würde gern an deinen Gedanken teilhaben, Avianna.« Er griff nach meiner Hand, verschränkte seine Finger mit meinen und strich sanft mit dem Daumen über meinen Handrücken. Die Berührung hinterließ eine heiße Spur auf meiner Haut und ich wollte mich diesem Gefühl gleichzeitig entziehen und es noch länger genießen. Aber statt eine Entscheidung zu treffen, starrte ich auf unsere ineinander verschlungenen Hände, fasziniert davon, wie zierlich und filigran meine Hand in seiner wirkte.

Schließlich entzog ich mich ihm doch, zuckte hilflos mit den Schultern und vermied es dabei ihn anzusehen.

»Ich dachte, vielleicht würdest du dich öffnen, wenn ich mich dir öffne. Ich hatte gehofft, du würdest verstehen, dass ich dir vertraue und du mir ebenso vertrauen kannst. Ich habe wirklich geglaubt, wir würden Fortschritte machen.«

Die Enttäuschung in seiner Stimme schnitt mir direkt in die Eingeweide. Alles in mir zog sich schmerzhaft zusammen und trotzdem brachte ich die richtigen Worte, die Worte, die alles gutmachen würden, nicht über die Lippen.

»Es tut mir leid, ich kann nicht …«, wisperte ich mit zittriger Stimme. Tränen standen mir in den Augen und ich blinzelte hektisch, in der Hoffnung sie zurückzuhalten. Zu spät. Nur mit Mühe gelang es mir noch ein Schluchzen zu unterdrücken, und so wandte ich mich von Byron ab und weinte stumm vor mich hin.

»Es tut mir leid, Avianna.«

Statt mich in Frieden zu lassen, mir meine Schwäche zu gönnen, umrundete er mich, legte mir seine Hand unter das Kinn und zwang mich sanft zu ihm aufzusehen. In seinen Augen lag so viel Güte, dass meine Tränen versiegten und es mir für einen kurzen Moment den Atem verschlug.

»Es tut mir leid«, wiederholte er sanft und so sehr ich ihm ausweichen wollte, sein Blick ließ es nicht zu. Irgendetwas an ihm hielt mich fest und ich war nicht imstande, mich gegen das Gefühl in meiner Brust, das mein Herz langsam in Flammen setzte, zu wehren. »Ich wollte dich nie unglücklich machen«, fuhr er fort und der tiefe Samt seiner Stimme ging mir durch Mark und Bein.

»Ich bin nicht direkt unglücklich«, presste ich hervor, während mein Herz schmerzhaft gegen meine Rippen schlug.

»Ich habe dir versprochen, du würdest hier frei sein, erinnerst du dich?« Seine Hand wanderte von meinem Kinn zu meiner Wange, sein Daumen strich sanft über meine Haut. Er beobachtete jede meiner Regungen und ich hielt die Luft an.

Langsam nickte ich, unfähig ein Wort über die Lippen zu bringen. Was geschah hier gerade?

»Und ich neige dazu meine Versprechen zu halten.« Seine Hand rutschte von meiner Wange und ich sehnte sie gleich im nächsten Moment wieder zurück. »Ich will dich nicht zwingen, Avianna, das wollte ich nie.«

Erstaunt sah ich ihn an. Seine Worte gewannen nur langsam an Sinn, und sogar dann weigerte sich mein Verstand sie zu begreifen, sie zu glauben.

»Wenn du mich wirklich nicht willst, wenn du dir eine Zukunft an meiner Seite unter keinen Umständen vorstellen kannst, dann bist du frei zu gehen. Ich halte dich nicht hier, sollte das dein Begehr sein«, beschwor er mich mit eindringlicher Stimme.

»Ich kann nicht zurück«, flüsterte ich. »Ich will nicht mehr zurück. Iralia ist nicht mehr …« Die Worte blieben mir im Hals stecken, drohten mich zu ersticken. Auch wenn es die Wahrheit war, dass Iralia nicht mehr meine Heimat war, schmerzte die Erkenntnis. Denn Glacien war es auch nicht. Im Grunde war ich ohne Heimat, irgendwo zwischen den Welten, einsam und verloren.

»Solltest du dich gegen mich entscheiden, heißt das nicht, dass du dich gegen Glacien entscheiden musst. Wenn ich sage, du bist frei, dann bist du das. Auch in deiner Entscheidung, wohin du gehen wirst. Es kümmert mich nicht, ob es Iralia ist, Glacien oder gar ein anderes Land.« Er schluckte hart. Sein Blick war von Schmerz gezeichnet und seine Hände waren zu Fäusten geballt. Er rang mit sich, unschlüssig, ob er die nächsten Worte aussprechen sollte. »Ich will nur, dass du glücklich wirst.« Seine Haltung erschlaffte, als wäre alle Kraft aus ihm gewichen. Als hätten seine Worte ihm alles abverlangt. Bekümmert sah er zu mir herunter. Er, Byron, der kleine verlorene Junge, der in ihm wohnte, und nicht Byron, der stolze König von Glacien, der sich keine Schwäche erlauben durfte.

Ich schloss auch die letzte Distanz zwischen uns und überraschte mich selbst damit. Mein Körper übernahm die Kontrolle, entwickelte sein Eigenleben und ich sah dabei zu, wie meine Arme sich um ihn legten, wie mein Körper sich an ihn drückte und mein Kopf auf seiner Brust ruhte.

Erschrocken zuckte er zusammen. »Avianna!«

»Ich weiß nicht, ob ich dich heiraten kann«, wisperte ich gegen das Leder seiner Weste, »aber ich weiß, dass ich nicht gehen kann.«

Kapitel 17

Das darf nicht ihr Ernst sein, dachte ich und betrachtete den Gegenstand in meinen Händen. Drehte und wendete ihn mehrfach, in der Hoffnung, aus einem schlechten Traum zu erwachen. Natürlich geschah das nicht und das Paar lederner Handschuhe löste sich auch nicht plötzlich vor mir in Luft auf.

Sie waren mein Geschenk an Byron zum heutigen Sommertag und weil mir einfach keine Idee gekommen war, hatte ich letzte Woche Maleah gebeten mir zu helfen. Vielleicht hätte ich misstrauisch werden sollen, als sie sofort über das ganze Gesicht gestrahlt hatte und Feuer und Flamme gewesen war. Nun musste ich mit dem Ergebnis leben, egal, wie sehr es mich beschämte.

Sorgfältig schlug ich die Handschuhe in Papier, schluckte meinen Ärger über Maleah herunter und hoffte, Byron würde dieses Geschenk nicht falsch auffassen.

Ich seufzte tief und setzte mich auf das Bett. Man hatte mir erklärt, dass ich am heutigen Tag darauf warten sollte, dass Byron mich aus meinen Gemächern abholte. Die Geschenke waren eine persönliche Angelegenheit, die man sich nicht in Anwesenheit anderer überreichte.

Nervös zupfte ich an meinen Nägeln herum, tippte mit den Füßen auf den blanken Boden. Wir waren seit der Umarmung nicht mehr allein gewesen. Sogar unsere Übungseinheiten hatte Jared überwacht und ich fragte mich, ob Byron ihn darum gebeten hatte.

Seit seinem Angebot hatte ich an nichts anderes mehr denken können und war dennoch zu keinem Ergebnis gekommen. Er ließ mir die Wahl, aber ich war zu feige, um sie endgültig zu treffen. Vor wenigen Monaten noch hätte ich ihm und Glacien den Rücken gekehrt. Damals hätte es für mich nichts gegeben, über das ich hätte nachdenken müssen. Seitdem hatte sich so vieles geändert.

Ich war Menschen begegnet, die mir ans Herz gewachsen waren, hatte Flecken dieser Erde kennengelernt, die so außerordentlich schön waren, dass ich mir diese Schönheit nicht einmal in meinen kühnsten Träumen hätte ausmalen können. Ich hatte Dinge über meinen Vater, über Iralia und schließlich über mich selbst gelernt, die ich nicht ignorieren konnte.

Und schließlich war da Byron. Der grausame König, der eigentlich nicht grausam war. Der verlorene Junge, der versuchte wiedergutzumachen, was sein Vater Glacien angetan hatte. Auch wenn ich ihn nicht liebte, wie konnte ich ihn mit dieser Bürde allein lassen. Alles in mir schrie danach, ihn bei seiner Aufgabe, das Land wiederaufzubauen und zu neuer Blüte zu führen, zu unterstützen.

Das zaghafte Klopfen an meiner Tür schreckte mich auf und ich sprang auf, stolperte dabei über meine eigenen Füße und konnte mich nur mit Mühe am Nachttisch festhalten, warf dabei aber eine Blumenvase um, die lautstark auf dem Boden zerschellte. Eilig lief ich weiter zur Tür und öffnete sie stürmisch. Vor mir stand Byron, der mich mit einer Mischung aus Verwirrung und Belustigung ansah, während ich ihn einließ.

»Was ist denn hier passiert?«, fragte er und deutete auf die Scherben und das Wasser, das sich zu unseren Füßen in einem Rinnsal einen Weg durch den Raum bahnte.

»Ich war ein wenig ungeschickt«, gab ich schulterzuckend zu, spürte jedoch die verräterische Hitze in meinen Wangen, die sicher preisgab, dass ich nicht so gelassen war, wie ich vorgab zu sein.

»Solange dir nichts geschehen ist, sehe ich über die zerbrochene Vase hinweg«, scherzte Byron, aber sein Blick, mit dem er mich bedachte, war sanft und fürsorglich und ging mir mitten ins Herz.

Seitdem wir uns nähergekommen waren, herrschte eine angespannte Stimmung zwischen uns. Wir waren beide darauf bedacht nicht noch einmal so intim zu werden, achteten genau auf unsere Worte und überspielten Unsicherheiten mit saloppen Bemerkungen, die zu oft ihren Zweck verfehlten.

Nun standen wir uns in meinen Räumlichkeiten gegenüber, nur wir zwei, und die Stimmung zwischen uns wurde von Moment zu Moment angespannter. Keiner von uns sagte ein Wort oder machte den Anfang, indem er sein Geschenk zuerst überreichte. Stattdessen nestelten wir beide fahrig am Papier unserer Päckchen, mieden den Blick des jeweils anderen und hofften insgeheim, unser Gegenüber würde beginnen.

»Also-«, sagten wir irgendwann zeitgleich, sahen uns an und lächelten nervös.

Byron atmete tief durch. »Alles Gute zum Sommertag und vielen Dank für deine Wärme während des langen Winters.« Er streckte mir verlegen und mit geröteten Wangen eine Schachtel entgegen.

Mit zittrigen Fingern griff ich danach, zog sie an meine Brust und hielt sie fest, unschlüssig darüber, ob ich erst sein Geschenk öffnen oder erst meines überreichen sollte. Schließlich entschied ich mich für letztere Möglichkeit.

»Alles Gute zum Sommertag und vielen Dank für deine Wärme während des langen Winters«, wisperte ich beschämt. Die Worte fühlten sich unnatürlich und ungelenk an.

Byron nahm mir breit lächelnd das Päckchen aus der Hand und bevor ich überhaupt wieder an meine Schachtel denken konnte, entwickelte er das Papier und starrte wie gebannt auf die Handschuhe, die ich darin eingeschlagen hatte.

Augenblicklich kroch die Hitze zurück in meine Wangen, diesmal bis hinauf zu den Spitzen meiner Ohren. Sobald ich Zeit hätte, würde ich Maleah aufsuchen und ihr die Leviten lesen – zumindest nahm ich mir das fest vor. Ich hatte ehrlich gesagt keine Ahnung, was sie sich bei diesem Geschenk gedacht hatte.

»Avianna«, flüsterte Byron und ich glaubte einen Anflug von schierer Überwältigung in seiner Stimme zu hören.

Verwirrt sah ich auf, sah zu, wie Byron andächtig über das schwarze Leder strich und sanft mit seinen Fingern die verräterische Stickerei nachfuhr.

»Es ist nicht ... also ... irgendwie-« Ich gab auf.

»Diese Handschuhe sind wunderschön, vielen Dank«, sagte er förmlich und es wirkte, als wollte er mehr sagen, vermied es aber mich weiter in Verlegenheit zu bringen. Dankbar nickte ich. Wir würden ein anderes Mal über die kleine Flamme reden, die dicht neben die Schneeflocke gestickt worden war. Ich würde ihm ein anderes Mal erklären, dass es nichts zu bedeuten hatte.

Stattdessen wandte ich mich seiner Schachtel zu, zog langsam den Deckel ab und legte ihn auf den Nachttisch. Eigentlich war ich nicht bereit für dieses Geschenk, eigentlich wollte ich es nicht, aber noch weniger wollte ich Byron kränken, also griff ich in die Box und zog das Geschenk heraus.

»Byron!«, keuchte ich erschrocken, als ich erkannte, was dort in meiner Hand lag, was er mir geschenkt hatte.

»Ich habe damals gesehen, wie sehnsüchtig du diese Kette betrachtet hast, wie zärtlich du über die Perlen und Muscheln gefahren bist«, erklärte er und fuhr sich durch das Haar. »Also habe ich sie gekauft. Lange wusste ich nicht, ob ich sie dir überhaupt schenken würde, ob wir uns jemals nahe genug dafür kommen würden ...«

Scheu senkte ich den Blick, betrachtete das Schmuckstück in meinen Händen. Waren wir uns nahe genug gekommen? Was meinte er damit?

»Warte, ich helfe dir«, bot er schmunzelnd an.

Bevor ich protestieren konnte, nahm er mir die Kette aus den Händen und stellte sich hinter mich. Mit zittrigen Fingern fasste ich mein Haar im Nacken zusammen, um ihm den Zugang zu meinem Hals zu erleichtern. Mein Atem ging flach und unregelmäßig, als er mir das Schmuckstück umlegte und mit den Fingerspitzen meinen Nacken streifte. Nachdem er die Kette geschlossen hatte und wieder vor mir stand, spürte ich noch immer ein Prickeln von seiner Berührung auf meiner Haut.

»Sie ist wunderschön«, sagte er lächelnd, obwohl er mich ansah und nicht die Kette.

»Danke«, erwiderte ich mit dünner Stimme und wandte mich von ihm ab, um mich im Spiegel betrachten zu können. Und vielleicht auch, um ihm nicht länger in die Augen sehen zu müssen, denn ich wusste nicht, warum ich in seiner Gegenwart auf einmal so aufgewühlt war.

***

»Es ist so wunderschön hier.« Mira drehte sich im Kreis auf Deighes Marktplatz, die Hände weit zu den Seiten ausgestreckt.

Das Sommerfest befand sich in vollem Gange, der Platz war stimmungsvoll mit allerhand Bändern und Blumen geschmückt. Festliche Banner hingen vor den Büdchen und Geschäften und überall entdeckte man spezielle Sommerangebote.

Die Sonne brannte erstmals in diesem Sommer vom Himmel und Mira und ich gerieten in der Mittagshitze zwischen all den Menschen tatsächlich ins Schwitzen. Elric, der uns begleitete, war bei diesem Wetter wieder in lange Kleidung gehüllt, die seine empfindliche weiße Haut vor der Sonne schützte.

Gemeinsam schlenderten wir durch die Geschäfte und zwischen den Ständen entlang, aßen saftige Sommerbeeren, tranken Wein in einer Schenke und suchten weiter nach dem passenden Kleid für Mira. Es erfreute mich, hier in Glacien mehr mit meiner Freundin unternehmen zu können, ohne mich dafür rechtfertigen zu müssen. Dass Mira in Iralia zum Personal gehört hatte, war hier mittlerweile kein Thema mehr. Selbst die meisten Angestellten hatten an diesem Abend frei und waren eingeladen mitzufeiern.

»Hast du schon etwas gesehen, was dir gefällt?«, fragte ich und strich über ein dunkelblaues, mit Spitze besetztes Abendkleid, das bei einem Schneider aushing.

Mira zuckte mit den Schultern. Ihr Blick huschte zwischen den Roben hin und her, unschlüssig und unsicher. »Ich weiß nicht«, sagte sie hilflos. »Die Kleider hier, irgendwie passen sie nicht zu mir.«

Erstaunt sah ich sie an. Allein die Vorstellung von Miras elfengleicher Statur in einem dieser Kleider verschlug mir die Sprache. Sie würde hinreißend aussehen und viele andere Anwesende vor Neid erblassen lassen.

»Was ist mit diesem hier?«, überging ich ihren Kommentar und deutete auf ein rotes Kleid, das mit Perlen bestickt war und die Schultern vollständig freiließ.

»Rot ist eine Farbe für Könige, für Fürsten … für Adelige eben.« Sie biss sich auf die Unterlippe und senkte den Blick auf ihre Füße.

Elric trat hinter sie, legte ihr eine Hand auf die Schulter und Mira zuckte verwundert zusammen, aber er ließ sich davon nicht beirren. Statt seine Hand von ihr zu nehmen, drückte er sachte zu, zwang sie mit dieser Geste zu ihm aufzusehen.

Mich beschlich das Gefühl hier einem Moment beizuwohnen, der nicht mir gehörte. Ihre Blicke verhakten sich ineinander und die Stille, die sich über unsere Gruppe gesenkt hatte, war zum Zerreißen gespannt. Die Spannung zwischen Elric und Mira war greifbar und ich fragte mich, wie ich die letzten Wochen so blind hatte sein können. Wie ich übersehen hatte können, dass Elric einen beträchtlichen Teil dazu beitrug, dass Glacien für Mira so viel besser war als Iralia. Hier konnte sie nicht nur frei sein, hier hatte sie sich auch verliebt.

Vorsichtig räusperte ich mich und unterbrach damit diesen intimen Moment zwischen ihnen. Erschrocken sahen sie zu mir, einen genierlichen Ausdruck auf den Gesichtern.

»Was ist damit?«, fragte ich und deutete auf ein weiteres Kleid, um die unbehagliche Stille zwischen uns zu füllen.

Mira folgte meinem Blick zu dem Kleidungsstück und ihre Augen weiteten sich. Sie strahlte und ich betrachtete meinen Fund genauer. Es war ein Traum in der Farbe des Meeres, dessen Ausschnitt herzförmig zulief. Was das Stück besonders machte, war der feine, durchsichtige Tüll, der sich vom Hals abwärts einmal über das komplette Kleid legte wie eine zweite Haut und am Saum zwei Handbreit über das Ende des Unterkleides ragte. Besetzt war der Tüll mit filigranen Blüten aus weißer und blauer Spitze, die sich über den gesamten Stoff rankte.

»Es ist wunderschön«, hauchte Mira und griff nach der Borte aus Blumen, strich mit den Fingerkuppen sanft darüber, als hätte sie Angst, das Kleid könnte unter ihrer Berührung zerreißen.

»Es ist perfekt«, stimmte Elric mit rauer Stimme zu.

Der Blick, mit dem er meine Freundin betrachtete, machte mich wehmütig. Eine Mischung aus Bewunderung und Begehren. Da war dieses besondere Leuchten, aus dem so viel Gefühl sprach, dass sich alles in mir schmerzhaft zusammenzog, weil ich mir das auch für mich wünschte. Weil ich begriff, dass ich nicht einflussreich, nicht standesgemäß heiraten wollte, wie ich es mein Leben lang geglaubt hatte. Nein, ich begriff etwas Bedeutendes: Ich wollte geliebt werden. Nicht wegen eines Throns oder meines Einflusses und schon gar nicht für die Diplomatie, sondern für die Frau, die ich war.

***

Am Nachmittag des Sommerballs lag ein Kleid auf meinem Bett. Hellgelb strahlte es mit der Nachmittagssonne um die Wette, während mir bei seinem Anblick das Blut in die Wangen schoss. Er hatte dereinst auf dem iralischen Markt also nicht nur die Kette für mich erstanden, sondern auch dieses unsägliche Kleid, das kaum etwas der Fantasie überließ.

So empört ich darüber war, kämpfte sich gleichzeitig ein Grinsen auf meine Züge, weil es typisch für Byron war. Von Anfang an hatte er es genossen, mich herauszufordern und mich zu narren. Dieses gegenseitige Necken gehörte mittlerweile zu uns und ich musste zugeben, dass ich es tatsächlich mochte. Ohne diese Schlagabtausche würde mir etwas fehlen.

Seufzend hielt ich das Kleid vor mich. Bei all meinen guten Absichten und trotz meines Wohlwollens konnte ich mir nicht vorstellen mich darin wohlzufühlen. Bisher hatte ich selbst an warmen Tagen nie Haut gezeigt. Das tat man in Iralia nicht. Unsere Roben waren lang, hochgeschlossen und gaben höchstens die Arme frei, die wir dennoch oft mit Handschuhen verdeckten.

Noch scheute ich mich vor so viel Anrüchigkeit, auch wenn ich mich in den letzten Tagen an den Anblick von kurzen Roben und nackten Männeroberkörpern gewöhnt hatte. Für mich selbst bot dieser Kleidungsstil jedoch keine Alternative. Ich fühlte mich sicher in hochgeschlossener Kleidung. Und doch hatten die Kleider Iralias für mich an Reiz verloren, seitdem ich lange Lederhosen und weite Hemden und Westen für mich entdeckt hatte. Meine Rüstung liebte ich heiß und innig. Aber kurze Kleider, die meinen kompletten Rücken offenbarten? Nein, niemals!

»Wie sehe ich aus?«

Erschrocken drehte ich mich um. Mira wirbelte durch den Raum, bereits in ihren meerfarbenen Traum aus Tüll und Spitze gehüllt. Das schwarze Haar hatte man ihr in wilden Locken am Kopf festgesteckt.

»Du bist wunderschön«, versicherte ich ihr, denn das war sie.

Das Kleid, das wir gemeinsam ausgesucht hatten, stand ihr ausgezeichnet. Wie eine zweite Haut legte es sich um ihren Körper. Der weite Rock flatterte, während sie sich mehrfach ausgelassen um mich herum drehte. Ihre blutrot geschminkten Lippen waren zu einem beseelten Lächeln verzogen. Dann hielt sie mitten in der Bewegung inne und sah mich mit hochgezogenen Augenbrauen an.

»Warum bist du noch nicht umgezogen?«, fragte sie und sah zwischen mir und dem Kleid, das ich noch immer in den Händen hielt, hin und her.

»Es ist zu kurz, zu frivol, zu-« Ich seufzte. »Zu viel von allem«, gestand ich und sank rückwärts auf das Bett, legte das Kleid auf meinen Schoß.

»Fällt es dir wirklich so schwer dich einzugewöhnen?«, fragte Mira mitfühlend und setzte sich neben mich, darauf bedacht ihre Robe nicht zu zerknittern.

»Ich will ja. Ich will wirklich«, versicherte ich und stand wieder auf, ließ das Kleid dabei achtlos von meinen Beinen rutschen. Rastlos wanderte ich zum anderen Ende des Raumes, blieb vor dem Spiegel stehen, wagte es jedoch nicht einen Blick hineinzuwerfen. »Ich verhalte mich albern, oder?«

Mira war mir gefolgt und legte eine Hand auf meinen Unterarm. Allein die Geste zwang mich dazu, meiner Freundin in die Augen zu sehen.

»Du bist nicht albern, Avianna«, beruhigte sie mich sanft. »Aber-«

Mir war klar gewesen, dass ich ohne ein Aber nicht davonkommen würde.

»-es wird Zeit, dass du die alte, die iralische Avianna, loslässt. Sie ist doch ohnehin nur noch ein Schatten ihrer selbst.«

Ich hörte ihre Worte, aber ich verstand sie nicht. Für mich war ich Avianna. Und ich versuchte nur mich in einer Welt zurechtzufinden, die anders war als meine bisherige. »Ich verstehe nicht.«

»Nein, natürlich nicht.« Mira kicherte und schüttelte dabei ihren kunstvoll frisierten Kopf. »Hör zu, du wirst verstehen, wenn du bereit dazu bist, glaub mir.«

»Bereit wozu?« Seit wann sprach Mira in Rätseln und viel wichtiger, warum tat sie es jetzt?

»Hab Geduld. Es ist nicht an mir, dich mit der Nase darauf zu stoßen.« Sie lächelte geheimnisvoll. »So, und nun ziehst du das Kleid an. Wenn du dich wirklich gar nicht damit anfreunden kannst, ziehst du es eben wieder aus. Aber probiere es. Tu es mir zuliebe, ja?«

Ergeben seufzte ich und ließ die Schultern sinken. Mir war es schon immer schwergefallen Mira einen Wunsch abzuschlagen. Also sammelte ich das Kleid vom Boden auf und ließ Mira mir helfen.

Nachdem sie mich in das Kleid gezwängt hatte, das sich vollkommen anders anfühlte, als alles, was ich bisher getragen hatte, half sie mir mit meinen Haaren und legte mir Puder und Rouge auf.

Nachdem sie ihr Werk vollendet hatte, trat sie einen Schritt zurück, schürzte die Lippen und betrachtete mich abschätzend. Schließlich strahlte sie über das ganze Gesicht und zog mich in ihre Arme.

»Ich wusste, du würdest großartig aussehen«, flüsterte sie und drückte mich ein wenig fester, ehe sie losließ und mit der Hand auf den Spiegel zeigte.

Zögerlich machte ich einige Schritte darauf zu, als könnte mich mein Abbild beißen.

»Herrje«, hauchte ich, als ich hineinblickte, nicht sicher, ob ich mir gefallen oder meine Erscheinung abscheulich finden sollte. Ich wiegte mich langsam von links nach rechts, mein sonnengelber Rock schwang im Takt mit. Ein kühler Hauch umwehte meine Knie, während der Stoff sanft über meine Schenkel strich.

»Was sagst du?« Mira lächelte weiterhin.

»Noch bin ich mir nicht sicher«, gestand ich und drehte dem Spiegel den Rücken zu, während ich gleichzeitig über meine Schulter spähte. »Oh nein!«, entfuhr es mir erschrocken und ich schlug die Hände vor den Mund. Mein erster Eindruck von dem Kleid hatte mich nicht getäuscht. Der Rückenausschnitt reichte bis zum Ansatz meines Pos und gab alles, wirklich alles von meiner Haut preis. Die Schulterblätter stachen optisch hervor, darunter die dunkle Haut, die sich deutlich von dem hellen Gelb abhob.

Ich schluckte. »So kann ich nicht auf den Ball.«

»Aber warum denn nicht?« Mira neigte fragend den Kopf, als verstünde sie nicht, was mich störte.

»Es ist frivol und unzüchtig«, konstatierte ich und konnte die Augen nicht von diesem offenen Rückenausschnitt nehmen.

»Du bist schön, das Kleid sieht fantastisch an dir aus. Vergiss bitte für einen kurzen Moment, welche Kleidervorschriften es in Iralia gab und sieh unvoreingenommen auf dein Spiegelbild. Was siehst du?« Ihre Worte waren flehentlich, als würde es ihr viel bedeuten, dass ich es versuchte. Beinahe glaubte ich, dass sie mich um mehr bat, als nur darum das Kleid mit anderen Augen zu sehen.

Erneut betrachtete ich mich im Spiegel. Musterte mich nochmals von oben bis unten, versuchte zu vergessen, wer ich war und was mir mein Leben lang als Wahrheit verkauft worden war. Ich versuchte einfach nur eine Frau zu sehen, die ein gelbes kurzes Kleid für den Sommerball trug. Und ich wusste nicht, wie oder warum es geschah, doch etwas an meinem Bild von mir änderte sich. Vielleicht änderte ich mich. Denn jäh empfand ich mein Aussehen nicht mehr als unzüchtig, sondern als aufregend und ansehnlich. Es war wie mit meiner Kampfausrüstung. Die Kürze des Kleides befreite mich, der offene Rücken machte mich begehrenswert und stark.

»Lass uns auf den Ball gehen«, sagte ich mit fester Stimme und drehte mich entschieden zu Mira um. Meine Freundin nickte und hakte sich bei mir unter.

Ich würde ab jetzt die Avianna sein, die ich im Spiegel gesehen hatte. Schön, mutig und stark, aber vor allem anderen war ich eine Glacianerin.

KAPITEL 18

Während des Balls entspannte ich mich mehr und mehr. Niemand nahm Anstoß an meinem Kleid, im Gegenteil war es deutlich nicht das freizügigste Stück im Saal. Diese Ehre wurde Katara zuteil, deren Kleidung nur sehr wenig der Fantasie überließ. Wie eine schwarze Fee schwebte sie durch den Raum, gehüllt in durchsichtige Spitze und einzig die pikantesten Stellen verdeckte blickdichter Stoff.

»Ich kann ihren Nabel sehen«, flüsterte ich Mira zu, die sich kichernd den Mund zuhielt, als könnte Katara etwas von unserem Gespräch hören und uns augenblicklich exekutieren. Zuzutrauen war ihr das.

»Du solltest dich darüber nicht so aufregen.« Sie zuckte mit den Schultern, gluckste aber weiterhin vor sich hin. Bis sich ihr Ausdruck verklärte.

Ich folgte ihrem Blick und entdeckte Elric und Byron, die am anderen Ende des Raumes neben einem reichlich bestückten Buffet standen. An dessen Rand kühlte eine filigrane Eisskulptur die Bowle, die trotz ihrer Schönheit jedoch neben ihnen verblasste. Beide Männer waren in traditionelle glacienische Festtagshosen gekleidet. Schlichter schwarzer Stoff, der sich eng um ihre Schenkel spannte. Während Byron eine ebenso festliche Weste, bestickt mit silbernen Schneeflocken, trug, deren Ärmel seine muskulösen Arme freigaben, zierte Elrics Brust lediglich eine Art Schärpe, die locker über seiner Schulter lag.

Er war nicht der einzige Mann, der spärlich bekleidet seinen Oberkörper zur Schau stellte, aber er war der Einzige, bei dem es Mira den Atem verschlug.

»Atmen«, wisperte ich und sie schüttelte sich, als könnte sie damit die Erstarrung, die sie ergriffen hatte, loswerden.

»Entschuldigung, aber tief in mir steckt immer noch die Zofe aus Iralia, die noch niemals einen so spärlich bekleideten Mann gesehen hat.«

»Du hast in den letzten Tagen des Fests genügend Männer ohne Hemd und Weste gesehen«, neckte ich grinsend. »Nur Elric noch nicht.«

Mira zupfte an ihren Nägeln und wich sowohl meinem als auch Elrics Blick aus. Dann atmete sie ein paar Mal tief durch, zog die Augenbrauen zusammen, als würde sie sich selbst innerlich Mut zusprechen, und sah dann von ihren Händen auf, direkt zu Elric, der mittlerweile mit Byron den halben Ballsaal durchquert hatte.

Gleichzeitig bot mir meine Freundin mit ihrer Verliebtheit eine willkommene Ablenkung, um nicht auf Byron zu achten. Unauffällig versuchte ich meine schwitzigen Hände an dem glatten Stoff des Kleides abzuwischen, bevor die beiden Männer uns erreichten.

Bisher hatte ich das bunte Treiben wohlwollend betrachtet, mich von der Musik einlullen lassen und mit Mira die tanzenden Paare beobachtet. Hatte die gelben Blumenranken bewundert, die von den Decken hingen, und die weißen Stoffbahnen mit goldenen Rändern betrachtet, die über den Tischen lagen. Seltsamerweise hatte ich in all dem Zauber der fremdländischen Traditionen vergessen, dass mich hier vor allem ein Abend mit Byron erwartete.

»Darf ich bitten?« Elric verbeugte sich kurz vor Mira und reichte ihr seine Hand, um sie auf die Tanzfläche zu entführen, die sich stetig füllte.

Im Gegensatz zu mir hatte meine Freundin sich besser im Griff, denn mit einem koketten Lächeln nahm sie sein Angebot an, legte ihre Hand in seine und wenige Augenblicke später mischten sie sich unter die anderen tanzenden Paare.

Mein Herz machte einen Satz, als ich mir der Anwesenheit von Byron bewusstwurde, der sich so dicht neben mich gestellt hatte, dass seine nackten Oberarme meine berührten. Die Wärme seines Körpers hinterließ ein brennendes Prickeln auf meiner Haut, erhitzte mein Blut.

Ich hatte den Blick auf die Tänzer gerichtet, beobachtete Mira und Elric und erspähte sogar Katara, die in Jareds Armen auf einmal erstaunlich zerbrechlich wirkte. Ich versuchte mich auf die gelben Blumensträuße zu konzentrieren, die im gesamten Saal verteilt standen. Versuchte die winzigen Schneeflocken, die von der Decke rieselten, aber den Boden nicht erreichten, zu zählen. Doch meine Mühe war vergebens. Seine Präsenz neben mir war kaum mehr auszuhalten.

»Hast du vor, mich den ganzen Abend über zu ignorieren?« Seine Stimme war rauer, tiefer, samtiger als sonst und verstärkte das seltsame Prickeln noch weiter.

Verstohlen versuchte ich den Abstand zwischen uns zu vergrößern und atmete erleichtert aus, weil der ungewohnte Hautkontakt abbrach und das Prickeln augenblicklich nachließ, wenngleich es nicht vollständig verschwand.

»Ich ignoriere dich nicht, Byron«, sagte ich und wagte es endlich mich ihm zuzuwenden. »Allerdings kann ich auch nicht behaupten, dass du mich standesgemäß begrüßt hast. Elric ist dir in dieser Hinsicht um einiges voraus, Hoheit.« Ich versuchte pikiert die Nase kraus zu ziehen, war mir aber nicht sicher, ob ich dabei nicht ein wenig lächerlich wirkte.

»Versuchst du gerade mir ein schlechtes Gewissen einzureden oder ziehst du mich einfach auf?« Erstaunt hob Byron die Augenbraue.

»Wer weiß«, wisperte ich geheimnisvoll.

Ich wusste nicht, was gerade zwischen uns passierte. Mein Herz schlug im harten Stakkato gegen meine Brust, während das Prickeln, trotz fehlenden Körperkontakts, wieder zunahm. Byron musterte mich indes so durchdringend, dass ich mich unter seinem Blick wand.

»Du siehst übrigens atemberaubend aus«, schmeichelte er mir schließlich und griff nach meiner Hand, führte sie zu seinen Lippen und schloss dabei die Augen. Ich hielt derweil den Atem an und ließ ihn dann geräuschlos entweichen, als Byrons Lippen meinen Handrücken streiften. Während ich erleichtert die Hand zurückzog, bereute ein winziger Teil von mir, dass diese Berührung zu schnell vergangen war, aber ich verdrängte diesen unwillkommenen Gedanken und konzentrierte mich wieder auf das Geschehen um mich herum.

»Willst du tanzen?«, fragte Byron und deutete mit einem Nicken auf all die Paare. Einige von ihnen hielten sich mittlerweile eng umschlungen, was mich ebenso faszinierte wie abstieß. In Iralia war derlei offene Zuneigung verpönt.

Ich schüttelte den Kopf. »Nein, ich tanze nicht gern«, gab ich zu.

Byron sah mich erstaunt an, dann lachte er. »Eine ehemalige Kronprinzessin, die nicht gern tanzt. Dein Vater muss heillos von dir enttäuscht gewesen sein.«

Seine Worte schnitten wie tausend Dolche in meine Eingeweide. Genau in diesem Moment bemerkte er seinen Fehler. Augenblicklich verstummte sein Lachen und er sah mich bestürzt an, öffnete den Mund, schloss ihn aber prompt wieder.

Ich kämpfte gegen den Schmerz in meinem Inneren, rang mit dem Feuer, das seit langer Zeit wieder aus mir herausbrechen wollte. Die Hitze floss durch meine Adern, brannte in meinen Händen. Angestrengt biss ich die Zähne aufeinander, versuchte ruhig zu atmen, aber mein Herz war in Aufruhr und pumpte immer mehr heißes Blut durch meinen Körper.

»Konzentrier dich, Avianna«, flüsterte Byron, aber seine Stimme machte mich noch rasender.

In meinen Fingerspitzen spürte ich die ersten Funken, die sich Bahn brachen. Jeder Muskel in meinem Körper war zum Zerreißen angespannt, mein Kiefer schmerzte und ich ballte die Hände zu Fäusten, um die Flammen zurückzuhalten.

Die Umgebung um mich herum verschwamm. Der Ballsaal drehte sich, ich verlor das Gefühl für Raum und Zeit und die Kontrolle über meinen Körper.

Eiskalte Hände umschlangen meine Taille, hoben mich hoch und warfen mich über eine Schulter, aber es war mir egal. Ich kämpfte noch immer gegen die Wut, die alles in mir ausfüllte. Mein Kopf war leergefegt und ausschließlich damit beschäftigt, sich auf die Flammen zu konzentrieren, die meine Fäuste umzüngelten und an meinen Handgelenken leckten.

Gemurmel erhob sich um mich herum, während ich aus dem Saal getragen wurde. Frische, milde Sommerluft umfing mich und schließlich Dunkelheit. Man hatte mich von den Menschen weggebracht. Weil ich eine Gefahr und in der Lage war, das komplette Schloss in Flammen aufgehen zu lassen.

»Lasst mich mit ihr allein«, bellte Byron und ich glaubte, ihn noch nie so aufgebracht erlebt zu haben.

»Bist du dir sicher? Du weißt, was das letzte Mal passiert ist.« Jareds eindringliche Stimme war nur leise zu hören.

Ich versuchte mich auf ihr Gespräch zu konzentrieren, um dem tobenden Inferno in mir endlich Einhalt zu gebieten, doch sobald ihre Stimmen verstummten, spürte ich die Flammen erneut und heftiger. Dabei war ich gar nicht mehr wütend, sondern nur noch erschöpft. Weil ich mich nicht im Griff hatte und es nicht kontrollieren konnte.

»Jared, geh!« Byron klang außer sich. »Ich werde niemanden gefährden, weil ich einen Fehler gemacht habe. Auch dich und Katara nicht, hast du verstanden?«

Ich wusste nicht, ob Jared verstanden hatte, weil er stumm blieb, aber ich hörte Schritte, die sich entfernten. Dann wurde ich auf dem Kiesweg abgesetzt.

»Ich kann es nicht mehr lange aufhalten«, presste ich zwischen den Zähnen hervor. Mein Kiefer fühlte sich mittlerweile an, als würde er entzweibrechen, so hart zwängte ich ihn aufeinander.

»Du kannst und du musst. Wenn du nicht willst, dass wir beide draufgehen, bleibt dir keine Wahl.« Byron sprach beherrscht, aber das Zittern in seiner Stimme blieb mir trotz des Sturms in mir nicht verborgen.

»Ich will nicht sterben«, wisperte ich und spürte die Tränen in meinen Augenwinkeln. Neben der Wut kroch Entsetzen meinen Rücken empor.

»Wir werden nicht sterben!« Er griff nach meinen Oberarmen, schüttelte mich leicht. »Du musst mir jetzt zuhören, in Ordnung?«

Ich nickte, kniff die Lider zusammen und öffnete sie wieder. Sah ihm direkt in die Augen. Unsere Blicke verhakten sich ineinander.

»Du atmest jetzt tief ein und aus. Mach deinen Geist frei, lass die Wut los«, beschwor er mich und ich versuchte seinen Anweisungen zu folgen, aber es gelang mir nicht. Es fühlte sich an, als hätte die Wut tief in mir einen Samen gepflanzt, der sofort gekeimt und Wurzeln geschlagen hatte.

»Avianna, hörst du mich?« Byron klang jetzt ebenfalls panisch, seine Augen waren weit aufgerissen und das Eisblau darin funkelte nicht mehr, sondern war angsterfüllt.

»Ich kann nicht!« Die Tränen flossen ungehindert aus meinen Augen und verdampften im nächsten Augenblick auf der erhitzten Haut. Erschrocken blickte ich an mir herunter, sah das orange-rote Glühen um mich herum, während mein Körper langsam von den Handgelenken an Feuer fing.

Byron ließ mich nicht los. Eis legte sich um seine Hände, die weiterhin meine Oberarme umschlungen hielten.

»Verdammt!«

Im nächsten Moment zog er mich zu sich. Ich fühlte, wie sein Körper unter meiner Hitze zusammenzuckte, hörte, wie hinter uns Stimmen erschrocken seinen Namen brüllten, aber im nächsten Moment war mein Verstand wie gelähmt. Eiskalte weiche Lippen legten sich auf meine. Kühle Arme hielten mich mit harten, angespannten Muskeln umschlungen und fest an seinen Körper gepresst.

Ich riss die Augen auf, starrte in das Blau seiner Augen, die er schließlich schloss. Seine Hand legte sich an meine Wange, die andere strich über meinen Rücken. Seine Eismagie bewahrte ihn davor, unvorstellbare Schmerzen zu leiden, obwohl er mich küsste.

Und abrupt platzte der Wutknoten. Als dränge die Tatsache, dass Byron mich küsste, erst jetzt zu mir durch. Die Flammen zogen sich zurück, Gänsehaut kroch über meinen Körper und mein Herz schlug so heftig gegen meine Brust, dass ich glaubte, es wollte herausspringen.

Byrons Lippen lagen fest auf meinen, seine Hand, die mir über den Rücken gestrichen hatte, legte sich in meinen Nacken, drückte mich enger an sich und seine Zunge tippte behutsam an meine Unterlippe.

Erschrocken sprang ich von ihm weg. »Verdammt, bist du verrückt geworden?«, fuhr ich ihn an, aber obwohl ich erneut zornig sein sollte, kehrte dieses ohnmächtige Gefühl nicht mehr zu mir zurück.

»Zumindest sind wir nicht gestorben«, sagte er spröde und wischte sich mit dem Handrücken über die Lippen. Hatte ihm der Kuss etwa missfallen? Er hatte mich geküsst, wirklich geküsst. Mein Herz flatterte noch immer voller Aufregung und auch die unzähligen blubbernden Bläschen, die sich in meinem Bauch vergnügt hatten, schienen sich dort eingerichtet zu haben.

»Vielleicht solltest du das nächste Mal besser über deine Worte nachdenken, bevor du dich darüber echauffierst, dass ich uns beinahe umbringe«, schmetterte ich zurück. Eigentlich war ich zu ausgelaugt, um mich weiterhin zu streiten.

Byron sah zu Boden. Seine Arme hingen schlaff und ohne Spannung herab, die Hände waren allerdings zu Fäusten geballt. Er schüttelte den Kopf, dann sah er auf. Der gequälte Ausdruck in seinen Zügen warf mich beinahe von den Beinen.

»Es tut mir leid, Avianna. Ich hätte das nicht sagen dürfen«, flüsterte er und rang nach Worten. »Niemand weiß besser als ich, was es bedeutet, eine einzige Enttäuschung für den eigenen Vater zu sein.« Behutsam machte er wieder einen Schritt auf mich zu. Seine Augen waren voller Schmerz, voller Bedauern, als trauerte er um den kleinen Jungen, der um die Liebe seines Vaters hatte kämpfen müssen und sie doch nie erlangt hatte.

Plötzlich zog er mich erneut in seine Arme. Kurz befürchtete ich, er wollte mich wieder küssen, aber stattdessen hielt er mich fest an sich gedrückt. Ich wusste nicht, ob er mich trösten wollte oder sich selbst. Sein Atem streifte mein Ohr und hinterließ eine Gänsehaut, die sich über meinen gesamten Körper zog. »Ich will nur, dass du weißt, dass du für mich niemals eine Enttäuschung warst.«

***

Wir schlenderten durch den Garten, hingen beide unseren Gedanken nach und sprachen kein Wort miteinander. Die Stille zwischen uns war laut und unbehaglich, aber jedes weitere Wort hätte den Moment nur verwirrender gemacht. Gerade waren wir nicht in der Lage, uns mit den Emotionen des jeweils anderen auseinanderzusetzen, mussten wir uns doch erst über unsere eigenen klar werden.

Das Gefühl seiner Lippen klang noch immer auf meinen nach. Der kühle Hauch seines Atems, die Nähe seines Körpers und seine Arme, die sich um mich geschlungen hatten. Ich hörte noch seine Worte in meinem Ohr, die ich nicht verstand.

Immer wieder fasste ich mir verstohlen an die Brust, um sicherzugehen, dass mein Herz weiter schlug, nachdem es an diesem Abend heftig aus dem Takt geraten war.

Ab und zu warf Byron mir einen prüfenden Blick zu, so durchdringend, dass ich unbewusst den Atem anhielt und mein Herz erneut übermütig Kapriolen schlug.

Es wäre leicht gewesen zu glauben, der Kuss hätte etwas grundlegend zwischen uns geändert. Dann müsste ich nicht weiter darüber nachdenken. Aber das Leben war nicht einfach, das hatte ich mittlerweile gelernt. Denn irgendetwas hatte sich bereits in den letzten Wochen verändert. Mit dem wachsenden Vertrauen zwischen uns, mit jedem Wort von ihm, das die Tür zu seiner Welt für mich geöffnet hatte, war dieses andere Gefühl stärker geworden. Und jetzt schlenderte ich stumm neben ihm her, beinahe unfähig zu atmen, unfähig die Worte zu sagen, die zwischen uns hingen.

Wie hatte es sich ändern können, ohne dass ich etwas bemerkte? Warum waren meine Gefühle nach diesem Kuss auf einmal so klar, obwohl mir vorher alles wie ein Rätsel erschienen war?

Unauffällig strich ich mit den Fingern zart über meine Lippen, als könnte ich andernfalls seine Berührung fortwischen. Das Kribbeln klang noch immer nach.

»Es tut mir leid«, wisperte er unerwartet in die Stille und ich zuckte erschrocken zusammen. »Ich wollte keine Grenze überschreiten.« Er rang seine Hände und wischte sie an seinen Hosen ab, während er von einem Fuß auf den anderen trat und meinen Blick um jeden Preis mied.

»Avianna«, begann er wieder, weil ich ihm eine Antwort schuldig blieb. Dabei war ich nicht wütend, nicht einmal beschämt, sondern wusste einfach nicht, was ich sagen sollte oder wofür er Vergebung suchte.

»Ich wusste mir einfach nicht mehr anders zu helfen. Ich wollte diesen zerstörerischen Kreislauf deiner Kraft durchbrechen, bevor es genauso geendet hätte wie damals.« Seine Stimme klang resigniert. »Oder noch schlimmer.«

»Es ist in Ordnung«, sagte ich, weil es das war. Weil er mein Leben gerettet hatte – erneut. Und weil es sich gut angefühlt hatte, aber das sagte ich nicht.

»Hast du darüber nachgedacht?«, fragte er jäh.

Verwirrt sah ich zu ihm auf, begegnete seinem Blick zum ersten Mal seit unserem Kuss. »Worüber?«

»Darüber, ob du gehen oder ob du bleiben willst. Darüber, ob die Hochzeit nach dem Sommer stattfinden wird oder nicht.« Er sah ernst zu mir herab, ansonsten verriet nichts, welche Antwort er sich von mir erhoffte. Ob er wollte, dass ich gehe oder dass ich blieb.

»Ich weiß es nicht, Byron«, antwortete ich ehrlich und seufzte tief. »Ich habe dir bereits gesagt, dass ich nicht gehen will, dass ich zwar kaum hierhergehöre, aber noch weniger zurück kann. Aber das heißt nicht, dass ich deine Königin werden kann«, gab ich zu und ließ die Schultern hängen.

Tatsächlich wollte ich lieben und geliebt werden und ich wusste nicht, ob ich das an seiner Seite jemals haben könnte. Ob wir jemals so füreinander empfinden würden, wie Elric und Mira es taten oder ob ich in seinen Armen jemals alle Mauern fallen lassen könnte, so wie Katara es in Jareds Armen getan hatte.

Byron sah mich weiter an, stumm, abschätzend. Als versuchte er hinter meine Worte zu sehen, als suchte er nach einer versteckten Bedeutung darin. Nur gab es die nicht. Momentan wusste ich nicht, ob ich ihn heiraten konnte, aber ich wusste genauso wenig, ob ich die Vereinbarung zwischen Vater und ihm wirklich lösen konnte – oder wollte.

In mir rang mein Pflichtbewusstsein mit meinen Wünschen und dazwischen war dieses neue Gefühl, das in den letzten Wochen irgendwann aufgetaucht und seitdem nicht mehr gegangen war. Dieses Gefühl, das mein Herz dazu brachte aus meiner Brust springen zu wollen, sobald Byron mich ansah, und das heiße, prickelnde Spuren auf meiner Haut hinterließ, wenn er mich flüchtig berührte.

»Avianna.« Byron trat einen Schritt auf mich zu, kam mir wieder gefährlich nahe und riss mich damit wirkungsvoll aus meinen Gedanken. Seine Hände griffen nach meinen Oberarmen, seine Finger schlossen sich sanft darum. Augenblicklich setzte das Kribbeln ein, mein ganzer Körper geriet in Aufruhr. Und ich wusste, was das zu bedeuten hatte, immerhin war ich nicht so naiv, aber ich wollte es nicht wahrhaben. Weil ich dann darauf hoffen müsste, dass er ebenso empfand. Und dieser abwegigen Idee wollte ich mich keinesfalls hingeben.

»Avianna«, beschwor er mich erneut und zwang mich ihm zuzuhören. »Ich kann dir nicht versprechen, dass ich dich niemals verletzen werde. Und ich kann dir auch nicht versprechen, immer die richtigen Worte zu finden. Aber ich kann dir versprechen, dass ich es versuchen werde. Jeden einzelnen Tag unseres gemeinsamen Lebens.«

Die Worte klangen zu schön, um wahr zu sein. Er sprach sie dennoch mit einer solchen Ernsthaftigkeit, mit so viel Samt in seiner tiefen Stimme, dass ich ihm nur zu gern Glauben schenken wollte. Und wahrscheinlich waren diese Worte wahr, aber er sagte sie nicht aus dem Grund, aus dem ich sie hören wollte.

Auch wenn er mir die Wahl ließ und ich seinem Hof den Rücken kehren konnte, lagen seine Interessen darin, sein Land und seine Leute zu beschützen. Und das konnte er am besten, wenn er das Abkommen mit meinem Vater erfüllte und mich zur Königin von Glacien machte.

Ja, auch wenn ich es nie gewollt hatte, war ich mittlerweile heil- und rettungslos in Byron verliebt. Er hatte sich langsam und unbemerkt in mein Herz geschlichen. Aber ich war nicht bereit, mich mein Leben lang nach meinem Gemahl zu verzehren, mein Leben lang nach seiner Liebe zu lechzen und dabei zuzusehen, wie er sich die nächste Mätresse neben mir nahm. Gleichzeitig war ich genauso wenig bereit zu gehen. Ich wollte nicht ohne ihn sein, nicht ohne Mira und auch nicht mehr ohne Maleah, Jared und Elric. Ich hatte hier Freunde gefunden, doch ich wusste, lehnte ich die Hochzeit ab, könnte ich nicht mehr bleiben. Nicht, weil es mir nicht gestattet wäre, sondern weil ich Byron sonst niemals würde vergessen können.

Schließlich atmete ich tief durch. Byron verdiente eine Antwort. »Es tut mir leid, ich brauche Zeit«, sagte ich und befreite mich aus seinem lockeren Griff, wandte mich ab und schritt eilig zum Schloss zurück. Eine bessere Antwort würde ich ihm vorerst nicht geben können.

Kapitel 19

Kaum hatte ich mir über meine Gefühle klarwerden können, war der komplette Hof erneut in Aufruhr. Es hatte einen Angriff von Rebellen auf ein entlegenes Dorf gegeben. Wie ich hörte gab es einen Teil des Landes, in dem die Anhänger von Byrons Vater noch Angst und Schrecken verbreiteten und damit versuchten Menschen für ihre Sache zu gewinnen. Getreu dem Motto: Seid ihr nicht für uns, seid ihr gegen uns.

Byron hatte sofort einen Trupp zusammengestellt, um in diese Region zu reisen, sich ein Bild vom Ausmaß der Zerstörung zu machen und um die Überlebenden sicher in eines der Flüchtlingsdörfer rund um Deighe zu bringen.

Zwar hatte Jared mehrmals versucht auf Byron einzureden und ihn davon zu überzeugen, nicht selbst mit dem Trupp zu reiten, doch dieser hatte sich natürlich nicht davon abbringen lassen.

Ich seufzte und Mira warf mir einen argwöhnischen Blick zu. Wie so häufig in den letzten Wochen, saßen wir zusammen in der Küche und halfen Daron und seinem Personal bei den Vorbereitungen für das Abendessen. Aber heute waren meine Bewegungen fahrig und ich war viel langsamer als gewöhnlich. Seitdem ich wusste, dass Byron für einige Tage den Hof verlassen würde, hatte sich eine innere Unruhe in mir ausgebreitet. Das Herz klopfte mir in regelmäßigen Abständen bis zum Hals, mein Magen flatterte vor Angst und mir wurde mehrfach speiübel.

Meine Bitte, ihn begleiten zu dürfen, hatte er gestern abgeschmettert. Mein Hinweis auf die Freiheiten, die er mir zugestanden hatte, wurde von ihm belächelt. »Es geht hier nicht um Freiheit, sondern darum, dass ich fähige Männer und Frauen brauche, die kampferprobt sind. Du benötigst noch Unterricht.«

Und ich wusste, wie recht er damit hatte, aber das Gefühl, bei ihm sein zu wollen, ließ deswegen nicht nach. Alles in mir schrie, weil ich ihn um jeden Preis begleiten wollte. Ihm zur Seite zu stehen und auch die gefährlichen Seiten meiner neuen Heimat kennenzulernen, erschien mir wichtig.

Erneut seufzte ich auf.

»Das hält ja niemand aus«, beschwerte sich Mira und rollte mit den Augen. »Sprich es doch endlich aus.«

Irritiert hob ich den Kopf, sah sie verständnislos an. »Was soll ich aussprechen?«

»Was auch immer dir im Kopf herumspukt«, erwiderte sie und legte ihr Schälmesser beiseite, widmete sich komplett mir.

Ungerührt schälte ich weiter die Kartoffel in meiner Hand, atmete tief durch. »Wenn ich wüsste, womit ich beginnen soll.«

»Vielleicht mit deiner Veränderung.« Sie zuckte mit den Schultern. »Verstehe mich nicht falsch. Ich finde es gut, wie du dich hier entwickelst, aber es ist überraschend.«

»Findest du das wirklich so überraschend, nach allem, was wir hier erfahren haben?«

»Nein, aber mir war auch vorher schon klar, dass dein Vater nicht der beste König und erst recht kein guter Vater war.« Sie verstummte, senkte beschämt den Blick. »Entschuldige bitte, so weit hätte ich nicht gehen dürfen.«

Ich sah sie an. Lange sagte keine von uns ein Wort. Mira hielt die Augen gesenkt, mied meinen Blick, während ich sie musterte. Meine Freundin, die vielleicht in diesem Moment zum ersten Mal wirklich meine Freundin war, weil sie aussprach, was sie immer gedacht hatte, ohne Konsequenzen fürchten zu müssen. Und dennoch senkte sie den Blick, als hätte sie weiterhin Angst vor den Folgen ihrer Worte.

Ich wusste nicht, warum, aber ich lachte. Erst kicherte ich lautlos in mich hinein, doch letztlich brach es aus mir heraus. Ich legte den Kopf in den Nacken und lachte aus voller Kehle. Tränen traten mir in die Augen, meine Wangen schmerzten innerhalb von Sekunden unter der ungewohnten Spannung, aber ich konnte nicht aufhören. Das hier tat ich eindeutig zu selten.

»Alles in Ordnung?«, fragte Mira verwundert und sah mich mit großen Augen an. Der Versuch, ihr mit einem Nicken zu antworten, scheiterte ebenfalls an meinem nicht enden wollenden Gelächter.

Mir tat der Bauch weh, als der Lachanfall langsam verebbte und ich erschöpft und schwer atmend den Kopf auf die Tischplatte sinken ließ. »Das tat erstaunlich gut«, murmelte ich und fühlte mich überraschenderweise befreit.

»Das freut mich für dich.« Mira klang irritiert und ihr Blick spiegelte weiterhin ihr Unverständnis wieder.

»Es ist nur so absurd«, erklärte ich außer Atem. »Wir sind fast unser ganzes Leben lang befreundet, ich habe uns immer als beste Freundinnen gesehen, aber mein Leben musste erst komplett zerbrechen und neu zusammengesetzt werden, damit ich erkenne, dass wir erst jetzt wirklich befreundet sein können.«

Ich schüttelte ungläubig den Kopf darüber, dass ich so blind gewesen war. Dass ich all diese Dinge in Iralia nie gesehen hatte. »Ich war ziemlich mit mir selbst beschäftigt, oder?«, fragte ich zerknirscht.

Mira zuckte mit den Schultern, als wäre das alles nicht schlimm. »Du warst eben ein Stück weit die verwöhnte Prinzessin, die dein Vater aus dir gemacht hat. Wahrscheinlich war ich dein Ventil. Die Form der Rebellion, die du dir erlaubt hast und die er dir zugestanden hat, um dich nicht für seine Sache zu verlieren.«

Auch wenn wir Iralia überwunden hatten, wenn ich nicht mehr diese Prinzessin, die Thronfolgerin meines Vaters war, zuckte ich unter ihren harten Worten zusammen. Wie ein Messer schnitten sie in meine Eingeweide, aber ich versuchte dem Gefühl keine Macht zu geben. Mich nicht von Dingen überwältigen zu lassen, die ich nicht ändern konnte.

»Es tut mir leid«, wisperte ich, bloßgestellt von ihren Worten. »Ich war damals sicher keine sonderlich gute Freundin.«

»Du warst meine beste Freundin«, beschwor Mira mich und legte mir ihre Hand auf den Rücken, strich sanft darüber und strahlte mich mit so viel Wärme an, dass sie damit den Rest meines Schamgefühls vertrieb. »Und ich wusste schon immer, dass mehr in dir steckt.« Mit einem Zwinkern griff sie wieder nach ihrem Messer und widmete sich den Kartoffeln.

»Ich mag es hier«, gestand ich. »Ich mag es, wer ich hier sein kann.« Mit dem Kopf deutete ich auf den Kartoffelberg vor mir, auf meine Hände, unter deren Nägeln sich der Dreck und Erde sammelten.

»Und du magst Byron.«

Alarmiert sah ich auf, lugte verstohlen hinter mich, doch niemand vom Küchenpersonal nahm Notiz von uns. Alle waren mit den Vorbereitungen für das Abendessen beschäftigt.

»Er ist ein guter König«, wich ich ihrer Frage aus. »Sein Volk ist ihm wichtig.«

»Er ist ein guter Mann, Avianna«, antwortete Mira geradeheraus. »Und ich glaube, dass dir das mittlerweile auch bewusst ist.« Ein anzügliches Grinsen legte sich um ihre Lippen.

»So, wie dir das bei Elric bewusst ist?«, schoss ich unverfroren zurück, um sie damit in die Defensive zu drängen.

Mit Erfolg. Innerhalb von wenigen Augenblicken änderte sich ihr triumphierender Gesichtsausdruck zu einem gequälten und sie biss sich verlegen auf die Unterlippe.

»Lenk nicht ab«, wehrte sie meinen Versuch ohne viel Überzeugungskraft in der Stimme ab.

»Erzähl mir lieber, was da zwischen euch vorgefallen ist«, drängte ich weiter.

»Wir verstehen uns gut.« Sie wand sich unter diesen Worten und gleichzeitig suchte sie nach den richtigen, um ihren Gefühlen Ausdruck zu verleihen. »Vielleicht habe ich mich verliebt«, gab sie schließlich seufzend zu. Im selben Augenblick nahm ihre Miene einen verklärten Ausdruck an.

»Das war offensichtlich«, neckte ich und grinste. »Ich freue mich für euch.« Entschlossen fügte ich an: »Ich glaube, Glacien ist wirklich gut für uns. Auch wenn ich das anfangs nie geglaubt hätte.«

***

Ich wusste, der Tag der Abreise von Byron und seinem Trupp würde kommen und ich wusste auch, er käme schneller, als mir recht war. Trotzdem war ich nicht auf den Schmerz vorbereitet. Der Anblick des Trupps, der bis an die Zähne bewaffnet und größer als üblich war, jagte mir gleichzeitig Respekt und Angst ein. An seiner Spitze stand Byrons Hengst, sein Reiter neben ihm verabschiedete sich von Maleah, die sich verstohlen die Tränen aus den Augen wischte.

Ich hielt mich im Hintergrund, weil ich nicht wusste, wie ich mich verabschieden sollte. Byrons bevorstehende Reise schnürte mir die Luft zum Atmen ab und Panik hatte sich in mir breitgemacht, die wie ein monströses Ungeheuer auf meiner Brust saß und zudrückte.

Am liebsten wäre ich zu Byron gestürmt, hätte mich in seine Arme geworfen und mich so fest an ihn gekrallt, dass ihm keine andere Möglichkeit blieb, als mich mitzunehmen. Da ich jedoch ahnte, dass er Letzteres niemals tun würde, weil er mich nicht unnötig in Gefahr bringen wollte und ich Ersteres niemals über mich bringen würde, blieb ich ruhig stehen und beobachtete weiter stumm die Szenerie.

Nachdem Maleah ihn freigegeben hatte, schaute er sich suchend um. Sein Blick tastete jedes Gesicht der umstehenden Menschen ab, bis er meines fand. Ohne die Augen abzuwenden, reichte er Maleah die Zügel seines Rosses und kam mit festen, ausladenden Schritten auf mich zu.

Mein Herz schlug mir bis zum Hals und meine Hände schwitzten so heftig, dass mir nichts anderes übrigblieb, als sie mehrmals an meinen Hosen abzuwischen.

»Wolltest du dich nicht verabschieden?«, fragte er und blieb dicht vor mir stehen.

»Ich … also …«, stammelte ich, überfordert von dieser forschen Direktheit und benebelt von seiner Nähe. Es kostete mich einiges an Willenskraft, um meine Schultern zu straffen und ihm in die Augen zu sehen, ohne dass mir schwindelig wurde.

»Na komm, ich sehe doch, dass du etwas zu sagen hast«, zog er mich mit seinem charakteristischen Schalk in den Augen auf. Aber ich war es müde, in diesem Moment unsere üblichen Spielchen zu spielen.

»Komm einfach zurück, hörst du?«

»Wieso?« Er zog eine Augenbraue in die Höhe, sein Grinsen wurde breiter. »Brauchst du mich etwa?«

Erschrocken riss ich die Augen auf. »Nein, nein, das ist es nicht.«

Statt mir endlich Raum zu geben, damit ich besser atmen und mich konzentrieren konnte, beugte er sich zu mir herunter. Sein Atem streifte mein Ohr. »Willst du mich etwa?«, wisperte er.

Ich versuchte die Hitze, die mir in die Wangen schoss, durch bloße Willenskraft zu vertreiben, nur um ihn nicht sehen zu lassen, wie nahe er der Wahrheit kam. Stattdessen machte ich einen Schritt rückwärts, weg von ihm.

»Jetzt werde bloß nicht übermütig«, entgegnete ich, konnte aber das Zittern in meiner Stimme nicht kaschieren. »Ich kann dich mittlerweile einfach ganz gut leiden und es wäre schade, wenn du nicht wieder zurückkämst.«

»Ganz gut leiden, ja?« Er lachte und der tiefe Samt brachte etwas in mir zum Klingen, vibrierte in mir nach und ließ mein Herz höherschlagen. »Wie schön, meine Zukünftige kann mich also ganz gut leiden.«

»Verspiel dir meine Sympathien nicht«, warnte ich ihn, auch wenn sich längst ein Lächeln auf meine Züge geschlichen hatte.

Abwehrend hob er die Hände, als wollte er sagen, dass er das niemals riskieren würde. Dann zog er mich urplötzlich in seine Arme, sodass ich gegen seine Brust stolperte.

»Ich passe auf mich auf, Prinzessin, keine Angst«, sagte er ernst. »Und wenn ich wieder zurück bin, brauche ich deine Entscheidung.«

Ohne auf eine Erwiderung zu warten, ließ er mich frei und wandte sich ab. Er ging wieder zu seinem Hengst und nahm Maleah die Zügel seines Pferdes aus den Händen. Kurz darauf war er aufgesessen und der Trupp setzte sich in Bewegung. Ich blieb stehen und sah ihm nach, bis er hinter dem Tor und am Horizont verschwunden war.

***

»Na komm.«

Erschrocken zuckte ich zusammen. Die anderen Menschen um mich herum hatten den Ort bereits verlassen, lediglich ich sah noch in die Ferne und suchte den Horizont ab, als würde Byron mit wehenden Fahnen zurückgeritten kommen und mich doch mit sich nehmen.

Von mir selbst genervt schüttelte ich den Kopf und nickte Maleah zu, folgte ihr in ihren Arbeitsbereich und ließ mir von ihr einen Tee aus Kräutern mit beruhigender Wirkung brühen. Nur langsam gelang es mir, mich gedanklich von Byron und seiner Reise zu lösen, die Bilder aus meinem Kopf zu vertreiben, die meine Angst wieder und wieder zeichnete.

»Er kommt zurück«, versicherte Maleah mir und stellte die heiße Kanne neben mir auf den Tisch. »Er kommt immer zurück.« Ihre Stimme war getragen von der Liebe, die sie für ihren Ziehsohn empfand. Ich spürte einen Stich im Herzen, einen Anflug von Neid, weil mütterliche Liebe mir stets fremd geblieben war. Ariela, meine Stiefmutter, hatte nie viel für mich übriggehabt und daraus kein Geheimnis gemacht. Als ihre nicht leibliche Tochter war ich das Übel, das sie in Kauf genommen hatte, um Königin von Iralia zu werden. Aber all der Reichtum, all die königlichen Würden, hatten ihr Leben nicht retten können, als ein schweres Fieber sie vor einigen Jahren dahingerafft hatte. Während meine Geschwister in tiefer Trauer um ihre Mutter gewesen waren und sogar Vater so etwas wie eine Gefühlsregung gezeigt hatte, war ihr Tod für mich schändlicherweise befreiend gewesen.

»Du denkst zu viel, Kind«, sagte Maleah trocken und blies in ihre Tasse, nippte prüfend am Tee und verzog dann unzufrieden das Gesicht. »Zu heiß.«

»Kann man auch nicht denken?«, fragte ich, müde von meinen eigenen Gedanken.

»Es heißt, man könne.« Maleah stellte ihre Tasse ab und setzte sich auf einen Hocker mir gegenüber. »Aber ich habe diese Kunst auch nie erlernt.« Sie zwinkerte lächelnd und legte mir tröstend eine Hand auf mein Knie.

»Ich weiß gar nicht, was mit mir los ist«, versuchte ich zu erklären, aber jegliche mir bekannten Worte schienen zu banal und ungenügend, um meine Gefühle hinreichend zu beschreiben.

»Natürlich weißt du es, aber du fürchtest dich davor«, sagte sie sanft, nahm die Hand von meinem Bein und lehnte sich zurück. Ihr Blick blieb auf mir, liebevoll und mitfühlend betrachtete sie mich, dann lächelte sie zufrieden.

Ich konnte es nicht erklären und womöglich spielte meine Wahrnehmung mir einen Streich, strafte mich für die viel zu lange Nacht, die ich mich schlaflos in meinem Bett gewälzt hatte, aber ich glaubte eine tiefe Zufriedenheit in ihren Zügen zu erkennen.

»Wie könnte ich keine Angst haben?«, fragte ich, überging diesen rätselhaften Ausdruck in ihrem Gesicht.

»Es ist natürlich, Angst zu haben, Avianna. Es würde uns längst nicht mehr geben, wenn es nicht in unserer Natur läge Angst zu empfinden. Wichtig ist, dass du lernst zu verstehen, welche Angst begründet ist und dein Überleben sichert, und welcher Art von Angst du die Stirn bieten musst. Wann es sich lohnt etwas zu riskieren.«

»Ich fürchte mich nicht vor Byron«, stellte ich resolut klar und sprang von meinem Schemel auf.

Maleah lachte. So sehr, dass sich ihr Körper immer wieder schüttelte und sie sich mit der flachen Hand wiederholt auf den Oberschenkel klopfte. Mit ihrer Schürze, die voll grüner und brauner Flecken von all ihren Pasten und Tinkturen war, wischte sie sich Tränen aus den Augenwinkeln.

»Das habe ich auch gar nicht gemeint«, schmunzelte sie, ihre Stimme zitterte, als müsste sie einen weiteren Lachanfall unterdrücken. »Ich meinte, du solltest etwas riskieren und ihm sagen, was du empfindest.«

Ihre Worte drangen langsam zu mir durch und selbst dann wollte ich ihren Sinn nicht erfassen. Dieser Vorschlag war absurd. Ganz sicher würde ich mich nicht vor Byron bloßstellen. Was, wenn auch er mich auslachte? Was, wenn er mich freigeben wollte, weil er sich dadurch erhoffte, mich niemals heiraten zu müssen? Dieser Schmach würde ich mich nicht preisgeben.

»Ich sehe, du bist nicht bereit dazu.«

»Wir sind einander versprochen. Sollte er mehr in dieser Verbindung sehen, steht es ihm jederzeit frei, mir das mitzuteilen«, erwiderte ich und hob meinen Kopf, reckte mein Kinn vor und versuchte so stolz zu wirken, wie ich es einst als Kronprinzessin Iralias getan hatte. Aber es fühlte sich an, als wäre ich nur eine jämmerliche Imitation meiner selbst.

Maleah schüttelte resigniert den Kopf, nahm ihre Tasse und nippte erneut prüfend daran. Diesmal nickte sie wohlwollend. »Der Tee ist gut«, sagte sie und deutete mit der Hand auf den Hocker, von dem ich aufgesprungen war.

Nur widerwillig setzte ich mich wieder hin, ließ mir von ihr ebenfalls einen Becher eingießen. Schweigend tranken wir den Kräutertee. Mein innerer Aufruhr legte sich mit jedem Schluck ein wenig mehr und die Müdigkeit kehrte zurück, breitete sich wie eine Decke über mich und ich schlug die Hand vor den Mund, konnte das Gähnen aber nicht mehr unterdrücken. »Entschuldige, wie unhöflich von mir.«

»Ich sehe keinen Grund dafür, um Verzeihung zu bitten. Du warst schon müde, als wir hergekommen sind und die Kräuter im Tee haben eine beruhigende Wirkung. Es wird Zeit, dass du schläfst, Avianna.« Sie deutete auf das Bett an der Wand, auf mein altes, verhasstes Krankenlager, das mir jetzt auf einmal verlockend vorkam.

Ich hinterfragte nicht, warum sie sich erneut so fürsorglich um mich kümmerte. Stattdessen stand ich schwerfällig auf und schleppte meinen bereits erschlaffenden Körper zu der Schlafstätte. Maleah half mir dabei, meine Beine ins Bett zu ziehen und deckte mich wie ein kleines Kind zu.

»Ich bin müde«, wisperte ich mit schwerer Zunge. Die Sicht vor meinen Augen verschwamm.

»Ich weiß.« Ihre Stimme war rau und beruhigend, lullte mich ein und half mir dabei mich zu entspannen. Während ich die Augen schloss, strich sie mir eine Strähne aus dem Gesicht, streichelte mir sanft über den Kopf. Bevor ich endgültig in die geöffneten Arme des Schlafs fiel, hörte ich sie noch flüstern: »Vielleicht gesteht Byron dir seine Gefühle nicht, weil er dir die Wahl lassen will, ohne dich zu beeinflussen.«

Kapitel 20

Der Wind strich durch meine Haare. Noch war er mild, doch die ersten herbstlichen Boten hatten schon Einzug gehalten. Blätter fielen in bunter Pracht von den Bäumen, Blumen verwelkten und die Sonne wurde häufiger von einer dicken Schicht grauer Wolken verborgen, die nahezu sintflutartige Regenfälle mit sich brachten.

»Avianna, konzentriere dich!«

Wie immer zuckte ich unter dem Knall ihrer Stimme zusammen. Nachdem sowohl Jared als auch Byron das Schloss verlassen hatten, fiel Katara wieder die undankbare Aufgabe zu, mich zu unterrichten. Allerdings war sie die letzten Wochen nicht ganz so hart zu mir gewesen, wie ich es von meiner Anfangszeit hier kannte. Katara würde ihren Unterricht niemals so geduldig und freundlich abhalten, wie Jared es tat, aber sie war zugänglicher geworden, erkannte meine Schwächen und arbeitete mit ihnen, anstatt sie zu verteufeln und mich als unfähig zu bezeichnen.

Insgesamt war unser Verhältnis dadurch besser geworden. Zwar gingen wir weiterhin auf Abstand, schlichen umeinander wie zwei Raubkatzen, bereit einen Angriff der jeweils anderen abzuwehren, aber unsere Beziehung war nicht mehr von Hass und Furcht geprägt.

»Ich konzentriere mich doch!«, fuhr ich sie an.

»Wenn du es nicht tust, kann ich das sehen, schon vergessen? Du hampelst herum, wenn du abgelenkt bist.« Ihr Blick lag hart und unnachgiebig auf mir, aber um ihre Mundwinkel zuckte ein Lächeln. Sie war fast genauso unkonzentriert wie ich.

Seit der Abreise von Byrons Trupp waren einige Wochen ins Land gegangen und ich hatte mir mit der Zeit eingestehen müssen, dass ich Byron schmerzlich vermisste. Mir fehlten seine Neckereien, mir fehlten seine Ernsthaftigkeit und seine Offenheit, wenn wir miteinander sprachen. Mir fehlte der einzige Mensch, der nicht nur anerkannt hatte, dass mehr in mir steckte als nur die Marionette meines Vaters, sondern der mich darin bestärkt hatte, mich von diesen Fäden zu befreien und meinen eigenen Weg zu gehen.

Und, auch wenn ich es ungern zugab, mir fehlten seine Berührungen und wie sie mein Herz dazu brachten, frenetisch in meiner Brust zu schlagen, während meine Haut unter seinen Händen Feuer fing.

Trotzdem versuchte ich sein Bild aus meinem Kopf zu verscheuchen und mich wieder auf meine Übungen zu konzentrieren. Ich wollte den neu gewonnenen Frieden, den Katara und ich irgendwie geschlossen hatten, nicht sofort wieder aufs Spiel setzen.

Ich atmete tief durch, konzentrierte mich darauf, meine Lungen mit Luft zu füllen und sie kontrolliert wieder entweichen zu lassen. Ich spürte jedem Muskel in meinem Körper nach, spannte sie an und ließ locker. Mit jedem Atemzug wurde ich gelassener, mein Geist klärte sich und die Gedanken, die ich gehabt hatte, wurden nichtig und klein.

Nun versuchte ich der Magie nachzuspüren, folgte ihrem Pulsieren bis zu ihrem Kern, tief verborgen in meiner Körpermitte. Ich stellte mir ihre Kraft vor als einen orange-roten Ball, der in Flammen stand, ohne mich dabei von innen heraus zu verbrennen. Behutsam zupfte ich an ihrem Strom, zog ihn von dem Kern fort, ließ ihn durch meine Adern fließen und leitete ihn wachsam bis in meine Fingerspitzen. Doch kaum versuchte ich eine Flamme entstehen zu lassen, zog sich die Kraft in enormem Tempo in sich zurück. Der Funken Magie versiegte, bevor ich ihn entfacht hatte. So, wie es immer gewesen war.

»Ich werde es nie lernen«, seufzte ich frustriert.

»Spürst du deine Magie bewusst oder nicht?«, fragte Katara, ohne auf mein Jammern einzugehen.

»Ja, aber das habe ich vorher auch schon.«

»Nein, hast du nicht. Du hast gespürt, dass sie da ist, aber du warst dir ihrer nicht so bewusst wie jetzt. Du bist niemals auch nur in die Nähe ihres Kerns gekommen.«

Sie hatte recht, dennoch fiel es mir schwer, ihren Worten Glauben zu schenken und meine Fortschritte anzuerkennen. Ich wollte schneller vorankommen, wollte mehr. Immerhin wusste ich nur zu gut, dass die Flammen in mir vorhanden waren.

»Wir machen Schluss für heute.«

Ich seufzte, nickte aber und stand aus meinem unbequemen Sitz in der Mitte des Übungsplatzes auf, klopfte mir den Staub von den Hosen und winkte Katara kurz zu, bevor ich mich mit schnellen Schritten in meine Gemächer zurückzog, um meinen Tagträumen weiter nachhängen zu können. Immerhin waren sie im Moment alles, was mir von Byron geblieben war. Ich sehnte den Tag herbei, an dem er zurückkäme.

Kaum hatte ich das Zimmer betreten, fiel mir der Vogel in der Ecke des Fenstersimses auf. An den Krallen war die silberne Phiole befestigt, in der ein Brief von einem mir nur zu bekannten Absender versteckt war.

Mein Magen zog sich zusammen und ich schluckte die Übelkeit herunter, die sich sofort einen Weg meinen Hals hinauf gesucht hatte. Zögerlich näherte ich mich dem Tier, nicht, weil ich es hätte erschrecken können, sondern weil ich den Inhalt des Schreibens fürchtete.

Ich griff nach dem Gefäß, öffnete es und schüttelte das gerollte Papier in meine Handfläche. Der Vogel beobachtete mich mit Argusaugen, als würde er meinem Vater über mein Verhalten Bericht erstatten wollen.

Als stünde ich tatsächlich unter Vaters Beobachtung, entrollte ich sein Schreiben mit zittrigen Fingern und begann die Zeilen zu lesen. Natürlich verlor er kein Wort darüber, wie es ihm oder meinen Geschwistern ging, keine Zeile darüber, was in Iralia passierte. Stattdessen bestand der ganze Brief aus dem Vorwurf, dass ich ihm keine verwertbaren Informationen hatte zukommen lassen und dass ich eine einzige Enttäuschung sei, obwohl er doch seit meiner Geburt alles getan hatte, damit ich mein Erbe erfüllte.

In den Augen meines Vaters war ich eine Enttäuschung und es wunderte mich mittlerweile, dass ich so lange hatte blind sein können. Dass es Glacien und Byron gebraucht hatte, um zu erkennen, wie sehr ich in diesem starren Korsett gefangen gewesen war, das er mir verpasst hatte.

Aber diesmal fasste ich einen endgültigen Entschluss. Ich würde sein Spiel nicht mehr mitspielen. Ich war keine Marionette und ich wollte die Menschen, die ich liebgewonnen hatte, die meine Freunde und meine Vertrauten geworden waren, nicht mehr verraten. Und vor allem würde ich keinen weiteren Schritt unternehmen, um ihm Byron ans Messer zu liefern. Das hatte er nicht verdient. Es war mir egal, ob Byron meinen Kopf rollen ließ, wenn er jemals von dem Verrat ihm gegenüber erfuhr, aber ab heute gab es für mich keine Briefe mehr. Keine Geheimnisse, die er mir nicht anvertrauen konnte, weil ich sie an Vater verriet. Ich hatte verstanden, wohin ich gehörte. Wo ich die Frau sein konnte, die ich war, ohne dafür verurteilt oder bestraft zu werden. Ich war frei und verliebt und möglicherweise zum ersten Mal in meinem Leben glücklich. Ich schwor mir in diesem Moment, Byron zu gestehen, dass ich ihn liebte, sobald er zurück war. Endlich hatte ich mich entschieden: Für ein Leben in Glacien und vor allem für ein Leben an seiner Seite.

***

Brianna und ich saßen außer Atem auf dem sandigen Übungsgelände und hielten uns die Brust. Katara hatte uns bis an unsere Grenzen getrieben und ich hatte beinahe schon befürchtet, sie wollte Blut sehen, so sehr hatte sie unseren Kampf mit ihren Worten befeuert.

Am Ende war Brianna als klare Siegerin hervorgegangen, aber ich musste mir zugestehen, dass ich mittlerweile einen beachtlichen Schlag hatte und das Schwert wesentlich sicherer führte, als es noch vor einiger Zeit der Fall gewesen war.

So begnadet und anmutig wie Byron, Jared oder Elric würde ich zwar niemals werden. Auch nicht so stark und schnell wie Katara. Aber ich erarbeitete mir mit jeder Übungseinheit neue Fertigkeiten und verringerte damit den Abstand zu Brianna, die mir nicht mehr innerhalb von zwei Schlägen ihre Klinge an den Hals oder vor die Brust hielt.

»Wir sind fertig für heute.« Katara streckte ihre Hand aus und sammelte unsere Übungsschwerter ein.

»Endlich«, flüsterte Brianna, die zwar geschickt und gut in Form war, aber dennoch von Katara an den Rand ihrer Kraft und darüber hinaus getrieben wurde.

Mühsam rappelte sie sich auf. Ihr Fuchs sprang ihr direkt um die Beine, forderte sie zum Spiel auf. »Jetzt nicht, Kleiner. Ich muss mich dringend frisch machen und etwas essen«, kicherte sie und hob müde ihren Arm für mich und Katara zum Gruß, ehe sie zusammen mit ihrem Seelentier den Übungsplatz verließ und in Richtung Schloss davonging.

Auch ich kämpfte mich mühsam hoch, massierte mit der linken Hand mein rechtes Handgelenk, das von dem Gewicht des Schwertes schmerzte.

»Bleibst du noch ein wenig?«, fragte Katara und setzte sich vor mich in den Sand, zog ihre Beine zu sich heran und zeichnete mit dem Finger kleine Kreise in den Boden.

Verwirrt folgte ich ihrer Bitte. Auch wenn sich unser Verhältnis gebessert hatte, hatte es bisher keinen Anlass dafür gegeben, uns außerhalb des Trainings über etwas anderes als ebenjenes auszutauschen.

Nachdem ich ebenfalls wieder saß, beobachtete ich Katara dabei, wie sie angestrengt meinen Blick mied und offensichtlich für sich sortieren musste, wie sie dieses Gespräch am besten anfing. Irgendwann sah sie auf – und von meiner harten, unnachgiebigen Lehrerin war nichts übriggeblieben. Ihre Gesichtszüge wirkten unerwartet weich und waren gezeichnet von einer Qual, die ich nie zuvor in solcher Form bei jemand anderem wahrgenommen hatte.

»Ich wünschte, ich könnte dich hassen, Avianna«, sagte sie und ihre Worte trafen mich wie ein Pfeil. »Wirklich, ich versuche es, ich will es, aber ich kann es nicht.«

Sie zögerte und ich sah die Tränen, die sich langsam in ihren Augen sammelten. Erst nach mehrmaligem Blinzeln schien sie sich soweit wieder im Griff zu haben, dass sie den Tränenfluss zurückdrängen konnte. Katara atmete tief durch, sprach aber nicht weiter. Ihr Blick ruhte auf mir, abwesend, als würde sie durch mich hindurchsehen. Als wäre sie sehr weit entfernt von diesem Ort.

»Früher, als ich noch ein junges Mädchen war, habe ich nie verstehen wollen, was an mir besonders war«, sagte sie tonlos. »Meine Eltern hatten mich immer gewarnt, aber ich fühlte mich nur eingesperrt. Ich war mir sicher, meine Flügel waren zum Fliegen da, nicht dafür, mein winziges Heimatdorf nie zu verlassen.«

Sie stockte, spielte mit ihren Fingern und zupfte an der dünnen Nagelhaut. Ihre Flügel klirrten leise, als sie den Kopf schüttelte und die Schwingen spannte.

»Ich hörte nicht auf meine Eltern. Ich war ein Hitzkopf und Aguana hatte mir nichts zu bieten.« Sie schnaubte. »Zumindest dachte ich das.«

Wie gebannt lauschte ich ihrer Geschichte. Ich wusste nicht, warum sie sich mir öffnete, aber ich war mir sicher, dass ihre Geschichte etwas mit meiner zu tun hatte und wollte wissen, wohin ihre Worte mich führten.

Katara berichtete davon, wie sie die entlegensten Länder erkundet hatte und überall argwöhnisch betrachtet wurde. Sie erzählte von Neid und von Missgunst und davon, wie sie ihren Eltern viel zu spät Glauben schenkte. Und sie erzählte von Iralia. Davon, wie mein Vater sie versklaven ließ, damit sie die Felder um Ankras wässerte. Die Geschichte ihrer Folter jagte mir eisige Schauer über den Rücken. Das Wissen darüber, dass man ihr wieder und wieder die Flügel gestutzt, ihre Magie geblockt und sie in Ketten gelegt hatte, damit sie niemals würde entkommen können, schnitt tief in meine Eingeweide.

»Wäre ich allein gewesen, hätte ich das sicher nicht überstanden«, flüsterte sie und ich sah die Tränen, die ihr über die blassen Wangen rannen. »Hätte ich Vandra nicht gehabt, wäre ich sicher nicht mehr hier.« Ihre Stimme verlor sich in ihrer Trauer, erstickte an ihren Tränen.

Sie sah mich an. In ihren Augen brannten Entschlossenheit und Wut, die mir eine Gänsehaut bescherten. Katara war nicht immer so wütend, nicht immer so todbringend gewesen. Mein Vater war es, der dies aus ihr gemacht hatte.

»Vandra war dir ähnlich. Nicht nur, weil ihr beide aus Iralia stammt, sondern weil sie wie du gleichermaßen naiv und entschlossen war. Naiv, weil sie dachte, wir würden beide entkommen können, entschlossen, weil sie sich nicht von ihrem Plan abbringen ließ.«

Die Liebe, mit der sie über Vandra sprach, bedrückte mich. Ich ahnte, wie die Erzählung ausgehen würde. Vandra war nicht hier, aber Katara.

Und ich behielt recht. Vandra hatte ihr Leben geopfert, um jenes von Katara zu retten, und hätte ich diese Geschichte in einem der unzähligen Bücher in Vaters Bibliothek gelesen, hätte ich vor bittersüßem Schmerz geseufzt. Jetzt aber kam mir nichts daran romantisch oder bittersüß vor. Ich spürte Kataras Schmerz, spürte die Trauer um diese verlorene Liebe.

»Weißt du, Avianna, ich würde dich gern hassen. Weil du Mitras Tochter bist und ich dich so gern dafür verantwortlich machen möchte, dass ich Vandra verloren habe. Gleichzeitig will ich dich hassen, weil du ihr so ähnlich bist. Weil du mich täglich an sie erinnerst. An die Liebe, die wir teilten, genauso wie an den Schmerz, der mich noch immer zerreißt.«

»Dann hass mich doch«, flüsterte ich, weil es einfacher wäre. Nicht nur für sie, sondern auch für mich.

»Ich kann nicht«, gestand sie und wischte sich trotzig mit ihrer Bluse über die nassen Wangen. »Weil ich sehe, wie sehr du kämpfst. Wie sehr du gefallen willst, und langsam glaube ich, du bist genauso wenig wie dein Vater, wie Byron seinem Vater gleicht.«

Darauf wusste ich nichts zu sagen. Wenn sie wüsste, wie weit sie von der Wahrheit entfernt war. Dass sie einer Verräterin ihr Herz ausgeschüttet hatte. Allein der Gedanke schnürte mir die Kehle zu. Übelkeit stieg in mir auf und ich versuchte sie wieder herunterzuschlucken. Ich war nicht mehr die Avianna, die letzten Winter hierhergekommen war. Auch ich hatte mich verändert. Hatte in Glacien eine neue Heimat gefunden, hatte Dinge über meinen Vater und mich erfahren, die alles änderten. Doch zu spät.

Denn trotz allem blieb ich eine Verräterin. Trotz allem hatte ich Byron und sein Land in den ersten Wochen nach meiner Ankunft an Vater ausgeliefert. Diese Schuld würde ich niemals sühnen können.

Katara erhob sich, klopfte den Staub von ihrer Hose und reichte mir ihre Hand, um mir ebenfalls aufzuhelfen. Ich ergriff sie zögerlich und ließ mich von ihr auf die Füße ziehen.

»Zeit für das Abendessen«, sagte sie, als hätten wir nicht vor wenigen Momenten eine Unterhaltung geführt, die unsere Beziehung zueinander für immer verändert hatte.

Beinahe bewunderte ich sie dafür, wie gut sie ihre Emotionen kontrollierte. Wie sehr sie wieder die harte, unnachgiebige Kriegerin war. Aber dann erkannte ich, dass diese Beherrschtheit ihre Überlebensstrategie war. Ohne diese Maske aus Emotionslosigkeit und Härte hätte Katara ihre Gefangenschaft nicht überlebt. Ohne die dicke Mauer aus Verbissenheit und Wut wäre sie bereits an ihrer Trauer zerbrochen.

»Schau nicht so, Avianna«, fuhr sie mich an, aber ihre Stimme war lange nicht mehr so scharf wie früher. »Vielleicht haben sie mir die Flügel gestutzt, aber dabei haben sie vergessen, dass Biester auch Krallen haben.«

KAPITEL 21

Wir saßen gemeinsam an der langen Tafel und frühstückten, als der Albtraum für mich begann. Zunächst erhob sich Gemurmel auf den Fluren und die Unruhe übertrug sich schließlich auch auf Mira, Brianna und mich. Wir erhoben uns von unseren Stühlen, stürmten den Menschen auf den Gängen hinterher und folgten ihnen in den Garten.

Erleichtert atmete ich auf, weil ich in der Ferne das Tor geöffnet vorfand und am Horizont Reiter ausmachte, die sekündlich näherkamen.

»Sie kommen wieder«, sagte Katara, die sich zu uns gesellt hatte, und lächelte dabei erlöst. Die letzten Wochen hatten alle im Schloss unter Anspannung und Gereiztheit gelitten.

Jeder von uns war zuversichtlich gewesen, dass Byron mit seinem Trupp unversehrt zurückkehren würde, dennoch war ein Rest Unsicherheit geblieben. Die Lage im Land war angespannt, die Rebellen waren nicht zu unterschätzen. Zwar befanden sie sich in der Minderheit, ihre Methoden waren dafür umso brutaler. Sie zögerten nicht, sie versuchten nicht die Konflikte friedlich zu lösen, sondern sie mordeten. Und den Mann, der ihren König gestürzt und getötet hatte, würden sie erst recht nicht verschonen.

Die Stimmen um mich herum erhoben sich erneut, wurden aufgeregter, aber gleichzeitig mischte sich unter die Ausgelassenheit Sorge. Ich richtete meinen Blick wieder auf die Reiter, versuchte den Grund der Unruhe auszumachen und im nächsten Moment gefror mir das Blut in den Adern.

An der Spitze erkannte ich Elric und Jared, die ihre Pferde antrieben, als wären Dämonen hinter ihnen her. Einige Soldaten folgten ihnen in einem gehörigen Abstand, als wäre ihnen die Luft ausgegangen. Aber vom majestätischen Hengst, den Byron sein Eigen nannte, war weit und breit nichts zu sehen. Von meinem Verlobten fehlte jede Spur.

Im selben Moment spürte ich, wie meine Hände zu zittern begannen. Mein Herz preschte in meiner Brust los, als wollte es Jared und Elric entgegenrennen, um sicherzugehen, dass das hier ein riesiges Missverständnis war und Byron jeden Moment am Horizont auftauchen würde. Er würde darüber lachen, was für einen Schrecken sie uns mit dieser Narretei eingejagt hatten.

Irgendetwas in mir wusste bereits, dass das nicht passieren würde. Dass das hier bittere Realität war und Byron seinen Trupp nicht anführte und auch nicht plötzlich irgendwo zwischen seinen Männern auftauchen würde.

Meine Brust schnürte sich zu und ich schnappte vergeblich nach Luft. Alles um mich herum drehte sich, die Ränder meines Blickfeldes verschwammen, weil längst ein Meer aus Tränen sich seinen Weg aus meinen Augen suchte.

Irgendjemand drückte beruhigend meine Hand und zog mich von der Menge fort, deren aufgeregtes Gemurmel bedrohlich anschwoll.

»Sie mich an, Mädchen«, rief Maleah nachdrücklich und ich schüttelte verwirrt den Kopf.

»Du musst jetzt stark sein, verstanden? So lange, bis wir genau wissen, was vorgefallen ist. Ein Nervenzusammenbruch hilft uns nicht weiter«, wisperte sie scharf und ich war mir nicht sicher, ob sie versuchte mich zur Vernunft zu rufen, sich selbst oder gar uns beide.

Erst jetzt merkte ich, wie auch sie am ganzen Leib zitterte. Spürte, wie kalt und nass vom Schweiß ihre eigenen Hände waren.

»Wo ist Byron?«, hörte ich mich schluchzen. Als würde ich mir von außen dabei zusehen, wie ich vor Sorge verrückt wurde. Als gehörten mein Verstand und meine Emotionen nicht zueinander.

»Hast du mir zugehört?« Maleah griff mich bei den Schultern und schüttelte mich, um mich zur Vernunft zu bringen.

»Ich kann nicht«, stieß ich bebend hervor.

Das war die Wahrheit. Ich konnte nicht. Mein Körper führte ein Eigenleben. Mir war schlecht, mein Bauch schmerzte und schließlich sank ich kraftlos auf die Knie. Krallte die Finger in die Erde, versuchte mich daran festzuhalten, weil ich fürchtete auseinanderzufallen. Tränen tropften von meinem Kinn auf den Boden und ich biss die Zähne so fest zusammen, dass mein Kiefer schmerzte.

»Er hat mir versprochen, dass er zurückkommt«, weinte ich. »Er hat es versprochen!«

Maleah kniete sich vor mich. In ihrer Hand hielt sie ein Tuch und ich glaubte, sie wollte mir die Tränen damit trocknen. Wollte mich trösten. Aber stattdessen sah sie mich bedauernd an, die Augen schimmerten schwarz und waren voller Schmerz.

»Ach, Mädchen, ich wünschte, du hättest mir eine Wahl gelassen«, sagte sie und dann legte sie mir das Tuch über Mund und Nase.

Erschrocken schnappte ich nach Luft, nahm den beißend-süßlichen Geruch wahr, kämpfte gegen das Gefühl keine Luft mehr zu bekommen und spürte letztendlich, wie mein Körper erschlaffte. Nur wenige Sekunden später färbte sich mein Blickfeld schwarz, meine Augen klappten zu und ich fiel zur Seite.

»Schlaf gut, kleine Prinzessin«, flüsterte Maleah sanft, dann glitt ich ins Nichts.

***

Ich erwachte mit einem Dröhnen im Kopf, das den begabtesten Trommlern Iralias Konkurrenz gemacht hätte. Mir war übel und bevor ich mich meiner Umgebung vergewissern konnte, bäumte mein Körper sich auf, mein Magen drehte sich um und ich schaffte es gerade noch, meinen Kopf über den Rand der Matratze zu bringen, ehe ich mich auf den Boden erbrach.

In mir krampfte sich immer wieder alles zusammen. Meine Kehle brannte, mein Mund war angefüllt mit dem säuerlichen Geschmack, aber jedes Mal, wenn ich mich zurück in das Kissen fallen lassen wollte, überkam mich eine erneute Welle der Übelkeit.

»Die Sauerei machst du weg, Maleah«, hörte ich Katara im Hintergrund trocken sagen. »Du musstest ihr das Zeug ja unbedingt geben.«

»Ihr Körper brauchte Ruhe«, erwiderte die Heilerin ebenso unbeeindruckt und fügte dann an: »Es hört gleich auf.«

Und sie behielt recht. Wie auf Kommando beruhigte sich mein Magen und ich atmete zitternd ein, legte mich wieder hin und schloss die Augen. Ich wusste nicht mehr, was mit mir los war, warum ich hier war, aber ich war froh nicht weiter erbrechen zu müssen. Mein Kopf hämmerte allerdings weiterhin und ich war müde, unvorstellbar müde. Bevor ich darüber nachdenken konnte, warum ich erneut in einem der Krankenbetten lag, dämmerte ich wieder weg.

***

Als ich das nächste Mal erwachte, holte mich die Realität mit so viel Härte ein, dass sie mir die Luft aus den Lungen presste. Verzweifelt rang ich nach Atem, versuchte mich zu beruhigen, aber die Panik war längst zurück. Byron! Wo war Byron?

»Scht, alles ist gut.« Maleah war sofort bei mir, strich mir tröstend über das Haar und hielt mir die Hand.

Und irgendwie gelang es mir, mich unter ihren Berührungen zu entspannen. Zumindest so weit, dass ich atmen konnte, ohne zu fürchten ersticken zu müssen. Nur den Schmerz in der Brust, den konnte sie mir nicht nehmen. Der ließ sich nicht wegstreicheln, ließ sich nicht mit wenigen gemurmelten Worten vertreiben. Die Leere dort, wo sonst mein Herz in Byrons Nähe aufgeregt klopfte, war allgegenwärtig und verschlingend.

»Wo sind Elric und Jared?«, verlangte ich zu wissen und bemühte mich um einen festen Klang meiner Stimme.

Maleah lächelte milde, beinahe ein bisschen nachsichtig. »Sie haben sich zurückgezogen und beraten sich. Katara und einige Seelentierwächter sind bei ihnen.«

Ich setzte mich abrupt auf. »Byron ist nich ...« Meine Stimme brach weg und ich öffnete und schloss meinen Mund, ohne, dass ich einen weiteren Ton hervorbrachte. Es auszusprechen war mir unmöglich.

»Sie gehen nicht davon aus. Informationen von ihm sind zu wichtig, als dass sie ihn töten würden.« Ihr Blick entglitt mir. Sie wandte sich ab und ihre Schultern hingen schlaff herunter.

Nach allem, was ich wusste, nach allem, was Katara mir über ihre Gefangenschaft erzählt hatte, war ich mir nicht sicher, ob der Tod nicht gnädiger gewesen wäre. Die Vorstellung, was die Rebellen Byron antaten, wenn er ihnen nicht die Informationen gab, die sie sich von ihm erhofften, brachte mich um den Verstand. Ich wusste, er würde jeden Schmerz, jede Qual und jede Pein ertragen, um uns nicht zu verraten.

Der Gedanke an einen geschundenen Byron, an einen gebrochenen König, trieb mir erneut Tränen in die Augen. Aber gleichzeitig brannte ich innerlich vor Wut und vor Entschlossenheit. Ich spürte das Feuer, wie es durch meine Adern rauschte, spürte das Kribbeln in den Fingerspitzen und ich spürte noch etwas anderes. Ich spürte mich, meinen Verstand, meinen Körper und den Kern meiner Magie. Alles an mir drängte sich überdeutlich in meine Wahrnehmung. Nicht das Feuer verschlang mich, sondern ich verschlang das Feuer. Es konnte mich nicht bezwingen, denn ich war seine Meisterin, ich befehligte es. Die Flammen hatten keine Macht über mich, weil ich die Flammen war. Wir waren eins. Das spürte ich zum allerersten Mal ganz deutlich.

»Bring mich zu Jared und Elric«, sagte ich mit fester Stimme. Endlich war ich bereit. Bereit dazu, meine Wut zu entfesseln, mein Feuer willentlich zerstören zu lassen. Ich würde jeden zu Asche verbrennen, der sich zwischen mich und Byron stellte. Ich würde ihnen die Qualen, die sie ihn spüren ließen, tausendfach zurückzahlen.

Maleah sagte nichts, nickte nur und half mir aus dem Krankenbett. Kurz darauf brachten Zofen mir neue Kleidung und ich beeilte mich, als hinge mein eigenes Leben davon ab. Und es war so. Das Leben, das ich wollte, das ich mir in den letzten Wochen ausgemalt hatte, war ohne Byron nicht möglich.

Schweigend trat ich aus dem Zimmer und folgte Maleah, die ebenfalls wortlos voranging und mir den Weg wies.

Im Schloss herrschte eine eigenartige Stille. Die Nerven aller waren zum Zerreißen gespannt und die Anspannung so groß und allgegenwärtig, dass man sie mit einem Messer hätte schneiden können.

Schließlich blieb meine Begleiterin vor einem Raum stehen, dessen massive

Holztür verschlossen war. Bevor ich den Arm heben und klopfen konnte, hielt Maleah mich am Handgelenk zurück. »Überlass es ihnen«, flehte sie.

»Ich kann nicht.«

»Und ich kann dich nicht gehen lassen«, wisperte sie und schlug ihre Augen nieder.

»Aber ich muss doch etwas tun. Ich kann ihn doch nicht einfach zurücklassen«, sagte ich verbissen.

»Glaub mir, niemand versteht das besser als ich. Aber manchmal hat man keine Wahl. Manchmal muss man Menschen zurücklassen, die man liebt und das Beste für sie hoffen.« Ihre Hand legte sich fester um mein Handgelenk. Sie tat mir weh, aber ich schwieg, nicht sicher, ob sie überhaupt bemerkte, wie sehr sie sich an mir festhielt.

»Man hat immer eine Wahl«, sagte ich und sie sah mich an. Ihre Miene war so voller Bedauern, dass ich unter ihrem Blick ein wenig schrumpfte.

Dann schüttelte sie den Kopf. »Nein, nicht immer. Ich hoffe nur, dass du das nie selbst erfahren musst.« Damit ließ sie mein Handgelenk los und eilte den Gang in die andere Richtung davon. Ich sah ihr verwirrt nach, doch ich hatte keine Zeit, über ihr seltsames Verhalten nachzudenken.

Ein letztes Mal atmete ich tief durch, nahm all meinen Mut zusammen und erhob erneut den Arm. Wir würden Byron retten, dessen war ich mir sicher. Einen anderen Gedanken durfte ich nicht zulassen.

***

Sie hatten mich nur unter Protest eingelassen. Vor allem Jared war der Meinung gewesen, bei Maleah wäre ich besser aufgehoben. Einen erneuten Nervenzusammenbruch konnte man nicht gebrauchen. Kurioserweise hatte Katara sich für mich stark gemacht und unter ihrem Protest war Jared letztlich eingeknickt und hatte mich an ihrer Planung teilnehmen lassen.

Mittlerweile wusste ich, dass man Byron nachts aus dem Lager entführt hatte. Geübte Bogenschützen hatten den Wachtrupp ausgeschaltet, bevor dieser überhaupt reagieren konnte. Wie die Rebellen das Lager gefunden hatten, obwohl sie auf dem Rückweg eine andere Route gewählt und kein

Feuer gemacht hatten, blieb ein Rätsel. Sie fürchteten einen Verräter in den eigenen Reihen und ich hoffte, bei dem Wort hatten sie mein eigenes Unbehagen übersehen.

Zwei Soldaten waren als Spähtrupp zurückgelassen worden. Man erhoffte sich in den nächsten Tagen Nachricht von ihnen. Vielleicht, so räumte Elric wiederholt ein, waren sie zu nachlässig gewesen. Immerhin hatten sie sich kurz vor Deighe befunden, weit entfernt von jedem bekannten Rebellengebiet. Man hatte schlicht nicht damit gerechnet, noch angegriffen werden zu können.

»Und wie wollt ihr ihn finden?«, platzte ich heraus, weil ich es nicht mehr aushielt.

»So weit sind wir noch nicht«, kanzelte Jared mich ab.

»Wir werden ihn aber nicht retten, wenn wir nur darüber sprechen, wer einen Fehler gemacht hat. Das ist doch unerheblich! Byron ist weg und das ist nicht zu ändern. Jetzt geht es darum ihn da rauszuholen!«

»Ich habe es doch gesagt!«, warf Jared Katara vor und überging damit komplett meinen Einwand. »Wenn wir sie teilnehmen lassen, bringt sie alles durcheinander. Sie ist emotional zu involviert.«

»Wir sind alle emotional involviert, Jared.« Katara verdrehte die Augen und stemmte die Hände auf den Tisch. Dann wandte sie sich mir zu und deutete mit einem Finger auf die Karte vor sich. »Siehst du das Waldgebiet dort im Norden von Deighe?«

Ich folgte ihrem Finger mit meinem Blick und entdeckte im Norden, nicht weit von hier, tatsächlich ein kleines Waldstück. Ich nickte.

»Wir vermuten, dass sie ihn dorthin verschleppt haben. Byron erst wieder quer durch das Land zu schaffen, hätte zu viel Aufmerksamkeit erregt.«

Ihre Erklärung leuchtete ein.

»Allerdings ist das nicht ganz so einfach, wie Katara das darstellt«, mischte sich Jared erneut mit scharfer Stimme ein. »Selbst, wenn das Gebiet klein ist, können wir es nicht einfach durchkämmen und nach ihm suchen. Sonst entwischen sie uns, bevor wir auch nur den Hauch einer Chance hatten.«

Desillusioniert trat ich einen Schritt vom Tisch zurück und setzte mich auf einen Stuhl hinter mir. Mein Körper verlangte nach etwas zu essen, ich war ausgehungert und kraftlos, aber gleichzeitig wollte ich ihnen keine Schwäche zeigen. Ich hatte mir das alles leichter vorgestellt. Einen Plan schmieden, losreiten, Byron retten. Ich schüttelte den Kopf über meine eigene Naivität. Gleichzeitig musste ich an Vandra denken und an Kataras Geschichte. Vielleicht hatte sie recht, vielleicht waren Vandra und ich uns wirklich ähnlich.

»Und was tun wir dann?«, fragte ich. »Hier um den Tisch stehen, die Frage nach der Schuld wälzen und warten, dass Byron wie durch ein Wunder wieder auftaucht?«

Elric seufzte. »Nein, Prinzessin. Wir warten darauf, dass die Späher das Rebellenversteck finden und dann schlagen wir zu. Schnell, sauber und ohne aufzufallen.«

Ich erschauerte unter der Kälte in seiner Stimme. Bisher war Elric stets der ruhigste, der gutmütigste von ihnen gewesen. Anscheinend steckte in ihm noch eine ganz andere Seite.

»Wenn es soweit ist, will ich mitkommen.«

Die Köpfe der drei schossen alarmiert in die Höhe. Während sich auf Elrics Gesicht lediglich Verwunderung spiegelte, schienen Jared und Katara amüsiert.

»Netter Versuch, Avianna, aber das ist ausgeschlossen«, sagte sie.

»Ich kann das«, entgegnete ich trotzig, stand von meinem Platz auf und verschränkte die Arme vor der Brust, so als könnte ich stehend mehr Eindruck schinden.

»Selbst, wenn du es könntest – und wir wissen alle, du bist noch lange nicht so weit wirklich zu kämpfen –, gehe ich dieses Risiko nicht ein.« Jared verschränkte ebenfalls die Arme vor der Brust, als wäre das ein stummer Wettstreit zwischen uns.

»Ich will nicht wieder hilflos zusehen. Ich will nicht erneut zum Warten verdonnert sein. Ich drehe hier durch«, versuchte ich an sein Mitgefühl zu appellieren, aber ich sah in seinen Augen, dass ich verloren hatte.

»Dann werden wir für dich wohl eine Aufgabe finden müssen. Hier im Schloss.« Damit hatte er das letzte Wort gesprochen, drehte sich um und verließ den Raum. Er hatte mich zum Warten verdonnert und ich würde nichts dagegen tun können.

Kapitel 22

Die Tage zogen an mir vorbei, ohne, dass ich sie wahrnahm. Die meiste Zeit verbrachte ich in der Küche. Ich existierte, aber ich lebte nicht. Ich sprach mit den Leuten um mich herum, erinnerte aber kein Wort davon. Innerlich starb ich jeden Tag ein wenig mehr. Der Schmerz ließ mich taub werden, bis ich mir wünschte, ich würde einfach nicht mehr aufwachen. Dann wiederum fraßen mich die Sorgen auf, lähmte mich die Angst und ich wünschte mir die Taubheit zurück, weil das Fühlen zu sehr schmerzte.

Seit Byrons Verschwinden waren elf Tage vergangen. Die Späher hatten vor zwei Tagen das Rebellenversteck ausfindig gemacht und gestern Abend waren Jared, Katara, Elric und einige Soldaten aufgebrochen, um ihren König zu befreien. Ich hatte im Stall gestanden, geholfen, die Pferde für den Trupp zu zäumen, so wie Byron mir es im Unterricht gezeigt hatte, und mir gewünscht, ich könnte Sia satteln und mit ihnen reiten.

Ich hatte noch mehrmals versucht Jared zu überzeugen. Hatte ihn glauben machen wollen, mein Feuer kontrollieren zu können. Auf seine Forderung, meinen Worten Taten folgen zu lassen, hatte ich jedoch nicht nur ihn, sondern auch mich selbst enttäuscht. Ich hatte die Flammen nicht nur nicht beherrscht, sondern abermals nicht einmal einen Funken hervorrufen können.

Meine Nutzlosigkeit so klar vor Augen zu haben erschwerte mir zusätzlich den Umgang mit der Situation. Zuerst war ich nicht Kronprinzessin geworden, weil ich keine Magie wirken konnte und jetzt konnte ich auch Byron nicht helfen. Egal, wo ich gebraucht wurde, ich stand nutzlos daneben und konnte nur zusehen, wie mir alles aus den Händen glitt.

Plötzlich stürmte Mira wie von Sinnen in die Küche. »Sie sind zurück!«, schrie sie aufgeregt und um mich herum brach Tumult los.

Vor Schreck schnitt ich mir in den Finger. Blut floss aus der Wunde auf meine Bluse, meine Hose und auf den Tisch. Erschrocken erwachte ich endlich aus meiner Trance und begriff. Sie waren zurück. Byron!

Ich sprang auf, griff nach einem Tuch und schlang es um meine Hand, ignorierte den Schmerz und das Pochen und stürmte den anderen hinterher.

Mira sah mich an, wollte etwas sagen, aber ich ließ sie stehen, rannte an ihr vorbei. Ich konnte keinen weiteren Augenblick erübrigen. Ohne endgültige Gewissheit würde ich verrückt werden. Und ich glaubte an Elric, Jared und Katara. Wusste einfach, dass sie mir Byron unversehrt zurückbrachten.

Als ich die Schlosstreppe erreichte, kamen sie mir entgegen. Katara stürmte mit wildem Blick voraus, die Wut darin sprühte Funken und zwang alle Umstehenden, eingeschüchtert zurückzuweichen.

Maleah stürmte an mir vorbei und auf Elric zu. Sogleich begannen sie sich mit besorgten, schmerzverzerrten Mienen zu unterhalten. Maleahs Blick streifte kurz meinen und die Qual in ihren Augen intensivierte sich, ehe sie schnell wegsah und weiterstürmte.

Mein Magen zog sich schmerzhaft zusammen. Um meine Brust legte sich ein Ring, der mir die Luft abschnürte und sich mit jedem Atemzug enger zusammenzog. In mir spürte ich längst, dass es schlecht aussah. Dass ich mir keine allzu großen Hoffnungen machen sollte, weil sie am Ende vielleicht zerschlagen wurden.

Dann sah ich ihn. Sah, wie Jared die Treppe erklomm, die Trage fest im Griff. Am Fußende ein anderer Soldat, dessen mächtiger Seelengefährte, ein Eisbär, neben ihm her trabte.

Ich wandte den Blick von dem majestätischen Tier ab und zwang mich die Person anzusehen, die auf der Trage lag. Zwang mich Byron in dieser Gestalt zu erkennen, aber es wollte mir nicht recht gelingen. Es kam mir vor, als hätten sie den falschen Mann nach Hause gebracht. Er wirkte viel zu klein und verletzlich. Sein Körper war ausgemergelt und er lag zusammengekauert wie ein Baby auf der Trage, das Haar strähnig und verschwitzt. Überall klebte getrocknetes Blut. An seinem Körper, an der Trage, im Fell des Eisbären und an Jareds Händen. Alles war voller Blut und ich hoffte inständig, nicht alles davon war Byrons.

Sein ganzer Körper schien zerschunden. Unzählige Wunden und Striemen zierten seine Arme und sein Gesicht. Der Rest war verborgen unter einem weißen Leinentuch, das sie notdürftig als Zudecke genutzt hatten.

Eigentlich hätte ich erleichtert auf ihn zustürmen sollen. Zumindest hatte ich es mir die letzten Tage so ausgemalt. Jetzt aber stand ich wie angewurzelt auf der Treppe. Mein Blick klebte auf dem Häufchen Elend, das Byron sein sollte, und ich war unfähig einen Schritt zu tun. Die Realität kollidierte mit meiner Fantasie und der Kontrast lähmte mich. Statt purer Freude erfasste mich neue Sorge. Er war zurück, ich hatte ihn wieder, doch die Blicke meiner Freunde machten mir deutlich, dass ich mich besser nicht daran gewöhnte. Dass ich ihn wieder verlieren konnte. Die Trage verschwand um eine Ecke, auf dem Weg in Maleahs Reich, und in mir zerbrach etwas in tausend Scherben.

***

Diesmal war ich es, die ihm an seinem Krankenbett nicht von der Seite wich. Ich hielt seine Hand, ich streichelte über sein Haar, ich flüsterte ihm Worte zu, von denen ich hoffte, er würde sich nicht daran erinnern, wenn er erwachte, weil sie viel zu intim waren. Alles, was mir in den letzten Wochen durch den Kopf gegangen war, breitete ich vor ihm aus. Zwischen uns sollte es keine Geheimnisse mehr geben und wenn er tatsächlich gesund werden sollte, wenn er wieder erwachte und sich an nichts davon erinnerte, schwor ich mir, würde ich erneut den Mut finden, ihm meine Gefühle zu gestehen. Sogar von meinen Briefen an Vater würde ich ihm erzählen, wenn er doch nur wieder zu mir zurückkam.

Maleah und ich sprachen nur wenige Worte miteinander. Wir beide fürchteten uns zu sehr davor, seine Verletzungen offen anzusprechen. Sie zu benennen würde sie real machen und das würde bedeuten, wir akzeptierten, wie schlecht es um ihn stand. Dass er dem Tode näher war als dem Leben. Und dazu war niemand von uns bereit. Wir alle, selbst Jared und Katara, schlossen die Augen vor dem beinahe Unausweichlichen. Wir hofften auf ein Wunder und jeder von uns hatte auf die eine oder andere Art bereits erfahren müssen, dass Wunder nicht vom Himmel fielen. Dass sie nicht passierten, egal wie sehr man sie sich wünschte, wie sehr man sie brauchte. Wir alle hatten schon darauf gehofft und waren tief gefallen. Jetzt bereiteten wir uns auf einen weiteren Fall vor.

Mittlerweile wusste ich, wie die Wunden zu versorgen waren und nahm Maleah einen beträchtlichen Teil der Arbeit ab. Ich wollte ihr damit Pausen verschaffen, aber sie war genauso schlaflos wie ich. Wir wachten mehr als wir ruhten. Wenn unsere Augen zufielen und wir einige Momente kostbaren Schlafes bekamen, dann, weil unsere Körper es verlangten. Ansonsten schlugen wir Zeit tot, hingen unseren trüben Gedanken nach und hofften.

Vorsichtig zog ich den Verband von seiner Hand. Kurz stülpte sich mir der Magen um, aber ich schluckte die säuerliche Flüssigkeit herunter. Mittlerweile fürchteten Maleah und ich um Byrons linke Hand, obwohl wir alles taten, um sie zu erhalten, aber an dieser Stelle war der Wundbrand so schwerwiegend geworden, dass unsere letzte Hoffnung die Maden waren. Maleah stand mit den sich windenden kleinen Tieren neben mir. Nachdem ich die Wunde erneut ausgewaschen hatte, gab sie die Maden in die noch offene, entzündete Wunde.

»Jetzt können wir nur hoffen«, flüsterte sie, legte die Schale beiseite und beobachtete, wie die Tiere sich in dem Fleisch wanden. »Er muss es schaffen.«

Ich blieb stumm. Hoffen fiel mir mit jedem Moment, den er hier lag und sich nicht bewegte, schwerer. Wir wussten, er musste bald aufwachen. Jeder Tag länger in diesem schier endlosen Schlaf brachte ihn dem Tod näher. Es fühlte sich an, als würde der Sensenmann schon hinter uns stehen, als spürten wir bereits seinen fauligen Atem, wie er über unsere Schultern strich, darauf wartend sich Byrons Seele zu holen.

In unserem Rücken öffnete sich die Tür mit einem lauten Scharren über den Steinboden und Maleah und ich fuhren erschrocken zusammen. Elric und Jared kamen herein. Auch unter ihren Augen lagen Schatten. Die Stirn durchzogen von Sorgenfalten, hatten sie ihre Kiefer hart aufeinandergepresst. Sie trugen genau die Miene, die ich in den letzten Tagen bei vielen Menschen im Schloss gesehen hatte. Alle bangten um ihren König.

»Wie geht es ihm heute?«, fragte Jared und räusperte sich. Seine Stimme war zu rau und brüchig für einen stattlichen Krieger, wie er es war. Byrons Zustand berührte auch ihn tief.

»Nicht anders als gestern oder die Tage davor. Der Wundbrand lässt sich kaum eindämmen, geschweige denn richtig behandeln. Das Fieber steigt nicht, aber es sinkt auch nicht, und wenn es noch länger andauert, wird es ihn langsam von innen verbrennen«, antwortete Maleah.

»Vielleicht hättest du die Wunden nicht kauterisieren dürfen.« Elrics Stimme war bitter und unterkühlt. Ich glaubte nicht, dass er Maleah ernsthaft einen Vorwurf machte. Er wusste nur einfach nicht weiter und fühlte sich genauso hilflos wie wir.

»Und ihn verbluten lassen? Nein, Elric, das haben *sie* ihm angetan. Nicht du, nicht ich. Nur sie.« Obwohl man ihre Aufgewühltheit in ihrem Gesicht sah, beherrschte Maleah sich erstaunlich gut. Ihre Stimme war die einzige, die fest und kraftvoll klang. Jetzt war sie nicht Byrons Ziehmutter. Das konnte sie sich nicht erlauben. In diesem Moment war sie seine Heilerin, deren klarer Verstand notwendig war.

»Sie haben ihre gerechte Strafe bereits bekommen.« Jared warf einen Blick auf Byron und der Schmerz in seiner Miene wurde noch ein wenig intensiver.

Egal, welche Strafe die Rebellen erhalten, egal, wie sehr sie bei ihrem Tod gelitten hatten, es gab uns Byron nicht zurück. Die ersten Tage war ich selbst von Rachegelüsten getrieben gewesen. Am liebsten hätte ich Sia gesattelt und jedes Rebellenversteck im ganzen Land ausgeräuchert, sie alle hervorgetrieben und qualvoll hingerichtet. Aber das brächte Byron nicht zurück. Es nützte ihm nicht zu genesen. Diese Gedanken halfen nur mir und das war egoistisch, weil es nicht um mich gehen sollte, sondern um ihn.

»Unterrichtet uns einfach, sobald sich sein Zustand ändert.« Elric wandte sich ab und war durch die Tür verschwunden, bevor irgendjemand von uns eine Antwort an ihn hätte richten können.

»Nehmt es ihm nicht übel«, sagte Jared. »Wir stehen alle unter Spannung, wir verlieren alle einen Freund, wenn er es nicht schafft. Aber Elric verliert noch mehr. Er verliert seinen Bruder.«

Erschrocken horchte ich auf. Bruder? »Aber-«, begann ich, stockte jedoch, weil das verhaltene Lachen von Jared ein Ton war, den ich lange nicht gehört hatte. Seit Byrons Verschwinden hatte niemand von uns mehr lachen können.

»Nein, sie sind keine Brüder im Blute«, erklärte er und das Lachen verstummte wieder. Er wurde ernst. »Sie sind Brüder im Geiste und ein jeder hier weiß, dass Blut nicht immer dicker als Wasser ist.«

Ich nickte verstehend, ein Kloß hatte sich in meinem Hals gebildet. Jared versuchte sich nochmals an einem Lächeln, das eindeutig verrutschte, drückte mit seiner Hand meine Schulter und folgte dann Elric durch die Tür. Maleah und ich blieben zurück, blieben bei Byron, wie wir es schon die letzten Tage getan hatten. Keine von uns wich ihm lange von der Seite. Egal, wie erschöpft wir waren, egal, wie viel unserer Kraft es kostete, wir waren nicht bereit. Nicht dazu bereit ihn allein zu lassen und am wenigsten dazu ihn ziehen zu lassen. Wir würden alles tun, um ihn zurück ins Leben zu holen und wenn es das Letzte war, das wir taten.

***

Als ich später in meine Gemächer zurückkehrte, um zumindest meine Kleidung zu wechseln, die besudelt war mit Blut, Eiter und Schweiß, erwartete mich wieder Vaters Falke. Majestätisch hockte er auf dem Fenstersims, drehte den Kopf und beäugte mich aufmerksam.

Ich hatte bereits damit gerechnet, als ich auf das letzte Schreiben nicht geantwortet hatte. Mir war klar gewesen, dass Vater das leere Papier verärgern würde. Damals war es mir egal gewesen. Mit Byron an meiner Seite wollte ich diese Widrigkeit überstehen, wollte diesen Verrat aus dem Weg schaffen und mich mit ihm gemeinsam gegen Vater stellen. Ich hatte gehofft und geglaubt, gemeinsam würden wir das überwinden.

Jetzt stand ich allein da, unsicher, ob Byron wieder erwachen würde. Ich hatte mich in meinem ganzen Leben nie so allein, nie so verlassen gefühlt.

Es klopfte an meiner Tür und ich drehte mich um. Ein naiver Teil von mir wollte Byron sehen, in seiner vollen Größe und mit diesem neckischen Grinsen im Gesicht, wie er mich mit dem stechenden Blau seiner Augen musterte.

Natürlich wurde meine Hoffnung nicht erfüllt. Ich wusste es ja besser, aber diese Träumereien waren eine bittersüße Mischung aus Wunsch und Trauer.

Die Tür ging auf. »Darf ich reinkommen?«, fragte Mira, weil ich sie abwesend anstarrte, mit den Gedanken überall, nur nicht hier.

»Ja, natürlich«, beeilte ich mich zu sagen, aber meine Stimme erstickte fast an dem Kloß in meinem Hals, der sich urplötzlich bildete. Denn die mitfühlende Stimme meiner Freundin ließ alle Dämme brechen, die in den letzten Tagen die Flut gehalten hatten. Todunglücklich sank ich auf die Knie, schlug die Hände vor das Gesicht und weinte. Ließ Schluchzer mich schütteln und Miras Arme mich halten. Ich zerbrach, zerschellte in tausend Scherben und bezweifelte, dass ich jemals wieder heil werden würde.

»Scht.« Mira strich mir durch das Haar, über den Rücken und murmelte beschwichtigende Worte, denen ich keinen Glauben mehr schenken konnte.

Die letzten Tage hatte ich funktionieren müssen. Maleah hatte meine Hilfe benötigt und ich bildete mir ein, dass auch Byron meine Nähe brauchte. Aber jetzt, in diesem Moment, musste und konnte ich nicht mehr funktionieren. Mein Verstand konnte sich gerade nicht mit Wundversorgung und Verbandwechseln ablenken, konnte nicht ausblenden, um wessen Leben da gekämpft wurde.

Die Emotionen, die ich versucht hatte zu unterdrücken, die ich mir so kontrolliert verboten hatte, brachen aus mir hervor.

»Alles wird wieder gut, Avianna«, beruhigte Mira mich erneut und drückte mich fester an sich, während ich mein Gesicht an ihrer Schulter vergrub und ihr Kleid durchnässte mit Tränen, die nicht versiegen wollten.

»Was ... wenn nicht?«, brachte ich stockend hervor.

Auch wenn ich mir diesen Gedanken besser verbot, kam er immer wieder an die Oberfläche und drängte sich in mein Bewusstsein.

»Daran darfst du nicht denken«, antwortete Mira. »Er wird es schaffen. Byron ist stark.«

»Mira, ich kenne seine Verletzungen. Ich versorge ihn tagein und tagaus mit Maleah.«

Frustriert befreite ich mich aus ihrer Umarmung. Ich wusste, ich war ungerecht. Ich wusste, dass es nicht ihre Schuld war und sie nur versuchte mir Mut zuzureden, aber ich war wütend. Auf sie, weil sie die Augen vor der Realität verschloss, auf Byron, weil er nicht aufwachte, und auf die ganze Welt, weil sie mir diesen Neuanfang, für den ich mich endlich entschieden hatte, wieder wegnahm.

Miras Blick folgte mir, während ich wie von Sinnen durch das Zimmer schritt, die Türen zum Balkon öffnete und hinausstürmte. Am Horizont versank die Sonne, bald würde das letzte Abendrot am Himmel verblassen und die Dunkelheit zurückkehren. Der Sommer ging zu Ende, die Temperaturen waren längst abgekühlt und ich schlang die Arme um meinen Körper, um mich zu wärmen.

»Was macht der Falke deines Vaters hier?«, fragte Mira in meinem Rücken.

Erschrocken drehte ich mich um. Das Tier hatte ich während meines Zusammenbruchs völlig vergessen, aber es saß weiterhin auf dem Fenstersims, als hätte es die letzten Momente nie gegeben.

»Er erwartet eine Antwort, die ich ihm nicht geben werde«, erklärte ich. Meine Stimme war rau vom Weinen und ich räusperte mich. »Die ich nie wieder geben werde, egal, was passiert.«

Meinen Entschluss erstmals auszusprechen machte ihn realer. Und obwohl momentan alles so aussichtslos war, obwohl mein Herz in tausend Stücken lag und kaum die Kraft zum Schlagen fand, fühlte ich mich auf einmal seltsam erleichtert. Eine innere Befriedigung erfüllte mich.

»Du hast dich also entschieden«, stellte Mira fest. »Für Glacien und gegen Iralia.«

»Und für Byron«, ergänzte ich und sah ihr fest ins Gesicht, weil ich wollte, dass sie erkannte, wie ernst ich meine Worte meinte.

Ihre Augen weiteten sich in Erstaunen, ehe sich ein zaghaftes Lächeln auf ihre Züge legte. Mir war nie bewusst gewesen, dass jemand freudvoll und bedauernd zugleich lächeln konnte.

»Ich wünschte, das Leben würde es dir leichter machen«, sagte sie schließlich und zog mich erneut in ihre Arme. Diesmal behielt ich die Tränen bei mir, auch wenn sie in meinen Augen brannten. Stattdessen drückte ich Mira kurz an mich, ehe ich sie von mir schob und auf den Falken deutete.

»Wir sollten das Vieh loswerden«, sagte ich, stand auf, öffnete das Fenster und scheuchte den Vogel auf, der sich mit einem protestierenden Kreischen erhob, an unseren Köpfen vorbeiflog und schließlich auf dem Gestell meines Bettes landete.

»Ziemlich hartnäckig«, bemerkte meine Freundin und unternahm ihrerseits einen Versuch, der erfolglos endete.

Es brauchte am Ende weit über zwanzig Versuche, ehe das Tier begriff, dass es diesmal kein Papier von mir erhalten würde und endlich von dannen flog.

Mira und ich lagen schwer atmend und erschöpft auf meinem Bett und lachten. Es mutete grotesk an in dieser Situation lauthals und befreit zu kichern, aber es war ein Lachen, mit dem wir all unsere Anspannung für diesen Moment loswurden und das unsere Welt für einen kurzen Augenblick erträglicher machte.

In wenigen Sekunden wäre der Moment vorbei, wir würden aufstehen und ich ginge wieder zu Byron. Die Schwermut käme wieder, die Sorge, die Angst. Das alles wäre früh genug zurück, also gönnte ich mir diese kurze Flucht und lachte. Lachte, so laut ich konnte.

***

»Avi-« Die Stimme in meinem Traum brach und ein angestrengtes Röcheln folgte. »Avianna«, krächzte es erneut und ich versuchte den schlechten Traum abzuschütteln, in dem Byron so kraftlos nach mir rief.

Jemand versuchte meine Hand zu drücken und endlich erwachte ich aus dem Albtraum, hob den Kopf und sah in trübe blaue Augen, die mich stumm anflehten. Nie, wirklich niemals, waren diese Augen schöner gewesen, denn sie bedeuteten, er war zurück. Byron war endlich wach.

Tränen brannten in meinen Augen, aber ich wischte sie sofort mit dem Ärmel der Bluse fort und zwang ein Lächeln auf meine Lippen, weil Byron mich nach all den Strapazen nicht als Erstes weinen sehen sollte.

»Bist du es wirklich?«, fragte er mit rauer, dünner Stimme und hob seinen

Arm, legte seine Hand an meine Wange. Es kostete ihn eine unheimliche Anstrengung, die man, ebenso wie den Schmerz, in seinem Gesicht lesen konnte. Trotzdem schmiegte ich mich in die Berührung, weil ich sie zu lange vermisst hatte, um jetzt vernünftig zu sein.

Schließlich ergab ich mich doch meinem Verantwortungsgefühl, ergriff seine Hand und legte sie behutsam zurück auf das Bett. »Ich werde Maleah Bescheid sagen. Keine Angst, ich bin sofort wieder zurück«, erklärte ich und trotzdem fiel es mir unheimlich schwer, ihn hier liegen zu lassen. Er war zurück, vielleicht nicht über den Berg, aber wach. Das war ein erster Schritt. Darauf hatten wir fast zwei Wochen gehofft und mit jedem weiteren Tag von Byrons Bewusstlosigkeit waren unsere Hoffnungen geschwunden.

Nur zögerlich verließ ich deshalb den Raum, sah mich an der Tür noch einmal um, versicherte mich, dass seine Augen wirklich geöffnet waren und ich das nicht träumte. Aber er schaute mich an, war mir mit seinem Blick gefolgt und mein Herz machte einen Sprung, war endlich wieder fähig mit voller Kraft zu schlagen.

Wie eine Gejagte hetzte ich durch die Korridore, rief nach Maleah und atmete erleichtert und gleichzeitig erschöpft auf, als sie schließlich vor mir stand. Ihr Blick war gezeichnet von Panik und erst jetzt wurde mir bewusst, welchen Eindruck ich erwecken musste.

»Er …« Ich hustete, weil ich so schnell gerannt war. »Er ist aufgewacht«, presste ich atemlos hervor.

Ihre Miene hellte sich augenblicklich auf, das Braun ihrer Augen strahlte klarer, als ich es jemals zuvor bei ihr gesehen hatte.

Ohne ein Wort lief sie los, ich folgte ihr, diesmal ein wenig langsamer, weil das Stechen in meinen Rippen mich zwang. Dennoch machte ich nicht Halt, ruhte nicht aus, sondern stolperte weiter. Ich wollte zurück zu ihm, wollte mich vergewissern, dass er immer noch wach war. Dass es von nun an bergauf gehen würde, weil ich mir nicht mehr erlaubte etwas anderes zu denken.

Zurück in seinem Zimmer fand ich Maleah, die längst auf seinem Bett saß, den Kopf auf seine Brust gelegt, weinend, und ihm immer wieder versicherte, wie sehr sie ihn liebte. Das Bild, das sich mir bot, war herzzerreißend und gleichzeitig wünschte ich mich an ihre Stelle. Es schmerzte, nicht das Recht zu haben, mich ebenfalls zu ihm zu legen, ihn zu halten, ihm zu sagen, wie viel er mir mittlerweile bedeutete.

Ich schüttelte den egoistischen Gedanken ab. Jetzt war nicht wichtig, was ich mir wünschte, sondern dass er ganz gesund wurde. Danach würden wir hoffentlich Zeit genug haben und ich konnte ihm zeigen, was er mir bedeutete.

»Ich lasse euch mal allein«, sagte ich gedämpft, um dieses Bild nicht zu stören, auch wenn mein Herz mich weiter in seine Richtung zog.

Byron drehte langsam den Kopf, sah mich noch einmal durchdringend an und für einen kurzen Augenblick hegte ich die Hoffnung, ich könnte ihm irgendwann auch wichtig sein.

Kapitel 23

Um uns herum lag der Sommer in seinen letzten Zügen. Die bunten Blumen blühten so strahlend in ihren Beeten, als wüssten sie bereits, dass ihre Farbe bald verblassen würde und sie sich deshalb noch einmal besonders viel Mühe geben mussten. Die Sonne stand hoch am klaren Himmel und spendete noch genügend Wärme, um in meinem Leinenhemd und den Lederhosen nicht zu frieren.

»Ich würde dir gern den Strand zeigen.« Byron schlenderte neben mir durch den Garten. Er ging noch immer ein wenig gebückt, sein Gesicht war noch immer ausgemergelt und eingefallen, aber er befand sich eindeutig in einer viel besseren Verfassung.

»Warum?« Wenn ich ehrlich war, vermisste ich das Meer ein wenig. Ich hatte die unendliche Weite, das tiefe Blau und die gewaltige Kraft nicht vergessen. Nach unserer Überfahrt war ich jedoch nie wieder am Strand gewesen.

»Weil der Sommer zu Ende geht, weil wir seit dem Fest so viel durchmachen mussten und weil ich den Herbst nicht willkommen heiße, solange du nicht einmal barfuß durch die Brandung gelaufen bist.« Er faltete die Hände ein wenig ungelenk hinter seinem Rücken. Die Wunden an Schulter und Hand waren noch nicht ganz verheilt und schränkten seine Beweglichkeit ein wenig ein. Mittlerweile wussten wir, dass viele seiner Verletzungen mit einem speziellen Pflanzengift offengehalten worden waren und dieses Gift ebenfalls für den Wundbrand verantwortlich gewesen war.

Mich überkam wieder diese grenzenlose Wut, wenn ich daran dachte, was sie ihm angetan hatten. Byron sprach nicht darüber, aber oft glitt sein Blick in weite Ferne und er war kaum ansprechbar. Er war mir dann so fern und ich fragte mich, ob er je ganz zurückkehren würde. Ob man nach solchen Erlebnissen überhaupt zurückkehren konnte.

»Ist das Wasser denn nicht zu kalt?«, fragte ich, um mich von meinen Gedanken abzulenken, auch wenn ich nicht in Erwägung zog, seinem Vorschlag zuzustimmen.

»Lass es uns herausfinden!« Und auf einmal war da dieses neckische Grinsen, dieser Blick, von dem ich mittlerweile wusste, er gehörte ausschließlich mir. Diese einzigartige Byron-Manier, der ich keinen einzigen Wunsch mehr abschlagen konnte.

Seufzend sackte ich in mich zusammen. Wie konnte ich Nein sagen, wenn ich ihn damit glücklich machte? »Na schön«, gab ich mich geschlagen und warf dabei theatralisch die Arme in die Luft. Er lachte kaum hörbar in sich hinein, ließ mich den Samt wieder spüren und ich glaubte, niemals zuvor ein so betörendes Geräusch gehört zu haben.

Schweigend gingen wir nebeneinander her und schweigend sattelten wir die Pferde. Es war leichtsinnig, niemanden über unsere Pläne in Kenntnis zu setzen, nach allem, was geschehen war, aber gleichzeitig wollte ich die Zeit mit ihm allein, vollkommen unbeobachtet, die wir im Schloss nie hatten. Ich brauchte diesen privaten Moment, um endlich über all die Dinge zu sprechen, die ich ihm während seiner Bewusstlosigkeit zugeflüstert, und die er trotzdem nicht gehört hatte.

Außerdem blieben wir in Deighe, in der Nähe des Schlosses. Wir entfernten uns nicht weit, blieben auf sicherem Terrain. Über die Tiraden, die sicherlich folgten, würden wir uns Gedanken machen, wenn wir zurückkamen.

Byron ritt langsam voran, führte uns durch abgelegene Wege des Schlossgartens zum Rand der Schlossmauer, trabte an ihr entlang und blieb schließlich stehen. Er stieg von seinem Pferd, machte ein paar Schritte auf die Mauer zu und musterte sie konzentriert.

»Was tust du da?«, fragte ich irritiert.

»Glaubst du wirklich, es gäbe nur dieses eine Haupttor, diese eine große Pforte am Schloss und keinerlei versteckte Gänge und Türen?« Er zwinkerte, während er mit der rechten Hand über die Steine tastete, als würde er nach einem bestimmten Stein suchen. Dann hielt er in der Bewegung inne, grinste zufrieden und schloss die Augen. Im darauffolgenden Moment leuchtete blau-weißes Eis um seine Finger auf, schloss sich um einen Stein und eine Tür aus der Steinmauer glitt daneben zur Seite. Gerade hoch und breit genug, um uns und die Pferde hindurch zu lassen.

»Beeindruckend, dass du mit deiner Magie so gar nicht prahlst«, sagte ich trocken, konnte aber ein Grinsen nicht unterdrücken.

»Ja, nicht wahr? Bescheidenheit ist eine meiner Stärken«, erklärte er im Brustton der Überzeugung, doch um seine Augenwinkel herum zuckte es verdächtig, dann brach er in Gelächter aus und ich stimmte mit ein.

Vielleicht waren wir heute ausgelassener und kindischer, als wir es uns sonst erlaubten. In unserer Erziehung war es nicht vorgesehen gewesen ein Kind sein zu dürfen. Für uns hatte es stets ein größeres Ziel, eine Aufgabe gegeben und es gab sie immer noch. All jene Pflichten und Geschäfte, die viel zu schwer auf unseren jungen Schultern lasteten. Nur nicht heute. Für den Moment verschwanden sie hinter dem Wunsch, für einen Tag alles zu vergessen und dieses Gefühl der Unbeschwertheit zu genießen.

Wir ritten schließlich weiter, einen schmalen Pfad hinunter, abgewandt vom Hafen und von den ersten Häusern der Stadt, bis die Hufe unserer Pferde auf Sand trafen und wir den Strand erreichten.

Hier unten wehte ein rauer Wind, der die Temperatur merklich abkühlte und den ersten Vorgeschmack auf den Herbst mit sich brachte. Der Sommer war kurz und heftig gewesen. Ich hatte ihn nicht genießen können und vielleicht lag Byron richtig, eventuell brauchten wir diesen letzten Tag, um uns vom Sommer zu verabschieden und ihn noch einmal gemeinsam auszukosten.

Er saß ab, umrundete Sia und streckte mir die Arme entgegen, um mir vom Pferd zu helfen. Ich hätte es allein gekonnt, aber ich wollte, dass er mir half, ich wollte seine Hände an meiner Taille spüren, wollte sein Gesicht für einen Moment so dicht vor meinem, dass mir der Atem stockte.

Als meine Füße den Boden berührten, hielt er mich weiterhin fest, verweilte mit den Fingern einen Moment zu lang an meiner Hüfte, ehe er die Hände zurücknahm, sie in die Taschen seiner Hosen steckte und sich abwandte.

Er war mir bisweilen ein Rätsel. Ich wusste nicht, ob ich mich heute zum Gespött machte, wenn ich ihm gestand, was ich tatsächlich empfand. Byron war schließlich nicht einen Schritt auf mich zugekommen, sondern hatte mich indirekt beinahe weggeschickt, indem er mir die Wahl ließ.

Meine Entscheidung war gefallen, auf Glacien und vor allem auf ihn, aber ich wusste nicht, ob sie uns glücklich machen würde oder uns beide ins Unglück stürzte.

Während ich mit mir haderte, war Byron vorausgegangen, hatte seine Stiefel ausgezogen, die Hose bis zu den Knien aufgekrempelt und stand nun mit nackten Füßen im weißen Sand. Herausfordernd sah er zu mir herüber, die Hände in die Hüften gestemmt, die Augenbrauen zog er in die Höhe.

»Was ist, Prinzessin? Traust du dich nicht?«

Ich umklammerte Sias Zügel fester, nicht bereit loszulassen, nicht bereit für das Abenteuer und was darauf folgen mochte. Irgendetwas hielt mich zurück. Ich selbst hielt mich zurück.

Byron machte einige Schritte in die Brandung, ließ die ersten kleinen Wellen seine Knöchel umspülen. Seine Miene hellte sich auf, das Lächeln auf seinen Lippen wurde mit jedem Augenblick breiter. Ausgelassen trat er mit dem Fuß nach einer Welle, Gischt und Wasser spritzen empor und das Sonnenlicht brach sich in den einzelnen Tropfen.

Ich sah ihm zu, beobachtete ihn und lauschte meinem Herzschlag, der immer frenetischer wurde. Es zog mich zu ihm, egal wie viel Angst ich vor dem Wasser und der Kälte hatte. Endlich gaben meine Finger die Zügel frei und meine Füße trugen mich wie von selbst den Strand hinunter zu Byron.

»Komm rein«, lockte er mich grinsend und trat erneut das Wasser, spritzte mich nass.

»Kalt!«, begehrte ich auf, aber er schüttelte den Kopf.

»Du hast einen Winter in Glacien überstanden. So ein bisschen kühles Meer sollte dich nicht mehr erschrecken können.«

Ich schlang die Arme um mich und versuchte mich mit Reibung zu wärmen. Natürlich war das Wasser kalt, aber es war dessen Kraft und die scheinbare Unendlichkeit, die mich frösteln ließen.

Und dann sah ich die Erkenntnis in seinem Blick. Die Belustigung verschwand. »Du hast Angst«, stellte er bestürzt fest und kam zu mir zurück, reichte mir die Hand.

»Ich habe keine Angst«, sagte ich trotzig und zog meine Stiefel aus, krempelte ebenfalls die Hosenbeine hoch.

»Angst und Schwäche sind nicht dasselbe.« Byron streckte seine Hand ein wenig weiter zu mir aus und ich ergriff sie. Ließ mich einige Schritte von ihm in die Brandung führen.

Das Wasser war tatsächlich eiskalt und bescherte mir eine Gänsehaut am ganzen Körper. Gleichzeitig war es jedoch weich und sanft. Meine Knöchel wurden von den Wellen gestreichelt und gekitzelt, wenn die Strömung sie wieder zurück aufs Meer zog. Der salzige Geruch der See, den die kühle Brise mit sich trug, war genauso intensiv wie beim ersten Mal. Als würde mich ein alter Freund begrüßen, der mir gefehlt hatte.

Mit neuem Mut machte ich einen weiteren Schritt in das Wasser, ließ meine Waden umspülen und schloss die Augen, legte den Kopf in den Nacken, genoss die Sonnenstrahlen auf meiner Haut. Der Wind spielte seine ganz eigene Melodie und ich spürte, wie Byron neben mich trat, die Wärme seines Körpers, obwohl wir uns gar nicht berührten.

»Hör auf es zu verstecken«, flüsterte er.

»Was verstecke ich denn?«, fragte ich verwirrt, öffnete die Augen und sah ihn forschend an.

»Das Feuer in dir«, sagte er sanft und strich mir eine Strähne aus der Stirn, die der Wind dorthin getragen hatte. Seine Berührung war zart und behutsam.

Verwirrt sah ich ihn an, aber er fuhr unbeirrt fort. »Du hältst dich zurück. Du kannst es nicht kontrollieren, weil du dich versteckst. Weil du Angst hast, vor allem vor dir selbst, davor, wer du wirklich bist. Aber hier bist du frei, Avianna.«

Seine Hand umschloss meine und der Blick, mit dem er mich bedachte, wurde ein wenig intensiver. Ging mir mitten ins Herz und brachte es aus dem Takt.

»Byron.« Meine Stimme war ein raues Flüstern.

Er drehte mich an den Schultern zu sich herum, sodass wir uns gegenüberstanden. Sein durchdringender Blick ruhte auf mir, jagte mir mehrfach

Schauer über den Rücken und ich wusste nicht mehr, warum ich seine Augen je als eiskalt empfunden hatte, nur weil sie so blau waren. In meinem ganzen Leben hatte mich noch nie jemand so gefühlvoll und innig angesehen, wie er es jetzt tat.

»Du musst keine Angst haben! Ich sehe das Feuer hinter deinen Augen, das Licht und die Dunkelheit. Lass dir von niemandem sagen, wer du bist oder wer du zu sein hast. Folge deinem eigenen Pfad, kämpfe für deine eigenen Träume.« Er schluckte hart und biss sich auf die Unterlippe, als müsste er sich mit aller Kraft von etwas abhalten. Als kämpfte er gegen unsichtbare Dämonen.

Dann wandte er den Blick von mir ab, schaute hinaus auf das Meer. Ehe ich realisierte, was er tat, zog er sich sein Hemd über den Kopf und stürmte in die Fluten, ließ sich einige Meter von mir entfernt in die Wellen fallen und tauchte erst Augenblicke später wieder auf.

Verwirrt sah ich ihm dabei zu, wie er durch die Wellen tobte, wie er vor etwas wegzulaufen schien, etwas abzuschütteln versuchte. Erst als er seinen noch angeschlagenen Körper verausgabt hatte, kehrte er zu mir zurück.

»Nächstes Jahr bringe ich dir bei zu schwimmen«, keuchte er und stützte die Hände auf den Knien ab. Sein Oberkörper zitterte unter der Schwere seiner Atmung. Ich wunderte mich, dass er überhaupt Luft bekam.

»Hatte Maleah dich nicht darum gebeten dich zu schonen?«, tadelte ich und überging seine Worte.

Er zuckte gelassen mit den Schultern, wirkte dabei jedoch wegen seiner Atemlosigkeit wenig überzeugend. Dann strahlte er. »Am besten heilt alles, wenn man macht, was einem guttut.«

Ich lächelte zaghaft zurück, freute mich darüber, wie gut es ihm ging. Dabei glitt mein Blick immer wieder zurück zu seinem Oberkörper. Auch wenn er stark abgenommen hatte, war noch zu erkennen, wie muskulös und stattlich er vor seiner Gefangenschaft gewesen war. Byron war gezeichnet von heilenden Wunden und alten Narben, aber das tat seinem Aussehen keinen Abbruch. Er war schön. Nicht so wie die Prinzen, die ich vor Monaten zu meinem Ball erwartet hatte. Nicht auf diese makellose, geschniegelte Art. Byrons Schönheit war wild und ungezähmt und aufregend.

Kurz überfiel mich der Impuls, meine Hand nach ihm auszustrecken, ihn zu berühren, aber ich beherrschte mich. Ich war nicht frei, lange nicht. In mir waren noch genug Grenzen, die ich nicht übertreten konnte. Und da war diese eine Sache, die zwischen uns stand. Die Briefe – mein Verrat.

Ich schluckte hart gegen die Übelkeit an, ignorierte das Gefühl davonlaufen zu wollen. Ich lief schon viel zu lange weg, ich wollte endlich ankommen, wollte wissen, wohin mich mein Weg und all meine Entscheidungen endgültig führten. Keine weiteren Lügen mehr.

»Byron«, wisperte ich. Meine Hände zitterten und ich ballte sie an den Seiten zu Fäusten. »Ich weiß nicht, ob ich nächsten Sommer noch hier sein werde.«

Sein Blick trübte sich. Die Verwirrung stand ihm ins Gesicht geschrieben. »Bedeutet das, du gehst?«

Ich schüttelte den Kopf. »Nein, ich gehe nicht, aber ich weiß nicht, ob du mich nicht darum bitten wirst.« Das Beben war in meiner Stimme angekommen. Mein Herz schlug so heftig, dass mir schwindelig wurde und mit jedem Wort wuchs die Angst. Ich fürchtete nicht den Tod, sollte Byron mich dazu verurteilen. Ich fürchtete nicht zu gehen, sollte er mich ins Exil schicken. Aber seine Verachtung, seine Wut, seinen Schmerz, das alles fürchtete ich sehr. Ihm zusätzliche Qualen zuzufügen ängstigte mich. Ein Leben ohne Byron führen zu müssen ließ mich in Panik ausbrechen.

»Ich würde dich nie darum bitten zu gehen«, sagte er mit so viel Ernsthaftigkeit in der Stimme, dass es mich quälte.

»Hör mich erst an, bitte«, flehte ich. Ich wollte nicht, dass eine Lüge zwischen uns stand, dass Verrat das Fundament unserer Beziehung sein würde, aber gleichzeitig wusste ich nicht, wo ich beginnen sollte. Wie man einen so schwerwiegenden Fehler beichtete.

Byron nickte ernst, als spürte er meine Zerrissenheit. Ich wandte mich von ihm ab, machte ein paar Schritte zurück zum Strand, brachte Abstand zwischen uns. Entfernte mich von ihm und nahm damit vorweg, was mein Geständnis ohnehin täte.

»Ich habe dich verraten«, gestand ich schließlich unumwunden, weil es keine beschönigenden Worte für meine Taten gab.

Byron blieb stumm und zwang mich damit ihn anzusehen. Er stand steif und mit geballten Fäusten einige Meter von mir entfernt. Den Blick starr und leer auf mich gerichtet schien er dennoch durch mich hindurchzusehen.

Unwillkürlich ging ich wieder auf ihn zu, traute mich jedoch nicht mehr, die Hand nach ihm auszustrecken. »Es tut mir leid, Byron«, wisperte ich.

»Was hast du getan?«, presste er zwischen seinen Lippen hervor, seine Hände zitterten, sein ganzer Körper war starr vor Anspannung.

»Ich habe ihm verraten, von welcher Seite ihr am besten anzugreifen seid.« Meine Stimme bebte mit jedem Wort stärker, Tränen brannten in meinen Augen und ich wünschte mir, ich hätte es nicht sagen müssen. Hätte dieses Geständnis nicht gebraucht. Manchmal tat es so furchtbar weh das Richtige zu tun.

»Was hast du noch verraten?« Byrons Stimme klang beherrscht und ruhig, aber das bedrohliche Zittern seiner Fäuste sprach eine andere Sprache.

»Ich … er weiß von den Seelentieren«, brachte ich stockend hervor.

»Verdammt!« Er fluchte, aber immer noch zu leise für die Wut, die nun in seinen Augen loderte. Es wäre mir lieber gewesen, er hätte mir seinen Zorn direkt ins Gesicht gebrüllt. Dieser stille Hass machte mir Angst.

»Und ich dachte wirklich, du hättest verstanden.« Er machte eine ausladende Geste mit seinen Armen. »Das alles und wofür wir hier tagtäglich kämpfen. All die Opfer, die wir bringen, um das Land und die Welt besser zu machen. Um wiedergutzumachen, was mein Vater angerichtet hat.« Er sah auf mich herab. Direkt in mich hinein. Die Wut war gewichen, stattdessen war etwas Schlimmeres an ihre Stelle getreten. Enttäuschung.

Diese Enttäuschung brach mir das Herz. Ich hatte reinen Tisch machen wollen, bevor ich ihm meine Gefühle gestand, weil ich mir bis jetzt nicht ganz sicher gewesen war. Und nun, wo er mich mit dieser Abscheu ansah, war ich mir viel zu sicher. In diesem Moment wurde mir klar, dass ich ihn tatsächlich liebte. Und zeitgleich wurde mir klar, dass ich ihn verloren hatte.

»Damals habe ich das alles nicht gewusst, Byron! Das weißt du!«, versuchte ich mich aus der Schlinge zu ziehen, aber ich wusste, er würde meinen Verrat nicht verzeihen. Es war egal, aus welchen Gründen ich gehandelt hatte.

Ich hatte in Gefahr gebracht, was ihm am liebsten und teuersten war: sein Land und die Menschen, die in diesem Land lebten.

»Geh einfach«, sagte er emotionslos.

»Ich weiß nicht wohin«, schluchzte ich und ließ meinen Tränen freien Lauf.

»Geh mir aus den Augen, Avianna, bitte.«

Bevor die Situation eskalieren konnte, drehte ich mich um. Ich watete aus der Brandung, spürte, wie der Sand an meinen nassen Füßen kleben blieb. Meine Stiefel ließ ich achtlos liegen. Sie waren nicht wichtig, nichts war mehr wichtig.

Mit zittrigen Fingern griff ich nach Sias Zügeln, schwang mich auf ihren Rücken und trieb sie an. Ritt den Weg zurück, den wir gekommen waren und drehte mich kein einziges Mal um, weil ich fürchtete, dann würde auch der klägliche Rest meines Herzens in Stücke brechen.

Kapitel 24

Übernächtigt wanderte ich durch das Schloss. Die Sonne war noch nicht aufgegangen, aber ich würde nicht wieder in den Schlaf finden. Viel zu oft war ich in der Nacht weggedämmert und im nächsten Moment wieder aufgeschreckt. Ich sah Byrons enttäuschten Blick vor mir, spürte die Wut, die in ihm geschwelt hatte und fühlte, wie mein Herz bei jeder Erinnerung schmerzte.

Ich hatte ihn verloren, bevor es richtig begonnen hatte, und das Schlimmste war, dass es meine eigene Schuld war. Niemand sonst trug einen Anteil daran, nur ich allein. Endlich hatte ich den Ort gefunden, an den ich gehörte, und nun hatte ich es kaputtgemacht.

Verzweifelt stolperte ich durch die Gänge, wusste nicht, wohin ich gehen sollte. Mira wollte ich nicht wecken, immerhin war es noch mitten in der Nacht. Daron befand sich sicher schon auf den Beinen, bereitete das Frühstück vor, aber mir war nicht nach seiner Gesellschaft und nicht danach, seinen besorgten Blick auf mir zu spüren.

Mein Kopf dröhnte vor Schmerz, weil ich die halbe Nacht geweint hatte. Also machte ich mich auf den Weg zu Maleahs Räumlichkeiten. Selbst wenn sie schlief, was ich annahm, würde ich die Kräutermischung gegen Kopfschmerzen finden. Ich hatte Byron lange genug gepflegt, um mich in den Kräuterschränken zurechtzufinden.

Byron. Die Tränen kämpften sich zurück, dabei fühlte ich mich so, als hätte ich mich leer geweint. Aber jedes Mal, wenn sein Name durch meinen Kopf spukte, jedes Mal, wenn ich sein Gesicht wieder vor Augen hatte, öffneten sich die Dämme erneut. Dabei machte es den Kopfschmerz nur schlimmer, ließ das Stechen und Pochen anschwellen und ich kniff verzweifelt die Augen zusammen, griff mir mit einer Hand an die schmerzende Stirn.

Vor Schmerzen war mir übel und ich kämpfte mich mit unsicheren Schritten weiter. Ich hätte mich besser hinlegen, die Augen schließen und schlafen sollen, aber ich fürchtete die Träume zu sehr, die dann kommen würden. Fürchtete mich vor dem Gedanken, Glacien zu verlassen und Byron nie wieder zu sehen. Oder davor das Gegenteil zu träumen. Von einer glücklichen Zukunft, von einer Hochzeit, von ihm und mir als König und Königin, obwohl es dazu nie kommen würde.

In meinem Kopf spielte sich jede einzelne Begegnung mit ihm wieder und wieder ab. Von seinem ersten Auftreten, so dunkel, mysteriös und beängstigend, im Garten des Wüstenpalasts, von seiner Anwesenheit beim Frühstück am nächsten Morgen und seinem seltsamen Verhalten. Ich erinnerte mich an seine Arroganz, an seine Überheblichkeit und daran, wie er mich herausforderte. Erinnerte mich an den Byron, der mir wiederholt zu verstehen gegeben hatte, dass ich frei war, dass ich Glacien und ihn nicht fürchten musste. An den Byron, der mir mehr als alle anderen geholfen hatte, hier ein neues Zuhause zu finden.

Meine Lippen kribbelten, als ich an seinen Kuss dachte, auch wenn er das nur getan hatte, um uns das Leben zu retten. Ich wünschte, er würde es noch einmal tun. Weil er es wollte, weil ich es wollte.

Ich schüttelte den Kopf und bog in den Korridor zu Maleahs Räumen ein. Die Tür am Ende des Ganges war angelehnt und leises Gemurmel war aus dem Raum zu hören. Sofort verlangsamte ich meine Schritte, schlich sachte näher heran. Ich wusste, dass Lauschen sich nicht gehörte, aber es war, als folgte ich einer inneren Eingebung.

Kurz bevor ich die Tür erreichte, drückte ich mich mit dem Rücken an die Wand und versuchte lautlos und flach zu atmen. Mittlerweile konnte ich ausmachen, um wen es sich handelte. Maleah und Byron diskutierten flüsternd, aber erhitzt miteinander und eigentlich wäre das der Moment gewesen, an dem ich meine Vernunft hätte entscheiden lassen und gehen hätte sollen, doch ich tat es nicht. Stattdessen blieb ich an die Wand gepresst stehen und versuchte die Gesprächsfetzen zusammenzusetzen, einen Sinn hinter ihren Worten zu finden.

»Ich habe es für dich getan«, sagte Byron und ich hörte die unterdrückte Wut in seiner Stimme.

»Ich habe dich nie darum gebeten, Byron.«

»Das musstest du auch nicht. Ich habe dich leiden sehen. Jeden einzelnen Tag, seitdem du hier an den Hof gekommen bist!«

Maleah seufzte. »Ich habe damals eine Entscheidung getroffen und mit dieser musste ich leben.«

»Ich habe auch eine Entscheidung getroffen«, antwortete er erregt und ich hörte seine Stiefel auf dem Boden auf und ab wandern.

Mir war klar, wie wenig mir zustand, dieses Gespräch mitzuhören, aber ich wollte wissen, warum sie sich stritten. Um welche Entscheidungen es ging, die sie getroffen hatten.

»Und wohin hat es uns geführt?« Maleah lachte rau. »Sieh dich an, Junge. Du versuchst noch immer es der ganzen Welt recht zu machen. Du willst noch immer alle um dich herum glücklich sehen und verbietest dir selbst jedes Glück mit Nachdruck.«

»Das ist nicht wahr.« Er klang erschöpft. Als wüsste er, dass seine Worte nur ein kläglicher Versuch waren, Maleahs Worte Lügen zu strafen. »Ja, ich habe es für dich getan und für Glacien. Aber-« Er stockte. »Egal.«

»Verstehe mich nicht falsch, Byron. Ich bin glücklich, dass du es getan hast. Aber du hast dafür viel aufs Spiel gesetzt. Und jetzt müssen wir fürchten angegriffen zu werden. Mitras ist nicht der geduldigste König der magischen Welt.«

»Wir sind stärker.«

»Nur, wenn wir vorbereitet sind.«

Erschrocken holte ich Luft, betete dabei nicht zu laut gewesen zu sein. Maleah kannte meinen Vater und sie rechnete mit einem Angriff von ihm und dem iralischen Heer. Ich schüttelte den Kopf. Natürlich hatte ich tief in mir gewusst, wofür mein Vater all die Informationen benötigte. Dass er sich nicht nur absicherte, sondern nach einem Weg suchte, Glacien zu überfallen. Gleichzeitig hatte ich in meiner Naivität gehofft, ihm nicht genügend Hinweise für einen Angriff gegeben zu haben.

»Dann bereiten wir uns vor«, stellte Byron nachdrücklich klar. »Die meisten

Krieger sind momentan ohnehin bei Hofe. Es wird nicht lange dauern, auch einige andere von den Dörfern abzuziehen und herkommen zu lassen.«

»Ich hoffe, du behältst Recht.«

»Wann wirst du es ihr sagen?«, fragte Byron übergangslos.

Maleah kicherte. Aber es klang übertrieben und ein wenig nervös. »Am besten nie.«

»Das kannst du nicht tun!«, protestierte Byron und man hörte wieder seine Stiefel auf dem Boden. Diesmal rascher, aufgewühlter.

»Ich kann ihr nicht die Wahrheit sagen«, sagte sie und die Verzweiflung in ihrer Stimme schnürte mir die Kehle zu. »Hör zu, die Mutter, von der du dein Leben lang glaubtest, sie wäre bei deiner Geburt gestorben, steht genau vor dir. Ja, richtig, ich habe dich als Baby einfach zurückgelassen, aber jetzt, wo wir uns endlich wiederhaben, verzeihst du mir das sicher, oder?« Maleah lachte hysterisch auf. »Das nimmt sie sicher gut auf.«

Mein Herz hatte aufgehört zu schlagen, ich hatte aufgehört zu atmen und die Welt stand still. Sie mussten meinen Namen nicht erwähnen, mittlerweile war offensichtlich, dass sie über mich sprachen. Ich hatte die Worte zwar gehört, aber sie kamen nicht bei mir an. Sie ergaben keinen Sinn. Maleah konnte nicht ... nein!

»Vielleicht solltest du weniger direkt sein«, schlug Byron tonlos vor.

»Ich glaube kaum, dass es eine geeignete Art gibt, um ihr zu sagen, dass ich ihre Mutter bin. Wahrscheinlich ist es besser, wenn es bleibt, wie es jetzt ist. Sie vertraut mir und ich bin einfach nur glücklich, wenn ich sie um mich habe und sehen kann, was für eine wundervolle junge Frau sie geworden ist.«

Es reichte! Ich drückte mich von der Wand, schluckte den Kloß in meinem Hals herunter und drückte energisch die Tür auf. Dann machte ich einen Schritt in den Raum hinein, das Kinn erhoben, den Blick starr auf einen Punkt hinter Maleahs Schulter gerichtet. »Also habe ich nicht mitzuentscheiden, ob ich meine Mutter gern kennenlernen würde?«, fragte ich und wunderte mich selbst darüber, wie eisig und fest meine Stimme klang.

»Avianna!« Byron und Maleah fuhren beide erschrocken zusammen, ihre Augen waren schreckgeweitet.

»Du solltest nicht ...«

»Was? Hier sein? Das mit anhören?«, spuckte ich aus. Der anfängliche Schock war der Wut gewichen. Wut darüber angelogen worden zu sein. In meinen Adern kribbelte die Hitze. »Mir steht also nicht zu, meine Wurzeln zu kennen, weil du Angst hast?«

Maleah senkte beschämt den Blick, blieb jedoch stumm. Vielleicht gab es auch nichts zu sagen, das diese Situation retten konnte. Weil es nichts gab, was den Schmerz und den Zorn lindern würde. Ich hatte die letzten Monate so viele Tage mit meiner Mutter verbracht, ohne es zu wissen. Und diese Wahrheit zerriss mich fast. Es tat so weh.

»Und du!« Ich wandte mich Byron zu, schloss mit wenigen Schritten den Abstand zwischen uns und bohrte ihm meinen Zeigefinger in die Brust. »Du!«, stieß ich noch mal aus und tippte wieder mit dem Finger gegen sein Brustbein. »Was hast du dir dabei gedacht? Was für ein schönes Geschenk für eine Frau, die dir das Leben gerettet hat, oder? Schenken wir ihr doch einfach ihre verloren geglaubte Tochter. Hast du dabei jemals darüber nachgedacht, wie ich mich fühlen könnte?«

Tränen traten mir in die Augen. Ich wollte weiter wütend sein, weil ich damit besser umgehen konnte als mit diesem tobenden Schmerz. Weil Wut zwar in meinen Adern brannte und mein Feuer weckte, aber die Konzentration, es zurückzuhalten, mich Kraft kostete, mich erdete. Der Schmerz, der gerade die Hitze in mir vertrieb, machte mich verrückt. Ich fürchtete meinen Verstand zu verlieren, während mein ganzer Körper unter diesen Qualen nachgab und ich auf die Knie sank und die Arme um mich schlang.

Ich spürte, wie Byron sich neben mich hockte und rückte von ihm ab, drückte mich an die Wand.

»Es tut mir leid, Avianna«, wisperte er reumütig und ich sah ihn an, sah ihm in die Augen. Er sagte die Wahrheit, aber das änderte nichts an dem Verrat.

»Weißt du, vielleicht sind wir uns gar nicht so unähnlich«, presste ich verächtlich hervor. »Ich habe dich verraten, Byron, und es tut mir leid. Aber ich bin nicht die Einzige, die einen Verrat begangen hat. Es wäre nur schön, wenn du nicht so tun würdest, als wärst du der Gute in diesem Spiel und nur ich die Böse.«

»Das tue ich nicht und das weißt du. Ich mache auch Fehler. Die Welt ist nicht Schwarz-Weiß und ich bin es auch nicht. Auch ich treffe zweifelhafte Entscheidungen.«

»Zweifelhafte Entscheidungen? Byron, du hast mich behandelt wie eine Ware.« Er zuckte unter meinen Worten zusammen.

»Da kannte ich dich doch noch nicht!« Es war eine ähnliche Argumentation wie meine am Tag zuvor und erst jetzt fiel mir auf, wie lächerlich sie war. Dass es keinen Unterschied machte.

»Nein, da kanntest du mich noch nicht«, sagte ich leise und erhob mich. Er legte den Kopf in den Nacken, folgte mir mit seinem Blick, aus dem ähnlich viel Schmerz sprach, wie ich ihn fühlte. »Aber als du mich dann kanntest, hättest du es mir sagen müssen.« Ich drehte mich um, weg von Byron und Maleah, und richtete meinen Blick starr auf die Tür.

Vielleicht wäre das der letzte Moment, den ich je mit ihnen verbrachte. Momentan fühlte es sich an, als wäre zu viel kaputtgegangen. Als stünde von nun an viel zu viel zwischen uns. Wir hatten uns verraten, uns hintergangen und auch wenn wir es mit den besten Absichten und aus Überzeugung getan hatten, waren es Vertrauensbrüche.

Mein Herz wurde mit jedem Schritt schwerer. Am liebsten hätte ich mich umgedreht, wäre auf Byron zugestürmt, hätte mich wieder neben ihn auf den Boden sinken und in seine Arme ziehen lassen. Ich wollte verzeihen, aber gleichzeitig konnte ich nicht. Ein Teil von mir hasste ihn in diesem Moment, weil er etwas gehabt hatte, das mir verwehrt geblieben war. Eine Mutter. Meine Mutter.

Ich straffte mich, atmete ein letztes Mal tief durch. Als ich die Tür erreichte, schwang diese mit Schwung weiter auf, traf mich hart an der Schulter und ich taumelte zurück, fiel nach hinten und konnte mich gerade noch mit den Ellenbogen abfangen, die sofort vor Schmerz explodierten. Im Türrahmen stand ein Soldat mit hochrotem Kopf und völlig außer Atem.

»König Byron, wir werden angegriffen!«

Kapitel 25

Ich hetzte Byron hinterher durch die Gänge und Korridore, darauf bedacht mit niemandem zusammenzustoßen. Mein Herz pumpte wie verrückt in meiner Brust und ich war kaum in der Lage, Atem zu holen oder einen klaren Gedanken zu fassen.

Ein Angriff. Das durfte nicht passieren. Niemand durfte mir Glacien wegnehmen, jetzt, wo ich endlich mein Zuhause gefunden hatte.

Byron brüllte Befehle, während er durch das Schloss eilte und die Menschen von dem Angriff in Kenntnis setzte, sofern sie nicht bereits durch Wachmänner informiert worden waren. Brianna rannte uns entgegen, ihr Fuchs sprang diesmal nicht verspielt um ihre Beine herum, sondern knurrte gefährlich.

Hinter ihr eilte Katara die Treppe herab. Ihre Eisschwingen thronten entfaltet auf ihrem Rücken und ich wollte nicht der feindliche Soldat sein, der auf ihren Zorn treffen würde.

»Wie sieht es aus, Katara?«, fragte Byron und eilte weiter in Richtung der Stallungen.

»Wir haben alle zusammengetrommelt und werden uns im Schlossgarten sammeln. Die feindliche Armee rückt von Norden an, als hätten sie gewusst, dass man sich Deighe nicht unbemerkt über den direkten Meerweg nähern kann.« Sie zuckte die Schultern und Byron warf mir einen Blick zu, der genauso frostig wie das Blau seiner Iris war.

Meine Schuld – das war meine Schuld.

»Also greift Iralia uns an«, schlussfolgerte Byron und wandte dabei nicht den Blick von mir ab. Er gab mir persönlich die Verantwortung dafür. Mit meinem Verrat zu leben war schwer genug, für diesen Angriff verantwortlich zu sein war noch schlimmer, aber dieser Ausdruck in seinen Augen, diese Eiseskälte, brachte mich fast um.

Byrons Hengst war gesattelt, als wir die Ställe erreichten. Es herrschte rege Betriebsamkeit, es wimmelte von Soldaten, die sich auf ihre Pferde schwangen oder vor den Ställen auf ihren Marschbefehl warteten. Und es stürmten immer mehr herbei, verließen das Schloss, bewaffnet, in voller Rüstung.

Der Garten glich einem Ameisenhaufen. Befehle wurden gebrüllt und befolgt. Formationen wurden eingenommen und ich stand wie gelähmt neben Byrons Eispferd. Ich hatte meinen Waffengürtel nicht bei mir. Er lag fein säuberlich im Schrank. Wenn ich ihn sofort holte, würde ich es rechtzeitig schaffen.

»Jared!«, rief ich dem Hauptmann zu, der auf der anderen Seite von Byron auf seinem Pferd saß, aber er hörte mich auf diese Entfernung nicht, weil der Aufruhr um uns herum zu laut war.

Eilig lief ich um Byron herum, der mich aus zusammengekniffenen Augen beobachtete. Argwöhnisch folgte er jeder meiner Bewegungen, aber ich schwor mir unter seinem Blick nicht zu schrumpfen. Ich hatte es verbockt, also würde ich alles daran setzen es wieder gutzumachen. Das hatte er mich gelehrt und ich würde diese Lehre befolgen.

»Jared!«, rief ich erneut und diesmal wandte der Hauptmann sich mir zu.

»Avianna!« Erstaunt sah er auf mich herab und dann zu Byron.

»Du musst Sia für mich satteln, ich habe meinen Waffengürtel vergessen«, bat ich ihn knapp und wartete seine Antwort gar nicht ab, sondern stürmte los.

Innerhalb von wenigen Augenblicken griff eine Hand nach mir und hielt mich auf. Der Ruck, mit dem ich abrupt zum Stehen kam, riss an meiner Schulter.

»Du bleibst hier«, raunte Byrons tiefe Stimme nahe an meinem Ohr und ich blieb stocksteif stehen, versuchte den Schauer zu ignorieren, der mir über den Rücken jagte, weil sein Atem meine Haut streifte.

»Es ist meine Schuld, dass ihr jetzt angegriffen werdet! Dass mein Vater gegen euch marschiert. Wenn ich etwas tun kann, dann, an deiner Seite zu kämpfen«, sagte ich wütend und ballte die Hände zu Fäusten. Ich war wütend auf ihn, weil er mich nicht gehen lassen wollte, aber vor allem war ich wütend auf mich.

»Es geht hier nicht um die Schuldfrage, Avianna«, fuhr er mich an. Der Ausdruck auf seinem Gesicht machte klar, dass es ihm ernst war und er keinen Widerspruch duldete. »Du bist nicht genug ausgebildet. Nur, weil du ein Schwert schwingen kannst, weißt du nicht, wie du es in einer Schlacht führen musst.«

»Das weißt du auch nicht. Es gab seit Jahrhunderten keinen Krieg gegen Glacien«, hielt ich dagegen. Niemand hatte je gewagt das Volk der Eismagier anzugreifen. Während viele Nationen beträchtliche Teile ihrer Magie hatten einbüßen müssen, war Glacien beständig und stark geblieben.

»Avianna«, warnte er mich und ließ mein Handgelenk los, griff mich bei den Schultern, als wollte er mich zur Vernunft schütteln. »Ich werde das Risiko nicht eingehen, dass dir dort draußen etwas passiert.« Er schob mich von sich, ließ die Hände sinken und ballte sie zu Fäusten. »Ich weiß, es wird dir nicht gefallen, aber du bleibst bei Maleah. Das ist ein Befehl, verstanden?«

Er wandte sich ab, ohne mich eines weiteren Blickes zu würdigen.

»Ich soll also zusehen, wie du verletzt und angeschlagen in den Tod reitest?«, brüllte ich ihm nach, aber er zuckte bei meinen Worten nur leicht zusammen, ehe er die Schultern straffte und weiter ging.

»Byron!«

Aber auch diesen Versuch ließ er unbeantwortet. Er saß auf und trieb seinen Hengst an, setzte sich an die Spitze der wartenden Soldaten. Ritt vor ihnen auf und ab, wartete auf die letzten Nachzügler, die sich ihre Rüstungen umlegten, ihre Waffengürtel festschnallten oder ihre Köcher über die Schultern legten.

»Komm, Kind«, hörte ich eine bekannte Stimme hinter mir und drehte mich unwillig um.

Maleah – nein, meine Mutter – betrachtete mich mit sanftem Blick und reichte mir ihre Hand, aber ich war nicht in der Lage sie zu nehmen. Mein Herz rebellierte in meiner Brust gegen ihren Verrat und gleichzeitig fürchtete ich, Byron nie wieder zu sehen. Und doch war kein Platz für Wut und nicht der Moment, ihnen ihre Taten nachzutragen.

Ich begriff, wie viel auf einmal zwischen uns stand, wie viele ungesagte

Worte. Ein letztes Mal warf ich einen Blick über meine Schulter, sah ihn an, den Mann, den ich liebte.

Er gab den Marschbefehl und in diesem Moment sah auch er noch einmal zu mir. Zwischen uns lagen in diesem Augenblick Welten und hohe Mauern. Ich hoffte, wir würden sie alle einreißen können, sobald er zurückkehren würde. Ich erlaubte mir nicht an die Möglichkeit zu denken, dass wir uns niemals wiedersehen könnten, doch sein Blick sprach eine andere Sprache. Darin lag Bedauern, Furcht und eine stumme Entschuldigung.

Mit Tränen in den Augen sah ich zu, wie die Soldaten losritten, sich auf den Weg in eine ungewisse Zukunft machten, die vielen von ihnen das Leben kosten würde. Sie ließen das Tor hinter sich, ritten nach Norden. Und ich war wieder einmal zum nutzlosen Nichtstun verdonnert.

***

Ich lag bei Mira auf dem Bett und heulte mir die Augen aus. Ihre Hand strich mir beruhigend über den Rücken. In den letzten Minuten hatte ich mehrmals aus dem Fenster gesehen und beobachtet, wie die Soldaten weiter nach Norden vorrückten, der feindlichen Armee entgegen, die zwar nicht wesentlich zahlreicher war, jedoch das Überraschungsmoment auf ihrer Seite hatte. Uns blieb lediglich zu hoffen, dass Glaciens Soldaten ihre Magie besser einzusetzen wussten, bis Verstärkung aus den umliegenden Dörfern eintreffen würde.

Im Endeffekt war der Anblick dieser beiden Heere für mich kaum mehr zu ertragen gewesen. Geschüttelt von Tränen hatte ich mich auf das Bett fallen lassen und mich seitdem nicht mehr bewegt. Zu allem Überfluss kam ich mir egoistisch vor, weil sich auch Elric dort unter den Soldaten befand, aber Mira mich tröstete und nicht ich sie.

Sie war stark und ich wollte mir so sehr ein Beispiel an ihr nehmen. Aber ich hatte mich von Byron abspeisen lassen, war danach Maleah aus dem Weg gegangen und hatte mich zu meiner Freundin geflüchtet, um zu weinen wie ein kleines Kind. Nur war ich kein Kind mehr. Alles Kindliche war in Iralia geblieben und ich war hier zu einer erwachsenen Frau geworden. Starrköpfig und naiv, aber meine unbekümmerte Leichtigkeit hatte ich verloren.

Trotzig wischte ich mir mit der Bluse über die Augen und setzte mich auf. Miras Hand rutschte von meinem Rücken. Sie sah mich verwirrt an, als ich aufstand und einen Blick in den Spiegel riskierte. Meine Augen waren gerötet und meine Wimpern klebten zusammen, aber der Ausdruck in meinen Zügen war entschlossen und wild.

»Geht es dir gut, Avianna?«, fragte Mira behutsam und strich fahrig mit der Hand über ihr zerknittertes Laken.

»Nein«, antwortete ich ehrlich. »Ich habe Angst und ich fürchte mich vor dem, was ich tun muss.«

»Jetzt machst du mir Angst.«

Mira stand auf und kam auf mich zu, musterte mich argwöhnisch. Für sie sprach ich in Rätseln, während für mich eine Entscheidung noch nie klarer gewesen war.

»Bindest du meine Haare und hilfst mir mit dem Waffengürtel?« Ich streckte das Kinn vor, um entschieden und selbstsicher zu wirken, obwohl die Angst ihre Klauen nach mir ausstreckte.

»Du kannst nicht da runtergehen!« Mira sah mich bestürzt an und packte mich am Ellenbogen, zog daran und zwang mich, mich ihrem Einwand zu stellen.

»Warum nicht?«

»Weil es dich umbringen wird! Du hast deine Magie nicht unter Kontrolle und deine Schwertkampffähigkeiten sind passabel, wenn du einen Gegner hast, aber nicht existent, wenn du dich zwei oder mehreren Soldaten gegenübersehen wirst.« Sie holte tief Luft, weil sie viel zu rasch und aufgeregt aufzählte, aus welchen Gründen ich nicht gehen durfte.

»Ich kann aber auch nicht zusehen, Mira. Das dort drüben ist meine Schuld!« Mit dem Zeigefinger deutete ich auf ihr Fenster, grob in die Richtung, in der sich die beiden Heere befanden. Dabei traute ich mich nicht hinzusehen.

»Nein, Avianna, das ist es nicht! Du hast nicht den Befehl gegeben gegen Glacien zu marschieren und-«

»Aber ich habe Glacien verraten!«, schrie ich und die Worte hallten von den

Wänden wider, vibrierten in meinem Kopf und quälten mich. »Ich werde nicht einfach zusehen, wie dort am Schlachtfeld Menschen sterben, während ich auf dem Bett liege, in der scheinbaren Sicherheit der Palastmauern, und heule. So feige bin ich nicht mehr.«

Wir sahen uns an. Schweigend. Meine Brust hob und senkte sich unter meinem schweren Atem. Eigentlich wartete ich nicht auf Miras Erlaubnis. Ich brauchte sie nicht. Und auch Byrons Einverständnis hatte ich nie gebraucht. Für wen oder was ich mein Leben gab, lag allein in meiner Hand und ich hatte mich entschieden, es für Glacien und die Menschen, die ich liebte, zu riskieren. Weil ich hier leben wollte. In Frieden und Sicherheit, ohne die Angst vor meinem Vater und Iralia.

Schließlich nickte Mira langsam, als würde sie begreifen, warum ich es tun musste, warum mir keine andere Wahl blieb, als diese Schlacht zu schlagen.

Sie nahm die Haarbürste von ihrer Kommode und strich damit eilig und geschickt durch mein Haar, bevor sie es zu einem festen Zopf flocht. Ich sah ihr die ganze Zeit dabei zu, beobachtete sie durch den Spiegel, aber sie arbeitete konzentriert und ohne aufzusehen. Sie mied mit Absicht meinen Blick.

Nachdem sie das Haar gebunden hatte, eilte sie hinaus und kam Augenblicke später mit meinem Waffengürtel zurück, den sie mir geschickt umlegte. Sie arbeitete wie früher in Iralia. Es war, als vollführten wir ein Ritual, um uns auf diese Weise voneinander zu verabschieden, ohne große Worte verlieren zu müssen. Uns beiden war in diesem Chaos nicht nach Reden zumute und jede Geste des Abschieds hätte zu viel Endgültigkeit bedeutet. Eine Endgültigkeit, der wir uns nicht stellen wollten. Ich würde zurückkommen.

Gemeinsam, aber weiterhin stumm, eilten wir durch die Gänge zu den Stallungen. Sia stand in ihrer Box, allein, weil alle anderen Rösser mit den Soldaten zum Schlachtfeld geritten waren. Einige Boxen weiter tänzelten ein Fohlen und seine Mutter hektisch in ihrer Box herum. Wahrscheinlich hatte sich die Anspannung der letzten Stunden auf die Tiere übertragen.

Bis zu diesem Zeitpunkt hatte ich befürchtet, Sia nicht hier zu finden, weil jemand sie für den Kampf gebraucht hatte, aber zu meiner großen

Erleichterung war sie hier. Sie war meine Stute, mein Tier, das Byron für mich ausgesucht hatte, und jetzt empfand ich erstmals tiefe Zuneigung für die Stute, mit der ich mich am Anfang nicht hatte anfreunden wollen.

Ich schüttelte meine wirren Gedanken ab und machte mich daran sie zu zäumen und zu satteln. Wenn ich mich nicht beeilte den anderen zur Hilfe zu eilen, dann konnte ich meinen Plan ebenso gut begraben und weiter aus der Sicherheit des Schlosses zusehen, wie sie kämpften und starben.

Ein letztes Mal schluckte ich meine Angst herunter und saß dann auf, griff nach den Zügeln. Mira sah zu mir hinauf, aber niemand von uns fand die richtigen Worte. Auch wenn wir uns ein Leben lang kannten, wenn wir uns vertrauten und liebten, für einen solchen Moment gab es keine Worte, also nickten wir uns zu und sagten damit doch alles.

Im nächsten Augenblick trieb ich Sia an und sie preschte los, als würde sie spüren, wie eilig es war, wie dringend ich zum Schlachtfeld musste. Im rasenden Galopp verflog meine Angst und harte Entschlossenheit machte sich in mir breit. Ich kniff die Augen ein wenig zusammen, lehnte mich im Sattel vor und trieb Sia weiter an.

Der Wind peitschte mir ins Gesicht und am Horizont zogen Wolken auf, so dunkel und grau, als würde das Wetter sich der Atmosphäre hier unten anpassen wollen. Dabei war ein Schlachtfeld, das vom Regen durchweicht und schlammig war, sicher nicht das, was wir gebrauchen konnten.

Wir flogen dahin, preschten durch das Schlosstor und galoppierten durch die engen Gassen Deighes, wandten uns gen Norden und ließen bald die letzten Häuser hinter uns. Das weite Land Glaciens lag vor mir und in der Ferne, gerade noch mit bloßem Auge zu erkennen, trafen die beiden feindlichen Heere aufeinander. Ich hoffte inständig, ich käme nicht zu spät.

***

Als die ersten Kampfschreie an mein Ohr drangen, war ich mir schlagartig nicht mehr sicher, ob ich das Richtige tat. Ob ich meinen Entschluss, mich dem Kampf anzuschließen, nicht besser bereute und umkehrte. Aber das wäre erbärmlich und ich wollte nicht feige sein. Angst war nichts Schlimmes, hatte Byron mich gelehrt. Sich ihr zu stellen, das war Mut und ich würde tapfer sein, für ihn, für Glacien und für mich.

Bevor ich mit Sia im Kampfgeschehen zu sehr auffallen konnte, saß ich ab, lehnte meinen Kopf ein letztes Mal an den warmen Leib meines Pferdes. Dann ließ ich Sia laufen, hoffte, sie würde zurück zum Schloss galoppieren und schritt dann auf die Mauer aus Körpern zu, die verzweifelt um ihr Leben kämpften.

Meine Hand wanderte zum Knauf meines Schwertes, ich fühlte das kühle Metall in meiner Hand, spürte, wie meine Finger sich fest um den Griff wanden und hörte das Geräusch, das es machte, als ich es endgültig aus seiner Scheide zog.

Die kämpfenden Soldaten nahmen keine Notiz von mir, sondern waren konzentriert auf das unmittelbare Geschehen rund um sie herum. Klingen schlugen lärmend aufeinander, Staub und Erde wirbelten unter Stiefeln auf, Schmerzensschreie und klagende Laute wurden vom Wind über das Feld getragen.

Mein Herz raste, mir wurde übel von dem Geruch des Blutes, der in der Luft lag und meine Muskeln waren zum Zerreißen angespannt. Alles in mir schrie nach Flucht und es kostete mich unvorstellbare Mühe, diesem Instinkt nicht nachzugeben.

Ich versuchte die kämpfenden Menschen um mich herum auszublenden und gleichzeitig wachsam zu bleiben. Ich hatte mir zur Aufgabe gestellt, Byron und Vater zu finden, denn ich hegte keinen Zweifel daran, dass Iralias König hier war. Ich kannte ihn und wusste, er würde sich dieses Gemetzel nicht entgehen lassen. Er würde es sich nicht nehmen lassen, Byron eigenhändig zu töten.

Neben mir versengte eine plötzliche Hitze fast mein Haar und ich wandte erschrocken den Kopf, als im nächsten Moment der Geruch von verbranntem Fleisch in meine Nase stach. Eine menschliche Fackel ging in qualvollen Schreien neben mir zu Boden, rollte sich in ihrer Verzweiflung im Dreck. Doch die Flammen ließen sich nicht ersticken und die Schreie verebbten, bis schließlich ein verkohlter Körper am Boden lag, der kaum noch an einen Menschen erinnerte.

Mein eigener Körper begehrte auf, wollte sich erbrechen, aber ich schluckte den bitteren Geschmack herunter und starrte in die schwarzen Augen eines iralischen Soldaten, der breitbeinig und mit verschlagenem Grinsen vor der verbrannten Leiche stand.

»Schön Euch zu sehen, Prinzessin«, ätzte er und im nächsten Moment löschte er die Flammen um seine Finger und zückte sein Schwert.

»Kein Feuer?«, fragte ich herausfordernd und gab meiner Stimme dabei einen verächtlichen Klang.

»Ich weiß doch um Euer – sagen wir mal – Defizit. Es wäre ein unfairer Kampf, findet Ihr nicht auch?« Er lachte.

Im nächsten Moment erhob er seine Klinge und ich riss mein Schwert rechtzeitig hoch, um zu parieren. Er wollte mich verunsichern, mich in meiner Konzentration stören, genauso wie ich ihn. Nur gelang es ihm scheinbar besser und ich spürte bei jedem Hieb, wie ich unkonzentrierter wurde, weil ich nicht aufhören konnte darüber nachzudenken, was ich ohne Magie auf einem magischen Schlachtfeld verloren hatte. Selbstverständlich gebrauchten wir auch Schwerter, um die Kräfte zu schonen und das magische Potenzial nicht sofort zu erschöpfen. Um den Gegner zu schwächen, ehe man zum alles entscheidenden Angriff ausholte. Und nun stand ich hier, hochmütig und töricht, ohne die geringste Kampferfahrung, nur weil ich glaubte, es wäre meine Pflicht.

Der nächste Hieb des Soldaten sauste mit mehr Kraft auf mich herab und meine Muskeln kreischten vor Schmerz, als die Gewalt beim Parieren durch meine Arme vibrierte. Ich biss die Zähne zusammen, wusste aber nicht, wie lange ich das aushalten konnte, ohne zusammenzubrechen.

Plötzlich gurgelte der Iralier, Blut sprudelte aus seinem Mund und er sackte zusammen. Hinter ihm stand Katara, die ihre Klinge mit einem Schmatzen aus seinem Leib zog und mich mit vor Wut funkelnden Augen anstarrte.

»Was hast du hier verloren?«, bellte sie und drehte sich mitten im Satz mit einem Ausfallschritt zur Seite, um dem nächsten Angreifer den Kopf von den Schultern zu trennen.

Mein Magen stülpte sich fast um, aber ich funktionierte weiter. Ich musste Byron und meinen Vater finden, ich musste das hier beenden.

»Avianna!«, rief Katara und eilte mir nach. »Du musst hier weg. Ich bringe dich raus!«

Ich stapfte weiter, wachsam, darauf bedacht die Aufmerksamkeit der Kämpfenden nicht auf mich zu ziehen, was mit einer erzürnten Katara im Schlepptau nicht einfach war.

Mit dem Blick suchte ich in der Ferne die Reihen ab, hielt Ausschau nach dem imposanten weißen Hengst und nach der feuerroten Lederrüstung meines Vaters.

Um mich herum flogen Salven aus Eiszapfen, Hitze versengte meine Rüstung, ließ sie schwarz und rußig werden. Asche legte sich wie ein staubiger Film über mich.

Überall roch es nach Blut, Tod und verbranntem Fleisch. Mir war speiübel, ich glaubte zwischenzeitlich, es wäre leichter mich einem Soldaten zu stellen und zu sterben, aber ich kämpfte weiter. Kämpfte gegen mich, gegen meinen Fluchtinstinkt und gegen Katara, die nicht aufgab mich zum Umdrehen zu bewegen.

»Ich fliege dich hier raus, wenn du nicht sofort stehen bleibst!«

Im nächsten Moment hörte ich ihren Schrei, gellend dröhnte er in meinem Kopf, echote darin wie ein Geist. Ich drehte mich um, Entsetzen ließ mich erstarren. Es war, als gehörte mein Körper nicht mehr zu mir, als sähe ich von außen zu, flöge über das Schlachtfeld, losgelöst von mir und von der Möglichkeit zu handeln.

Katara kämpfte mit zusammengepressten Lippen und schwitzend vor Anstrengung gegen einen Iralier. Ihr linker Arm hing schlaff an ihr herab. Die milchige Haut war geschwollen, rot und übersät mit Brandblasen. Sie hatte eine feine, kühlende Schicht aus Eis darüber gelegt, um vor Schmerzen nicht ohnmächtig zu werden, aber der Arm war dennoch nutzlos und behinderte sie.

Erneut wurde sie mit Feuer angegriffen, doch dieses Mal war sie schneller. Statt mit einer Barriere aus Eis, wie ich sie von Jared und Byron kannte, wehrte sie sich mit einer Wand aus Wasser, die das Feuer zischend erlöschen ließ. Kurz brachte sie den iralischen Krieger damit aus der Fassung und konnte mit ihrem Schwert einen Treffer gegen seine Schulter landen, aber er fing sich rasch, parierte ihren nächsten Schlag und hieb jetzt doppelt so schnell auf sie ein. Kataras einziger Vorteil waren ihre Flügel, die es ihr ermöglichten, mit kurzen Flügelschlägen über seine Hiebe hinwegzuspringen. Sie war verletzt, aber sie war überlegen und kompromisslos.

Aus den Augenwinkeln warf sie mir prüfende Blicke zu, aber ich bewegte mich nicht. Ich war immer noch zu weit entfernt von diesem Ort, als würde alles an mir die Realität leugnen und nicht an ihr teilnehmen wollen. Byron hatte Recht behalten, ich hatte hier nichts zu suchen, ich war noch lange nicht bereit, im Kampf bestehen zu können. Erneut hatte ich aus falschem Stolz und Naivität eine fatale Entscheidung getroffen, für die ich bestenfalls alleine büßen würde.

Jäh tauchte Jared neben mir auf, warf mir einen vernichtenden Blick zu und eilte Katara zu Hilfe, indem er ihren Gegner mit mehreren Eiszapfen aufspießte.

»Was tust du hier?« Seine Wut holte mich fast von den Beinen und er hatte jedes Recht, so zornig auf mich zu sein. Wegen mir war Katara in Gefahr geraten, wegen mir war sie verletzt.

»Es tut mir leid«, stammelte ich. Von meiner Selbstsicherheit war nichts geblieben. Meine Hand, in der ich das Schwert hielt, hing kraftlos an mir herunter und Tränen brannten heiß in meinen Augen. Ich hatte wieder das Gefühl versagt zu haben und beschloss aufzugeben.

Im Hintergrund hörte ich die Kampfgeräusche, hörte Menschen sterben und wollte, dass es aufhörte. Die Schreie wurden gellender und ich schloss die Augen, kniff sie zusammen und wusste gleichzeitig, wie dumm es von mir war in dieser Situation blind auf dem Schlachtfeld zu stehen.

Schwerter klirrten, das Geräusch, wie sie die Winde teilten, kam näher und um mich herum brach Tumult aus. Katara und Jared brüllten sich Worte zu, die ich nicht verstand und ich zwang mich die Augen wieder zu öffnen. Ich stand umgeben von Eiswänden da, die mich schützten, während die beiden gegen mehrere feindliche Kräfte kämpften. Jareds und Kataras Bewegungen waren verlangsamt und fahrig, weil sie gleichzeitig die Barriere für mich intakt hielten, die ihnen stetig Magie entzog.

Der groteske Tanz zwischen ihnen und den Soldaten war gewalttätig und grausam. Katara stolperte immer häufiger und ihre Kräfte, um die Flügel auszubreiten und den Schlägen mit Sprüngen auszuweichen, schwanden zusehends. Jared hielt ihr den Rücken frei, so gut er konnte, ohne seine eigenen Angreifer aus den Augen zu verlieren, aber auch er näherte sich dem Ende seiner Kraft und kämpfte eher mit dem Mut der Verzweiflung.

Momente wurden zu Ewigkeiten, während ich ihnen zusah, während ich in meinem Eisgefängnis dazu verdammt war nicht eingreifen, nicht helfen zu können. Jared streckte zwei Iralier nieder, übersah jedoch einen dritten Angreifer, als er sein Schwert aus der zweiten Leiche zog. Katara wehrte den Angriff ab, rettete ihm das Leben.

Plötzlich sackte die Mauer um mich herum zusammen. Verwirrt starrte ich auf das Eis, das einfach in sich zusammengefallen war und in Splittern und Scherben auf dem Boden vor mir lag.

Ein gellender Schrei erklang, so gequält und animalisch, dass ich ihn nicht zuordnen konnte. Aber als ich aufblickte, sah ich Jared, der mit unmenschlicher Kraft und Wut auf die letzten drei Iralier einhieb, sie zu Boden schickte und ihre Köpfe von ihren Körpern trennte. Direkt neben ihren Leichen lag Kataras zierliche Gestalt, ihre blonden Haare fielen ihr engelsgleich über das Gesicht. Nur das Blut störte dieses Bild. Viel zu viel Blut.

Kraftlos ließ ich mich auf die Knie fallen. Es roch nach Tod. Die Leichen. Katara. Jared und ich. Alles roch nach Tod und Verderben.

Jared lehnte sich über Katara. Blut quoll zwischen seinen Händen hervor, die er auf ihre Wunden presste, als versuchte er sie damit zu verschließen und das Blut daran zu hindern aus ihrem Körper zu strömen.

Katara röchelte, ihre Lider flatterten, aber sie öffnete die Augen nicht mehr. Das würde sie nie wieder tun. Der Schmerz explodierte in meiner Brust, riss mich entzwei. Ich wollte mir nicht vorstellen, wie es Jared ging, wie sehr es ihn quälen musste.

Wütend rappelte ich mich auf, schüttelte den Kopf und versuchte die letzte Stunde in den hintersten Winkel meines Seins zu verbannen. Ich würde nicht zulassen, dass noch mehr Menschen starben und ich würde nicht zulassen, dass Byron noch mehr seiner Freunde verlor. Ich war hergekommen, um meinen Vater zu stellen, um diese Schlacht zu beenden, und genau das würde ich tun.

Katara war gestorben, weil sie mich hatte schützen wollen. Jared hatte sie verloren, weil sie beide mich zur Umkehr bewegen wollten. Es würde nicht noch jemand sterben, weil ich Fehler gemacht hatte.

Ich wandte den Blick schweren Herzens von Jared ab, der sich in schierer Verzweiflung wieder in den Kampf geworfen hatte und Köpfe von Körpern trennte und Herzen mit Eis durchbohrte.

Ich schloss meine Finger fester um den Knauf des Schwerts, um das Zittern zu unterdrücken, das mich seit Kataras Tod erfasst hatte. Ich würde Glacien retten und schlussendlich würde ich damit auch irgendwie mich retten.

Kapitel 26

Ich kämpfte mich wie in Trance durch die Reihen. Mein Schwert suchte und fand iralische Körper, spießte sie auf und dabei empfand ich nichts. Meine Gedanken waren bei Katara und ich dachte daran, wie sie für die Dinge, an die sie glaubte, gekämpft hatte. Und ich tat es ihr nun gleich.

Tränen ließen immer wieder meine Sicht verschwimmen, aber ich drängte sie zurück, konzentrierte mich auf meine Aufgabe, duckte mich unter Schwertern weg, wich Flammen aus und tötete Menschen, als bedeutete es nichts. Ich würde mir später darüber Gedanken machen müssen, ob ich je wieder in einen Spiegel schauen konnte, ohne mich zu verabscheuen.

Die Armee Iralias erschien mir übermächtig. Sie war in der Überzahl und ich wusste nicht, wie lange Glacien seine Stellung noch halten konnte. Unsere Reihen lichteten sich und endlich sah ich die feuerrote Uniform, nach der ich die ganze Zeit Ausschau gehalten hatte. Mein Vater stand am anderen Ende des Schlachtfeldes, ein ganzes Stück abseits von der Schlacht, und ich erahnte das überhebliche Grinsen auf seinem Gesicht, auch wenn ich es nicht sehen konnte. Eine Traube aus Soldaten schützte ihn, schirmte ihn ab, damit er sich unversehrt ansehen konnte, wie sein Heer die Glacianer erbarmungslos abschlachtete.

Vor ihm, zu seinen Füßen, kniete eine Gestalt. Gebückt und unterwürfig. Ich erkannte ihn, obwohl er weit von mir entfernt war. Sein schwarzes Haar, das bis auf seine Schultern fiel, der Stolz in seiner Haltung, egal wie unterwürfig er dabei vor meinem Vater niederkniete.

In mir wuchs bei diesem Anblick die Wut. Ich spürte meine Magie aufbegehren und nur mit Mühe gelang es mir sie im Zaum zu halten. Ihre Zeit würde kommen, aber noch nicht jetzt.

Ich fragte mich, warum er Byron noch nicht getötet hatte, aber gleichzeitig würde ihr kniender König die Moral der Glacianer schwächen. Taktisch ein kluger Zug, doch er wusste nicht, welches Monster er damit heraufbeschwor. Für ihn war ich die nutzlose Tochter, die kein Feuer in sich trug und nicht einmal fähig war den Gegner auszuspionieren. Er ahnte nichts von dem Flammensturm, der in mir tobte, der sich kaum zähmen ließ und der meine Wut und meinen Hass verheerend machte.

Und dann rannte ich los. Meine Sicht verschwamm, meine Augen waren auf Byron und meinen Vater fokussiert. Vielleicht würde mich dieser Tunnelblick mein Leben kosten, aber ich vertraute auf meine Instinkte und darauf, dass meine geschärften Sinne mir ihre Dienste nicht versagten. Nur noch wenige Schritte, ehe ich meinem größten Feind gegenüberstehen würde. Dem Mann, der mir alles Gute im Leben genommen und dem ich viel zu lange Glauben geschenkt hatte, einzig, weil er mein Vater war.

Als ich die letzte Reihe durchbrach, entdeckte er mich. Schwer atmend ging ich auf ihn zu, wandte das Gesicht nicht ab und hielt dem stechenden Blick aus seinen tiefschwarzen Augen stand. Er machte mir keine Angst, schon lange nicht mehr.

»Was für eine Überraschung dich hier zu sehen, Tochter.« Das letzte Wort spuckte er mit so viel Verachtung aus, dass man glauben konnte, ich wäre die Verräterin, die Lügnerin. Und in seinen Augen war ich das. Aber seine Wahrheit war nicht die einzige. Und ich hatte mich im Lauf der letzten Monate für die andere Wahrheit entschieden, für die Wahrheit, die mir weniger grausam und egoistisch erschien. Für den König, der sich um die Menschen sorgte, statt nur um sich selbst und die eigene Macht.

»Zieh dein Heer zurück, Vater!«, forderte ich mit fester Stimme und blieb vor seinen Leibwachen stehen, die den Kreis um ihn und Byron enger gezogen hatten und mir damit gleichzeitig die Sicht auf meinen Verlobten verwehrten.

»Warum sollte ich das tun? Mein Volk verhungert in der Wüste und dein Freund hier«, er deutete zu seinen Füßen, »verweigert konsequent den Handel mit uns. Er lässt uns sterben, Avianna!«

Kurz stockte ich. Etwas in mir verfiel in den alten Reflex, Vaters Erklärungen zu glauben. Zu glauben, alle anderen wären besser, privilegierter, weil ihnen ihr Land mehr Ressourcen bot.

»Du lässt dein Volk selbst sterben!« Ich atmete tief durch. »Du bereicherst dich, füllst deine Schatzkammern und schlemmst an Tafeln voller exotischer Speisen. Der Adel wird dick und rund und faul, während das einfache Volk in Ankras Hunger und Armut leidet. Ich habe es gesehen!«

Mein Vater machte eine kurze Bewegung mit seiner Hand und die Soldaten um ihn herum öffneten ihre Reihen ein Stück, um mich hindurchtreten zu lassen. Kaum hatte ich sie passiert, schlossen sie sich wieder zu der undurchdringlichen Mauer.

Vor mir kniete Byron und hatte das Gesicht gen Boden gerichtet. Ich sah lediglich, wie sein strähniges Haar einem Vorhang gleich um ihn herum fiel.

»Byron!«, rief ich, aber er rührte sich nicht, sah mich nicht an. Nur das Zittern seiner Schultern verriet mir, dass er mich hörte, dass er lebte.

»Was hast du mit ihm gemacht?«, schrie ich aufgebracht und das Feuer jagte durch meine Adern, rebellierte in mir und wollte heraus. Aber noch war nicht die Zeit dafür. Ich wollte Antworten, bevor ich Vater sehen ließ, wen er sich zum Feind gemacht hatte.

Vater grinste verschlagen. Die Grausamkeit in seiner Miene hatte Dimensionen angenommen, die ich mir in meinen schlimmsten Albträumen niemals hätte vorstellen können und die Panik, die ich dachte überwunden zu haben, kehrte zurück.

»Ich habe lediglich seine Magie blockiert, anscheinend reagiert er etwas heftig auf die Blockade.« Er lachte und zog einen winzigen Flakon aus der Tasche seines Mantels. Mir fiel auf, dass er Handschuhe und warme Kleidung trug, um sich vor den Temperaturen zu schützen, während ich den beginnenden Herbst als mild empfand. Als gehörte ich mittlerweile tatsächlich hierher. »Oh, und ich habe ihm angedroht, dass ich dich töten werde, sollte er sich wehren.« Sein Grinsen wurde noch eine Spur breiter, gefährlicher. »Wobei ich dich so oder so aus dem Weg räumen werde.«

Verstört starrte ich auf den Flakon und dann wurde mir auf einmal alles klar – ich fragte mich, wie ich so blind hatte sein können. Die Lügen über meine Mutter, der Hass meiner Schwester auf mich, der verzweifelte Versuch meine Magie zu wecken, obwohl meine Geschwister beide begabt darin waren.

»Du hast mich blockiert«, flüsterte ich ungläubig und konnte den Blick nicht von dem Flakon lösen. »Du wolltest mich tatsächlich loswerden. Es war nie geplant, dass ich Iralias Thron besteige.«

»Die einzige Eigenschaft, die man dir zugutehalten kann: Du bist nicht ganz so dämlich wie deine Schwester. Gleichzeitig war das deine größte Schwäche.« Die Verächtlichkeit, mit der er über mich sprach, schnitt mir wie Klingen in die Eingeweide. Ich hasste ihn aus tiefstem Herzen. Für das, was er mir angetan hatte und für das, was er Byron antat. Doch gleichzeitig war er mein Vater, es würde immer einen Teil in mir geben, der ihn liebte und genau diese Gefühle zerrissen mich.

»Ich konnte nicht riskieren, dass du meine Pläne durchkreuzt. Aber ich konnte dich auch nicht einfach töten. Als ich bemerkte, dass du das gleiche weiche Herz hattest wie deine Mutter, war es bereits zu spät, um dich ohne Aufsehen zu beseitigen«, erklärte er emotionslos, als hätte ich ihm nie mehr bedeutet als das Werkzeug, das er aus mir hatte machen wollen.

»Wusstest du, dass sie lebt? Meine Mutter?«

Er sah mich überrascht an, seine Augen weiteten sich in Entsetzen. »Sie ist hier?« Seine Stimme klang, als hätte er einen Geist gesehen und vielleicht hatte er das auch.

»Was ist damals passiert?«, forderte ich zu wissen und überging seine Überraschung. Jedes Fünkchen Mitgefühl für ihn wäre verschwendet. Stattdessen zog sich mein Herz schmerzhaft zusammen, wenn ich zu Byron blickte, der durch den Magieblocker vollkommen bewegungsunfähig auf dem Boden kniete.

»Was soll passiert sein?«, fragte Vater und zuckte mit den Schultern. »Wir waren einander versprochen worden, schon lange, bevor wir überhaupt begriffen, was das zu bedeuten hatte. Ihre Magie war stärker als meine und man erhoffte sich durch diese Verbindung einen starken Thronfolger.« Er holte tief Luft und schloss die Augen. Man sah ihm die Wut an, die Wut darauf, dass er schwächer war.

Schwächer als ich dämmerte es mir und ich schöpfte neuen Mut für diese Auseinandersetzung, versuchte jedoch mir meine Gefühle nicht anmerken zu lassen. Er musste glauben, dass ich keinen Zugriff zu meiner Magie hatte, sie überhaupt nicht rufen konnte.

»Aber deine Mutter hatte ein zu weiches Herz. Es gelang mir nur mit Gewalt einen Thronfolger von ihr zu bekommen.«

Er schüttelte abfällig den Kopf, als könnte er nicht verstehen, warum Maleah sich ihm nicht freiwillig hingegeben hatte und mir wurde übel. Meine Flammen leckten zaghaft an meinen Fingern, als fragten sie, ob sie dem endlich ein Ende machen dürften. Ich ballte die Hände zu Fäusten, hielt die Wut im Zaum. Es war noch nicht so weit, *aber bald,* beruhigte ich mich selbst, *bald.*

»Nachdem du geboren wurdest, wollte sie gehen. Mit dir!«, rief er außer sich. »Aber das konnte ich nicht zulassen. Also ließ ich ihr die Wahl. Sie konnte gehen, frei sein, und ich würde dafür sorgen, dass Iralia glaubte, sie wäre im Wochenbett verstorben. Aber dich durfte sie nicht mit sich nehmen. Ich drohte ihr, sollte sie sich gegen mein Angebot entscheiden, sie solange zu jagen, bis ich euch finden und töten würde. Nun, du kennst ihre Entscheidung. Genau wie du war sie zumindest ein kluges Kind.«

»Erzähl mir nie wieder, dass du dich um dein Volk sorgst oder um deine Kinder oder um irgendjemanden außer dich«, würgte ich hervor. Es kostete mich immer mehr Mühe, dem Inferno in mir Einhalt zu gebieten. Ich wollte ihn brennen sehen. Ich wollte diese Rache für alle, denen er Leid zugefügt hatte. Er sollte ebenso grausamen Schmerz spüren, wie er zugefügt hatte und er sollte ernten dürfen, was er gesät hatte.

»Du wirst noch eine wichtige Lektion lernen: Niemand ist wichtig, außer dir selbst. Wenn du gezwungen bist zu entscheiden, dann stehst du dir selbst am nächsten, immer. Und ja, ich will kein Samariter sein, ich will mein Volk nicht retten. Ich will gefürchtet werden, ich will Macht, und mit den Magiern Glaciens unter meiner Kontrolle werde ich diese Macht haben und endlich Land einnehmen können, das keine unfruchtbare Wüste ist.«

Verstört hörte ich ihm zu, konnte nicht glauben, was er sagte und dass ich all die Jahre nie verstanden hatte, was für eine Person mein Vater wirklich war. Wie hatte ich so blind sein können? Er hatte mich manipuliert, mein Leben lang.

»Schade, Avianna. Wir hätten ein großartiges Team abgeben können, wenn du nur ein bisschen mehr wie ich geworden wärst.« In seinen Händen bildeten sich Flammen, züngelten um seine Finger. »Ich hätte mir wirklich gewünscht, nicht mein eigen Fleisch und Blut töten zu müssen. Was für eine Verschwendung von Potenzial.« Er seufzte, als täte es ihm tatsächlich leid.

Bevor ich allerdings zum Gegenschlag ausholen konnte, bevor ich endlich tun konnte, was ich schon die ganze Zeit hatte tun wollen, sprang Byron mit einem lauten Brüllen auf, riss meinen Vater von den Beinen und rollte sich mit ihm über den Boden.

Die Welt um mich herum schien anzuhalten und sich dann viel zu langsam weiterzudrehen. Ich nahm im Augenwinkel wahr, wie einer der Leibwächter Byron von meinem Vater herunterriss und wie Vater sich aufrappelte und Byron mit seinen Fäusten traktierte.

»Eigentlich hatte ich mir das anders vorstellt«, sagte er, aber ein zufriedenes Lächeln umspielte seine Lippen. »Eigentlich solltest du zusehen, wie ich Avianna töte. Nun«, er wandte sich mir zu, »deinem Entsetzen nach zu urteilen macht es so herum auch Spaß.«

Mein Körper verdammte mich dazu gelähmt dabei zuzusehen, wie Byron unter jedem Faustschlag weiter in sich zusammensackte. Blut troff von seiner Schläfe, an der eine große Platzwunde prangte. Er wehrte sich nicht, sondern ließ es geschehen, als hätten die Worte meines Vaters ihm jede Hoffnung geraubt. Als glaubte er nicht mehr daran, dass wir hier lebend herauskämen. Seine Resignation stach mir heiß ins Herz und im nächsten Moment brannte ich innerlich lichterloh.

»Lass ihn los!«, rief ich entschlossen und Vater hielt inne, lachte über meine Unverfrorenheit.

»Was willst du tun, Avianna? Mich mit deinem lächerlichen Schwert aufspießen? Oder mich mit deinen wütenden Blicken zu Tode starren? Du kannst nichts tun. Du bist schwach und gutherzig, genauso wie deine Mutter, genauso wie dieser lächerliche König hier, der sich hinter dem Ruf seines Vaters versteckt, damit niemand sieht, wie jämmerlich er eigentlich ist!«

Er stieß Byron von sich, der keuchend im Dreck landete und sich vor Schmerz kaum rührte. In dem Moment explodierte ich.

Selbst wenn ich gewollt hätte, waren die Flammen nicht mehr aufzuhalten. Sie leckten an meinen Fingern, umschlossen meine Hände und wanderten meine Arme hinauf.

»Was ...?« Mein Vater starrte mich erschrocken an. Ich sah die Angst, die hinter dem Erstaunen aufblitzte. Sah die Erkenntnis darüber, dass ich stärker war als er. Viel stärker.

Aber ich blieb stumm, brannte weiter, meine Flammen schlugen höher und höher und schließlich ließ ich sie frei. Es gab nichts zu sagen, nichts, das dieses Ende abwenden konnte. Meine Hände öffneten sich und die Flammen schossen in die Freiheit, wie ein Sturm, der laut heulte, während er alles mit sich riss. Byron und Vaters Leibwachen nahmen panisch Abstand von meinem Feuer, brachten sich in Sicherheit.

Ich sah dabei zu, wie mein Vater verbrannte, wie er vor mir lichterloh in Flammen stand, das Gesicht zu einer grotesken Maske aus Schmerz und Qual verzogen. Und ich empfand nichts. Weder trauerte ich um den Vater, den ich verlor, noch spürte ich die innere Genugtuung, die ich erwartet hatte. Da war einfach nichts. Emotionslos beobachtete ich, wie er in meinem Feuer starb.

Als seine Gestalt verkohlt und gekrümmt in sich zusammenfiel, ließ ich los. Mein Feuer zog sich in mich zurück, in den Kern der Magie und pulsierte dort, weich und friedlich, als hätte es nicht gerade so eine vernichtende Wirkung entfacht, als wäre es nicht in der Lage Tod und Verderben zu bringen.

Ich achtete nicht auf meine Umgebung, warf nicht einmal mehr der Leiche meines Vaters einen Blick zu, sondern stürmte zu Byron, ließ mich neben ihn auf den Boden fallen. Sollten die Leibwächter meines Vaters versuchen uns etwas anzutun, sie würden dessen Schicksal teilen.

Byron atmete schwer, er hatte seine Hände um seinen Körper geschlungen und ich wusste nicht, wie ich ihm helfen sollte. Er war ohnehin angeschlagen von seinen letzten Verletzungen in diesen Kampf geritten und ich hatte keine

Ahnung, was der Magieblocker in ihm bewirkte, davon abgesehen, dass die Faustschläge meines Vaters sicher keine Streicheleinheiten gewesen waren.

Meine Gedanken kreisten und ließen mich kaum zur Ruhe kommen, verwehrten mir einen klaren Kopf, während ich mich über Byron beugte, ihm die verschwitzten Strähnen aus der Stirn strich und ihm endlich ins Gesicht sah. Er blutete aus einer Wunde an der Stirn, die Maleah sicher würde nähen müssen. Seine Lippe war geschwollen und aufgeplatzt, seine Nase und das linke Auge verfärbten sich blau-violett. Ich hoffte inständig, auch der Rest von ihm wäre nur oberflächlich verletzt. Das konnten wir richten, das würde heilen. Es musste heilen!

»Byron«, wisperte ich erstickt. Erst jetzt bemerkte ich die Tränen auf meinen Wangen, den Kloß in meinem Hals, der mich daran hinderte mehr zu sagen.

Trotz seiner Verletzungen hob er geschwächt seinen Arm, legte seine Hand an meine Wange, liebkoste mit dem Daumen meine Haut und wischte dabei die Tränen fort. »Danke«, krächzte er, dann schloss er auch das gesunde Auge, aber seine Hand blieb an meinem Gesicht und verriet mir, dass er nicht bewusstlos geworden war. Dennoch wusste ich nicht, wie ich ihn bis zum Schloss und zu Maleah schaffen sollte.

Verzweifelt blickte ich mich um. Die Leibwachen meines Vaters schienen das Weite gesucht zu haben und auch die restliche Armee bemühte sich um einen raschen Rückzug. Der Tod meines Vaters schien die Moral seiner Soldaten gebrochen zu haben, während er unsere gestärkt hatte. Vereinzelt fanden noch Kämpfe statt, jagten Glacianer ihren flüchtenden Kontrahenten nach, durchbohrten sie mit Eis und Schwertern.

Ich erhob mich und hielt Ausschau nach Menschen, die mir bekannt waren, nach meinen Freunden, aber der Tumult um mich herum machte das kaum möglich. Klagen, Rufen, Geschrei. Überall lagen Körper im Dreck. Glacianer wie Iralier. Im Tode vereint waren sie gleich. Ihr Blut floss in identischen roten Rinnsalen über die Erde und versickerte. Keine Existenz hatte mehr oder weniger Bedeutung gehabt.

»Prinzessin!« Elric tauchte auf. Seine Kapuze war ihm vom Kopf gerutscht.

Sein schlohweißes Haar fiel ihm in dreckverkrusteten Strähnen ins Gesicht und er wirkte erschöpft, als könnte er sich nicht mehr lange auf den Beinen halten.

»Elric!«

Er kam auf mich zu, blieb vor mir stehen. Wir beide wussten nichts zu sagen. Die letzten Stunden lasteten schwer auf unseren Schultern. Was wir gesehen hatten, ließ sich nicht einfach aus dem Gedächtnis löschen, ließ sich nicht beiseiteschieben, nur weil es vorbei war.

Wir standen einander gegenüber und schwiegen und sagten damit doch alles. Und dann brach es aus mir heraus und ich fiel ihm in die Arme, klammerte mich an ihm fest und schluchzte. Ich weinte und konnte nicht damit aufhören. Genau in dem Moment öffneten die dunklen Wolken ihre Tore und meine Tränen vermischten sich mit denen des Himmels.

***

Erschöpft stocherte ich in dem Getreidebrei vor mir, malte mit der anderen Hand die Maserung des Tisches nach und starrte vor mich hin. Die letzten Stunden hatten mich taub werden lassen, weil ich sonst zusammengebrochen wäre.

Anfangs hatte mir jede Leiche noch das Herz aus der Brust gerissen, hatte mich wünschen lassen, an ihrer Stelle gestorben zu sein, aber mit jedem weiteren Toten ließ das Gefühl nach. Die Menschen waren zu gesichtslosen Geistern geworden, die mich in meinen Albträumen heimsuchen und mir Vorwürfe machen würden, weil ich nicht um sie getrauert hatte.

Es war meine Aufgabe gewesen, den Leichenberg zu entzünden, das Feuer trotz des Regens zu entfachen. Es war meine Aufgabe gewesen, die letzten Spuren der Toten von der Erde zu tilgen und ich würde diese Bilder nie vergessen.

Maleah kümmerte sich mit einigen anderen Heilkundigen um die Verletzten und eigentlich sollte ich dort sein, bei ihr und bei Byron, aber ich war nicht in der Lage über meinen Schatten zu springen.

Ich versuchte immer noch die Worte meines Vaters zu begreifen. In mir arbeitete es und ich war nicht bereit, jetzt schon in den Krankenflügel zu gehen. Erst recht nicht, weil auch Jared sich dort zwischen den Verletzten befand. Und ihm konnte ich am Allerwenigsten gegenübertreten.

Der Moment von Kataras Tod drängte sich zu den anderen Bildern in meinem Kopf. Die Schuld lastete schwer auf mir und ich glaubte nicht, dass wir jemals wieder Freunde sein konnten. Dass Jared jemals wieder Vertrauen zu mir fassen konnte. Glacien hatte heute seine Unbeschwertheit verloren und viele der Menschen hier ihre Partner, Freunde und Kinder.

Seufzend ließ ich den Löffel in die Schüssel fallen und achtete nicht auf den Brei, der über den Tisch und auf mich spritzte. Stattdessen erhob ich mich und verließ die lange Tafel, flüchtete aus dem Raum und achtete nicht auf die anderen Anwesenden, die ihre Köpfe hoben und mir nachsahen.

Die heißen Tränen brannten bereits wieder in meinen Augen, als ich durch das Schloss stürmte und verzweifelt durch die Tore in den Garten taumelte. Meine Lungen füllten sich mit kühler Abendluft und dennoch glaubte ich ersticken zu müssen. An all diesen ungesagten Worten, an den Schuldgefühlen und an der Trauer, die schwer und dunkel auf meiner Brust saßen und mir den Restatem nahmen, den ich noch hatte.

»Du solltest zu ihm gehen.«

Erschrocken zuckte ich zusammen. Maleah stand neben mir und blickte mit traurigem Blick in die Ferne. Der Regen hatte nachgelassen, aber er hatte den Geruch nach Herbst mit sich gebracht. Bald würde das Grün sterben und die Welt sich auf den langen Winter vorbereiten. Dieses Bild passte zu der Stimmung im Schloss.

»Ich habe nicht das Recht dazu«, flüsterte ich und biss mir auf die Innenseite der Wange, schmeckte das Blut in meinem Mund.

»Er braucht dich«, sagte sie eindringlicher. Dann fügte sie leiser hinzu: »Und nicht nur er.«

»Ohne mich wäre das alles nicht passiert«, beharrte ich und meine Worte rissen das Loch in meinem Herzen weiter auf, ließen die Schuld tiefer hineinsickern.

»Nimm es mir nicht übel, Kind-«

Ich zuckte unter ihren Worten zusammen und es war klar, es gäbe auch zwischen uns noch viel aufzuarbeiten.

»-aber du versinkst gerade in Selbstmitleid. Und ich kann das verstehen, aber ich will, dass du weißt: Du bist nicht schuld!«

»Ich habe euch verraten und du stehst hier und erzählst mir, dass ich nicht schuld bin?« In mir schrie es, doch die Worte waren nicht mehr als ein unsicherer Hauch, weil mir all meine Kraft fehlte.

»Dein Vater hatte das viel länger geplant, als du auf der Welt bist, Avianna«, sagte sie brüchig, sah mich dabei jedoch so eindringlich an, dass ich mich nicht abwenden konnte, sondern ihr zuhören musste.

»Ihm ging es immer nur um Macht und darum anderen Menschen Schmerzen zuzufügen. Ihm ging es immer nur um sich und die Befriedigung seiner widernatürlichen Bedürfnisse.« Sie schluckte. »Dabei war er ein Meister darin anderen einzureden, sie trügen Schuld an seinen Taten.«

Tränen traten ihr in die Augen und all die Qualen ihres eigenen Lebens wurden offenbar. Und dann tat ich etwas, von dem ich mein ganzes Leben lang gedacht hatte, es niemals tun zu können. Ich nahm meine Mutter in den Arm, hielt mich an ihr fest und ließ sie sich an mir festhalten.

»Avianna, er hätte Glacien auch ohne deine Informationen angegriffen. Von dir hat er sich Detailwissen erhofft, das ihm dabei helfen könnte, aber du warst ganz sicher nicht seine einzige Informantin. Dafür war der Zeitpunkt seines Angriffs, jetzt, als Byron noch angeschlagen war, zu gut gewählt.«

Statt einer Antwort drückte ich mich fester an sie, legte meinen Kopf an ihre Schulter und atmete tief ein und aus. Ihre Worte trafen ins Schwarze und ich wusste, sie hatte womöglich recht, aber es fiel mir unheimlich schwer mir selbst zu verzeihen.

»Na komm, Kleines, geh zu ihm. Glaub mir, er braucht dich genauso, wie du ihn brauchst.« Mit diesen Worten löste sie sich aus meiner Umarmung und schenkte mir ein aufmunterndes, mütterliches Lächeln, ehe sie sich umdrehte und in die Richtung davonging, in die es auch mich drängte. Zu Byron.

Kapitel 27

Sachte klopfte ich an die Tür, auf die Maleah gezeigt hatte, und drückte sie auf. Jared stand neben Byrons Krankenbett und starrte mich an. Jegliche Farbe wich aus seinem Gesicht, als ihm bewusst wurde, wen er vor sich hatte. Zum Abschied drückte er hastig Byrons Schulter, dann verließ er den Raum und riss mich in seiner Eile fast von den Füßen.

Die Qual, die ich seit der Schlacht gespürt hatte, sprengte nun beinahe meinen Körper und am liebsten wäre ich davongerannt. Ich wollte mich vor der Welt verstecken, ertrug mich selbst nicht mehr, aber wie sollte ich vor mir davonlaufen? Die Schuld würde mich stets begleiten, der Schmerz mich niemals loslassen.

»Avianna«, krächzte Byron und holte mich damit zurück in die Realität, in das Hier und Jetzt.

Langsam machte ich einige Schritte weiter in den Raum, näherte mich seinem Bett, aber bevor ich ganz bei ihm angelangt war, hielt mich etwas zurück. Als stünde ich vor einer unsichtbaren Wand, durch die es kein Durchkommen gab. Als rissen Seile an mir, um mich daran zu hindern ihm nahe zu sein.

»Byron«, wisperte ich hilflos. »Es tut mir so leid.«

Mir wurde klar, dass ich selbst mir nicht gestattete, ihm näher zu kommen. Dass ich Maleahs Worte zwar gehört hatte, ihnen Glauben schenkte, aber unfähig war sie zu akzeptieren. Ein beträchtlicher Teil von mir gab mir weiterhin die Schuld an allem und ich wusste nicht, ob es jemals aufhörte.

»Komm her, Avianna«, forderte er mich auf und klopfte kraftlos auf das Laken neben sich.

»Ich kann nicht.«

»Komm her«, wiederholte er sanft, aber mit Nachdruck.

Unwillig machte ich zwei, drei weitere Schritte auf ihn zu.

»Näher.«

»Ich kann nicht«, schrie ich todunglücklich und weinte erneut. Die Trauer und der Schmerz nahmen kein Ende. »Ich habe das nicht verdient.« Verzweifelt ließ ich die Schultern sinken, sackte in mich zusammen. Der Selbsthass zerfraß mich und ließ mich ohne jede Hoffnung auf ein glückliches Ende zurück.

Byron lachte leise in sich hinein, begann aber gleich darauf zu husten und alles an seiner Haltung verriet die heftigen Schmerzen, die er dabei empfand.

»Die Rippen«, krächzte er grinsend. »Gebrochen.«

»Dann hör auf mich auszulachen«, sagte ich kühl.

»Ich lache dich nicht aus, Avianna.« Er schüttelte behutsam den Kopf. »Ich frage mich nur, ob du tatsächlich glaubst, dass ich keine Ahnung hatte.«

Verwirrt sah ich ihn an. Ich hörte, was er sagte, aber ich verstand nicht. »Du wusstest es die ganze Zeit?«, fragte ich ungläubig und er nickte. Es gab keinen Zweifel daran, wovon er sprach. »Warum hast du dann am Strand reagiert, als wäre dir diese Information neu?«

»Weil es einen Unterschied macht, etwas nur zu vermuten und es dann bestätigt zu wissen. Ein Teil von mir hat die ganze Zeit gehofft, dass ich mich irren würde.«

»Warum hast du mich dann nicht längst hinrichten lassen, Byron? Ich habe alles, was du liebst, verraten. Ich habe Glacien und dich in Gefahr gebracht.«

»Ich konnte es nicht.« Sein Blick wurde finster, in seinen Augen lag der Schmerz eines ganzen Lebens. »Ich weiß doch selbst, was man alles tut, um die Liebe seines Vaters zu erlangen.«

Mein Herz zog sich bei seinen Worten zusammen. Unweigerlich drängte sich das Bild meines Vaters in mein Gedächtnis, wie er vor meinen Augen lichterloh brannte, weil ich es so gewollt hatte. Weil ich ihn aufhalten musste, bevor er mir und Byron alles nahm, was wir liebten und wofür wir kämpften.

»Außerdem«, fuhr er fort und erlangte damit wieder meine Aufmerksamkeit, »konnte ich es später nicht mehr, weil ich etwas für dich empfand.«

Überrascht sah ich ihn an. Mein Atem ging augenblicklich schneller und kleine Blasen stiegen in meinem Bauch auf, die in einem kitzelnden Gefühl zerplatzten, um dann weitere Bläschen auf die Reise zu schicken. Mir wurde schwindelig und mein Herz schlug in einem so wilden Takt, dass ich dachte, es wollte aus meiner Brust heraus und Byron in die Arme springen.

Vollkommen überwältigt von seinem Geständnis und meiner Reaktion darauf, starrte ich ihn bewegungslos an. Seine Worte schwirrten in meinem Kopf umher und ich wagte es nicht sie zu glauben, hatte zu viel Angst nach diesem Tag noch tiefer zu fallen, weil ich etwas missverstanden hatte.

»Avianna!«, rief er und ich schüttelte den Kopf, sah ihn an und meinte, unter seinem Blick zergehen zu müssen. Alles in mir zog sich in freudiger Erwartung zusammen und wollte sich in seine Arme stürzen, ihn endlich spüren.

Und dann gab der Widerstand in mir plötzlich nach. Ich stolperte in einer verzweifelten Sehnsucht auf ihn zu und warf mich an seine Brust.

Er keuchte vor Schmerz auf und ich ließ ihn los, wich ein Stück von ihm ab, aber im nächsten Moment schlossen seine Arme sich um meinen Körper und drückten mich zurück auf seine Brust.

»Bitte bleib hier«, flüsterte er nahe an meinem Ohr. »Ich will dich nie wieder gehen lassen müssen.«

Eine seltsame Wärme ergriff mich, breitete sich in meinem ganzen Körper aus. Erneut flossen die Tränen ungehindert meine Wangen hinab und durchnässten sein Hemd, aber es konnte mir nicht gleichgültiger sein. Ich weinte nicht um ihn oder um mich, sondern vor Glück. Vor reinem, purem Glück.

Mein Kopf lag auf seiner Brust und ich lauschte eine ganze Weile seinem Herzschlag, der genauso schnell in seiner Brust raste wie mein eigener. Beinahe so, als würden sie miteinander fangen spielen, als versuchten unsere Herzen, sich gegenseitig einzuholen.

Die Stille, die uns dabei umfing, war nicht unbehaglich, sondern breitete sich wie eine wärmende Decke über uns aus. Momentan gab es nichts zu sagen, weil wir beide viel zu lange auf diesen Moment hatten warten müssen. Weil wir beide viel zu lange gegen unsere Gefühle gekämpft hatten, aus Angst, der jeweils andere könnte sie nicht erwidern.

Ich atmete tief ein, nahm seinen Geruch nach Schnee und Winter in mich auf und zeichnete mit meinem Finger kleine Kreise auf sein Hemd.

»Ich liebe dich.« Die Worte hatten meinen Mund verlassen, ohne dass ich etwas dagegen hätte unternehmen können. Es waren Worte, die dem Augenblick geschuldet waren, die aus tiefster Seele kamen und deshalb wahrscheinlich das Ehrlichste waren, das ich je zu ihm gesagt hatte.

Sein Lachen, das darauf folgte, vibrierte durch meinen Körper, der Samt legte sich um mich und liebkoste mich. »Ich dachte schon, du würdest es nie zugeben«, wisperte er und ich hob meinen Kopf, sah zu ihm auf. Sein Gesicht schillerte noch immer in allen Farben des Regenbogens und war geschwollen, aber der Schalk blitzte bereits wieder in seinen Augen und das Grinsen zupfte an seinen Mundwinkeln. »Aber dein Stolz gehört immerhin zu den Dingen, die ich an dir liebe, auch wenn er dir gern im Weg steht.«

»Byron, kannst du nicht einmal, nur einmal, dein vorlautes Mundwerk halten?«

Er drückte mich sachte von sich, lächelte verschlagen und richtete sich dann unter Schmerzen auf, die er sich allerdings kaum anmerken ließ. Bevor ich realisierte, was er im Begriff war zu tun, zog er mich wieder in seine Arme, senkte seine Lippen auf meine und küsste mich.

Meine Lider schlossen sich automatisch. Dieser Kuss hatte nichts mit dem gemein, den er mir gegeben hatte, als ich drohte uns in Flammen aufgehen zu lassen. Er war nicht hart, nicht dafür gedacht mich aus meiner Wut zu holen.

Diesmal lagen seine Lippen weich und sanft auf meinen, tasteten sich behutsam weiter vor. Zärtlich legte er seine Hand in meinen Nacken, drückte mich fester an sich, um den Kontakt zu intensivieren.

Langsam bewegte ich meine Lippen auf seinen, erkundete seine weiche Haut und schreckte zurück, als er den Mund öffnete und mit den Zähnen zart in meine Unterlippe biss. Unsicher öffnete ich den Mund, sodass er den Kuss langsam und zärtlich intensivieren konnte. Seine Zunge berührte sanft meine, forderte mich auf mitzumachen.

Innerhalb von wenigen Augenblicken veränderte sich unser Kuss. Aus der unschuldigen Zartheit entwickelte sich ein Hunger, wie ich ihn nie zuvor gekannt hatte. Trotz seiner Verletzungen drückte er mich enger an sich und ich wünschte mir mit jeder Faser ihm noch viel näher zu sein, in ihn hineinkriechen zu können. In einer fließenden Bewegung drehte er uns herum, sodass ich auf dem Rücken lag, er über mir. Kurz keuchte er vor Schmerz auf, aber dann legte er seine linke Hand an meine Wange, streichelte mit dem Daumen über meine Haut, während seine rechte Hand an meiner Hüfte lag, seine Finger sich in das Fleisch dort gruben.

Ich stöhnte auf und wusste nicht, woher dieser Laut kam. Es war mir auch egal, ich wollte nur mehr von diesen Küssen, aber als hätte ich ihn mit meinem Ton aus einer Trance geweckt, ließ er von mir ab. Er legte sich vorsichtig neben mich, zog mich in seine Arme, machte aber keine Anstalten mich erneut zu küssen.

Ein enttäuschtes Ziehen regte sich in meiner Brust, aber ich gestattete mir dieses Gefühl nicht. Ich wusste, er war verletzt und müde und vor uns lag genügend Zeit, um all die Momente nachzuholen, die wir aus Angst verpasst hatten.

»Ich liebe dich«, wisperte er an meinem Ohr und sein Atem jagte mir heiße Schauer über den Rücken. Er drückte seine Lippen mehrmals sanft auf meinen Nacken und sorgte so dafür, dass mein Herz keine Ruhe fand.

»Du solltest schlafen«, sagte ich dennoch leise. »Dein Körper braucht Ruhe.«

»Wir sollten beide schlafen«, flüsterte er.

»Ich glaube kaum, dass ich in den Schlaf finden werde, nach allem, was geschehen ist. Ich fürchte mich schon jetzt vor den Albträumen.«

»Dann bleib bei mir«, schlug er vor und drängte sich von hinten ein wenig näher an mich, schlang seinen Arm um mich und legte mir eine Hand auf den Bauch. Augenblicklich fühlte ich mich sicher und geborgen.

»Ich kann doch nicht einfach … das schickt sich nicht«, stammelte ich und spürte, wie Byrons Lippen sich an meinem Rücken zu einem Schmunzeln verzogen.

»Was sich schickt und was nicht, bestimmen wir selbst, Avianna. Niemand anderes.« Er gähnte und ich tat es ihm gleich, schloss die Augen und ließ mich von seinem Atem einlullen.

Seine Hand streichelte zärtlich meinen Bauch, während wir beide mit jedem Augenblick weiter in den Schlaf dämmerten, den wir so bitter nötig hatten.

Kurz bevor mich die Dunkelheit hinabzog, öffnete ich noch einmal erschrocken die Augen. Da hatten wir uns endlich unsere Gefühle gestanden und uns geküsst, als gäbe es kein Morgen mehr, schliefen nebeneinander in seinem Krankenbett und hatten doch das Wichtigste nicht geklärt.

»Byron?«

»Hm?«, machte er verschlafen.

»Ich wollte dir nur sagen, dass die Hochzeit stattfinden wird. Ich habe mich entschieden.«

»Das ist gut«, murmelte er. »Das ist sehr, sehr gut.«

Und er hatte recht. Genau das war es. Sehr, sehr gut.

EPILOG

Ich sah den Weg hinunter, an dessen Ende mich Byron erwarten würde. Sah auf die Treppecht mehr lange und ich wäre Avianna, Königin von Glacien. Byrons Frau.

Der lange Weg durch den Schlossgarten war gesäumt von Bewohnern des Schlosses, die ein Spalier aus Eis über ihren Köpfen bildeten. Die frostigen Bögen waren mit filigranen Eiskristallen bestückt und in der Mitte des Weges, an einer Gabelung, thronte eine riesige Skulptur von Byron und mir, die mir noch die Sicht auf meinen Bräutigam versperrte.

Mein Herz schlug mir bis zum Hals. Trotz meines Hochzeitskleides, das nicht annähernd aus so dickem Stoff bestand, wie es für den ersten Schnee im Jahr angemessen gewesen wäre, fror ich nicht. Stattdessen hatte schon den ganzen Tag eine freudige Anspannung von mir Besitz ergriffen und mich gewärmt.

Es war nicht ganz ein Jahr her, dass mein Vater mich an Byron verkauft hatte. Nicht ganz ein Jahr, als sich mein Leben von Grund auf verändert hatte. Und jetzt stand ich hier. Aus der Kronprinzessin Iralias, aus einem Mädchen im goldenen Käfig, war die künftige Königin Glaciens geworden, die frei in ihrem Leben und ihren Entscheidungen war.

Der grausame König, von dem ich geglaubt hatte, dass ich unter ihm ein Leben in Unfreiheit führen würde müssen, war nicht Byron gewesen, sondern mein Vater. Stattdessen hatte ich hier Freunde, die Liebe und schließlich sogar meine Mutter gefunden.

Obendrein hatte mir Byron gestanden, dass er mich nicht aus Pflichtgefühl seinem Land gegenüber zu sich geholt hatte, wie er mich hatte glauben lassen, sondern aus Liebe zu Maleah. Und ich verstand ihn.

Maleah war es auch, die nun neben mir stand, bei mir eingehakt, und mich zu meinem künftigen Ehemann führen würde.

»Du musst nicht nervös sein«, sagte sie und drückte beruhigend meinen Arm.

»Ich bin nicht nervös«, antwortete ich. »Ich will nur endlich seine Frau sein.«

Sie lächelte warmherzig und im nächsten Moment gab uns ein Diener das Zeichen. Die Zeremonie begann und damit mein Weg den Gang entlang, bis zu seinem Ende, an dem Byron unter einem Bogen aus Eiskristallen auf mich wartete, um mich zur Frau zu nehmen.

Wie es Tradition war, hatte er mein Kleid vorher nicht zu Gesicht bekommen und ich hoffte, es würde ihn genauso sprachlos machen wie mich bei der ersten Anprobe. Es war gefertigt aus einer engen Korsage aus weißem Satin und einem weit fallenden bodenlangen Rock. Kleine Schneeflocken aus Spitze und Perlen waren über und über auf den Stoff appliziert und der herzförmige Ausschnitt zeigte mehr Dekolleté, als ich früher für schicklich empfunden hätte. Meine Arme bedeckte hautenger Tüll, in den winzige Edelsteine eingearbeitet waren, in denen sich das Licht brach wie in Eiskristallen.

»Ich habe immer davon geträumt deine Hochzeit zu erleben«, wisperte Maleah erstickt, als wir den Weg entlangschritten und mir Ausrufe der Bewunderung folgten.

Schließlich umrundeten wir die gewaltige Eisskulptur und mein Blick traf den von Byron. Mein Herz setzte einen Schlag aus und schlug dann doppelt so schnell weiter. Am liebsten wäre ich losgerannt, um endlich bei ihm zu sein, aber ich hielt mich zurück, schritt weiter mit federnden Schritten den Gang entlang und ließ mich von den Gästen bestaunen. Wenn es nach mir gegangen wäre, dann hätten wir still und heimlich und allein geheiratet, aber ich akzeptierte Byrons Wunsch nach einem pompösen Fest mit allen Menschen, die uns wichtig waren. Akzeptierte, dass unser Volk das brauchte, nachdem eine so schwere Zeit hinter uns lag.

Mein Blick wanderte über die Gäste in der ersten Reihe. Brianna, deren Fuchs brav auf ihrem Schoß saß, während sie die Hand ihres Vaters Daron hielt, der sich verstohlen eine Träne aus den Augen wischte. Mira und Elric, die längst vermählt waren. Mein Blick wanderte weiter, erwartete fast Katara und Jared zu sehen, doch ihre Plätze blieben leer und würden nie wieder besetzt werden.

Jared hatte uns verlassen, kaum dass er von seinen Verletzungen genesen war. Ich wusste nicht, ob er meinen Anblick nicht ertrug oder ob er gegangen war, weil ihn hier alles an Katara erinnerte. Sicher war, er würde so bald nicht zurückkehren und ich verstand das. Allein der Gedanke Byron zu verlieren, riss mir das Herz aus der Brust und brach es in abertausende Splitter. Ich konnte nur hoffen, dass Jared auf seinem Weg fand, was er suchte, und sein Herz mit der Zeit heilte.

Mira und Elric würden uns ebenfalls verlassen, aber nicht für immer. Dennoch wurde mir ganz flau im Magen, wenn ich daran dachte, eine Weile ohne meine Freundin auskommen zu müssen. Allerdings gönnte ich ihr das Abenteuer, das sie endlich erfahren durfte. Sie und Elric würden Glacien bis in den letzten Winkel erkunden und die Geheimnisse des Landes erleben. Ich freute mich, dass Mira ihren Traum leben durfte und etwas von der Welt sah, statt an meiner Seite als Zofe zu verblassen.

Wir alle wussten, es lagen noch unzählige Gefahren vor uns, es gab weitere Kämpfe auszutragen und Schlachten zu schlagen. Aber niemand wusste besser als wir, dass wir das Leben jeden Moment genießen mussten, weil es zu schnell vorbei sein konnte.

Auch ich selbst hatte noch viele Lektionen zu lernen. Ich wollte besser im Kampf werden und vor allem wollte ich mich endlich meiner Magie öffnen. Nachdem ich erfahren hatte, dass mein Vater mich blockiert und ich schon immer Magie besessen hatte, gelang mir der Zugang zum Kern meiner Kraft besser. Ich hatte die Angst vor meiner eigenen Macht verloren und brauchte längst keine Wut mehr, um kleinere Flammen zu rufen. Trotzdem lag noch ein weiter Weg vor mir, ehe ich mein volles Potenzial würde nutzen können.

Maleah übergab mich an Byron, der mich anerkennend musterte und mit seinem Blick vielleicht ein wenig zu lange auf meinen Brüsten verweilte. Ich tadelte ihn grinsend mit einem Blick, doch er zog nur verspielt eine Augenbraue in die Höhe, neckte mich auch jetzt liebevoll.

Die Zeremonie begann und wir lauschten den Worten des Gelehrten, der uns verheiratete. Immer wieder fanden sich Byrons und meine Blicke, wir versanken ineinander und obwohl so viele Menschen unserer Hochzeit beiwohnten, gab es niemanden außer uns. Schließlich verband der Gelehrte unsere Hände mit einer dünnen Schicht aus Eiskristallen, die sich wie ein Band um unsere Gelenke legten, und Byron sprach daraufhin sein Versprechen mit solcher Inbrunst, dass ich unter der Kraft seiner Worte erzitterte. Es war ihm ebenso ernst wie mir.

»Wollt Ihr, Prinzessin Avianna, König Byron von Glacien zu Eurem Gemahl nehmen?«

»Ja, ich will«, hauchte ich und sah Byron dabei in die eisblauen Augen, die so viel Wärme und Feuer ausstrahlten, wie ich in mir trug.

Dann beugte er sich zu mir herunter, schlang seine Arme um meinen Körper und zog mich fest an sich. Als er seine Lippen auf meine senkte, explodierte die Welt um mich herum in tausend Funken und stand still.

Ich hoffte, sie würde sich so schnell nicht weiterdrehen.

Tauch ein in romantische Geschichten.
HOL DIR
BITTERSÜSSE
STIMMUNG
AUF DEINEN
E-READER!
E-BOOKS VON IMPRESS HIER:
CARLSEN.DE/IMPRESS
im.
press
impress IST DAS DIGITALE LABEL DES CARLSEN VERLAGS FÜR GEFÜHLVOLLE UND MITREISSENDE GESCHICHTEN AUS DER GEHEIMNISVOLLEN WELT DER FANTASY.

Prinzessin der Wälder

Kathrin Wandres
In Between. Das Geheimnis der Königreiche (Band 1)
Softcover
ISBN 978-3-551-30103-1

Die 17-jährige Keylah lebt inmitten der dunklen Wälder des Landes Benoth, das zwischen zwei mächtigen Königreichen liegt. Nur die hohen Mauern der Siedlungen trennen dort die Menschen von dem, was draußen ist – den Ausgestoßenen, den Wolfsgestalten. Doch im Gegensatz zu den anderen liebt Keylah die freie Natur und kann ganze Tage in ihren selbstgebauten Baumhäusern verbringen. Ihre Gabe, drohende Gefahr körperlich zu spüren, scheint sie vor allem zu beschützen. Bis etwas geschieht, das sie nach Einbruch der Dunkelheit in den Wald zwingt und auf den unnahbaren Einzelgänger Deven stoßen lässt. Einen Mann, vor dem sie sich fürchten sollte, auch wenn ihre Gabe ihr etwas anderes sagt …

www.impress-books.de

im.
pre
ss

Hexen will gelernt sein ...

Valentina Fast
Belle et la magie
Band 1: Hexenherz
Softcover
362 Seiten
ISBN 978-3-551-30089-8

Die 17-jährige Isabelle Monvision lebt in den Tiefen eines so geheimen Walds, dass niemand ihn betreten kann, ohne vorher in einen festen Schlaf zu verfallen. Wie alle Hexenmädchen ihres Dorfs muss sie von Kindesbeinen an nicht nur Rechtschreibung und Mathematik lernen, sondern sich auch in der Zauberei üben. Dass das nicht immer so klappt, zeigt sich, als Belle auf einer Pariser Studentenparty den gut aussehenden, aber viel zu arroganten Gaston in eine Kröte zu verwandeln versucht – was ihr nicht ganz gelingt. Doch Belle ist nicht nur irgendeine Hexe, sondern die Tochter der Hexenkönigin, und hat für ihre Fehler geradezustehen. Um den Zauber wieder rückgängig zu machen, muss sie Gaston in den Magischen Wald bringen. Worauf er nur gewartet hat ...

im.press

www.impress-books.de

Impress

Tauch ein in romantische Geschichten.

Impress

Ein Imprint der CARLSEN Verlag GmbH

April 2019

Lektorat: Pia Praska

Umschlagbild: shutterstock.com / © Imagine CG Images / © ivgroznii / © Vandathai

Umschlaggestaltung: formlabor, Vivien Summer

Satz und Umsetzung: readbox publishing, Dortmund

Druck und Bindung: CPI Books GmbH, Birkach

ISBN 978-3-551-30166-6

Printed in Germany

www.carlsen.de/impress

Alle Bücher im Internet: www.carlsen.de